러시아 시 연구

오, 나의 운명 러시아

러시아 시 연구

오, 나의 운명 러시아

최선 지음

우물이 있는 집

저자의 말

　살아오면서 들었던 많은 말 중에서 누구에게나 결코 잊혀지지 않는 섭섭한 말이 있을 것이다. 필자에게 그 말은 1981년에 들은 "네 주제에 무슨 공부냐"이다. 책 읽고 대화하고 공부하며 살아가는 것을 좋아하는 필자에게 실로 충격적인 말이었다. 당시 한국의 여러 모로 부자유스러운 러시아 문학 연구 풍토에서, 러시아에 가보지도 못하고 러시아말도 잘 못하고 책 읽고 이야기를 나눌 상대도 없이 러시아 문학을 공부한다고 혼자 애를 쓰던 필자였기에 이 말은 더더욱 섭섭했다. 어쨌거나 이 말을 들은 지 많은 세월이 흘렀고 필자는 어찌어찌 러시아 문학 공부의 길을 계속 걸어왔다. 1974년 독일 하이델베르그에서 처음 러시아 알파벳을 배운지 40년이 훌쩍 넘게 되자 꽤 긴 세월 내내 사전들을 뒤지며 공부해 왔는데 참 아는 것도 별로 없구나 하는 생각에 그동안 뭘 해왔나 돌아보며 전공 공부와 연관해서 쓴 글들을 찾아서 읽어보았다. 그중에서 우리말로 된 것은 연구논문, 번역서에 붙인 글, 잡지에 쓴 글 몇 편이었다. 글의 힘일까? 이들을 읽으면서 나도 나대로 열심히 노력하며 살아왔네 하는 생각에 속으로 뿌듯했다. 책 읽고 대화하며 공부하고 삶의 의미를 찾으면서 이들을 썼고 이런 과정에서 삶이라는 혼돈 속에서 모르는 것을 알게 되고 불확실한 것이 확실하게 되는 듯 자신감을 얻고 내면적 자유를 누린 것도 깨달았다.

　필자가 쓴 글들은 대체로 러시아 시, 소련(소비에트 연방) 노래시, 푸슈킨, 이 세 주제와 관련되어 있다.

　러시아 시 공부가 남긴 흔적은 19세기 사실주의 시의 대표인 네크라소프(1821-1877)의 시적 화자와 19세기 패러디 시를 다룬 논문, 시 분석 방법에 대한 소개, 러시아 시 번역서에 붙인 글이다. 시 분석 방법에 대한 소개는 1970년대 후반에 독일에서 처음으로 러시아 형식주의 및 이와 연결된 비평 이론을 만나게 되었을 때 그 과학적인 방법이 신선하게 여겨졌는데 나중에 기회가 있어서 썼던 글로 소련의 구조주의 문학비평 및 유리 로트만에 대한 것이다.

　네크라소프 시의 화자를 연구하는 과정에서 화자의 문제에 대해 관심이 생긴 후 소설에서 화자의 문제가 중요시되는 고골의 「외투」(1842)의 화자에 대해 글을 썼고 시인 네크라소프와 동시대에 활동했던 소설가 곤차로프의 소설 『오블로모프』(1859)를 읽으며 19세기 중반 러시아 소설 장르에 나타난 변화에 대해 살펴보았다. 이 글을 쓸 즈음에 러시아에서 우리나라에 대한 정보를 집대성하여 1900년에 출판한 책 『한국지』를 번역하면서 이를 잡지에 소개하기도 했고 치제프스키 교수의 저서 『슬라브문학사』에 대한 역자 후기도 썼다.

　소련 노래시를 주제로 삼은 글들은 1980년대 중반부터 쓰기 시작한 박사 논문과 관련된 것으로서 소련의 노래시들을 통시적으로 살펴본 것, 1930년대 노래시 및 제2차 세계대전 기간(1941-1945)의 노래시에 대한 것과 1930년대 노래시에 여성 테마가 어떻게 다루어졌나 살펴본 것이다. 1930-1940년대 소련 노래시 연구를 하면서 제2차 세계대전 기간의 시들을 모은 시집들의 성격을 비교하는 글을 썼고 제2차 세계대전 시기의 전쟁시들 중에서 필자에게 가장 인상적으로 다가왔던 몇 편을 잡지에 간단히 소개한 적도 있었다. 문학 및 음악 분야에서 훌륭하고 양심적인 시인들과 작곡가들을 좌절시키고 초라하게 했던 스탈린 시대의 문화정책을 가장 뚜렷하게 실천한 노래 장르가 바로 스탈린 죽음 이후 자유화의 물결 속에서 스탈린 문화 비판의 선두에 자리했는데 이런 노래를 부르던 러시아 바르드(음유시인)들 중 율리 김은 그 1세대에 속한다. 2005년 율리 김이 처음 아버지의 나라를 방문하여 공연하는 기념으로 그의 주요 노래들을 번역하면서, 1950년대 후반-1970년대에 주로 활동했던 러시아 바르드에 대한 것을 정리했고, 율리 김의 전쟁 노래에 스탈린 시대의 노래가 어떤 배경으로 기능했는가 하는 문제도 다루었다.

스탈린 시대의 노래시들을 연구하게 되면서 스탈린 시대를 살아간 시인 파스테르나크(1890-1960)의 발자취를 따라가 본 글과 홍대화 박사와 공저로 파스테르나크를 소개한 교양서를 썼고 스탈린 시대에 사회주의 리얼리즘 정책을 가장 잘 실천한 소설을 소개하기도 했다.

또 필자에게 스탈린 문화를 이해하는 데 큰 도움을 준, 1990년에 출판된 사회주의 리얼리즘에 대한 논의를 모은 책 두 권에 대한 서평을 썼는데 한 권은 필자에게 스탈린 문화를 이해하는 데 큰 도움을 준 독일의 한스 귄터 교수가 편집한 책이고, 한 권은 그 때 아직 러시아에서 활동하던 예브게니 도브렌코 교수가 편집한 것이다. 이 책들은 서구와 러시아 양 진영의 사회주의 리얼리즘에 대한 본격적이고 객관적인 논의를 모은 것이어서 당시 필자에게 커다란 지적 자극을 주었다. 1930년대 소련에서 활동했던 문학비평가들인 바흐틴과 루카치가 스탈린 시대의 공식적 담론과 어떤 관계가 있는가를 살펴본 글도 이런 공부의 배경에서 쓸 수 있었다.

소련 노래시와 연결된 글들은 소련이 와해되고 러시아가 격동의 변화를 겪은 시절에 쓴 것들이 대부분이다. 러시아의 변화는 한편으로는 필자에게 그 이전에는 구하기 어려웠던 자료들을 볼 수 있게 하는 기회를 주었지만 다른 한편으로는 스탈린 시대의 러시아문학에 대해서 뭐라도 쓰는 것을 조심스럽고 어렵게 했다. 스탈린 시대의 문화나 문화유산에 대한 연구가 자료의 지속적인 발굴 및 개방과 함께 현재에도 러시아나 러시아 이외의 나라에서 다양한 관점에서 논의되는 복잡한 사항임을 볼 때 당시 그런 어려움을 느낀 것은 당연한 일이었다고도 생각해 본다. 게다가 1980년대 후반 우리나라의 분단 상황 속 자유화와 연관된 혼란스러운 지적 풍토에서 아직 소련의 공식 자료만을 읽었거나 북한의 공식 자료에 영향을 받았거나 간에 놀랍게도 스탈린 시대에 대해 우호적으로 편향된 시각만을 가지고 그렇지 않은 시각에 대해서는 적대적으로만 반응하는 태도에 곤혹스러웠던 적도 있었다. 이는 분단 이후 북한의 문학정책이 스탈린 시대의 문학정책을 그대로 수용했기 때문에 더더욱 민감한 문제였던 것으로 보인다. 2000년대를 넘기자 러시아인들이 스탈린 및 스탈린 문화에 대해 다시 긍정적인 태도를 보이는 것을 보면서 러시아문학을 아끼고 러시아인을 좋아하는 사람으로서 안타까운 생각이 든다. 역사의 길도 삶이 그렇듯이 혼돈스럽기는 마찬가지일까?

푸슈킨에 대한 글들은 1992년부터 러시아에 다녀오기 시작하면서 푸슈킨을 읽고 공부하고 대화를 나누게 되고 푸슈킨의 주요 작품을 번역하면서, 또 푸슈킨이 관심을 가졌던 오페라나 그의 작품을 오페라로 만든 것을 보고 들으면서 쓴 것들이다.

이들은 푸슈킨에 대한 소개, 한국에서의 푸슈킨 수용을 다룬 글, 푸슈킨과 20세기 러시아 작가들과의 관계에 대한 글, 푸슈킨 작품론이다. 푸슈킨 작품론에서는 푸슈킨 작품을 유럽문학 작품 및 오페라와의 관계 속에서 살펴본 글들이 많은 양을 차지한다. 셰익스피어(1564-1616)와 푸슈킨(1799-1837)의 작품을 비교한 글 두 편은 1970년대 유럽의 대학에서 학부를 보낸 경험을 공유하고 대학의 급격한 변화 속 직장 생활 내내 희로애락을 함께 해온 고려대학교 영문학과 문희경 교수와 공동으로 썼다. 푸슈킨 공부를 하면서 필자는 인간과 역사에 대해 많은 것을 배웠는데 이를 푸슈킨과 셰익스피어 및 실러의 작품들을 비교하면서 더욱 단단하게 다질 수 있었다. 푸슈킨과 셰익스피어의 안젤로를 비교하면서 법으로 해결되지 못하는 인간사의 복잡성과 인간 내면의 본성의 복합성에 대해 좀 더 확실하게 알 수 있었고, 푸슈킨의 『보리스 고두노프』와 셰익스피어의 『맥베스』나 실러의 「데메트리우스」를 비교하면서 통치자나 그 주변인물, 피통치자, 여론 등에 대해 나름 그 실체를 파악하는 눈이 밝아졌다.

푸슈킨으로 인하여 오페라에 관심을 가지게 되면서 2006년부터 고려대학교 핵심 교양강좌 '러시아문학과 오페라'를 개설한 후 푸슈킨 작품과 오페라의 관계에 대해 몇 편의 논문을 썼다. 이는 2000년경부터 오페라를 영상매체를 통하여 마음껏 반복해서 듣고 볼 수 있게 되어 가능한 일이었다. 이때부터 문학작품을 대할 때 오페라와 연관지어서 생각하는 일이 잦아졌고 오페라 대본을 자세히 읽게 되었는데 푸슈킨 작품을 대할 때도 그랬다. 「트리스탄과 이졸데」와 체호프의 단편 「강아지를 데리고 다니는 귀부인」(1899)에 대한 비교 고찰은 오페라에 관심을 가지게 되면서 여러 가지 유럽 오페라를 듣고 보던 중에 바그너의 「트리스탄과 이졸데」(1865)를 만나게 되어 이 오페라와 체호프의 단편의 관계를 살펴본 글이다.

우리 독자에게 러시아문학의 진수를 알려주고 싶어서 한국러시아문학회가 새로이 기획한 책 『나를 움직인 이 한 장면』 속에 있는 푸슈킨의 『예브게니 오네긴』의 여주인공 타티아나에 대한 글이나 이런 저런 기회에 발표한 글을 쓸 때도 오페라를 보고 들으면서 문학작품을 새로이 읽게 된 경우가 많다.

전공 공부와 연관해서 쓴 글들을 찾아 읽는 동안 필자 자신 잊고 있었던 여러 가지 일들을 기억 속에서 되살릴 수 있었다. 이 글들은 1982년 운 좋게 고려대학교 문과대학 러시아어문학과에 전임강사로 취직해서 별 탈 없이 2017년 2월 정년 퇴임을 앞두고 있는 직장 생활 전체를 돌아보게 해 주었고 필자는 직장생활을 마무리하며 그간 쓴 글을 모두 모아 종이책으로 만들어 두기로 마음먹었다. 보기 좋고 읽기 좋은 종이책으로 만들다 보니 네 권이 되었고 '러시아 시 연구', '20세기 러시아 노래시 연구', '유럽 문학 속 푸슈킨 연구', '푸슈킨과 오페라'라고 제목을 붙였다. 부끄럽기도 하고 기쁘기도 하다. 대체로 작성한 연대순으로 글을 실었고 글마다 제목에 주를 달아 언제 어디에 어떤 계기로 썼는지 밝혔다. 글을 다시 읽으며 기억나는 사람들에 대해 마음 가는 대로 적은 경우도 있다.

미력하나마 필자가 이제까지 러시아문학을 공부하며 쓴 글이 러시아문학을 공부하는 사람이나 러시아문학에 관심이 있는 사람에게 어떤 의미에서라도 도움이 되었으면 좋겠다. 인연이 닿아 이 책을 손에 들게 될 모든 분에게 고개 숙여 인사드리고 이 드문 기회를 빌어 필자의 인생살이와 공부살이에 힘과 가르침을 준 모든 분에게 감사드리고 싶다. 작품을 통해서 인생의 의미를 깨우쳐준 작가와 시인, 그들의 작품을 훌륭한 오페라나 발레 등의 공연물이나 영상물로 만들어 보여주고 들려준 사람들, 작품 보는 눈으로 필자를 깨우쳐 준 국내외 문학 연구가 및 러시아문학 연구가, 원고를 읽기 좋게 책으로 만든 분들에게, 또 체온으로 느껴진 고마운 이들 – 우선 내 인생의 틀이자 방향을 정해 주었고 일상 속에서 부딪히고 싸우고 사랑하며 함께해온 가족, 함께 마음 놓고 웃을 수 있었고 또 내놓고 속 이야기는 못했어도 오다가다 마주치며 이해와 성원을 주고받았던 직장 동료, 함께 강독하면서 신선하고 황당한 해석도 당당하게 펼쳐서 웃음을 안겨 주었던 젊은이들, 인생살이와 공부살이의 어려움을 헤치고 걸어나가는 속 깊고 따뜻한 제자들, 독일에서 러시아문학에 대해 가르쳐 주신 선생님과 우리나라에서 독문학에 대해 가르쳐 주신 선생님, 우리나라나 독일에서 학창 시절 많은 이야기를 나누었던 그리운 친구, 푸른 고교시절 독서클럽 스테인레스, 1980년대 초 결성된 열성적 여성인문사회연구회, 서울대 독문과의 의연한 여자 동문들, 공부하는 문중 며느리를 끼워주는 한산 이씨 소모임, 서울대 북악회 부부동반 소모임, 아라베스크와 스트레칭을 함께해온 아라스회, 수개월간의 휴교령들과 최루탄 연기 사이로 독문학 강독을 함께 했고, 이제 지난날을 돌아보며 함께 웃는 1970학번 서울대 문리대 독문과 동기들……. 하지만 지금 얼른 떠오르지 않는 고마운 사람들은 또 얼마나 많을까! 게다가 피차 무지와 미련의 탓으로 필자와 상처를 주고받은 이들도 어차피 내 인생살이에 한몫 했을 테다.

이 책은 러시아어를 몰라도 별 문제 없이 읽을 수 있다. 내 아이들 - 승원, 효원, 효재도 언젠가 여유가 생기면 따뜻한 마음으로 읽어주었으면 좋겠다. 여러 모로 부족한 필자를 항상 응원해 주셨던 부모님과 석사과정에서도 박사과정에서도 그리고 그 이후에도 변함없이 따뜻하게 지도해 주셨던 나의 선생님, 제만K.-D. Seemann 교수께서 이 책을 보고 기뻐하실 것이라고 생각하니 이제는 저승에서 만나게 될 그들이 새삼 그립고 고맙다.

부자유 속에서 자유의 행복을 마음속에 선물했고 삶의 의미를 찾는 과정을 이어오게 한 고마운 글쓰기의 큰 부분으로 이제까지 필자가 러시아 문학을 공부해온 길을 결산하는 이 책이 나오는 데 큰 도움을 주었고 발문을 써준 써네스트의 이재필 편집장과 책의 내용을 자유롭게 마음대로 꾸리도록 격려해 주고 이 책들을 기꺼이 출판해 준 써네스트의 강완구 대표에게 진심으로 감사한다.

2016년 가을

발간사

40년, 참 긴 세월이다. 사람이 무슨 일을 40년 동안 쉬지 않고 했다면 그건 뭔가 심상치 않은 일임에 틀림없다. 물론 대학에서 학생들을 가르치고 연구 활동을 하는 것도 예외는 아닐 것이다. 천직이라는 사명감 때문에? 적성에 딱 맞는 일이라서? 아니면 명예와 안정된 생활이 보장되는 직업이라서? 요즘의 고달픈 세상살이를 생각하면 이렇게 거창한 이유를 댈 필요도 없다. 설령 먹고 살기 위해 버텼다고 해도 버텼다는 것 자체만으로도 정말 대단한 일이 아닐 수 없기 때문이다. 이 책의 저자는 러시아 시, 특히 20세기의 노래시와 푸슈킨을 연구하면서 40년의 시간을 묵묵히, '외로운 대지의 깃발'처럼 살아왔다.

1985년, 고려대학교 노어노문학과에 입학했을 때 저자가 내게 준 첫인상은 '하이톤의 밝고 에너지 넘치는 웃음 소리를 가진 선생님', '학생 운동이나 시국 관련 문제들에 별 관심이 없는 선생님' 정도였고 대학을 졸업할 때까지도 그런 인상에는 큰 변화가 없었다. 하지만 인상은 말 그대로 인상일 뿐이고, 또 단 한 번도 선생님의 삶은 어떤 것인지, 어떻게 세상을 바라보는지 알아보려고 노력한 적도 없었다. 당시의 시대적 상황과 학내 분위기 속에서 교수를 바라보는 학생의 시각이 한 사람의 다양한 측면을 발견할 만큼 여유롭지 못했던 것이 사실이지만 그래도 지금에 와서 돌이켜 보니, 러시아문학을 연구하고 가르치는 선생님들을 보면서 러시아문학보다는 세계관과 시국관, 그에 상응하는 양심과 양심의 실천 같은 것들을 더 많이 떠올렸고 또 그런 것들을 잣대로 삼아 사람을 재고 입에 올렸으며, 심지어 박사과정에서 선생님의 지도를 받을 때조차도 문학과 삶에 대한 깊은 얘기를 나누지 못했던 것 같다. 그래서일까, 선생님과 함께 논문집 펴내는 작업을 하면서 '나는 러시아 문학에 대해서 어떤 이야기들을 나누고 어떤 것들을 얻었지?', '최선 선생님은 러시아문학의 어떤 분야에 관심이 있고 또 그 속에서 어떤 의미를 찾았지?' 하는 질문과 함께 지난날에 대한 아쉬움을 많이 느끼게 되었다. 사실 이러한 '반성적 회고'가 이 글의 요지이자 이 논문집의 발간 의도가 아닐까 한다. 그동안 알지 못했으니 지금이라도 알아야 할 것 아닌가?

늦은 감이 없지 않지만, 이제라도 러시아문학과 러시아문학에 대한 열정 그리고 러시아문학에 대한 '문학적' 이야기들에 관심을 가져야 할 것 같다. 사실 이 글을 쓰고 있는 사람 또한 러시아문학을 전공한 사람이지만 왠지 러시아문학에 대해 말하기를 두려워하고 또 '과연 러시아문학을 직업이 아닌 나의 삶, 나의 자부심으로 여겨본 적이 있는가?', '러시아문학에서 무엇을 배우고 무엇을 느꼈는가?' 하는 반성을 하게 된다. 그런데 최선 선생님과 이야기를 나누고, 그분의 글을 읽고 있으면 문득 '이분은 세상을 살아가는 직업적 방편이나 연구 대상으로서의 문학이 아니라 즐기는 문학, 좋아서 하는 문학을 하고 있구나'라는 생각이 든다. 그래서일까, 최선 선생님의 글에서는 문학 이론의 틀을 끌어와 작가의 사상과 작품의 내용을 설명해 내려는 모습이나 또는 자신의 관점을 입증하기 위해 무리한 연결을 시도하는 모습을 찾아볼 수 없다. 최선 선생님의 글에서 느껴지는 것은 러시아문학의 거대한 아우라(aura)를 느끼려는 순수한 열정과, 작품 속에 형상화되어 있는 삶들을 자신의 삶처럼 느끼고자 하는 공감(共感)의 욕구이다. 소박하지만 진정성 있는 글이라고 할까?

그간 러시아문학을 공부하고 책을 출판하는 일을 하면서 삶과 문화, 역사의 길에서 내가 중요하게 생각하는 문제는 관점이다. 혹자는 세계관, 혹자는 인생관, 혹자는 문학관에 대해 이야기하면서 방점을 찍는 이 <관점>이야말로 우리가 다시 한번 깊은 관심을 가지고 생각해야 할 화두라는 말이다.

내가 러시아 유학 시절에 전공했던 분야는 20세기 러시아 소설인데 그 중에서도 미하일 불가코프의 장편 『거장과 마르가리타』의 테마 중 하나가 잊혀지지 않는다. 신은 존재하지 않으며 자신의 삶은 계획한 대로, 옳은 것으로 입증된 세계관(아마도 유물론이나 사회주의의 계획적인 삶을 예찬하는 이론일 것이다)에 따라 이루어진다고 주장하는 한 문학 관료가 '자신의 계획 속에 등장하지 않으리라고 생각했던, 일면식도 없는' 한 여자가 쏟은 해바라기 기름에 미끄러져 죽고 마는 장면으로 시작하는 이 작품은 '세계 또는 현실을 바라보는 관점이 하나만 있는 것은 아니다'라는 너무나도 가슴에 와 닿는 진리를 표현하고 있다. 하지만 그것을 표현하기 위해 작가는 1930년대 러시아 사회의 현실을 환상적으로 뒤집어 놓아야만 했다. 누구나 공감할 수 있는 상식적인 표현 방법으로는 '이미 익숙해져 있는 관점, 그래서 자신과 조금만 달라도 맹렬한 비난을 쏟아부으며 인정하려 들지 않는 관점'을 무너뜨릴 수 없었기 때문이다. 불가코프는 자신이 처한 시대적 상황 속에서 '세계를 바라보는 관점'이 여럿 있다는 진리를 말하기 위해, '인간 문화를 형성하는 데 도움을 준 많은 관점들'을 기억하고 보듬으며 그것들에 반향했을 것이다.

시대와 사회적 환경은 다르지만 오늘날 우리가 살아가는 세상도 결코 그에 뒤지지 않는 세상이다. 민주주의와 시장경제 등 합리적인 것으로 확립된 것처럼 보이는, 거대한 괴물 같은 '관점' 뒤에서 상식을 뒤엎는 온갖 부조리와 그야말로 환상적이라고 할 수밖에 없는 사회 현상들이 일어나고 있기 때문이다. 이제 우리 사회는 세상을 이렇게도 보고 저렇게도 보면서 진리의 깨달음으로 나아간다는, 여유로운 '삶의 시나리오'에 대해서는 생각조차 할 수 없다. 아니, 그런 바람을 간직하고 살아가는 것조차 허락되지 않을 만큼 천편일률적인 사회에 살고 있고 그 속에서 절망과 환멸에 사로잡히고 있다.

최선 선생님의 삶에도 헤아릴 수 없이 많은 사건들이 있었을 것이다. 그가 책을 읽고 생각하며 살아 온 세월도 내가 살아 가는 세월만큼이나 혼란스럽고 팍팍했을 것이다. 때로는 견디기 힘든 역경도 있었을 것이고 때로는 작은 기쁨들도 있었을 것이다. 그리고 그 과정에서 다양한 관점들을 배워 자산으로 삼았을 것이고 또 삶을 살아가는 동안 세상을 바라보는 자신만의 눈을 가지게 되었을 것이다. 그런 것들을 속속들이 다 알기란 쉽지 않겠지만 그래도 전혀 방법이 없는 것은 아니다. 글 쓰는 사람은 자신이 겪은 일에서 얻은 인상과 경험, 거기에서 정리되어 차곡차곡 쌓인 생각과 관점을 자신의 글에 고스란히 쏟아내지 않는가! 만약 그렇게 하지 않는다면 그 사람은 자신이 원하지 않는 말을 하고 있는 것임에 틀림없다. 한마디로 글을 통해서 글쓴이의 세상 보는 눈에 대해 알 수 있고 세상과 교류한 흔적들을 찾을 수 있다는 것이다.

최선 선생님은 이렇게 말했다. "러시아어가 아직도 어렵고 그래서 러시아어로 된 글을 읽는 게 쉽지가 않아, 독서량이 부족해"라고. 하지만 최선 선생님이 러시아문학에 접근한 방법은 결코 어려운 방법이 아니었다. 학생들에게 항상 강조하셨듯이 텍스트를 꼼꼼히 되풀이해 읽는 방법으로 자기 삶의 거울이 되는 문학, 들여다보며 웃다가 울다가 할 수 있는 문학을 선택했고 이제 그동안 느끼고 얻어 온 것들을 가까운 사람들과 나누려 한다.

무릇 사람이 지긋한 나이가 되어 인생을 돌이켜 볼 때 누구나 자기 분야에 전문가들이 되어 있기 마련이지만 아쉽게도 세상을 보는 전문가, 세상의 여러 면을 바라보는 전문가는 많지 않은 것 같다. 제각기 잘난 맛에 산다지만 놀라운 속도로 기존의 가치관이 무너져 가는 이때, '내가 왜 살고 있고 또 앞으로 더 사는 것에는 어떤 의미가 있을까?'라는 생각을 떨쳐 버릴 수 없고 그럴수록 의연하고 <초연한 모습으로 세상의 의미, 삶의 의미를 찾으려는> 사람과 그런 사람의 글이 소중하게 느껴진다. 러시아 작가들의 '인간에 대한 믿음과 삶에 대한 애정을 보여주는 관점들'을 다시 기억하고 보듬으면 나의 원초적인 질문에 대한 답을 얻을 수 있을까? 나의 선생님의 '세상 보는 눈'은 어떤 것일까? 그가 바라본 세상, 그가 바라본 러시아문학은 이런 질문에 대한 답을 찾을 수 있도록 도움을 주었을까? 주었다면 어떻게 주었을까? 궁금하다. 선생님의 글을 다시 읽으며 생각해 볼 것이다.

원래 별 내용 없는 편지 한 장도 예전에 쓴 것을 다시 읽으면 왠지 모르게 마음에 들지 않는 법이다. 하물며 40년 동안 써온 글들을 한데 모아 읽고 손보는 일, 아니 그렇게 하기로 마음 먹는 일조차도 얼마나 어려운 일인가? 그러나 그 글들 여기저기에 묻어 있는 '러시아문학과 함께한 40년'의 흔적은 한 사람의 업적을 정리하는 것을 넘어 '한국에서의 러시아문학 연구사'에 남을 족적으로서 충분한 가치를 가질 것이다. 그간 쓴 글을 모아 책을 펴내기로 한 선생님께 박수를 보내며 또 제자들을 '인터넷 밴드'에서 만나 대화하며 아직 남아 있는 공부를 더 하고 싶다는 선생님께 응원을 보낸다.

이재필

차례

N. A. 네크라소프 시의 화자話者*

머리말

니콜라이 알렉세예비치 네크라소프(N. A. Nekrasov, 1821~1877) 연구에 있어서 시의 화자(話者)에 관한 문제는 민중성, 파로디야(parodija, 英 parody, 獨 Parodie), 역할시(rolevaja lirika, 獨 Rollengedicht)[1], 장르, 다음성적 구조(mnogo-golos'e 英 polyphony, 獨 Vielstimmigkeit), 율격 및 각운의 실험성, 일상어의 시어화에 대한 문제와 함께 주요한 관심사의 하나이다. 도대체 문학작품의 화자 및 이와 연관된 의사전달에 관한 이론적인 문제는 시 연구에 있어서도 점점 활발히 토의되고 있는 대상이다. 특히 역할시를 이러한 관점에서 연구하여 시(詩) 장르(lirika를 필자는 서정시라고 하지 않고 그냥 시라고 하였다)에 대한 전통적인 정의에 불만을 품는 목소리가 점점 높아지고 있는 것 같다. 전통적인 정의를 배격하는 사람들은 시가 주로 '감정', '체험', '내면성', '직접성', '현재성', '즉흥성'이라는 말로써 설명되는 것에 반발하면서 이러한 정의로는 포섭하지 못하는 많은 문제들을, 특히 역할시를 중심으

---

* 『인문논집』 제28집(고려대학교 문과대학, 1983), 163-187.

1 시 속의 발언 주체가 시인이 아닌 것이 명백한 경우의 시를 말한다.

로 제시하고 있다. 포에게(Voege)는 『시의 간접성과 직접성』[2]이라는 저서에서 고대의 시가 보통 직접적이라고 잘못 여겨져 왔다고 강조하고 있다. 고대뿐만이 아니라 실상 18세기까지도 대다수의 시가 간접적인 성격을 보여주고 있다. 이 시기까지는 대부분의 시인이 그를 후원해 주는 영주나 성주들에게 경제적으로 의존해 있었거나, 살롱부인의 호의를 받아 사회적 보장을 받아야 했기 때문에 시인은 종종 주어진 형식이나 내용적 도식을 채워줄 것을 요구받아 직접성을 잘 나타낼 수 없는 형편이었다. 그러다가 프랑스 혁명 이후 유럽의 대부분의 나라에서 시인이 사회로부터 고립되고 또 시인이 자신의 고유성을 개인적 가치로 인정하게 됨에 따라 직접성, 내면성, 주관성이 서정시에 나타나게 되었는데 현재까지도 우리는 시를 정의할 때 이러한 낭만주의 시대의 시의 특성인 직접성, 내면성, 주관성을 시의 본질적인 요소로 생각하고 있는 경우가 많다. 무카조프스키는 이에 대해서 「예술에 있어서의 인격주체」[3]라는 논문에서 19세기 초 낭만주의 시대 이전, 중세는 물론 르네상스 시대에도 예술작품에 인격 주체가 거의 나타나지 않으며 이것이 나타나면 오히려 예술적 규범에 어긋나는 것으로 생각되어 왔다고 밝히고 낭만주의 시대에 와서 개인이 자기 작품의 창조자로 느끼는 미학이 발달되어 작품이 예술가 인격의 즉흥적 표현이라고 여겨지게 되었으나 현대에 와서 다시 이러한 견해는 수정되고 있다고 말한다. 즉 예술작품을 쓰는 작가는 항상 독자를 의식하고 독자를 위해 쓴다고 볼 수 있으며 특히 직업적으로 시를 쓰는 사람의 시를 시인 자신의 즉흥적 표현이라고 보는 것은 옳지 못하며 시는 독자와 마찬가지로 작가에게 있어서도 하나의 기호라는 것이다.

---

2 포에게, 에른스트Voege, Ernst, 『시의 간접성과 직접성Mittelbarkeit und Unmittelbarkeit in der Lyrik』, 재판(다름슈타트, 1968).

3 얀 무카조프스키Jan Mukařovsky, 「예술에 있어서의 인격주체Die Persönlichkeit in der Kunst in: Studien zur strukturalistischen Ästhetik und Poetik」(München, 1977), pp. 66~83.

여하튼 시의 주인공(liričeskij geroj), 시 속의 나(liričeskoe ja), 시인상(像)(obraz poéta)이라는 개념은 시라는 장르가 시인 자신의 이야기라는 생각, 또 시는 오로지 시인의 심적(心的)인 상황을 순간적으로, 직접적으로 그린다는 생각이 지양되기 시작한 이후 시 연구에 나타나기 시작한 많은 개념들 중의 하나이다. 시의 화자와 관련된 '시인상'(obraz poéta), '시의 주인공'(liričeskij geroj), '시의 주체'(liričeskij subekt), '시속의 나' (liričeskoe ja) 등의 개념들은 그러나 자주 혼돈되어 쓰여 왔다 어떤 사람은 '시의 주인공'이 시에 나타난 작가 의식의 대변인이라고 하고, 어떤 사람은 '시인상'과 '시의 주인공'을 동일 인물로 보고, 또 어떤 사람은 '시의 주체'가 시에서 말하는 사람이라고 한다. 이렇게 혼란되어 사용되어 온 개념을 시 분석의 방법적 도구로 사용할 수 있기 위해서는 이 개념이 어떻게 사용되어 왔는가를 살펴서 혼란의 원인을 밝히고 이러한 혼란을 피할 수 있는 개념 규정을 시도하여야 한다고 생각한다.

이 글은 첫째 시의 주인공 및 이와 연관된 개념을 둘러싼 소련의 논쟁을 소개하고, 둘째 이러한 논쟁에서 유래한 혼란스런 개념 사용을 지양할 수 있다고 생각하는 시의 화자와 시인과의 관계, 즉 시의 의사전달에 관한 모형을 제시하고, 셋째 네크라소프의 시들을 이러한 모형에 따라 분석하면서 이러한 개념이 네크라소프의 시를 이해하는 데 좀 더 폭넓은 시각을 제시할 수 있지 않을까 하는 것을 검토해 보려고 한다.

I

1950년대부터 소련의 문학비평에서 시인상, 시의 주인공 및 이와 연관된 문제를 둘러싼 논쟁에 참가한 주요 인물로는 막시모프(D. Maksimov), 부즈닉(V. Buznik), 스테파노프(N. Stepanov), 루닌(B. Runin), 티모페예프(L.

Timofeev), 나자렌코(V. Nazarenko), 토마셰프스끼(B. Tomaševskij)를 들 수 있다.

막시모프는 「시의 주인공에 대하여」라는 글에서 '소련의 시들이 시인의 개성이 닳고 닳았거나 유치하다고 또는 시의 내면세계가 빈약하다고 자주 지적을 받고 있는데 이는 시라는 장르가 특히 주관적이며 내면적이고 시인 자신의 자기표현이라는 전통적인 관념을 생각해 볼 때 심각한 문제가 아닐 수 없으며 이러한 문제의 해결을 위해서는 시인상에 대한 문제를 연구하고 올바른 시인상을 정립시켜 시인에게 이러한 시인상을 창조하는 길을 열어주어야 한다'고 하였다. 그는 '소련의 시에 나타나는 시인상이 소련의 시민이자 시인이어야 하지만 이 시인상은 실제 시인의 전기적 인격과 동일시되어서는 안 된다고 말하며, 반영되는 것(표현되어지는 것)과 반영하는 것(표현하는 것)은 서로 같을 수 없고 시인은 시를 창작할 때 의식적으로 목적성을 띠고—무슨 구호를 외친다는 의미에서가 아니라 하더라도—시인상을 만든다'고 하였다. 막시모프는 1856년 체르늬셰프스키N. Černyševskij가 '시 속의 나'와 '작가 자신'이 항상 동일한 것은 아니며 '시 속의 나'의 상황이나 감정이 시인 자신의 것인지를 말할 때는 매우 조심스러운 태도를 가져야 한다고 말한 것을 상기시키며 실제 시인과 문학적 인격 사이에 공통성이 있고, 시인상이 시인의 주요한 모습을 드러내는 것은 사실이지만 시인의 전기적 인격은 작품 속에 반영됨으로써 우연적이며 불필요한 주관성에서 벗어나게 된다고 말하였다.

이와 같이 시의 주인공(막시모프는 시인상이라는 말을 쓰고 있지만)과 작가가 구별된다는 막시모프의 견해를 나누고 있는 사람은 부즈닉, 스테파노프인데 부즈닉은 실제의 작가 인격과 그가 시 속에서 자신에 대해 쓰는 것은 결코 일치할 수 없다고 전제하고 소련 시가 왜 실패하고 있는가를 밝히기 위해서는 시인과 시의 주인공이 일치하느냐 일치하지 않느냐에 대한 이론적인 논쟁보다는 시의 민중성에 대해 논하는 것이 중요하다는 주장을

---

4   막시모프D. Maksimov, 「시의 주인공에 대하여O liričeskom geroe」, 문학신문 1954년 5월 15일자.

한다. 그는 19세기의 시인들 중에는 민중의 시각에서 시를 쓴 작가들이 있기는 하나 대부분 자신의 독백을 썼는데 10월 혁명 이후에는 시의 주체가 개인이 아니라 단체, 집합체가 되었고 특히 프롤렛쿨트Proletarskaja Kul'tura는 시에서 '개인성', '나'를 배제하고 '우리'를 집어넣어 프롤레타리아의 시각에서 말하고자 하였으나 이들의 시가 성공하지 못한 것은 시속의 '우리'가 너무나도 거대한 힘을 지니고 있어 인간이라기보다는 추상적 알레고리 같은 느낌을 주었기 때문이라는 것이다. 1923년 프롤렛쿨트가 소련공산당으로부터 선고를 받은 뒤 대두한 그룹들은 레프(LEF), 구조주의자(이는 소련의 문학비평을 지칭하는 strukturalizm과는 상관없는, 시에서 건축학적 조형미를 추구하던 konstruktivizm의 추종자들을 말한다), '젊은 근위대molodaja gvardija' 등인데 레프는 문학이 현실을 사진 찍는 것처럼 묘사해야 한다고 주장한 반면 '젊은 근위대'의 시인들은 소련 인민의 전형적인 모습이 개인적·구체적인 경험 속에서 묘사되어야 한다고 말하였지만 이들이 창조한 인물상들에는 심리적인 면이 빠져서 외형적인 느낌을 주고 있으며 대부분의 경우 순전히 추상적이고, 일반적으로만 표현되었기 때문에 실패하였다고 분석하였다. 그는 마야코프스키만을 이런 면에서 성공한 작가로 꼽고 있는데 이는 그의 시가 '나'에서 '우리'로의 이행을 보여주며, '개인적인 동기'에서 '보편적인 삶'에 대한 것을 쓰기 때문이라고 하였다. 그는 마야코프스키의 시인상이 그럴듯하게 보이는 것은 시인상이 시인의 전기적 요소를 많이 지녔기 때문이 아니라 마르크스·레닌의 사상에 진정으로 투철하기 때문이라고 결론지으며 이러한 시인상, 시의 주인공이 시에 나타나는 것이 바람직하다고 말하였다.[5]

스테파노프는 푸슈킨의 시를 분석하면서[6] 시인의 전기적 사실만을 갖고

---

5 부즈닉V. Buanik, 「소련 시문학의 주인공에 대하여O geroe sovetskoj liričeskoj poézii」, in *Voprosy sovetskoj literatury*, 7(M.-L., 1958), S. 126~185.

6 스테파노프N. Stepanov, 「푸슈킨의 시에 있어서의 작가상Obraz avtora v lirike Puškina」, in

시에 접근하는 것을 비판하고 작가의식의 표현 방법을 몇 가지로 분류해 보는 것이 시 연구에 있어서 꼭 필요하다고 주장한다. 그는 시를 1) 작가가 직접 말을 하는 경우, 2) 시의 주인공이 말을 하는 경우, 3) 시의 인물이 말을 하는 경우로 나누어서 시의 인물은 작가의 모습을 거의 갖고 있지 않거나, 완전히 독립된 사람이고, 시의 주인공은 작가의식의 객관화로서 특정한 시각에서 현실을 파악하는 인물인데 이는 시인 자신의 실제 생활과 직접 관계가 없지만 작가의 세계관을 나타내는 인물로서 시 속에서 하나의 인격체로 나타나는 경우에 한해서 쓸 수 있는 개념이라고 주장하였다.

이들과 대립된 입장을 취하는 나자렌코,[7] 토마셰프스키[8] 등의 연구가들은 현대를 사는 시인은 시 속에 자신의 고유 경험을 나타내야지, 마음대로 꾸며낸 경험을 반영해서는 안 된다고 말하며 시의 주인공이라는 개념은 시인의 실제적 삶과 작품 사이의 괴리를 나타나게 할 위험이 크고 시인을 그가 만든 인물 뒤에 숨는 위선자로 보게 하는 퇴폐주의 시대의 산물이라면서 이를 부정하였다.

주로 '시의 주인공' 및 '시 속의 나'가 얼마만큼 작가와 동일한가, 또는 다른가, 이 개념이 문학연구 및 문학작품 창조에 얼마나 유용한가 하는 문제들을 중심으로 진행되어 오던 이러한 논쟁은 1960년대부터는 전통적으로 주관적인 장르로 여겨오던 시가 사회주의 사회에 존재할 수 있겠는가, 존재할 수 있다면 그 시는 어떤 것이어야 하며 시에는 어느 정도의 주관성이 허용되어야 하는가 하는 문제가 '시의 주인공'과 연관되어 거론되었다. 시의 주인공이 작가와 동일하다고 주장하며 시의 주인공이라는 개념의 불

Stepanov, *Lirika Puškina* (모스크바, 1959), p. 102 ff. 특히 pp. 108~110.

7 나자렌코V. Nazarenko, 「소위 시적 주인공이라는 것에 대하여O tak nazyvaemom, liričekom geroe」, in: Zvezda 10, 1953.

8 토마셰프스키B. Tomaševskij, 「문학과학에 있어서의 유령Prizrak v literaturovedenii」, 문학신문 1963년 6월 1일자.

필요성을 주장하는 사람들이나 시의 주인공이 시 연구에 필요하다고 주장하는 사람들이나 모두 시라는 장르가 사회주의 사회에서 살아남을 수 있다는 데는 의견을 같이 하지만 시의 주인공이라는 개념을 반대하는 사람들은 시인이 자신의 경험, 감정을 노래하는 경우, 이는 시인 개인만의 것이 아니라 결국 대중의 일원으로서의 경험을 노래하는 것이기 때문에 시인의 경험적 세계는 곧 대중의 경험적 세계와 동일하고 시인은 자신의 생의 경험을 기초로 대중의 경험을 표현하는 것이라고 하는 반면에 '시의 주인공'이라는 개념을 내세우는 사람들은 '시의 주인공' 속에 시인은 자기 시대의 정신세계를 표현하는 데 있어서 가장 성스럽고, 고상하고, 고귀한 인격을 가진 인물을 구체화할 수 있기 때문에 시의 주인공이 있음으로 하여 시는 보편적인 성격을 띠게 된다고 말한다. 즉 시의 주인공이 사회주의적 세계관을 갖고 소련 사회의 목표를 향해 나아가는 진보적 인격으로서 사회주의 대중의 일원으로 그려짐으로써 시 또한 사회주의 체제가 요구하는 객관적 예술형식을 만족시키는 문학 장르일 수 있다는 것이다.[9]

이제껏 살펴본 바와 같이 위의 시적 주인공에 관한 논쟁은 공식적인 문학 속에서 억압을 느끼는 시인들의 고민을 보여주는 한편 어떻게 해서든지 사회주의 리얼리즘 문학을 정립해야겠다는 의지에 다름 아니라고 말할 수 있다. 그래서 이러한 논의가 시의 의사전달 체계에 관한 문제에 초점을 두었다기보다는 시인상 및 시의 주인공이 어떠해야 하는가 하는 규범적인 문제에 치중했기 때문에 시의 화자에 대한 고찰이 심층적으로 진행되지 못한 감이 있지만 전기적 시인, 실제적 시인과 시 속에 나타난 시인을 구별해서 생각할 수 있다는 사고의 발단은 이 문제에 대해 좀 더 깊이 연구할 수 있는 여지를 주었다고 볼 수 있겠다. 스테파노프의 경우를 제외하고는 '시의 주인공'이라는 개념이 막시모프가 말한 '시인상'이라는 개념과 거의

---

9 티모페예프L. Timofeev, 「시적 주인공에 대하여O liričeskom geroe」, in: Literatura v škole, 1963년 No. 6.

동일하게 쓰이고 있으며 스테파노프의 경우에 있어서도 작가가 작품에 나타나는 경우와 시의 주인공이 나타나는 경우를 구별하고 있지만 그 구별하는 기준이 모호한 것은 사실이다.

II

이제 시라는 장르가 시인의 주관적 체험을 그대로 이야기하는 것이 아니라는 데 동의하여 실제적 시인과 시 속에 나타난 시인의 생각 사이의 관계를 문제 삼을 수 있다는 것을 전제로 하고, 또 실제로 네크라소프의 시를 읽으면서 시에서 이야기하는 사람, 즉 시의 화자가 시인의 생각을 말하는 것이 아님이 분명한 것을 자주 보면—시가 주는 전체 정보는 시에서 이야기되는 인물이 좋거나 나쁘다는 것이 분명한데 화자는 그렇지 않은 듯이 이야기하거나, 또 시의 전체 정보는 화자가 엉터리 같은 사람, 또는 위선적인 사람이라는 것을 나타내는데 화자는 자신에 대해 무척 좋게 이야기할 때 우리는 시의 화자의 가치관과 시에 나타난 시인의 가치관이 극단적으로 대립되는 경우를 보게 되지만—또 그렇게까지 분명하지 않더라도 시의 화자와 시에 나타난 시인의 생각과의 관계가 단순하지 않다는 데 생각이 미치게 되면, 우리는 시에서도 소설이나 드라마에서처럼 이야기하는 것이 어떻게 전달되는가 하는 문제에 대해 좀 더 자세히 살펴볼 필요를 느끼게 되며 시의 주인공, 시인상, 시인이라는 개념 대신 실제적 시인, 하나의 시에 나타난 추상적 시인(이는 소련의 시 연구 비평에서 시의 주인공 및 시인상이라고 표현된 것에 해당한다. 그런데 이 경우 시 속의 시인이 직접 발언하는 것이라는 생각이 전제되어 있다), 시의 발언주체 즉 시의 화자, 시 속에서 이야기되는 인물이라는 개념들을 사용하여 시에 접근할 수 있겠다는 생각을 해 보게 된다. 이러한 생각은 소설에서는 바흐틴의 도스토예프스키 연구 이후 꽤 오래 전부터 구체화되어 있는 생각이고 드라마에서도 많이 진척되어 있는 연구이다. 그러나 시에 있어서는 이러한 연구가 활발하게 진척되지 못하였는데 이는 대부분의 널리 알려진 시들이 이런 문제에 대한 연구를 필요로 하지 않기 때문이기도 할 것이다. 네크라소프의 시에 있어서도 많은 시들은 그 내용을 파악하는 데 있어서 추상적 작가와 화자를 구별하여 생각해 볼 것을 요하지 않는데 이는 추상적 작가와 화자의 목소리가 완전히 일치하고 있다고 여겨지기 때문이다. 그러나 그렇지 않은 시들을 모두 포섭할 수 있는 개념 체계를 설정해 보고 여기에 따라 시에 접근해 보는 것도 의미 있는 일일 것이다. 왜냐하면 그렇지 않은 경우, 즉 추상적 작가와 화자를 동일한 사람으로 생각하는 경우, 네크라소프의 시들의 다층적 구조가 완전히 파악될 수 없기 때문이다. 특히 네크라소프의 무척이나 평이해 보이는 시가 자세히 살펴보면 의미구조 자체에 독자의 시선을 머무르게 하는 다의성을 나타내는 것을 볼 때 이러한 개념 체계의 필요성이 절실히 느껴진다.

네크라소프 시의 의사전달 구조를 밝히는 데 있어서 피스터(M. Pfister)[10]가 제시한 서술적 텍스트의 의사전달에 관한 모형을 적용할 수 있다고 보았다. Pfister는 R. Fieguth가 「서술적 작품과 드라마의 수용유도에 대하여」라는 글에서 제시한 모형 중에서 실제적 작가와 실제적 수용자가 문학 활동과는 전혀 관계없이 접촉하는 경우의 의사전달 단계를 생략하여 다음과 같이 서술적 텍스트의 의사전달 모형을 제시하였다.

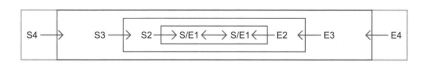

S4: 작품의 생산자로서 문학·사회적으로 설명할 수 있는 역할을 담당하는 경험

---

10   피스터M. Pfister, 『드라마Das Drama』(뮌헨, 1977년), p. 20 f.

적 작가(실제적 작가)

S3: 작품 전체의 주체로서 텍스트에 내재하는 이상적 작가(추상적 작가)

S2: 전달하는 서술기능을 담당하는, 작품 속에 형상화된 허구의 화자

S1: 작품 속에 나타난 허구의 인물

E1: 작품 속에 나타난 허구의 인물과 대화하며 의사를 소통하는 가상적 인물, S1
의 수신자.

E2: S2의 수신자로서 텍스트 속에서 만들어지는 청자

E3: 작품 전체를 받아들이는, 작품 속에 내재하는 이상적인 수용자.

E4: 작가가 겨냥했거나 또는 그렇지 않은 또는 시대적으로 나중의 경험적 독자
(실제적 독자).

　　위의 도표가 나타내는 바와 같이 전기적 인격으로서의 실제적 작가는 텍
스트 밖의 인물로서 텍스트 속에서 나타나는 추상적 작가(내재적 작가, 이
상적 작가라고도 불린다)와 구별된다. 전통적인 텍스트 분석에서 작가라
는 말이 분화되어 사용되지 않은 경우, 텍스트가 실제적 작가와의 역사적·
경험적 연관 속에서 파악되었다고 볼 수 있겠다. 또한 소련의 많은 비평가
들이 '시인상' 또는 '작가상'이라는 개념이 필요하지 않다고 생각한 것은 추
상적 작가와 실제적 작가를 동일하게 취급하고 심지어 이들을 시적 화자와
동일하게 취급해야 한다고 생각했고 또 취급한 소치라고 볼 수 있다.

　　추상적 작가란 텍스트의 모든 장치 및 특성들의 통합점이고 텍스트의
모든 요소들이 그 속에서 의미를 갖게 되는 작가 의식이라고 볼 수 있다.[11]
텍스트의 개별 요소들은 추상적 작가가 선택한 것의 결과로서 나타나게
되는 것이다.

　　볼프 슈미트(Wolf Schmid)의 말을 빌면

　　추상적 작가의 가치관은…… 표현된 의미적 요소들의 변증법적 관계에

11　링크Hannelore Link, 『수용미학Rezeptionsforschung』, 1976년, p. 23.

서 결과하는 것이다……. 그리고 이러한 의미적 요소들은 또한 추상적 작가
속에 구체화된 작품 전체의 의도의 측면에서 볼 때 위계적으로 짜여 있다.[12]

그런데 추상적 작가의 상, 또는 그가 주는 텍스트의 정보는 독자에 따라
각기 다르다. 개개의 독자는 자신의 출발점(사회적·역사적·경제적·미학적
등등의)과 이해도에 따라 텍스트를 받아들이게 되며 추상적 작가를 생각
하는 데 있어서 실제 작가에 대한 정보나 다른 시에서 받은 추상적 작가에
대한 인상에 의해서 영향을 받을 수 있다.

시의 화자(발언 주체)는 추상적 작가가 의사전달의 목적으로 만든 수단
이다. 이는 작가에 의해 꾸며진 허구적인 인물로서 어떤 때는 그가 꾸며진
가공의 인물이라는 것이 잘 드러나지 않으나(예를 들어 낭만주의적 독백시
에서처럼) 어떤 때는 추상적 작가는 자신과 화자와의 거리를 과시적으로
드러내고 있다. 역할시는 화자가 작가와 다르다는 것이 시 안에서 매우 뚜
렷하게 나타나는 경우이다. 네크라소프의 한 역할시인 「채소밭지기」에서
화자는 채소밭지기로서 자신에 대해 이야기하고 있다. 여기서 독자는 추
상적 작가와 화자를 결코 동일한 인물로 볼 수가 없는 것이다.

여하튼 시의 화자와 추상적 작가의 관계는 각각의 시 안에서 텍스트가
주는 정보의 총합으로서 결정되는 것이지만 경우에 따라서 텍스트가 주는
정보로서 이 둘의 관계가 확연해지지 않는 경우도 있다. 이 문제와 연관하
여 볼프 슈미트의 견해를 참고해 보자.

슈미트는 추상적 작가와 화자, 화자와 작품에 나타나는 인물과의 관계
를 바흐틴처럼 일종의 말의 충돌 관계로 보았지만 소설의 의미가 소설이
진행되는 동안 직접적으로나 간접적으로 나타나는 모든 허구적 인물(여기
에는 화자도 포함된다)들의 목소리의 총합으로 나타난다고 하는 바흐틴의
기본 입장을 수용·발전시켜서 도스토예프스키 소설의 의사전달 구조를

12　슈미트W. Schmid, 「B. A. 우스펜스키의 구성 시학에 대한 서평」, in *Poetica*, 4(1971), p. 128.

석하는 데 있어서 실제적 작가, 추상적 작가, 화자, 인물을 구별하여 인물 및 화자의 목소리를 주로 살피고 있으며, 이들의 목소리들이 바흐틴에서처럼 작가로부터 완전히 분리되어 각기 상이한 사상을 대표하는 것이 아니라, 각기 더 포괄적인 개념에 위계적으로 종속되어 텍스트의 전체 의미, 즉 추상적 작가의 의도를 나타내게 되는 것이라고 보았다.[13] 그러나 추상적 작가의 생각은 화자의 입을 통해서만 알 수 있는 것이기 때문에 화자가 사상적으로나 배경적으로, 또 말을 사용함에 있어서 작가와의 거리감을 크게 나타내면 낼수록 뚜렷이 부각된다고 하였다.[14]

그런데 텍스트만으로 추상적 작가와 화자와의 관계가 명확하지 않은 경우, 독자는 이미 다른 시들에서 받은 추상적 작가들의 인상을 가지고 판단하기 쉽다. 같은 시기에 나타난 시들, 특히 작가가 생존시에 펴낸 시집에서—그가 자신의 시 세계의 극단적인 편력을 보여주려고 의도하지 않는 이상—하나의 시의 추상적 작가의 모습이 다른 시들의 추상적 작가의 모습과 정반대로 보이는 경우 독자는 추상적 작가보다는 화자를 달리 해석하기가 쉽게 된다. 예를 들어서 네크라소프의 1856년판 시집에 수록된 대부분의 시들의 추상적 작가가 억압받는 민중들에게 강한 연민을 갖고 있고, 농촌의 현실을 매우 잘 알고 있으며, 기존하는 정치체제에 대해서 비판적인 것으로 나타나는데, 그중 하나의 시의 화자가 텍스트 자체에서 화자와 추상적 작가의 비판적 거리감의 증거를 찾을 수 없다고 하더라도, 현실에 매우 만족하고, 피상적으로 농민을 바라보며 밝은 미래를 꿈꾸는 경우에 독자는 화자가 추상적 작가와 대립되는 가치관을 가지고 있다고 보게 되는 것이다. 이러한 독자의 태도에 대해 무카조프스키는 「예술에서의 의

---

13 슈미트W. Schmid, 『도스토예프스키의 텍스트 구조Textanfbau Dostoevskijs』(뮌헨, 1973년), pp. 9~38.

14 슈미트W. Schmid, 「Dieter Janik의 서술작품의 의사전달구조에 대한 서평」, in *Poetica* 6(1974), p. 407.

도된 것과 의도되지 않은 것」이라는 논문에서 예술에서 의도된 것이란 수용자의 입장에서 말하는 것으로서 작품의 의미 전체를 말하는데 수용자가 작품 속에서 이러한(자신이 생각한) 의미 전체에 어긋나는 것을 보면 이를 의도되지 않은 것으로 받아들이게 되는 것이라고 설명하고 있다.[15] 그러나 이 경우 추상적 작가와 시의 화자의 관계가 애매한 것은 부정할 수 없다. 이러한 애매한 관계는 시의 화자와 시에 나타난 인물과의 관계가 애매하여 작품의 의미과정 자체에 눈을 돌리게 하는 미학적 효과를 거두듯이 미학적 효과를 가질 수 있다고도 생각할 수 있겠다. 네크라소프의 「학교 소년」이 이런 경우에 해당한다고 본다.

III

네크라소프 연구에서 처음으로 시의 화자에 대한 문제를 제기한 사람은 코르만B. Korman이다.[16] 그는 앞에서 소개한 막시모프 및 스테파노프의 견해를 수용 발전시킨 입장을 취한다. 코르만은 막시모프가 시인상이라는 말을 쓰고 있기는 하지만 이를 시의 주인공을 지칭하는 것으로 받아들여, 시에는 시의 주인공이 나타나는 시가 있고 그렇지 않은 것이 있다고 한 견해에 동의하고, 스테파노프가 작가의식의 표현을 앞서 말했듯이 1) 작가가 직접 말을 하는 경우, 2) 시의 주인공이 말하는 경우, 3) 시의 인물이 말하는 것으로 나눈 것을 받아들여 네크라소프의 시를, 누가 말하는 것이냐에 따라

---

15   얀 무카조프스키, 『예술에 있어서 의도된 것과 의도되지 않은 것Beabsichtigtes und unbeabsichtigtes in der Kunst』, 같은 책, pp. 31~64, 특히 pp. 44~45.

16   코르만B. O. Korman, 『네크라소프의 서정시』(보로네즈, 1964), 총 390면. 코르만의 연구는 네크라소프 연구서 중에서 네크라소프의 시학을 다루고 있다는 점에서 가장 종합적이고 권위 있는 것으로 꼽힌다.

1) 작가 자신이 말하는 경우

2) 작가가 다른 사람에 대해 이야기하는 경우

3) 시의 주인공이 말하는 경우

4) 분명히 작가가 아닌 사람이 말하는 경우

로 나누어서 1), 2)의 경우에는 시의 중심을 차지하는 것은 말의 대상이 되는 자연이나 사건이고 말하는 사람은 중요하지 않고, 3)의 경우에는 말하는 사람이 시의 주체이자 객체인데, 3)의 말하는 사람이 1), 2)의 경우와 구별되는 것은 그가 특정한 내력을 가졌고 성격이 뚜렷하며 특정한 심리적·감정적 면모를 보인다는 점이다.

4)의 경우 작가는 '말하는 사람의 뒤에서 말하는 사람'이 자기가 아니라는 것을 내세운다고 하였다. 그리하여 1), 2), 3)의 화자는 동일인물이며 하나의 인물의 여러 모습이라고 볼 수 있다는 것이다. 시에서 작가가 자신의 모습을 양적으로 얼마나 많이 보이는가에 따라 1), 2), 3)으로 분류하여(그렇다면 코르만이 생각하는 작가라는 것은 실상 네크라소프의 모든 작품에 나타난 작가상 및 네크라소프라는 실제 인물에 대한 지식의 총합을 말하는 것으로 볼 수밖에 없다) 작가가 전기적·심리적·감정적으로 뚜렷한 모습으로 시에 나타날 때만 시의 주인공이라고 부르자는 코르만의 입장은 네크라소프의 시를 분류하는 한 방법일 수 있지만 개별적인 시들에 접근할 수 있는 개념 체계로서의 구실을 하는 것은 아니다. 그리고 1), 2), 3)의 화자를 모두 동일한 인물로 보았기 때문에 네크라소프의 시 중에서 그가 예외적인 경우로 잘못 취급한 시들이 생긴 것으로 보인다.[17] 그가 역할시나 다음성적 구조라는 항목으로 이런 문제를 보완하고 있지만 결국 코르만의 분류는 네크라소프의 시에 나타나는 다양한 세계관을 가진 화자들을 모두 포섭하지 못한 미진한 감을 준다. 그런데 그가 시의 다음성적 구조에서 말한 바, 시에서도 다음성

---

17 위의 책, pp. 81~82.

적 구조가 나타나지만, 작가의 음성이 산문에서처럼 분석에 의해서 나타나는 것이 아니고 텍스트 자체에서 항상 강하게 감지된다는 날카로운 지적은 시를 분석하기 위해 의사전달의 모형을 소설 분석에서 취해온 이 글의 전제를 장르의 문제와 연관하여 검토해 보게 한다.[18]

이러한 문제를 파고드는 것은 매우 중요한 일이지만 이 글의 의도 밖에 있다. 여기서는 이러한 문제에 대한 필자의 견해를 잠깐 언급하고 이 단락을 마무리하려고 한다. 소설에서보다 시에서는 작품의 전체 구조 속에서 화자가 차지하는 부분이 작다고 볼 수 있다. 즉 소설보다는 시에, 순전히 추상적 작가에 속한다고 생각되는 텍스트의 요소가 더 많다. 이는 시의 전체구조가 전통적으로 형식이라고 불리어 오는 여러 가지 리듬적 요소들에 의해 복잡하게 짜여 있기 때문이다. 그러므로 시에서 시의 화자라는 층위와 추상적 작가라는 작품의 전체 구조와의 관계를 살펴보는 것은 시의 화자와 시의 다른 구조적 요소들과의 관계를 살펴보는 것이라고 생각할 수 있다. 이런 의미에서 이 글은 네크라소프의 시를 분석함에 있어서 위에서 언급한 의사전달의 모형에 따라 화자와 시의 인물과의 관계, 화자와 추상적 작가와의 관계만을 다루어 시라는 복잡한 구조 속에서 극히 부분적인 것을 알아보고자 하는 하나의 조그만 시도라고 말할 수 있다.

IV

여기서는 네크라소프의 두 번째 시집인 1856년도판에 나타난 시들 중에서 몇 편을 골라 다루었다. 네크라소프의 연구서나 문학사에서 이 시집은 특히 시인의 사명에 대해 노래한 부분으로서 러시아시의 새로운 방향을 향한 선언이라고 되풀이되어 주장되고 있다. 당시 19세기 중반의 러시

---

18 위의 책, p. 344 f.

아 시단은 문학 내적으로 볼 때 고골의 후예를 자처하는 사회참여파 시인과 푸슈킨의 후예를 자처하는 후기낭만파에 속하는 순수예술파 사이의 투쟁이 지배했다고 볼 수 있다. 순수예술파의 시인들이, 예술이 스스로 자족하는 존재로서 사회에 무관할 수 있다고 본 반면에 네크라소프를 중심으로 한 혁명적·민주적 시인들은 예술가의 사회적 책임을 강조하였다. 19세기 말엽까지 계속된 이러한 투쟁 속에서 네크라소프가 어떠한 입장을 취하였는가 하는 것과 이러한 문학 내적인 투쟁에 연관한 세계관·가치관의 문제를 뚜렷하게 나타내주고 있다는 의미에서 이 시집은 네크라소프 연구의 기본적인 자료로서 여겨지고 있는 것이다. 이 시집은 네크라소프가 직접 편집한 것인데 그는 이 시집을 내면서 그 이전에 발표했던 시들을 꼼꼼히 고르고 일부를 고쳐 쓰기도 하였다고 한다. 게다가 1855년에는 정치적 상황의 변화로 검열이 약화되었기 때문에 네크라소프는 좀 더 자기가 쓰고 싶은 시들을 많이 썼고 이것들이 검열에 걸리지 않을 것이라는 확신을 갖고 있었던 것으로 보인다. 그가 이 시집을 내기 이전에 "솔다텐코프 노트"(시인의 수첩 이름)에다가 이미 출판한 시들을 모아 모스크바의 출판업자 솔다텐코프에게 보냈다가 이에 만족하지 못하고 다시 새로운 시들을 보내고 몇 개를 되돌려 받는 등으로 하여 "솔다텐코프 노트"와는 완전히 다른 체제를 갖춘 시집을 출판하게 된 것도 이러한 변화와 무관하지 않을 것이다.[19] 이 시집은 네 부분으로 나누어져 있고 첫 번째 부분에는 주로 도시와 농촌의 가난한 사람들에 대한 시들, 「여행 중에」, 「삼두마차」, 「채소밭지기」, 「거리에서」, 「학교소년」, 「마부」 등이 실려 있고, 두 번째 부분에는 풍자시들, 「현대의 송가」, 「도덕적 인간」, 「비밀」, 「자장가」, 「박애주의자」 등이 실려 있고 세 번째 부분에는 장시 「사샤」, 네 번째 부분에는 시인에 관한 시와 애정시들, 「뮤즈」, 「고향」, 「온화한 시인에게 복이 내린다」,

---

19 가르카비A. M. Garkavi, 「네크라소프의 1856년판 시집의 출판 역사Istopija sozdanija Nekrasovskogo pervogo sobranija "stichotvorenij", 1856, in: N. Sbornik」 네크라소프연구집 I (모스크바―레닌그라드, 1961), pp. 150~168.

「우리는 어리석은 사람들」, 「방황의 어둠에서 나왔을 때」 등이 실려 있다.

분석하는 시들을 이 시집에서만 고른 이유는 이 시집의 연구 자료로서의 널리 인정된 중요성 이외에도 이 시집을 편집하는 데 네크라소프가 특히 신경을 써서 자신의 시학을 내세운 것으로 보아 추상적 작가가 대체로 동일할 것이라는 기대가 크기 때문이기도 하였다.

1

Блажен незлобивый поэт,

В ком мало желчи, много чувства;

Ему так искренен привет

Друзей спокойного искусства;

Ему сочувствие в толпе,

Как ропот волн, ласкает ухо;

Он чужд сомнения в себе —

Сей пытки творческого духа;

Любя беспечность и покой,

Гнушаясь дерзкого сатирой,

Он прочно властвует толпой

С своей миролюбивой лирой.

Дивясь великому уму,

Его не гонят, не злословят,

И современники ему

При жизни памятник готовят...

Но нет пощады у судьбы
Тому, чей благородный гений
Стал обличителем толпы,
Ее страстей и заблуждений.

Питая ненавистью грудь,
Уста вооружив сатирой,
Проходит он тернистый путь
С своей карающею лирой.

Его преследуют хулы:
Он ловит звуки одобренья
Не в сладком ропоте хвалы,
А в диких криках озлобленья.

И веря и не веря вновь
Мечте высокого призванья,
Он проповедует любовь
Враждебным словом отрицанья, —

И каждый звук его речей
Плодит ему врагов суровых,
И умных и пустых людей,
Равно клеймить его готовых.

Со всех сторон его клянут
И, только труп его увидя,
Как много сделал он, поймут,
И как любил он — ненавидя!

В день смерти Гоголя,
21 февраля 1952

1

온화한 시인에게 복이 내린다.
분노는 거의 없고, 감정은 넘치는 그에게
평온한 예술의 동지들이 그렇게도
마음 깊이 진정한 인사를 보낸다.

군중떼들의 공감이
파도의 속삭임처럼 그의 귀를 애무하고
그는 창조적 정신의 그 아픔인
회의를 조금치도 알지 못한다.

태평과 평온을 사랑하여
뻔뻔스런 풍자에는 몸서리치면서
그는 평화를 사랑하는 피리로서
군중들을 꼭 사로잡고 있다.

위대한 지성에 경탄하면서

그를 내몰지도 비방하지도 않고
동시대인들은 그를 기리어
살아생전에 기념비를 준비한다.

그러나 고귀한 천재(天才)로서
군중을 그들의 욕망과 어리석음을
폭로하는 이의 운명은
그렇게도 가혹하기만 하다.

증오를 가슴에 품고
두 입술을 풍자로 무장하고
질책의 피리를 불며 그는
그의 길 가시밭길을 간다.

비난과 조소가 그를 뒤쫓고 있다.
칭찬의 달콤한 속삭임이 아니라
악의에 찬 거친 목청 속에서
그는 격려의 소리를 듣는다.

높은 소명의 꿈을 또다시
믿기도 하고 못 믿기도 하면서
부정(不正)의 적대적인 언어로써
사랑을 널리널리 알린다.

그의 말 하나하나가
사나운 적들을 만들어 내어

영리한 사람도 텅 빈 사람도
모두 그에게 낙인을 찍으려 한다.

사방팔방에서 온통 저주만 받다가,
그러다가, 시체로 변하면 그때야 알게 되리
얼마나 그가 많은 일을 했고
어떻게도 그가 사랑했는가를, 증오하면서.

고골이 죽은 날에
1852년 2월 21일

　이 시(詩)에서 화자는 '나'라는 형태로 나타나거나 자신에 관해서 이야기하고 있지 않지만 두 종류의 시인에 대해 이야기하는 말로써 자신의 가치관을 드러내고 있다. 제1연부터 제4연 사이에서 화자는 평온한 예술을 애호하는 인기 있는 시인에 대해 이야기하고 제5연부터 제10연에서는 그와 정반대의 시인인 사회를 풍자하여 모두에게서 박해받는 시인에 대해 이야기하고 있다. 화자가 첫 번째 시인을 묘사하는 말을 살펴보면 하나의 단어나 구문에 원래의 의미로는 결합되기 어려운 단어나 구문들이 결합되어 있는 것을 볼 수 있다. 그런데 이러한 단어나 구문들은 따로 떼어서 보면 첫 번째의 시인이 자신의 원칙이나 시인의 존재 의미를 말할 때 쓸 것 같은 표현들인 것이 특이하다.

　가장 두드러진 것으로는

malo želči ↔ mnogo čuvstva (1연 2행)

분노는 거의 없고 감정은 넘치는

on(poét) ↔ čuzd somnenija v sebe, sej pytki tvorčeskogo ducha (2연 3, 4행)

그(시인)는 창조적 정신의 그 아픔인 회의를 알지 못한다.

　을 들 수 있는데, '분노는 거의 없고'와 '감정은 넘치는'이나, '시인'과
'창조적 정신의 아픔인 회의를 모른다'는 원래의 의미로 볼 때는 동의어의
관계로서 연결될 수 없는 구문의 쌍들이다. 그러므로 이러한 연결은 독자
에게 '분노는 거의 없는데 감정이 넘친다는 것은 무슨 소리이며 시인이 창
조적 정신의 아픔인 회의를 모른다면 그 시인은 어떤 시인일까?'라는 긴장
된 의문을 갖도록 하고, 독자 스스로 분노를 모르는 감정이란 불완전하고
어쩌면 위선적일 것이며 창조적 정신의 아픔인 회의를 모르는 시인이란
거짓된 시인을 말하는 것이라고 생각하게 한다.
　위의 구절로써 독자가 일단 이렇게 의미파악에 정향되면

nezlobivyj ↔ poét (1연 1행)
온화한 시인
spokojnogo ↔ iskusstva (1연 4행)
평온한 예술

이라는 단어의 연결에서도 감춰져 있던 당착적 성격을 보게 된다. 즉,
'온화한'이나 '평온한'이라는 말은 그 본질을, 진리를 추구하는 투쟁 속에
두고 있는 '시인'이나 '예술'이라는 말과는 원래는 연결될 수 없다는 것에
주의가 기울여지며, 이런 형용사들이 '시인'이나 '예술'이라는 말에 연결되
게 되면 '시인'이나 '예술'은 진정한 의미를 잃게 된다고 생각하게 되는 것
이다. 제5연의 '평화를 사랑하는'이라는 표현도 원래의 의미로 볼 때는 부
정적인 것이 아니지만 '감정이 넘치는'이라는 표현과 동의어의 단계에 있
게 됨으로 하여 부정적인 뜻을 지니게 되고 이는 '온화한', '평온한', '태평
한'이라는 어휘와 연결되어 본질이 결여된 거짓된 시인을 지칭하는 데 궁

정적으로 기여하게 된다.

이와 같이 제1연에서 제4연까지에서 화자는 '온화한', '평온한', '평화를 사랑하는', '풍자를 몸서리치게 싫어하는' 시인의 세계가 거짓되고 공허하다는 것을 그 시인이 사용하는 말들을 당착어법(oxymora)으로 연결시켜 드러내고 있다.

제5연부터 제10연까지에서 화자는 앞에서 이야기한 시인과 정반대되는 시인에 대해 이야기하고 있다. '화자가 대치시키고 있는 두 시인'에 대해 사용하고 있는 말을 비교해 보자.

제1연에서 제4연까지 이야기되는 시인	제5연에서 제10연까지 이야기되는 시인
분노는 거의 없고(1연) 평온한 예술(1연) 뻔뻔스런 풍자에는 몸서리치면서(3연) 평화를 사랑하는 피리(3연) 창조적 정신의 그 아픔인 회의를 조금치도 알지 못한다(2연) 군중을 꼭 사로잡고 있다(3연) 군중떼들의 공감이 파도의 속삭임처럼 그의 귀를 애무하고(2연) 동지들이……진정한 인사(1연) 기념비를 준비한다(4연) 살아생전에(4연)	증오를 가슴에 품고(6연) 대중을 폭로하는(5연) 두 입술을 풍자로 무장하고(6연) 질책의 피리(6연) 높은 소명의 꿈을 믿기도 하고 못 믿기도 하면서(8연) 비난과 조소가 그를 뒤쫓고 있다(7연) 악의에 찬 거친 목청 속에서 그는 격려의 소리를 듣는다(7연) 사나운 적들(9연) 온통 저주만 받다가(10연) 시체로 변하면(10연)

위에서 보는 바와 같이 화자가 사회를 풍자하는 시인에 대하여 이야기하는 데 사용할 말은 '온화한' 시인에 대해 사용한 말과 완전한 대립관계에 있다. 그런데 이러한 화자의 말은 추상적 작가의 권한에만 속한다고 보는 시의 형식적인 제 요소들에 의해서 더욱더 그 의미가 뚜렷해지고 있다. 우선 시의 텍스트가 시간적으로 펼쳐져 있으나 공간적인 성격을 띠게 되는 보편적 성격은 제5연의 '그러나'라는 연결어를 중심으로 한 두 부분을

어휘와 관계 없이도 비교·대치의 관계에 두도록 한다. 그래서 일단 정보전달의 임무를 마쳤다고 보이는 1~4연의 텍스트의 부분이 5~10연의 텍스트 부분에 병렬적으로 작용하여 이 두 텍스트 부분은 각자의 의미가 더욱 뚜렷해지고 각자의 의미 이외에도 둘의 결합이 만드는 제3의 의미가 나타나게 된다. 하여 앞부분에서 '온화한' 시인이 배격되는 것이 뒷부분의 풍자 시인이 칭송되는 과정에서 더욱 뚜렷해지고 또 그 반대도 마찬가지이다. 특히 제3연과 제6연의 각운 구조는 두 부분의 결합이 가져오는 의미 내용을 강조해 주고 앞부분 화자의 말들이 평온한 예술의 세계에 사는 시인이 사용하는 말에서 인용한 것이라는 것을 드러내준다.

제3연의 '뻔뻔스런 풍자에는 몸서리치며 평화를 사랑하는 그의 피리로서'에서 풍자(satiroj, 2행)와 피리(liroj, 4행)는 각운을 이루고 있는데 통사적으로 볼 때 이 두 단어의 관계는 대립 관계이다. 그런데 제6연의 '두 입술을 풍자로 무장하고 질책의 피리를 불며'에서는 풍자(satiroj, 2행)와 피리(liroj, 4행)가 통사적으로 동일 관계이다. 하여 앞부분에서 '풍자'와 '피리'를 대립 관계로 파악하고 있는 독자에게 뒷부분에서는 '풍자'와 '피리'가 동일 관계에 있다는 것을 각운 구조가 특히 강조해 주기 때문에 '풍자'와 '피리'는 새로이 긍정적인 뉘앙스를 지니고 강한 표현력을 얻게 된다. 이리 하여 제3연의 '뻔뻔스런 풍자에는 몸서리치면서'에서 '뻔뻔스런'은 화자가 '온화한' 시인의 말에서 인용해 온 말이라는 것이 명백해지며 '온화한', '평온한' 등의 다른 형용사들도 인용의 성격을 띤다는 것에 착안하게 되는 것이다. 또한 '풍자'라는 단어가 강한 긍정적 의미를 얻게 됨으로써 앞부분의 '풍자'와 '시'의 대립 관계는 '진정한 시'와 '그렇지 않은 시'의 대립 관계를 의미하게 된다.

사회를 풍자하는 시인을 묘사할 때도 화자는 즐겨 서로 대립되는 개념을 연결하여 사용하고 있다.

제9연의 '영리한 사람도 / 텅 빈 사람도'라든지 제8연의 '적대적인 언어로서 / 사랑을……'이나 마지막 연 마지막 행의 '그가 얼마나 사랑했는가를 / 증오하면서' 등이 그것이다. 그런데 '영리한 사람도 / 텅 빈 사람도'의 연결은 그 자체로 볼 때는 반대어이지만 텍스트의 앞부분에서 받은 정보로서 '영리한'이라는 말과 '텅 빈'이라는 말이 동의어가 되는 세계를 알고 있는 독자에게 이러한 연결은 재삼 이러한 사람들의 공허나 위선을 강조해 주는 역할을 한다. '적대적인 언어로써 사랑을 널리 널리 알린다'와 '사랑했는가를, 증오하면서'에서도 앞의 텍스트에서 감정이 넘치는 평화를 사랑하는 시인의 세계가 허위라는 것이 알려져 있기 때문에 이 두 대립되는 말은 진실한 시인을 강조하여 나타내는 방법으로서 연결되어 '증오'와 '사랑'이 동의어가 되는 배경으로서 '고통이 따르는 강한 정열'이 진정한 시인의 특징이라는 뜻을 두드러지게 한다.

이와 같이 이 시의 화자는 고골이 죽은 날 그를 기리면서 두 가지 유형의 시인을 묘사하는 데 있어 사회를 풍자하지 않는, 인기를 누리는 시인의 세계가 거짓되다는 것을 폭로하고 이에 반대되는, 풍자하는 시인을 진정한 시인으로 보고 있다. 추상적 작가가 사용한 다른 구조적 요소들—즉, 각운의 연결, 텍스트의 구성 등—은 화자의 말이 자신의 의도와 동일하다는 것을 나타내 주고 있을 뿐 추상적 작가가 화자에게 어떤 비판적인 거리를 갖고 그로 하여금 이야기하게 한다고 생각할 수 있는 증거는 없다.

2. Вор

Спеша на званый пир по улице прегрязной,

Вчера был поражен я сценой безобразной:

Торгаш, у коего украден был калач,

Вздрогнув и побледнев, вдруг поднял вой и плач

И, бросясь от лотка, кричал: «Держите вора!»

И вор был окружен и остановлен скоро.

Закушенный калач дрожал в его руке;

Он был без сапогов, в дырявом сертуке;

Лицо являло след недавнего недуга,

Стыда, отчаянья, моленья и испуга...

Пришел городовой, подчаска подозвал,

По пунктам отобрал допрос отменно строгой,

И вора повели торжественно в квартал.

Я крикнул кучеру: «Пошел своей дорогой!» —

И богу поспешил молебствие принесть

За то, что у меня наследственное есть...

2. 도둑

향연에 초대받아 지독히도 더러운 거리를 바삐 지나가다가
나는 어제 천한 장면을 보고 충격 받았다:
흰 빵 한 개를 도둑맞은 가게 주인이
몸을 덜덜 떨면서 하얗게 질려서 갑자기 울부짖고 흐느끼고,
그러다가, 자리에서 뛰쳐나와 소리 질렀다: 《도둑 잡아라!》
그래서 도둑은 금세 둘러싸여 잡혔다.
한입 베어 문 빵이 그 손에서 떨고 있었다.
그는 맨발에 더러운 누더기를 걸치고 있었는데
병색이 남아 있는 얼굴에는
수치와 절망과 애걸과 공포의 흔적이 뚜렷했다……
지서장이 와서 부하를 부르고,
조목조목 사건을 훌륭하게 수사하여

위세당당하게 도둑을 지서로 데려갔다.

나는 마부에게 외쳤다:《자 가자!》

그러고는 내게 유산이 남겨진 데 대해 황급히 신에게 감사기도 드렸다…….

　이 시의 화자는(그의 생각) 매우 더러운 거리를 지나가다가 본 장면(그가 천하다고 생각하는)에 대해 이야기하고 있다. 화자가 천하다고 생각한 장면에 나타나는 사람들은 어떤 사람들인가? 도둑은 병에 시달리다가 배가 너무 고파서 빵 한 개를 훔치는, 신발도 못 신고 누더기를 걸친 불쌍한 사람이고 빵가게 주인은 조그만 빵 하나를 도둑맞은 데 대해 무지무지하게 과민하게 반응하여 경찰을 불러오게 하는 사람이며, 경찰은 자신의 권한을 즐기듯이 꼼꼼히 수사하여(별 것 아닌 것을 가지고) 자신의 수사력에 감탄한 듯 위세당당하게 도둑을 데려가는 사람이다.

　그러면 화자는 이 인물들과 어떤 관계를 가지고 있을까? 화자는 불쌍한 도둑의 얼굴에서 수치와 절망, 애걸과 공포가 뒤섞인 표정을 정확히 읽으며 가난이 불러일으킨 비참한 처지를 잘 알고 있다. 빵가게 주인에 대해서 비판적 거리를 갖고는 있지만 그의 행동이 돈에 시달려서 나온 것이라고 이해하고 있는 것 같다. 그런데 이들의 가난한 처지를 이해하는 화자는 무슨 생각을 하는가? 우선 화자는 연민이라고는 조금도 없이 이 거리가 지독히도 더럽다고 말하고 자기가 목격한 장면을 추하다고 말한다. 그리고 이러한 장면을 보고 나서 자신이 가난하지 않은 것을 신에게 감사드린다. 그 화자는 현실의 비참함을, 삶의 부조리를 잘 알면서도 자신이 거기에서 제외된 것만을 다행스럽게 여기는, 향연에 초대받은 상류층의 사람이다. 추상적 작가는 시의 화자를 상류층의 사람으로, 현실의 부조리에 대해 책임감을 느껴야 할 처지에 현실의 비참함을 잘 알면서도 자신의 복 받은 처지만을 다행스럽게 여기는 사람으로 만들어 '돈 있는 교육층'이 가난한 사람들을 기피하고 자기 본위의 사고를 하는 것에 대해 비판을 하고 있을 뿐만 아니라, 그들이 아는 것과 행동하는 것 사이에 괴리를 나타내는 것을 고발하고 있다. 코르만은 이 시를 다루면서 이 시의 처음 부분과 나중 부분에서는 상류층의 신사가 말을 하고 있고 가운데 부분에서는 휴머니스트 작가가 나타나는 다음성적 구조를 보이고 있다고 말한다.[20] 이렇게 보면 시에서는 작가의, 가난한 사람들에 대한 연민, 상류인사의 가난한 사람들에 대한 무관심과 자기 본위의 사고에 대한 비난, 경찰 관료제도에 대한 비판까지는 볼 수 있어도 상류인사들의 아는 것과 행동 사이의 분열이라는 의미의 층이 나타나지 않게 된다.

화자가 일단 추상적 작가에 의해서 비판적 거리를 갖고 만들어졌다고 생각하게 되면 독자는 추상적 작가가 시에 나오는 인물들에 대해 어떻게 생각하는지 확실히 알 수가 없다. 예를 들어 추상적 작가가 빵가게 주인에 대해 어떻게 생각하는지 명확치가 않다. 즉 빵가게 주인의 일그러진 행동 양식이 추상적 작가의 비판의 대상이 되는지, 연민의 대상이 되는지를 화자의 말로써 판단할 수 없게 된다. 또 화자가 추상적 작가와 가치관의 충돌을 나타내기 때문에 화자가 경찰을 좋게 보는지, 나쁘게 보는지도 명확하지가 않다.

이와 같이 이 시는 의사전달의 특이한 구조로 하여 다의성, 애매성을 나타내어 삶이 어느 한 특정한 시각에서 그려졌다는 인상을 주지 않고 객관적으로 재현되었다는 인상을 준다. 이러한 인상은 화자 자체에 대해서도 부정적으로만 생각하지 않도록 하는 여지를 줄 수 있다.

1

Живя согласно с строгой моралью,

Я никому не сделал в жизни зла.

---

20   코르만, 같은 책, pp. 361~364.

Жена моя, закрыв лицо вуалью,

Под вечерок к любовнику пошла.

Я в дом к нему с полицией прокрался

И уличил... Он вызвал - я не дрался!

Она слегла в постель и умерла,

Истерзана позором и печалью...

Живя согласно с строгою моралью,

Я никому не сделал в жизни зла.

2

Приятель в срок мне долга не представил.

Я, намекнув по-дружески ему,

Закону рассудить нас предоставил;

Закон приговорил его в тюрьму.

В ней умер он, не заплатив алтына,

Но я не злюсь, хоть злиться есть причина!

Я долг ему простил того ж числа,

Почтив его слезами и печалью...

Живя согласно с строгою моралью,

Я никому не сделал в жизни зла.

3

Крестьянина я отдал в повара,

Он удался; хороший повар - счастье!

Но часто отлучался со двора

И званью неприличное пристрастье

Имел: любил читать и рассуждать.

Я, утомясь грозить и распекать,

Отечески посек его, каналью;

Он взял да утопился, дурь нашла!

Живя согласно с строгою моралью,

Я никому не сделал в жизни зла.

4

Имел я дочь; в учителя влюбилась

И с ним бежать хотела сгоряча.

Я погрозил проклятьем ей: смирилась

И вышла за седого богача.

И дом блестящ и полон был как чаша;

Но стала вдруг бледнеть и гаснуть Маша

И через год в чахотке умерла,

Сразив весь дом глубокою печалью...

Живя согласно с строгою моралью,

Я никому не сделал в жизни зла...

3. 도덕적 인간

1

엄격한 도덕률에 따라 살면서 나는

아무에게도 나쁜 짓이라고는 해본 적이 없다.

내 아내는 얼굴을 가리고

밤만 되면 정부(情夫)를 찾아 갔었는데:

나는 경찰을 데리고 그의 집으로

숨어 들어가서 현장을 붙잡았다.
그는 결투를 청했지만, 나는 응하지 않았다!
그녀는 자리에 앓아누웠다가 죽어 버렸다.
수치와 슬픔으로 기진맥진해서…….
엄격한 도덕률에 따라 살면서 나는
아무에게도 나쁜 짓이라고는 해본 적이 없다.

2
친구가 기한 내에 빚을 갚지 못했었다.
친구답게 나는 그에게 알려 주었었다.
법에다가 이 문제를 해결토록 했노라고:
법은 그를 감옥에 집어넣었다.
그 속에서 그는 한푼도 갚지 않고 죽어 버렸고,
나는 화낼 이유가 충분히 있었지만 화내지 않고,
눈물과 슬픔으로 애도하면서……,
빚 액수를 고스란히 용서해 주었다.
엄격한 도덕률에 따라 살면서 나는
아무에게도 나쁜 짓이라고는 해본 적이 없다.

3
한 농부를 요리사로 썼었다:
놈은 쓸 만했다;
그러나 놈은 자주 집을 비웠고
또 격에 맞지 않게
읽고 생각하기를 몹시도 좋아했다.
나는 위협하고 꾸짖는 것에 지친 나머지

아버지처럼 그를 채찍으로 때렸고,

그는 물에 빠져 죽어 버렸다: 머리가 돌아서.

엄격한 도덕률에 따라 살면서 나는

아무에게도 나쁜 짓이라고는 해본 적이 없다.

4

딸이 하나 있었는데 선생과 사랑에 빠졌었다.

그래서 철없이 함께 도망치려 했었다.

저주를 퍼부으며 위협했더니: 수그러들어서

반백의 부자에게 시집을 갔었다.

그 집은 휘황찬란했고 모든 게 넉넉했다.

그런데 마샤는 갑자기 얼굴이 노래지며 야위어 갔고

그러다가 일 년이 지나자 폐병으로 죽어 버렸다.

온 집안을 깊은 슬픔에 빠뜨리고는…….

엄격한 도덕률에 따라 살면서 나는

아무에게도 나쁜 짓이라고는 해본 적이 없다.

이 시는 화자의 독백체로 되어 있다. 화자는 그가 시대의 도덕률을 엄격히 지키면서 산다고 주장하면서 자신의 삶 중에서 몇 가지의 사건을 이야기한다. 화자는 자기가 항상 법과 도덕에 따라 행동하면서 아무에게도 해로운 일을 한 적이 없다고 강조하지만 실상은 그에 의해서 희생된 사람들에 대해 이야기한다. 자기의 아내가 부정한 짓을 하였기 때문에 경찰을 데리고 가서 벌을 받게 했고, 친구가 돈을 갚지 않자 법에 호소했으며, 하인이 말을 듣지 않자 아버지처럼 채찍으로 다스렸으며 딸이 말을 듣지 않자 잘되라고 욕을 했을 뿐인데 그들은 왠지 모르게 갑자기, 또는 자신의 죄가 부끄러워서 죽어버렸다고 화자는 이야기하고 있다. 그에 의하면 이들이 화자와는 달리 법을 지키지 않고 도덕률을 어겼기 때문에 파멸하는 것이지 결코 도덕률을 지키며 사는 화자 자신에게 죄가 있을 수 없다는 것이다. 코르만은 이 시를 분석하면서 "주인공의 독백 속에 작가의 아이러니가 나타나는데" 이 아이러니는 "주인공 자신을 향한 것이며 이는 복잡한 자기 평가의 수단들 중의 하나"라고 말하고 있다.[21] 아이러니가 주인공 자신을 향한 것이며 이것이 자기 평가의 수단 중 하나라는 말에도 좀 더 자세한 설명이 필요하지만 주인공의 독백 속에 아이러니가 나타난다는 그의 주장도 어떻게 이 아이러니가 나타나고 있는가를 보여 주어야 할 것이다. 여기서 문제 삼는 것은 어떻게 추상적 작가의 아이러니(명백히 알 수 있는 거짓된 진술이라는 의미로 썼다)가 화자의 입을 빌어 나타나는가 하는 것이다. 작품의 아이러니의 정체를 파악하기 위해서는 화자가 진정으로 어떠한 가치관을 가졌는가를 살펴보고 그의 가치관에 대한 추상적 작가의 평가를 알아봐야 할 것이다.

　제1연에서 화자는 속은 남편으로서 경찰의 힘을 빌어 결국 아내를 죽게 만드는 사람이다. 화자는 법을 지키고 이용할 줄 아는 사람이지만 인간적으로는 사랑의 침실에 숨어들어가고 정부(情夫)의 결투를 거절하는 비겁한 사람이다. 원래 남편을 속이는 아내는 비난을 받아야 마땅할 것이다. 그러나 화자인 남편이 비인간적이라는 것이 드러나기 때문에 부정한 아내는 오히려 긍정적으로까지 보이게 된다. 화자인 남편이 시대의 도덕을 따라 사는 사람이라면 그 시대의 도덕은 비인간적이며 그녀는 그 도덕을 깨뜨림으로 하여 새로운 모랄을 찾는 여성상으로까지 나타날 수 있는 것이다. 위의 말은 조금 지나친 감이 있지만 적어도 화자의 말로는 그녀가 어떤 인물인가를 뚜렷하게 파악하지 못하도록 화자는 작가로부터 멀리 떨어져 있는 사람이다.

　제2연에서 화자는 양심도 동정도 없는, 돈만을 생각하는 자신을 드러

21　코르만, 같은 책, pp. 361~364.

낸다. 그는 진정한 우정 관계를 모르거나 그런 것에는 아랑곳하지 않으면서 '친구'라는 말이나 '친구답게'라는 말을 쓰는 위선적인 사람이다. 자기의 친구를 감옥에 집어넣고 친구가 감옥에서 죽자 시체 앞에서 흘리는 화자의 눈물은 친구에 대한 동정이 아니라(비록 그것이 거짓이라 하더라도) 오히려 그가 받지 못한 돈에 대한 진정한 애도라는 인상까지 준다. 또한 화자는 자기가 친구를 감옥으로 보낸 것이 아니라 법이 보냈다는 것을 강조하면서도 법이 그를 감옥으로 보낸 사실과 그가 그 안에서 죽은 사실이 마치아무 연관도 없는 것처럼 말하고 있다. 화자에게는 친구의 죽음이 감옥과연결되어 생각되는 것이 아니라 그가 갚지 못한 돈과 연결되어 생각되는 것이다. 이 연을 구성하고 있는 문장들의 연결이 이러한 의미를 뚜렷하게해준다.

Zakon prigovoril ego v tjur'my.

V nej umer on, ne zaplativ altyna (2연 4행, 5행)

법은 그를 감옥에 집어넣었다.

그 속에서 그는 한푼도 갚지 않고 죽어 버렸고

(위에서 보는 바와 같이 제2연의 제4행은 마침표로써 일단 사고의 한 단락이끝났다는 것을 말해 준다.)

화자는 돈만을 생각하면서도 자신을 무척 관대하다고 여기며:

No ja ne zljus', chot' zlit'sja est' pričina! (2연 6행)

나는 화낼 이유가 충분히 있었지만 화내지 않고,

그가 돈을 받지 못한 지경에 이르러 애석해하는 것은 정확한 빚의 액수

이다. 이는 제2연의 7행과 8행의 문장구조에서 두드러진다:

Ja dolg emu prostil togo ž čisla,

Počtiv ego slezami i pečal'ju……

눈물과 슬픔으로 애도하면서……

빚 액수를 고스란히 용서해 주었다.

위 8행에서 애도의 대상인 대명사 ego는 '친구'를 말할 수도 있고 '빚 액수'를 말할 수도 있도록 문장이 짜여 있다. 만약 7행과 8행이 바뀔 경우 위의 이중적 의미가 나타나지 않는다는 점을 고려했을 때 이러한 문장 구조는 추상적 작가의 의도로 받아들여지게 된다(번역에서는 대명사를 빼서 의미의 이중성이 나타나도록, 즉 애도의 대상이 친구인지 빚 액수인지 명확해지지 않도록 하였다).

제3연에서 화자는 좋은 요리사를 행복으로 여기며 매우 만족해하는 감각적인 쾌락을 매우 즐기는 사람이지만 농노의 신분으로 '읽고 생각하는 것'을 죄악으로 여겨 이를 막기 위해서는 자신의 감각적 쾌락마저 희생시키는 시대의 도덕에 충실한 지주이다. 그는 아버지답게 농노를 채찍질했다고 말하지만 그의 '아버지다운'이라는 형용사에서 독자는 당시의 가부장적 농노제도를 생각하게 되기 때문에 이 청년을 농노제도의 희생물로 여기게 된다(실상 이 연은 1861년의 시집 발간 때 검열에 의해 삭제될 정도로 이 농노가 하류 계급의 인텔리겐치아의 운명을 대표하는 것으로 받아들여졌던 것이다.[22]) 이는 '아버지답게'와 '채찍'이라는 말이 주는 모순관계 때문에 더욱 그러하다. 또한 독자는 '아버지답게'라는 말에서 화자의 위선적인 태도나 비인간적이고 무지스러운 태도를 느끼게 된다. 이 연에서도 화자는 그

---

22   부흐슈탑B. Ja. Buchštab, 「네크라소프 풍자시의 초기 시대 1840~1854」 in: 네크라소프연구집 II (모스크바─레닌그라드, 1956).

가 청년 농노를 채찍질한 사실과 농노가 자살한 사실을 모르거나 모르는 체하는 사람으로 나타난다. 이는 명백히 긴밀한 관계가 있는 이 두 사실이 관계없는 듯이 연결된 문장구조와 '머리가 돌았다'고 치부해 버리는 태도에서 나타나는 의미이다.

제4연에서 화자는 도덕률에 따라 자기 딸이 선생과 사랑하는 것을 꾸짖어 말려서 돈 많은 늙은이에게 시집을 보내서 결국은 시름 속에 죽게 만든다. 화자는 딸의 시름은 알지 못하거나 모르는 체하며 그녀가 '갑자기' 야위어 죽어버렸다고 한다. 그녀의 진한 슬픔은 전혀 모르거나 아랑곳하지 않고 오히려 그녀가 '온 집안을 깊은 슬픔에 빠뜨렸다'고 강조함으로써(제1연, 2연, 4연의 제7행의 말미를 이루는 단어는 pečal'ju(슬픔으로)로서 동일하다) 화자는 지독한 자기 본위적인 태도를 드러낸다. 화자가 진정한 이유를 모르는지, 알면서도 모르는 체하는지는 모르지만 어쨌든 딸의 죽음은 시대의 도덕에 따라 사는 아버지가 불러일으킨 것이다.

이와 같이 화자는 자신의 입을 통하여 자신의 위선과 비인간성을 드러내어 추상적 작가의 풍자의 대상이 되고 있다. 추상적 작가는 문장의 연결이나 연의 구조(예를 들어 제7행의 말미의 단어를 일치시키는 것), 각운(제1연 5, 6행의 각운 "pokralsja/ne dralsja 숨어 들어가서 / 응하지 않았다"는 화자의 비겁한 태도를 강조한다)을 통하여 화자의 자기 폭로가 특히 효과적으로 되도록 만들고 있다. 후렴은 각 운에서 소리가 반복되어 얻어지는 효과와 같이 각 연을 서로 연결하여 주는 작용을 한다. 각 운의 단어에 각 운을 이루는 두 행의 의미적 농도가 짙게 보이는 것처럼 후렴은 모든 연의 의미의 총합을 무게로 갖게 된다. 이 시의 후렴인 '엄격한 도덕률에 따라 살면서 나는 아무에게도 나쁜 짓이라고는 해본 적이 없다'는 이 시 전체의 의미 중심이 됨으로써 그의 위선적인 태도뿐만 아니라 시대의 도덕률 자체가 추상적 작가의 신랄한 풍자의 대상이 되고 있다.

그런데 추상적 작가가, 화자가 말하는 인물에 대해 어떻게 생각하는가

하는 것은 이 시에서도 명확하게 나타나지 않는다. 특히 제1연, 제2연이 그러하다. 이는 '추상적 작가의 화자에 대한 풍자적 거리'가 실상 어떤 사건이 일어난 것인가를 이해하는 것을 방해하고 있기 때문이다. 이는 독자로하여금 의미구조의 과정 자체에 유의하도록 하는 예술적 효과를 나타낼수 있다.

4

Украшают тебя добродетели,

До которых другим далеко,

И - беру небеса во свидетели -

Уважаю тебя глубоко...

Не обидишь ты даром и гадины,

Ты помочь и злодею готов,

И червонцы твои не украдены

У сирот беззащитных и вдов.

В дружбу к сильному влезть не желаешь ты,

Чтоб успеху делишек помочь,

И без умыслу с ним оставляешь ты

С глазу на глаз красавицу дочь.

Не гнушаешься темной породою:

"Братья нам по Христу мужички!"

И родню свою длиннобородую

Не гоняешь с порога в толчки.

Не спрошу я, откуда явилося
Что теперь в сундуках твоих есть;
Знаю: с неба тебе всё свалилося
За твою добродетель и честь!...

Украшают тебя добродетели,
До которых другим далеко,
И - беру небеса во свидетели -
Уважаю тебя глубоко.......

4. 현대의 송가

다른 사람이라면 어림없는
선행(善行)들이 너를 치장하고 있다.
그래서—나는 하늘에 맹세하건대
네게 깊은 경의를 표한다.

너는 악한들도 괜히 욕하지 않고
불한당도 도울 자세가 되어 있다.
또 네 돈은 의지할 곳 없는 고아나 과부에게서
훔친 것이 아니다.

너는 조그만 일 좀 도와 달라고
힘깨나 쓰는 사람에게 설설 알랑대지도 않았다.

그리고 아무런 속셈 없이 예쁜 딸을
그와 둘이 두었다.

너는 상놈들을 지긋지긋해하지 않았다.
"예수 말씀에 농민은 우리의 형제이다."
또 천한 친척들을
문전에서 내쫓지도 않았다.

지금 네 장롱에 있는 것이
어디서 났느냐고 묻지 않으련다.
나는 아니까: 네 선행과 명예의 대가로
하늘에서 쏟아진 것이라는 걸!……

다른 사람이라면 어림없는
선행(善行)들이 너를 치장하고 있다.
그래서―나는 하늘에 맹세하건대
네게 깊은 경의를 표한다.

    이 시의 화자는 주인공 인물의 여러 가지 행위를 소개하고 그것을 이유
로 고전적 송가에서처럼 그를 칭송하고 있다. 화자는 이 인물이 악한들도
괜히 욕하지 않고 불한당도 도울 자세가 되어 있기 때문에 착하고, 의지할
곳 없는 고아나 과부에게서 돈을 훔치지 않았기 때문에, 또 높은 사람에게
일 때문에 알랑거리지 않기 때문에, 또 자기 딸을 높은 사람과 아무런 사심
없이 둘이만 있도록 하기 때문에, 또 천한 농민들을, 그의 천한 친척들을
무조건 꺼려하지 않기 때문에 하늘에 맹세코 깊은 경의를 표할 만큼 착한
사람이라고 말하고 있다. 그런데 시의 화자가 칭송하는 인물의 행위들은

독자에게 '하늘에 맹세할 정도까지 굉장한 것일까?'라는 의문을 주기 때문에 독자는 일단 화자를 거리감을 두고 대하게 된다. 화자에 대한 비판적 거리는 화자의 말 하나하나를 다시 한번 생각해 보도록 하고 추상적 작가의 의도가 무엇인지 밝혀 보고 싶도록 만든다.

추상적 작가의 의도는 우선 연의 구성에서 나타나는 것으로 보인다. 제일 두드러진 곳은 제3연으로 여기서 화자는 주인공이 일 때문에 힘깨나 쓰는 사람에게 알랑거리지 않고 예쁜 딸을 아무 속셈 없이 그 사람과 함께 두었다고 이야기하고 있는데 추상적 작가와 화자의 거리감을 점차로 더 느껴가며 시를 읽는 독자는 화자가 남이 보기에는 뻔한 일인, 딸을 미인계로 내세우는 주인공을 두둔하거나 그의 행동의 진정한 이유를 보지 못하고 있다는 것을 알게 되는 것이다. 왜냐하면 추상적 작가가 하나의 연에 인물의 두 가지 행동을 집어넣음으로써 독자로 하여금 이 두 행동의 명백한 연관관계에 유의하도록 만들고 있기 때문이다. 제3연에서 좀 더 화자의 정체를 파악하게 된 독자는 다른 연에서도 화자를 수상쩍게 보게 된다. 이는 특히 제3연에서 두 사실을 연결하고 있는 접속사 'i(그리고, 또, 그래서)'가 제2, 제4연에서도 4행짜리 연을 둘로 나누는 제3항의 초두에 나타나고 있기 때문에 더욱 그러하다. 즉, 제3연의 'i'의 의미가 제2연, 제4연에도 미치게 되는 것이다. 하여 독자는 제2연에서 '불한당과 악당들도 도울 준비가 되어 있다'는 사실과 과부와 고아에게서 돈을 훔치지 않았다는 사실을 연관지어 생각하게 되고, '악한과 불한당들까지 이용하기 위해 그들을 욕하지 않고, 과부와 고아에게서 돈을 훔치지 않았다'는 말에서 악한과 불한당을 이용하여 돈을 빼앗았을지도 모르겠다고 생각하게 된다. 제4연에서도 천한 사람들을 "예수 말씀에 농민은 우리들의 형제"라고 하면서 쫓아내지 않았다는 사실과 천한 친척들을 문전에서 쫓지 않았다는 사실이 마치 관련 없는 것처럼 이야기되고 있지만 실상은 주인공이 돈을 위해서라면 누구나 받아들이고 자기의 천한 유래를 숨기기 위해 예수 말씀을 내세운다고 독자는 생각하게 된다.

이제 독자는 천한 농민을 "예수 말씀에 농민은 우리들의 형제"라고 하면서 내쫓지 않는, 천한 친척들을 문전에서 내몰지 않는, 고아나 과부에게서 돈을 훔치지 않았다는, 불한당이나 악한도 도울 준비가 되어 있다는 시의 주인공에 대한 화자의 칭송이 모두 화자가 당연히 알 것을 몰라서 하는 소리이거나, 알면서도 모르는 체하는 것이라고 생각하게 되며, 제5연에서 주인공이 유래를 알 수 없는 많은 돈을 갖고 있는 것을 이와 연관시켜 이해하게 된다. 독자는 이 시의 인물이 돈을 벌기 위해서는 수단과 방법을 가리지 않는 사람으로서 돈 때문이라면 악한과 불한당까지 도울 자세가 되어 있고 과부나 고아의 돈까지도 교묘한 방법으로 빼앗으며 집에 찾아오는 천민들도 돈거래를 위해서는 쾌히 받아들이고, 딸을 미인계로 써서 돈을 긁어모으는 파렴치한이라고 생각하게 되는 것이다. 이와 같이 추상적 작가는 한 고리대금업자의 위선적인 행위를 마찬가지로 위선적이거나 또는 사물을 전혀 이해하지 못하는 화자의 입을 빌어 폭로함으로써 아이러니 및 싸르카즘의 효과를 얻고 있다.

맺음말

1856년판 네크라소프의 시집들에 실린 시들은 다양한 의사전달 구조를 보여주었다. 화자와 시의 인물과의 관계, 화자와 추상적 작가와의 관계가 여러 가지로 나타나 소설의 다음성적 구조에 상응하는 구조를 나타내기도 했다. 이 초기 시집에 이미 사실주의 시인으로서 네크라소프가 일생 동안 지향하고 실현한 바가 드러났다고 말할 수 있다.

19세기 러시아 패러디 시 연구
― 페트의 「속삭임, 수줍은 숨결」과 그 패러디들 ―*

Ⅰ. 머리말

19세기 후반, 러시아에서 문학적 사실주의가 지배하던 시기에 소설이 주 장르가 되면서 시는 사실주의 미학에 맞지 않는 것으로 여겨져 뒷전으로 물러나게 되었다.

이미 1835년에 벨린스키V. Belinskij는 고골Gogol'의 작품을 논평하면서 새로운 시대의 '사실적 시학real'naja poetika'을 가장 잘 나타낼 수 있는 장르는 삶을 적나라하고 사실적으로 나타내는 산문소설이라고 말하여[1] '사실적 시학'이라는 개념을 문단에 유포했는데 이 개념이 현재 우리가 사용하는 '사실주의 시학'이라는 개념과 차이가 있는 것이기는 하지만 그의 주장은 소설 장르가 사실주의 문학의 주 장르가 될 것을 예견하는 말인 동시에 소설이 러시아 사실주의 문학의 주 장르가 되는 데 커다란 영향을 준 말이

---

* 인문논집 제 29집(고려대학교 문과대학, 1984), 181–198.

1 쿨레쇼프(V. I. Kulešov), 「러시아 비평사 18세기~19세기」, p. 143.

기도 하였다.

　실제로 1850년대의 문학잡지들을 보면 시가 여백을 메우는 데만 가끔 사용되었을 정도이고 시 자체가 무용지물인 것처럼 조롱당하는 예가 종종 있었다.

　이같이 19세기 중반부터 러시아 문단에서 운문이 배척을 받게 된 것은 사실주의 미학이 배격한 낭만주의의 중요한 작품들이 대부분 운문으로 씌어졌던 상황과 연결되어 있었다. 낭만주의 시인들이 온갖 정열을 바쳐서 우주와 사랑과 꿈과 밤과 미지의 나라들과 반란의 영혼들을 그 안에 담았던 시 장르가 낭만주의 미학의 본거지로서 간주된 것은 당연한 일이었다. 사실주의 시대에 와서 문학적 장르들의 위계는 뒤바뀌었고 시는 프로파간다나 풍자의 도구로서만 유용하다고 생각되었을 뿐, 시 특유의 예술적 가치는 관심 밖의 일이었거나 배격되기까지 하는 지경이었다.

　진보적 사상을 가진 시인들은 그들 작품의 예술적 가치보다는 사상적 과격성이나 신랄한 풍자로 하여 당시 젊은 독자층을 확보하고 있었고, 재능 있는 작가들은 대부분 시 같은 것을 쓰려고 하지 않았다. 그런 중에서도 여전히 '예술을 위한 예술'을 고집하면서 낭만주의가 발전시켜 온 시 장르를 계속 가꾸면서 작품 활동을 한 작가들이 있었다. 과격파 시인들이 성급하고 혈기에 찬 젊은 독자층을 가졌다면 이 순수 예술파 시인들은 기존의 시를 즐겨 읽던 조용한 독자층에 호소했다고 말할 수 있겠다. 이들은 사회 현실보다 좀 더 근원적인 문제에 관심을 두는 경우가 많았으며 사회 현실을 과격파와는 다르게 보았기 때문에 계속 참여파 문학으로부터 공박을 받았고 그들의 커다란 목청 뒤에 가려져서 독자들로부터 종종 소외되곤 했다. 그러나 이들은 고독 속에서 러시아 시(詩)의 폭을 넓히고 심도를 높였으며 네크라소프와 같이 사실주의 미학의 새로운 시 형식을 창조한 시인들과 함께 시의 황금기로 표현되는 낭만주의 시가 현대파로 이어지게 하는 교량 역할을 하였다.

이와 같이 19세기 후반의 러시아 시단(詩壇)에는 19세기 전반의 낭만주의를 전수·발전시키고 순수예술을 추구한 시인들과 19세기 중반부터 등단하여 새로운 사실주의 미학을 추구하며 낭만주의의 후예들을 배격한 참여파 시인들이 서로 대립하고 있었다. 전자에 속하는 사람들은 사상적으로는 보수파 혹은 친슬라브파라고 칭할 수 있겠는데 이들은 대부분 당시의 차르 체제에 직접·간접으로 동조하는 사람들로서 튜체프(Tjutčev), 페트(Fet), 폴론스키(Poloskij) 등이었으며, 후자는 서구주의 사상이나 혁명적 의지를 가졌던 시인들로서 당시의 체제에 반대하던 네크라소프(Nekrasov), 오가료프(Ogarev), 도브롤류보프(Dobroljubov), 미나예프(Minaev) 등이었다.

당시의 이러한 문학 내적 투쟁을 알아보는 자료로서 하나의 중요한 역할을 하는 것은 파로디야(parakija, parodie, parody)이다. 많은 참여파 시인들은 파로디야 장르로써 낭만주의 후예들을 공박했고 이러한 파로디야는 당시 시단의 화젯거리이기도 하였다. 참여파 시인들은 그들이 표방하는 시학에 맞지 않는다고 생각되는 모든 작품들에 대해 파로디야를 썼다. 그들은 푸슈킨(Puškin)이나 레르몬토프(Lermontov) 작품에 나오는 시적 화자가 바이런적인 고독을 느끼는 것을 못마땅해하였으며, 튜체프나 호먀코프(Chomjakov)가 지상을 떠나 다른 세계를 꿈꾸는 것을 비웃었고 친슬라브파의 국수주의적 태도에 반발했으며 철학적인 메타포를 우습게 여겼다. 당시의 시인 중에서 파로디야의 대상으로 가장 표적이 되었던 작가는 페트였다. 페트는 특히 그의 보수적인 정치관과 인상주의적이고 상징주의적인 문체로 하여 참여파 시인들로부터 두고두고 심심하면 공격을 받았다.

이 글은 페트의 대표적 서정시인 「속삭임, 수줍은 숨결……Šepot, robkoe dychan'e……」과 그것의 파로디야들을 비교·해석함으로써 당시의 문학 내적 투쟁에 관해 알아보는 동시에 파로디야 장르를 좀 더 가까이 살펴볼 수 있는 계기를 마련하고자 하는 시도이다.

Ⅱ. 파로디야 장르

그러면 우선 파로디야의 개념적 정의를 간단히 살펴보고 그 일반적 성격을 알아보자.

파로디야라는 말의 어원은 그리스어의 '옆' 또는 '맞은편'을 뜻하는 παρά라는 전치사에, 작품을 뜻하는 φδη라는 명사가 연결된 합성어 παρφδη로서 파로디야는 무엇을 모방한 것이라는 뜻이다. 그러나 단순히 모방하는 것에 그치는 것을 파로디야로 부르지는 않는다. 반드시 원작에 대한 태도를 드러내는 모방 작품만을 파로디야로 부르는 것이다. 어떤 사람의 표정을 흉내 내되 흉내 내는 사람이 그 사람의 표정에 대해 어떤 태도를 가지는가가 흉내 내는 표정 속에 드러나야 하고 그림을 모방할 때도 모방작이 원작품을 어떻게 생각하느냐가 모방하는 그림 속에 드러나야만 파로디야라고 한다. 여기서 중요한 점은 파로디야가 반드시 자기가 모방하는 원작품과 동일한 형식을 가진다는 것이다. 미술 작품의 파로디야는 미술적 형식으로, 문학 작품의 파로디야는 문학적 형식으로만, 무대 작품의 파로디야는 무대의 형식으로, 즉 모든 파로디야는 자기가 모방하는 작품과 동일한 형식으로서만 나타나는 것이다.

문학적 파로디야는 어떤 문학 작품에 대한 태도를 그 문학 작품의 형식을 모방하면서 드러내는 장르이다. 원작과 파로디야의 관계는 우호적인 것으로부터 신랄한 비판에 이르기까지 매우 다양하다. 이 모든 파로디야가 독자에게 지적인 만족을 줄 수 있는 것은 사실이지만 문학연구 및 문학사 연구에 있어서 특별히 흥미를 끄는 파로디야는 비판적 파로디야이다. 비판적 파로디야 속에는 원작의 스타일이나 장르 등 모든 작품 요소에 대해 못마땅해하는 태도가 가장 날카롭게 드러나 있기 때문이다. 독자는 이러한 비판적인 태도 속에서 당시의 문학적 투쟁에 관해 생생하고 구체적인 모습을 그려 볼 수 있는 것이다.

대부분의 파로디야 연구가들도 이 비판적 파로디야에 가장 많은 관심을 기울이고 있다. 러시아 파로디야의 본격적인 연구를 가능하게 만든 사람은 트냐노프로서 그는 러시아의 파로디야를 수집 출판하였고 파로디야 장르에 대한 이론적 문제에도 많은 관심을 보였다. 그는 파로디야가 모방하는 작품의 형식을 빌어 그 작품의 문학적 체계에 도전하여 그 문학적 체계의 낡고 무가치한 요소들(장르, 작가, 스타일 등)을 드러내어 주는 투쟁 수단으로서 문학적 진화에 적극적으로 기여하는 장르라고 생각하였다.[2]

치제프스키는 문학적 진화의 개념을 사용하지는 않았으나 트냐노프의 견해와 유사하게 파로디야의 기능이 원작의 형식적 또는 내용적 요소들을 모방하여 원작의 전형적인 특징들을 두드러지게 함으로써 원작에 대한 태도를 나타내는 데 있다고 보았다. 그는 파로디야를 작품 비평의 한 형태로서 작품에 대한 평가를 이론적인 형태가 아니라 문학적 형식으로서 행하는 작품 비평의 한 형식으로 보았고, 그래서 파로디야는 보통 문학작품보다 훨씬 이지적인 성격을 띠고 있으며 감성의 영역에서 벗어나 인식의 영역으로 이월하는 장르라고 했다.[3] 독일의 파로디야를 연구한 로터문트(Rotermund)[4]는 파로디야가 원작에 대한 괴리를 나타낸다고 말하여 진화나 비평이라는 개념보다 좀 더 객관적인 입장에서 이를 정의하였다. 로터문트는 파로디야가 원작의 형식적·문체적인 요소를 그대로 가져다 쓰면서도 작품 전체를 변경시켜서 파로디야와 원작 간의 괴리가 명백히 나타나도록 하는 대신 파로디야 자신은 그러나 작품의 구조적 층위 간의 불협화음을 지닐 수밖에 없다고 하였다. 파로디야는 원작품의 요소들(어느 구

2　트냐노프(Ju. Tynjanov), 『Mnimaja poézija』(모스크바-레닌그라드 1931), p. 5 ff.

3　치제프스키(D. Čiževskij), 『러시아의 문학적 파로디Russische literarische parodien』(비스바덴, 1957), p. 9.

4　로터문트(Erwin Rotermund), 『파로디의 개념Der Begriff der Parodie』, in *Die Parodie in der modernen deutschen Lyrik*(뮌헨, 1963), pp. 9~28.

조적 층위)이 과장되거나 생략되거나 치환되거나 첨가되어서 나타나는, 파괴된 모습을 보여줄 수밖에 없다는 것이다. 로터문트나 치제프스키의 견해는 니체나 토마스 만처럼 "스타일에는 파로디야만이 있을 뿐"이라든지 "우리가 독창적일 수 있는 영역은 파로디야뿐"이라고 하면서[5] 파로디야를 문화와 유사한 개념으로 보는 너무나 포괄적인 이해와는 정반대의 것으로서 파로디야 텍스트의 특징을 연구하여 실질적 문학연구에 임하려는 자세에서 나온 것이다. 그러나 파로디야가 문학적 텍스트에 대한 공격일 뿐이라고 보는 것은 문학적 텍스트가 곧 문학작품이라고 보는 것과 같다. 수용미학의 이론을 들추지 않더라도 문학작품이라는 구조는 텍스트의 구조보다 훨씬 더 포괄적인 성질의 것으로서 이는 텍스트적 요소와 비텍스트적 요소가 함께 이루는 가변적 생명체와도 같다고 볼 수 있다. 이렇게 보면 파로디야가 텍스트뿐만 아니라 비텍스트적 요소까지도 겨냥할 수 있다는 것은 당연한 이야기이다. 실제로 파로디야는 원작 작가의 이데올로기, 그 작품이 나타내는 문학적 조류, 작가의 정치적 배경, 그 작품 탄생시의 사회적 상황까지도 공격의 대상으로 삼고 있다. 즉 하나의 문학작품이 독자에게 수용될 때 연관되는 모든 비텍스트적 요소들까지도 파로디야의 대상이 되고 있는 것이다. 중요한 것은 어쨌거나 파로디야가 원작에 대한 태도를 드러내고 있으며 이러한 태도가 작품의 부분적인 구성요소로서 그치는 것이 아니라 작품 전체의 계획이자 실천으로서 나타난다는 것이다. 예를 들어 어떤 작품의 텍스트의 형식을 빌더라도 그 작품의 텍스트 구조 및 텍스트와 함께 독자의 수용에 관계되는 모든 비텍스트적 구조에 속하는 것을 공격하지 않거나 그러한 공격이 미미하게만 나타나는 경우 이를 파로디야라고 부를 수는 없다. 로트만의 용어를 빌면 파로디야는 그 텍스트 구조 속에 작가의 의도를 나타내지 못하며 비텍스트적 구조(그 중에서도 특히 원작의

---

5 로터문트. p. 20에서 재인용.

구조)와의 연관 속에서만 의미를 가지는, 재미있고 드문 문학적 현상이다.[6] 또한 파로디야의 예술적 의미가 완전히 받아들여지기 위해서는 반드시 그 파로디야가 겨냥하는 미학적 체계를 파괴하려는 새로운 미학이 독자에게 알려져 있어야 한다. 새로운 미학이 알려져 있어야만 파로디야의 파괴적 텍스트가 비텍스트적 구조의 요소들로서 보완되어 독자는 파로디야 작가의 의도를 알 수 있게 되는 것이다. 즉 파로디야 텍스트 속에서는 여하한 긍정적인 의미도 건져볼 수 없다. 다른 작품의 형식을 빌어 쓰되 그것이 새로운 긍정적 의미를 텍스트 속에 나타내고 있다면 이는 이미 파로디야가 아니다. 파로디야는 문학적 투쟁의 대열에 끼어들되 자신을 파괴하는 폭탄과도 같다.

그러나 실제에 있어서는 파로디야와 파로디야의 형식을 빈 풍자시 내지 코메디와의 경계를 명확히 설정하기가 힘든 경우가 많다. 또 무시할 수 없는 사실은 파로디야나 파로디야의 형식을 빈 풍자시나 코메디들이 그냥 파로디야로 불리고 있는 역사적 실제이다. 파로디야를 모아서 출판한 소련의 파로디야 연구가들도 그것들을 함께 수록할 수밖에 없었다고 고백하고 있다. 그리고 비논리적이게도 파로디야를 1) 유머러스한 파로디야, 2) 비판적 파로디야, 3) 파로디야 형식을 빌었으나 파로디야가 아닌 것으로 구분할 수 있다는 말을 하고 있는 것이다.[7] 이 글에서 비교·해석한 페트의 「속삭임, 수줍은 숨결」의 파로디야들 중에서도 이러한 문제점을 지닌 경우를 볼 수 있다.

Ⅲ. 페트의 「속삭임, 수줍은 숨결……」

그러면 이제 페트의 「속삭임, 수줍은 숨결……」과 여러 파로디야들을

---

6   로트만(Ju. M. Lotman), 『예술적 텍스트의 구조』(모스크바, 1970), p. 355.

7   모로조프(A. Morozov), 「문학적 장르로서의 파로디야」, 『러시아문학』 1960, 1, p. 68.

비교하기에 앞서 원작인 페트의 작품에 관해 살펴보기로 하겠다.

Шепот, робкое дыханье.
        Трели соловья,
Серебро и колыханье
        Сонного ручья.

Свет ночной, ночные тени,
        Тени без конца,
Ряд волшебных изменений
        Милого лица,

В дымных тучках пурпур розы,
        Отблеск янтаря,
И лобзания, и слезы,
        И заря, заря!..

속삭임, 수줍은 숨결,
나이팅게일의 지저귐
잠자는 시냇물
그 은빛과 조용한 흔들림

밤의 빛, 밤의 그림자
끝없는 그림자
사랑스런 얼굴에 스쳐가는
매혹적인 변화들

피어나는 구름 속엔 장미의 진홍빛

홍보석의 반짝거림

이제 키스와 눈물,

그리고 아침노을, 아침노을

　　1850년에 쓰인 이 시는 페트 미학의 전형적인 특징을 나타내고 있는 서정시라고 볼 수 있다. 페트는 러시아 시인들 중에서 두드러지게 자주 '순간'을 묘사한 시인으로 꼽힌다. 사랑의 순간, 자연 체험의 순간은 페트에게 있어서 지상의 시간과의 분리, 모든 지상적인 존재와의 결별을 의미했다. 그는 순간을 사는 존재가 녹아 들어 황금 같은 영원으로 들어갈 수 있는 것은 바로 순간을 묘사하는 시인의 '노래' 속에서라는 시관을 가졌었다. 그는 유한과 영원이라는 두 세계의 문턱에 서 있는 모든 인간 존재들 중에서 시인만이 살아 있는 돛단배처럼 유한의 강변을 치고 파도를 타고 다른 세계로 들어 갈 수 있는 것은 시의 '소리들' 때문이며, 이를 통하여 시인이 순간적으로 영원한 승리의 세계이자 영원한 암흑의 세계로 침잠한다고 생각했다. 하여 그가 가장 사랑했던 자연 풍경은 지상적인 것을 어둠으로 감싸주는 밤이었으며 밤 속에서 그는 신성으로 향하는 암흑의 길을 보았던 것이다. 자유라는 것은 그에게 있어서 당시의 참여파 시인들이 주장한 정치적·사회적 자유가 아니라 지상적인 존재의 모든 탐욕과 우연적인 것으로부터 도피하여 생명을 주는 밤의 어두움을 얻는 것을 의미했다. 그는 지상적인 것을 떠나 어둠의 생명 속으로 들어가게 하는 그 순간을 언어로써 명확히 표현하기는 어렵고 단지 그것의 불명확한 윤곽만을 포착할 수 있다고 생각하였다. 언어로써 순간을 포착한다기보다는 초지상적인 울림이 시를 통하여 시인의 영혼에 전해오면 시인은 이를 듣고 초지상적인 존재와 대화를 나눈다고 생각했다고 말하는 편이 정확할 것이다. 이것은 바로 상징주의자들의 시관(詩觀)이었고 이러한 시관 때문에 페트는 상징주의자들로부터 그들의 선구자로서 추앙되었다. 그러나 이러한 시관은 페트가 작품을 썼던 당시에는 사람들에게 공감을 불러일으키지 못했다. 페트는 생전에 많은 사람들로부터 그의 시가 생경한 이미지를 사용하고 있고, 불명확하며 이해 불가능하다는 평가를 받았었다. 문학의 사회적 현장성에 대비되는 이러한 그의 태도는 특히 참여파 진영에 많은 적을 만들었었다. 정치관에 있어서도 페트는 매우 보수적인 견해를 나타냈기 때문에 페트의 시는 더더욱 심한 공격의 대상이 되었던 것이다. 그러나 그의 시의, 강한 정서를 불러일으키는 인상주의적인 수법은 상징주의 시인들에게 많은 영향을 미쳤으며 몇몇 문학사가들은 그의 시가 이미 '의식의 흐름'의 기교를 나타내고 있었다고 평하기도 했다.

실상 당시의 참여파 시인들이 못마땅하게 여겼던 페트 시의 불명확하거나 비논리적으로 보이는 요소들이 바로 고도의 예술성 및 강렬한 정서적 호소의 조건이었던 경우가 많은 것으로 보인다. 특히 소리와 색채를 교묘히 혼합시켜 인간의 공감각에 호소하는 그의 마술적 언어는 러시아 시에 있어 하나의 커다란 공적으로 볼 수 있다.

그러면 「속삭임, 수줍은 숨결……」을 좀 더 자세히 살펴보자. 이 시에는 사랑하는 두 여인의 밤의 랑데부와 자연체험의 순간이 불명확한 터치로써 어우러져 있다. 밤의 랑데부의 장면은 '속삭임', '수줍은 숨결', '사랑스런 얼굴', '키스와 눈물'과 같은 몇몇 단어들에 암시적으로 표현되어 있고 그 외에는 아름다운 자연에 대한 묘사가 열거되어 있다. 그러나 이 모든 것이 어느 모로 보던지 불명확하다. 시간도, 장소도, 시적 화자도, 사랑하는 연인들의 행위도, 다만 희미한 윤곽으로서만 드러나고 있다. 이는 특히 동사가 완전히 결여되어 있고 명사들이 병렬적으로 연결되어 있어 구체적인 시간성이나 공간성이 은폐되고 명사들 사이의 관계만이 암시되기 때문이다. 독자는 우선 모든 것이 불명확한 채 하나로 뭉뚱그려지는 어떤 정조(情調)만을 강하게 감지하게 된다.

그러나 이 시가 그냥 단어의 카오스적인 나열로서 어슴푸레한 분위기만을 나타내는 것은 아니다. 이 시를 자세히 살펴보면 몇몇 단어를 중심으로 하여 시 전체가 상승하고 하강하는 동적인 구조를 지니는 것을 알 수 있다. 우선 그 반복성으로 하여 의미의 무게가 가장 많이 걸리는 부분은 제2연의 "밤의 빛, 밤의 그림자, 끝없는 그림자……"이다. 여기서 '밤'은 시의 배경으로서 독자에게 강한 인상을 주는데 이 밤을 중심으로 하여 보면 랑데부가 시간적으로는 '밤'의 초두에 시작하여 깊은 밤을 지나 아침노을로 끝나고 있다. 이와 호흡을 맞추어 사랑의 행위도 속삭임과 수줍은 숨결로 시작하여 연인의 매혹적인 표정의 변화들로 상승되다가 작별의 키스와 눈물로써 마무리되고 있다. 자연묘사 또한 지저귀던 나이팅게일이 잠자고 한밤중의 깊은 그림자가 끝없이 펼쳐지다가 아침의 진홍빛 노을이 붉게 물드는 것으로 끝난다. 이와 같이 이 시는 시간, 자연(장소), 행위가 빈틈없이 하나로 짜여 전체적으로 서서히 상승하였다가 하강하는, 균형감 있는 구성을 갖고 있다. 또한 이 시에 있어서는 리듬 및 음향적 반복(각운과 유포니)이 텍스트 구조의 주요한 수단이 되고 있다. 자음 중에서는 부드러운 울림을 주는 r, l, n이 가장 많이 반복되고 있는데 이 자음들을 포함하는 단어들이 또한 어휘적으로도 의미 중심을 이루는 단어들인 것이 두드러진다. (얼굴의lica, 아침노을zarja, 키스lobzanija, 밤noč' 등) 이러한 의미 중심과 어휘적으로 의미 중심이 아니더라도 이러한 자음을 포함하는 단어들이 일상어에서는 전혀 관련이 없는데도 시의 의미적 차원에서 서로 연결되어 독자는 불분명한 윤곽을 가졌지만 전체적으로 볼 때 소리 및 의미가 하나로 뭉뚱그려진 이미지를 갖게 되는 것이다. 모음에 있어서도 마찬가지이다. 모음에 있어서는 시를 이루는 전체 단어들을 'o'와 'a'를 중심으로 배열할 수 있다. 그런데 'o', 'a'는 또한 의미 중심인 '속삭임šepot', '밤noč', '얼굴의lica', '아침노을zarja'을 이루는 모음이기도 하다. 하여 자음에서와 같이 이러한 의미 중심과 의미 중심은 아니나 이 두 모음을 포함하는 단어들이 서로 연결되어 시 전체가 하나의 의미적 연결체가 되고 있다. 이러한 모음과 자음의 반복은 각운에서는 한꺼번에 나타나게 된다. 그래서 각운은 특히 연상작용에 강한 영향을 줄 수 있다. 각운 구조를 살펴보면 1연의 숨결dychan'e과 조용한 흔들림kolychan'e, 2연의 그림자teni와 변화들izmenenij, 3연의 장미rozy와 눈물slezy, 이 모두가 자연과 사랑의 체험을 결합시키고 있는 것을 볼 수 있다.

이같이 소리와 의미의 조화가 주는 쾌적감과 구성의 균형감은 이 시가 계속 독자에게 널리 읽혀지는 주된 원인일 것이다.

그러나 시 「속삭임, 수줍은 숨결……」을 일상적인 의사 전달의 메시지로 보는 사람은 시의 예술성이 오히려 의사전달을 방해한다고 생각하게 된다. 그는 시 텍스트를 시간적인 추이에 따른 정보로 보려고 하기 때문에 그러한 것에 도움을 주지 않는 요소들은 불필요하거나 효과적인 의사 전달에 기여하지 못한다고 보게 되는 것이다. 또한 비록 텍스트의 예술성을 인정한다 하더라도 그 예술성이 문학적 가치는 아니라고 생각하는 사람들도 이 시의 예술성 자체를 의미 없는 헛소리로 치부할 수도 있을 것이다. 이와 연관하여 이 시의 파로디야들을 살펴볼 수 있겠다.

IV. 「속삭임, 수줍은 숨결……」에 대한 파로디야들

1. 도브롤류보프의 「첫사랑」

Вечер. В комнатке уютной

      Кроткий полусвет.

И она, мой гость минутный……

      Ласки и привет,

Абрис миленькой головки,

       Страстных взоров блеск.

Распускаемой шнуровки

       Судорожный треск……

Жар и холод нетерпенья……

       Сброшенный покров……

Звук от быстрого паденья

       На пол башмачков…….

Сладострастные объятья.

       Поцелуй немой, —

И стоящий над кроватью

       Месяц золотой…….

저녁. 아늑한 방에는
부드러운 어스름
그리고 그녀, 지나가는 내 손님…….
애무 그리고 인사,

사랑스런 조그만 머리의 윤곽,
정열적인 시선의 번득거림,
풀어진 속옷들이
성급히 떨어지는 소리…….

초조의 열기와 오싹함…….

제쳐진 침대 이불…….
휙 던져지는 구두짝들이
바닥에 떨어지는 소리…….

관능적인 부둥킴
절벽 같은 키스
그리고 침대 위로 떠 있는
금빛 달…….

　　1853년에 출판된 도브롤류보프의 이 파로디야는 시기적으로 페트의 시에 가장 가깝다. 이 작품은 "현대의 모든 시를 삼켜 버릴 것을 약속하는 새로운 재능"이라는 제목을 가진 파로디야 시리즈에 들어 있는 것으로서 이 시리즈 앞에서 도브롤류보프는 카펠킨(A. Kapel'kin)이라는 가명의 작가를 "나는 독자들에게 새로운 재능을 추천합니다. 그는 재로 스러지거나 새롭고, 위대한 힘을 발휘하거나 둘 중에 하납니다"[8]라고 소개하여 이미 문학적 투쟁을 선언하며 나선다. 그러면 그가 겨냥하는 것은 무엇이고 어떻게 그것을 파로디야로서 구체화시키고 있는가를 살펴보자.

　　파로디야 「첫사랑」은 페트의 「속삭임, 수줍은 숨결……」의 운율적 구조를 그대로 빌어 썼다: 「첫사랑」에서도 「속삭임」에서와 같이 각 연이 4행으로 되어 있고 제1행과 제3행이, 제2행과 제4행이 각운을 이루고 있으며 제1행과 제3행은 강약 4보격, 제2행과 제4행은 강약 3보격으로 되어 있으되 각행의 마지막에서 두 번째 강세는 실현되지 않았다.

　　도브롤류보프는 페트 시의 운율적 구조를 빌어 온 외에도 시의 시간적 상황을 「속삭임, 수줍은 숨결……」에서와 같이 밤으로 잡고 있다. 또한 사랑의 체험의 테마도 동일하다. 이러한 밤의 사랑의 체험이 두 시에서 어휘

8　도브롤류보프, 『러시아 파로디야시』(레닌그라드, 1960년) p. 404.

적, 통사적으로 어떻게 언어화되어 있는가를 도표로 살펴보자(도표에서 명사의 격은 텍스트대로 썼다).

도표에서 볼 수 있는 바와 같이 페트의 「속삭임」에는 동사 형태가 전혀 사용되지 않았고 시의 인물은 단지 한번 「사랑스런 얼굴」이라는 말로만 소개되어 있다. 반면 자연묘사에 사용된 어휘는 무척 많다. 그러나 이렇듯 자연묘사를 나타내는 단어들이 많은데도 불구하고 자연은 아무런 구체적인 모습을 드러내지 못한다. 랑데부에 대한 묘사도 자세한 것과는 거리가 멀다.

	「속삭임……」		「첫사랑」	
	명사/대명사 동사 형용사		명사/대명사 동사 형용사	
인물 전체에 대한 지칭			그녀 ona 내 moj 손님 gost' 지나가는 minutnyj	
인물의 부분 및 부속물	얼굴 lica milogo		조그만 머리 golovki 사랑스런 mile'nkoj 윤곽 abris 속옷 šnurovki 구두 bašmačkov	
행위	속삭임 šepot 변화 izmenenij 매력적인 volšebnych 숨결 dychan'e 수줍은 robkoe 키스 lobzanija 눈물 slezy		애무 laski 인사 privet 시선 vaorov 정열적인 strastnych 번득거림 blesk 소리 tresk 초조 neterpen'ja 열기 žar 오싹함 cholod 떨어짐 paden'ja 성급한 bystrogo 키스 pocelnj 절벽 같은 nemoj 부둥킴 ob-jat'ja 관능적인 sladostrastnye 풀어진raspukaemoj 제쳐진 sbrošennyj	

시간적 상황	빛 svet 밤의 nočnoj 그림자 teni	저녁 večer 달 mesjac 금빛 aolotoj
공간적 상황	나이팅게일 solov'ja 지저귐 treli 시냇물 ruč'ja 잠자는 sonnogo 흔들거림 kolychan'e 피어나는 dymnych 은빛 serebro 구름 tučkach 진홍빛 purpur 장미 rozy 홍보석 jantarja 반짝거림 otblesk 아침노을 zarja	방 komnate 어스름빛 polusvet 침대 이불 pokrov 바닥 pol 침대 krovat'ju

반면 「첫사랑」에는 애정 행위가 낭만주의에서 전통적으로 다루어졌던 것과 매우 다른 방법으로, 또 페트의 불명확한 묘사 방법과는 매우 다른 방법으로 묘사되어 있다. 사랑이 곧 생명을 의미하며 사랑으로 하여 존재 자체가 흔들리게 되는 낭만주의의 애정 표현과는 달리 사랑이 마치 일상생활에서 흔히 일어나는 것처럼 구체적이고 산문적으로 표현되어 있다. 이 시에는 시간과 장소가 정확하게 제시되었고 행위가 세부적으로 묘사되어 있으며 문법적인 차원에서도 구체적인 감을 주는 분사의 사용이 눈에 띄며 메타포는 거의 볼 수 없다. 장식적 형용사는 단 한 번 그것도 아이러닉하게 사용되고 있다(금빛 달). 그런데 만약 이 모든 요소들이 하나의 의미 구조를 형성하는 데 있어 조화롭게 기여했다면 이 작품은 사실주의 미학을 나타내는 시로서 성공한 것이 되었을 것이다. 그러나 도브롤류보프의 「첫사랑」에서는 각 요소들 간의 불협화음이 일어나고 있다. 이는 도브롤류보프가 하나의 완성된 구조로서 시를 만들려고 하지 않고 다른 시, 다른 시학을 공격하려는 태도를 작품 안에 너무 강하게 드러내고 있기 때문이

다. 당시로서는 그렇다고 가정하기가 어려운 일이지만 페트의 「속삭임, 수줍은 숨결……」을 전혀 모르는 사람이 이 시를 읽는다면 그는 사랑이 구체적으로 이야기되었다기보다는 하찮은 이야기가 너무 강조되었다는 느낌을 받을 것이다. 여기에서 내세워지는 새로운 애정관은 낭만주의의 플라토닉한 사랑과는 완전히 대립되는 것이라는 것이 쉽사리 느껴지지만 이러한 새로운 애정을 표현하는 데 있어서 옷을 벗는 과정 같은, 너무나 관능적인 것만을 강조하거나 하찮은 사건을 너무나 구체적으로 다루는 것은 인간 삶의 진실이 균형감 있고 절실하게 포착되지 못했다는 느낌을 주기 때문에 새로운 애정관이 예술적으로 균형 있게 형상화되었다는 만족감을 얻을 수가 없다. 이 작품은 페트의 「속삭임, 수줍은 숨결……」과의 대비 속에서만 생명을 가진다. 도브롤류보프가 애정 행위의 하찮은 디테일을 병렬적으로 나열한 것은 페트가 밤의 랑데부가 모호하고 인상주의적으로 나타나도록 단어를 병렬적으로 열거한 것과 대비되어야 우스운 느낌을 줄 수 있으며 「첫사랑」의 맨 처음 단어인 '저녁'은 「속삭임, 수줍은 숨결……」의 장황한 정경 묘사와 대비되어야 날카롭고 당돌한 느낌을 줄 수 있는 것이다. 또한 「첫사랑」의 관능적인 열기의 상승은(시선의 번득거림→초조→관능적인 부둥킴→제쳐진 침대 이불→떨어지는 구두 소리) 「속삭임, 수줍은 숨결……」의 모호한 윤곽으로 그려진 랑데부와 대비되어 도브롤류보프가 페트의 인상주의적인 묘사에 불만을 폭로했다고 여겨질 때 그 가치를 발휘한다. 연인을 '지나가는 손님'이나 '조그만 머리'로 격하한 것도 애정을 사실주의적인 수법으로 표현했다기보다는 「속삭임」에서 애정을 절대적인 美라고 암시하는 투에 대한 반박으로서 더 가치가 있다. 상황 묘사에 있어서도 「속삭임」에서는 자연이 신비로운 색채로 묘사된 데 비해 「첫사랑」에서는 매우 일상적인 방의 모습이 사무적이고 건조하게 묘사되고 있다. 하나의 예외는 '금빛 달'인데 이는 「속삭임, 수줍은 숨결……」의 '은빛 시냇물'에 대한 대비적 표현으로 아이러니칼한 효과를 노리는 것으로 여겨진다.

이와 같이 도브롤류보프의 「첫사랑」은 페트의 「속삭임」의 애정 및 자연에 대한 모호하고 신비로우며 인상주의적인 묘사를 공격하고 이 작품과는 전혀 달리 애정을 적나라하게 표현하는 새로운 시를 제시해 보이려고 하지만 너무나 강한 공격성 때문에 미학적 구조로서의 가치를 발휘하지 못한다. 여기서는 도브롤류보프가 페트를 어떻게 우습게 생각하였는가를 알려 주는 두 작품의 편차가 작품 전체의 계획으로서 전면에 부각되고 있다. 도브롤류보프는 페트의 전형적인 작품을 위와 같이 공격하면서 동시에 플라토닉한 애정이나 아름다운 자연을 묘사하는 데 주력한 모든 작가들—특히 낭만주의의 후예들—을 겨냥했다고 볼 수 있다.

2. 미나예프의 「말발굽 소리, 즐거운 힝힝거림……」

Топот, радостное ржанье,

      Стройный эскадрон,

Трель горниста, колыханье

      Веющих знамён,

Пик блестящих и султанов;

      Сабли наголо,

И гусаров и уланов

      Гордое чело;

Амуниция в порядке,

      Отблеск серебра, –

И марш - марш во все лопатки,

      И ура, ура!

말발굽 소리, 즐거운 힝힝거림,

멋진 기마병

나팔수의 신호, 잔잔히 흔들리는

바람 타는 깃발들

반짝이는 창과 투구들:

칼집은 벗겨졌다,

그리고 경기병과 대장들의 자랑스런 이마들:

전투태세 완료

은빛의 반짝거림

이제 전속력으로 돌격―돌격,

그리고 이겼다, 이겼다!　　　　　　　　　　부르보노프 대령

    1863년에 이 작품을 쓴 미나예프는 60년대의 파로디야 작가들 중에서 가장 재능 있는 사람으로 꼽는다. 그는 1865년 『러시아 시인들의 모티브』라는 모음집 속에서 주로 친슬라브파의 호전적 국수주의를 비판하는 파로디야들을 수록하였는데 이 시도 그러한 류의 하나이다.

    이 파로디야에서 미나예프는 부르보노프라는 인물을 화자로 등장시키고 있다. 이 시를 읊기 전에 부르보노프 대령은 "페트가 군대에 계속 있었더라면 전투적인 성격의 시를 지었을 텐데 아깝게도 정체적인 시를 쓰는 시인이 되고 말았다"며 한탄한다. 그리고 스스로 시를 지어 본 것이 바로 앞의 '말발굽 소리, 즐거운 힝힝거림……'으로 시작되는 파로디야이다. 이 작품을 조금만 읽어보면 독자는 부로보노프 대령이 페트의 「속삭임」의 리듬과, 음향을 그대로 모방하지만 페트의 시가 가지는 의미는 전혀 이해하지 못하는 인물이라는 것을 금방 알아차릴 수 있다.

    두 작품의 음향적 측면을 비교해 보면 강세를 갖는 자음의 빈도수가 매우 비슷한 것이 우선 눈에 띈다(이는 두 작품이 음향적 측면에서 매우 강하게 접근하고 있다는 것을 단적으로 말해 주는 것이다).

「속삭임, 수줍은 숨결……」	「말발굽 소리, 즐거운 힝힝거림…」
r=8번	r=7번
serebro	eskadron
rozy	porjadke
jantarja	serebro
rjad	ura (2번)
robkoe	radostnoe
zarja (2번)	strojnyj
treli	
l=4번	t=3번
treli	topot
teni (2번)	blestjaščich
tučka	strojnyj
s=3번	s=3번
serebro	strojnyj
sonnogo	gusarov
svet	sabli

모음에 있어서도 「말발굽 소리, 즐거운 힝힝거림……」에는 「속삭임, 수줍은 숨결……」에서와 같이 o, a, i, e, u의 순서대로 빈도가 나타난다. 또 treli, otblesk, serebro, kolychan'e는 두 작품에 똑같이 나타나는 어휘들인데 이러한 어휘들은 의미적이라기보다는 음성적 일치의 성격을 띤다.

그런데 앞서 도브롤류보프의 파로디야를 다루는 부분에서 말한 바와 같이 페트의 「속삭임, 수줍은 숨결……」에서는 음향적 구조가 시 전체의 의미 구조에 긍정적으로 기여하는 반면, 미나예프의 「말발굽 소리, 즐거운 힝힝거림……」에서는 아름다운 소리들이 아무런 의미가 없는 내용을 표현하는 데 쓰이고 있다. 「말발굽 소리, 즐거운 힝힝거림……」에서는 군대 전투 준비의 한 장면이 밑도 끝도 없이 그려져 있을 뿐이어서 어처구니 없는 느낌을 자아낸다.

제1연에서부터 미나예프는 「속삭임, 수줍은 숨결……」의 어휘들과 비슷한 소리를 내지만 이와는 전혀 다른 세계에서 가져온 단어들을 사용하고 있다. '속삭임šepot'에는 '말발 굽소리topot'가, '수줍은 숨결robkoe dychan'e'에는 '즐거운 힝힝거림radostnoe ržan'e'이, 부드럽고 아름다운 '나이팅게일의 지저귐treli solov'ja'에는 시끄러운 '나팔수의 신호trel' gornista'가 대치되고 있으며 제2연에서는 '사랑스런 얼굴milogo lica'과 '자랑스런 이마gordoe čelo'의 대비가 두드러지고 「말발굽소리, 즐거운 힝힝거림」 제3연의 반짝거리는 은빛 무기는 「속삭임, 수줍은 숨결……」 제1연의 은빛 시냇물과 제3연의 홍보석의 반짝거림 두 부분을 연결시켜 생각하게 한다. 파로디야의 마지막 부분에서 「속삭임, 수줍은 숨결……」의 키스와 눈물에 대비되는 "돌격, 돌격"은 두 작품의 대치 관계의 정점을 이루고 있다.

부르보노프 대령은 이와 같이 페트의 아름다운 언어 사용을 멋있다고 생각하여 흉내를 내되 자신의 좁은 경험 세계(군대)에서 쓰이는 제한된 언어를 사용하며 자신의 세계에 만족하고 이를 찬양하는 사람이다. 그러면 미나예프는 이러한 부르보노프 대령의 입을 빌어 무엇을 공격하려고 했을까?

미나예프는 1863년 잡지 『러시아말Russkoe slovo』에서 "페트 씨의 뮤즈가 음악적 효과를 내는, 울림이 좋고 멜로디에 넘치는 단어들을 모으는 우아한 작업에 온몸을 바치고 있다"라고 비꼬았듯이 페트의 시가 음악적일 뿐 아무런 내용이나 사상이 없다고 생각하고 페트 시(詩)의 비합리성과 감정 표현의 노력을 공격하였다. 그는 페트의 시들을 완전히 뒤에서부터 거꾸로 인쇄하여 읽어 보도록 하면서 페트시의 음악적인 단어들 간에 아무런 내용적 연결이 없다는 것을 증명해 보이려고 하였다. 이 파로디야도 미나예프의 이러한 생각을 나타내고 있는 것으로 보인다. 그는 페트의 시를 의미가 전혀 연결이 안 되는 아름다운 단어들의 열거라고 받아들이고 파로디야의 화자로 하여금 그러한 면을 더욱 과장시키면서 이를 공격하고 있는 것이다. 파로디야의 화자를 대령으로 삼아 군대 생활의 한 장면을 읊게 한 것은 페트의 보수적인 견해와 페트의 군대 경력을 염두에 두고 전투 준비를 아름답게만 보는 당시의 호전적 친슬라브파를 겨냥했다고 볼 수 있다.

3. 미냐예프의 「추위, 더러운 마을들……」

Холод, грязные селенья,

　　　　Лужи и туман,

Крепостное разрушенье,

　　　　Говор поселян.

От дворовых нет поклона,

　　　　Шапки набекрень,

И работника Семена

　　　　Плутовство и лень.

На полях чужие гуси,

　　　　Дерзость гусенят, -

Посрамленье, гибель Руси.

　　　　И разврат, разврат!..

추위, 더러운 마을들

엉덩이와 안개

농노제의 폐지

농부들의 숙덕공론

농노들로부터는 인사도 없다.

모자는 삐뚜름하게 쓰고들…….

그리고 노동자 (세묜의

속임수와 게으름.
텃밭에는 남의 거위들
건방진 거위 새끼들 —
러시아의 치욕, 몰락,
그리고 패륜, 패륜…….

    1863년에 탄생한 이 작품은 미나예프의 파로디야 시리즈 『시민적 뉘앙스를 띤 서정시』에 들어 있는 시로서 이 시리즈는 페트가 1863년 잡지 『러시아 뉴스Russkij vestnik』에 게재한 논설들을 겨냥한 것이었다. 페트는 이 논설들에서 농노제도의 폐지를 못마땅해하며 과거 농노제하의 농부들의 성격과 생활방식을 이상적으로 표현하고 농노제 이후의 경제적 문제들을 한탄했다. 페트는 「법 앞에서의 평등」이라는 제목의 논설에서 자유노동제도에서 노동자들이 그들의 권리를 악용하고 있다고 말하며 지주들의 이익이 노동자들의 이익보다 법적으로 덜 보장되어 있다고 주장하고 신변의 이야기를 털어 놓는다. 이야기인 즉 자신이 해방시킨 농노 세묜에게서 그 대가로 11루블을 받아내기가 매우 힘들었던 반면 세묜은 노동자로서는 게으름을 부리고 눈속임을 하여 손해가 많았다는 불평이었다. 또 「오리와 오리새끼들」이라는 글에서는 페트가 자기 밭에 들어온 노동자의 오리를 일부러 잡아서 그 오리가 아무런 피해를 입히지 않았다는데도 불구하고 권리 행사를 하기 위해 오리의 소유주에게 벌금을 물게 했다는 에피소드를 적는 등 「시골로부터Iz derevni」라는 제목으로 연재되었던 이 논설들에서 페트는 과거의 농노제도를 동경하며 고집스럽게 지주의 권리를 주장하는 극단적 보수주의자로서의 모습을 드러내었다. 그러니만큼 페트의 시학을 공격하는 사람들은 이 논설들을 더더욱 반가운 미끼로 삼았다. 미나예프는 이러한 페트의 가치관을 보고 "페트의 시는 농노제도를 열광적으로 칭송하는 시다……. 농노제가 러시아의 삶을 지옥으로 만들고 있었을 때 페트는 러시아의 삶 속에서 멋지고 아름다운 자연만을 보았었다. 페트는 「속삭임, 수줍은 숨결……」 따위에 나타나는 것처럼 목가적으로 살기를 원했으며 다른 사람들도 그렇게 하기를 바랐었다"라고 하면서 이러한 목가를 지었던 페트가 농노제 폐지 이후에는 "서정시를 버리고 언론가 직업을 택한 모양"이라고 비꼬고 이제 페트는 더 이상 「속삭임, 수줍은 숨결……」과 같은 목가가 아니라 어두운 색채의 시를 쓰고 있다고 말하며 파로디야를 내놓았다. 이 파로디야 속에서 미나예프는 페트가 논설들 속에 사용한 중심적인 단어들을 그대로 따다가 「속삭임, 수줍은 숨결……」의 리듬 구조에 맞춰 연결해 놓았다. 그런데 그 연결로 하여 페트의 사상이 매우 우습게 보이도록 그 내용이 무척 비논리적으로 만들어졌던 것이다. 비논리적인 연결로 두드러지는 것들을 몇 가지 살펴보면 우선 제1연에서 '추위, 웅덩이, 안개'와 '농노제의 폐지'를 마치 이들 사이에 무슨 실제적 관계가 있는 것처럼 연결한 것, 또 제3연에서 '텃밭에는 남의 오리들', '러시아의 치욕', '몰락', '패륜'을 연결하여 페트의 논리의 비약과 비논리성을 강조하여 부각시킨다. 이러한 경우 파로디야는 페트의 시 「속삭임, 수줍은 숨결……」에 대한 비판이라기보다는 「속삭임, 수줍은 숨결……」이라는 시를 지은 작가의 보수주의적 가치관이 표적이 되고 있다. 즉 문학작품이라는 구조 속에서 작가의 이데올로기의 층위가 공격의 대상이 되고 있다.

4. 익명의 작가의 「밤」

Ночь

(Подражание Фету)

Шепот, грозное бряцанье

    Сабель, звуки шпор, -

Обыск, тягость ожиданья.

   Тихий разговор;

Свет ночной, - поодаль тени

   Матери, отца, -

Смена быстрых выражений

   Бледного лица;

В вечность канувшие грезы,

   Бед в грядущем тьма,

И прощание, и слезы –

   И тюрьма, тюрьма!..

(페트의 모작)

속삭임, 무시무시한 음향

칼 소리, 박차 소리

수색, 못 견딜 기다림

나지막한 말소리.

밤의 빛— 조금 떨어진 곳에

어머니와 아버지의 그림자

창백한 얼굴에

성급히 바뀌는 표정들.

영원히 사라지는 꿈

다가올 불행의 암흑

이제 작별과 눈물

그리고 감옥, 감옥.

　익명의 작가가 쓴 「밤」이라는 제목을 가진 이 파로디야는 1883년에 만들어진 것으로 시간적으로 원작과 가장 차이가 나는 작품이다. 이 파로디야는 위에서 살펴본 어떤 파로디야보다도 강하게 원작과 어휘적, 음성적 일치를 보이고 있다. '속삭임', '밤의 빛'은 두 작품에 똑같이 제1연의 제1행과 제2연의 제1행의 첫 단어로 쓰였고 '그림자', '얼굴', '눈물'은 두 작품에서 똑같은 위치에서 각운을 구성하는 단어들이다. 동일한 위치의 각운에서 단어가 완전히 되풀이되지 않는 경우에도 보는 바와 같이 각운을 이루는 어휘소들이 일치하고 있고 제3연의 제2행과 제4행에는 각운을 이루는 강세모음 'a'가 똑같이 나타난다. 또한 접속사 I는 두 작품의 제3연에서 똑같은 위치에서 3번씩 사용되었다. 또 두 작품의 제3연은 똑같이 전치사 'v'로 시작하고 있다.

	「속삭임,수줍은 숨결……」	「밤」
제1연 제1행	dychan'e	brjacan'e
제2연 제3행	kolychan'e	ožidan'ja [aniI]
제2연 제2행	konca	otca
제2연 제3행	iamenenij	vyraženij
제3연 제3행	rozy	grezy

　이렇듯 원작과의 강한 어휘적·음성적 일치(리듬적 일치는 물론이고)에도 불구하고 「밤」이라는 파로디야는 텍스트 구조 자체의 불협화음을 보여주고 있지 않다. 「밤」에는 다른 파로디야에서와 같이 과장된 대립적 표현이나 하찮은 것의 강조, 무의미성, 비논리성이 드러나지 않고 있다. 이 작품

은 밤에 체포되는 아들을 가진 한 가정의 심리적 분위기를 그리고 있는데 시적 화자가 숨어서 방안의 상황을 관찰하는 방식으로 화자의 긴장과 초조와 절망을 미학적으로 강렬하게 처리하고 있다. 그러나 원작과의 강한 어휘적·음성적 일치와 부제 「페트의 모작」은 이 시를 「속삭임, 수줍은 숨결……」과 떼어서 받아들일 수 없도록 한다. 「속삭임」의 구절들은 「밤」의 구절들과 대비되어 생생하게 되살아난다:

「속삭임, 수줍은 숨결……」	「밤」
사랑스런 얼굴의 매혹적인 변화들 속삭임, 수줍은 숨결 장밋빛 아침노을	창백한 얼굴에 성급히 바뀌는 표정들 속삭임, 무시무시한 음향 암흑 감옥

  그러나 이 두 작품의 편차는 우리에게 우습거나 어처구니없는 느낌을 주기보다는 아픈 슬픔의 느낌을 준다. 여기서 주목되는 것은 당시의 어두운 정치적 상황에 대한 슬픈 고발이 페트의 아름다운 시 「속삭임」과 대비될 때 느껴지는 선동적이기까지 한 강한 효과이다(1881년 알렉산드르 2세가 암살된 이후 정부의 강화된 반동적 정책의 결과 많은 사람들이 체포되었다. 정부는 모든 비판의 싹을 눌러 없애려고 하였던 것이다). 슬프고 어두운 상황에서 나올 수 있는 노래는 페트의 목가적인 애정시일 수는 없다는 것을 익명의 작가는 페트의 「속삭임, 수줍은 숨결……」의 형식을 빌어서 말하며 페트를 비판하고 있다고 볼 수 있다. 그러나 전체적으로 볼 때 이 시는 페트의 「속삭임, 수줍은 숨결……」에 대한 비판이라기보다는 사회를 풍자하는 시로서 파로디야의 수단을 써서 풍자성을 더욱 독자들에게 호소하고 있다고 봐야 할 것이다.

V. 맺음말

위에서 우리는 페트의 시 「속삭임, 수줍은 숨결⋯⋯」에 대한 여러 가지 파로디야가 원작에 대해 조금씩 다른 태도를 나타내는 것을 살펴보았다. 파로디야들 중에는 원작의 텍스트에 나타난 것을 공격한 것도 있었고 텍스트와는 관계없는 것을 공격한 것도 있었다. 이미 언급한 바와 같이 문학 작품이 곧 텍스트가 아니라 텍스트를 포함하는 더 큰 구조로서 여러 가지 층위를 가지는 생명체 같은 것이라고 보면 이 파로디야들은 각각 페트의 시 「속삭임, 수줍은 숨결⋯⋯」이라는 문학작품의 여러 층위를 겨냥한 것 이라고 말할 수 있겠다. 그런데 이러한 공격에 대해 잘 이해하려면 당시의 여러 가지 문학적 사실들에 대해서 자세히 알아야 한다. 파로디야 탄생 당 시의 문학적 기상도가 상세히 그려져야 파로디야가 지닌 현장성에 대해 잘 이해할 수 있는 것이다. 즉 페트의 인생관, 페트의 예술관, 작품세계, 또 그가 속하는 사상적 그룹 등이 당시 사람들에 의해 어떻게 다양하게 받아 들여졌는가를 잘 알아야만 비로소 파로디야를 이해할 수 있다. 이같이 파 로디야는 작품 내재적인 가치를 전혀 지니지 못하는 시간과 공간을 초월 할 수 없는 특수한 장르이지만 이 장르가 문학사를 연구하는 데 중요한 자 료가 될 수 있다는 것은 위에서 살펴본 바와 같다.

소련의 구조주의 문학비평*

이 글은 소련의 구조주의 문학비평에 대한 소개이다.

소련의 구조주의 문학비평은 직접적으로나 간접적으로 러시아 형식주의, 프라하 및 코펜하겐의 구조주의, 인공두뇌학, 정보학 및 미국과 소련의 현대 언어학과 밀접한 연관을 맺고 있다. 이 때문에 이러한 분야들과 관련이 되는 모든 문학 비평적 연구들을 구조주의 문학비평이라고 부르는 경우가 많다.

소련의 구조주의 문학비평은 러시아 형식주의와 프라하 구조주의를 모체로 하여 1950년대부터 소련에 소개되어온 인공두뇌학, 정보학에 영향을 받은 현대 언어학의 영향으로 발생하였다고 볼 수 있다. 1967년에 간행되었던 문학비평 전문지인 『문학의 제 문제』가 「인공두뇌학과 문학과학」이라는 표제를 달고 있는 것은 인공두뇌학이 소련에 수용된 이래 커다란 인기를 누리게 되었다는 것을 대변해 주는 사실이다.

1960년대 초부터 소련의 언어학자들은 여태껏 정확한 방법이 적용되지

---

* 『세계의 문학』 7권 2호(1982), 126-139.

않았던 언어학 연구에 있어서 새로운 과학적인 방법을 도입하고, 이를 적용하여 새로운 연구 결과들을 밝혀낸 데서 자신을 얻어 이러한 과학적인 방법을 문학작품에도 적용하여 인접 인문과학의 분야에도 밀고 들어오려고 하였다. 언어학자들이 이렇듯 문학과학의 분야로 걸음을 떼어 놓으면서 생각한 것은

첫째, 언어학이 언어의 일반적 현상에 대해서만 다룰 것이 아니라, 조직된 언어—이 중에는 문학작품의 텍스트도 포함된다—를 다루어야 한다는 것,

둘째, 문학작품도 다른 언어적 표현들과 마찬가지로 그 미학적 성질이나 문학성에 상관없이 하나의 정보 방식으로 볼 수 있다는 것,

셋째, 인문과학 전체에 오래전부터 퍼져 있는 당혹감, 학문적인 진술이 상호 주관적인 검증 가능성을 결여하고 있거나 미미한 정도로밖에 갖고 있지 못하다는 것을 느낀 데서 오는 당혹감이 문학비평의 분야에서도 나타나기 시작하였고, 문학비평의 진술도 검증 가능한 성질의 것이어야 한다는 요청이 일어난 것이었다. 이는 문학비평이 그 역사적인 발달에 있어서 상당히 주관적으로 채색되었거나, 문학작품에 대해 이데올로기적으로 정향된 해석에 사로잡힌 적이 잦았다는 것을 깨닫게 된 데서 비롯한 것이다. 동일한 문학작품이 그때그때의 세계관의 척도에 따라 극히 다양하게 해석되고 평가되었거나 평가될 수 있다는 사실은 이제까지의 문학비평의 많은 결론들에 회의를 품게 하였고 또 문학비평이, 적어도 오늘날의 형식 논리나 과학이론에 비추어 볼 때, 초언어Metasprache의 영역이 아니라 작품 자체의 언어 영역에서 그대로 가져온 개념들을 사용한다는 것, 즉 문학비평의 진술이 복합적이고 감정적이어서 검증을 불가능하게 하여 문학비평이 학문적 인식 체계라기보다는 문학작품의 차원에 머물러 왔다는 사실이 문제시되게 되었던 것이다.

소련의 언어학자들은 현대 언어학의 개념과 방법으로써 문학 비평에 사용되는 개념과 방법의 불명확성을 지양할 수 있다고 생각하였으며 문학

에 있어서도 문제를 정확히 제기하고 제기된 문제를 증명 가능한 방법으로써 설명하려고 시도하였던 것이다.

소련 문학비평에 있어서 정밀과학적인 문학비평은 과거 러시아 형식주의자들의 다양한 이론적·실제적 연구들을 참조로 하였다(시의 운율에 관한 통계적 연구는 러시아의 상징주의 시인인 안드레이 벨르이Andrej Belyj에 의해서 1900년에 이미 시작되었고, 그 뒤 러시아 형식주의자들의 주된 업적의 하나가 시의 리듬 연구에 있다는 것은 서방측에도 이미 잘 알려진 사실이다).

이들 언어학자들은 1961년 9월 고리키Gor'kij에서 <시언어연구회>를 개최하여 詩語에 관한 일반적인 이론과 러시아 형식주의자인 프로프 Propp, 슈클로프스키Šklovskij, 트냐노프Tynjanov, 영화감독 에이젠슈테인S. Éjzenštejn에 대한 연구들을 발표하였다. 이들은 여기에서 되풀이하여 러시아 형식주의자들의 이론적 기초 작업의 가치를 언급하였고 형식주의 논문들이 새로이 출판되어야 한다고 강조하였다(이들의 주장 때문인지 1960년대 후반에 형식주의자들의 논문들이 정리되어 새로이 출판되었다). 이와 함께 소련의 기호체계에 대한 연구는 기호체계를 통하여 나타나는 의미를 규명하려는 것으로 기호체계에 대한 연구가 결국은 의미학의 한 분야라는 것을 염두에 두게 됨으로써 초기 형식주의자들이나 그들을 배격했던 마르크스주의자들이 문학작품의 형식과 내용을 분리하여 보려 했던 오류가 지양되고 내용과 형식이 하나의 사물의 양면으로서 해석되어야 한다는 것이 명백해지게 되었으며 이는 소련 구조주의 비평가들이 항상 강조하여 주장하는 바이기도 하다. 내용과 형식의 원칙적인 분리는 소련의 구조주의자들이나 의미학자들에 의해서 철저히 배격되고 있다. 이때 처음으로 <구조시학strukturnaja poetika>이라는 용어가 사용되기 시작하였고 이러한 비평가들은 문학작품을 그 형식적인 처리 방법에 중점을 두어 연구하여 처음으로 문학비평을 타 과학과 분리하려고 했던 러시아 형식주의 원칙과 마르크스주의적 문학 및 심리학을 구조주의라는 기반 위에 통합시켜 총체적인 작품 비평에 이르고자 하였다. 이들은 러시아 형식주의자들이 작품 속의 자료 자체가 아니라 자료들의 문학적 처리 방법에 대해서만 집중적으로 해석하는 데 반해 1930년대 이후의 마르크스주의적 비평가들은 그 반대의 극으로 치달려 작품에 나타난 세계관이나 가치관만을 연구하는 데 주력했다고 비판하면서 문학비평의 임무는 작품 전체의 형식적·내용적 요소들의 기능과 조직을 통제하는 <고유한 테마>, <통합적인 사상>을 밝히는 것이라고 주장하며 하나의 문학작품에 대해서 완전히 서술하려면 어떤 특정한 사상이나 감정이 작품 구조의 모든 차원을 통하여 어떻게 발생하게 되는가를 논리 정연하게 보여야 한다고 주장하였다. 당시 논의의 결과가 『기호체계에 대한 구조적 연구에 대한 심포지엄』과 『구조형태학연구』라는 두 논문집으로 결산된 이후부터 한편으로는 기호학 및 의미학적인 방법론을 적용하여 문학작품을 비평하는 전문적인 연구가 진행되었고 (이는 주로 로트만을 중심으로 하는 타르투 대학의 연구진에 의해서이다. 로트만에 대해서는 조금 뒤에 서술하고자 한다), 다른 한편으로는 특히 소련의 문학비평 전문지인 『문학의 제 문제』를 중심으로 하여 정밀과학들—수학, 인공두뇌학, 정보학, 의미학, 기호학 등이 문학연구에 어떻게 적용될 수 있는가 하는 토론이 끈질기게 계속되었다. 이러한 토론은 위에서도 말했듯이 한편으로는 문학 비평을 정밀과학으로서 정립하려는 필요성에서 나온 것이고, 다른 한편으로는 여러 가지 과학 분야들이 서로에게서 배우고 서로서로 협력해야 한다는 의식에서 나온 것이라고 볼 수 있다. 이 전문지의 토론에서는 <구조주의>라는 개념이 매우 자주 사용되었다.

구조시학의 원론적인 논의에서 한 걸음 더 나아가 구조주의 문학비평의 이론적인 면에서나 실제 분석의 면에서 가장 큰 공을 세운 사람은 유리 미하일로비치 로트만Jurij Michailovič Lotman이다. 로트만은 앞서 말한 심포지엄들에는 참석하지 않았으나 1958년 타르투대학에서 『구조시학에 대한 강의』라는 저서를 펴냈다. 그는 이와 동시에 『기호체계에 대한 연구』라는 타르투 대학 발간의 학술지도 창간하였다.

그의 첫 번째 저서인 『구조시학에 대한 강의』는 러시아 형식주의자(에이헨바움, 프로프, 슈클로프스키, 토마셰프스키, 트냐노프 등), 프라그학파(무카조프스키, 트루베츠코이), 코펜하겐학파(헬름슬레프), 불란서 구조주의자(레비-스트로스 등)의 연구를 기반으로 하여 의미학, 기호학, 정보학 등의 현대 구조주의 언어학의 지식을 통합한 체계적인 구조시학으로서 수준 높은 독보적 연구이다. 로트만은 트냐노프와 바흐틴, 프로프, 에이헨바움, 지르문스키, 로만 야콥손에게 특히 감사하면서, 그러나 자신이 야콥손과 같이 언어학이 시학에 미치는 영향이 지대한 것을 인정하고 있으나 시학을 언어학의 한 분과로 국한시키는 것에 반대한다는 입장을 밝힌 후, 예술작품을 진정으로 연구하려면 이를 하나의 통합적, 다층적, 기능적 구조로 보아야 하기 때문에 문학작품을 분석하는 데 있어서 형식주의자들처럼 작품에 나타나는 기교들을 목록화하는 데 그쳐서는 안 된다고 하였다. 로트만은 형식주의자들이 개별적인 개념으로 파악한 프리욤(문학적 장치, 방법) 대신 <구조적 요소> 또는 <텍스트의 예술적 기능>이라는 구조적·기능적 개념을 문학비평에 도입하였다. 언어학자들로서는 더 이상 접근할 수 없는 문학적 텍스트의 조직과 수용미학에 관한 문제들을 특히 중점적으로 다루고 있는 로트만의 구조시학은 현실과 예술의 상호관계를 체계적으로 파악하고자 하는 야심적인 시도이다.

로트만은 시의 구조에 관한 서술에 앞선 예술과학에 대한 일반론에서 예술이 인간의 인식이라는 측면에서 볼 때 현실을 모형화(모델화)하는 인식체계에 속하지만 다른 인식체계와 구별되는 점은 현실을 분석적으로 설명하는 것이 아니라 현실을 재창조하는 데 있다고 말하였다. 이는 얼핏 보기에 전통적인 모방론이나 모사론을 그대로 답습하고 있는 것 같지만 예술과 현실이 가까워지면 질수록 이 둘 사이의 차이가 없어지는 것이 아니라 오히려 두드러지게 되며, 이 둘이 변증법적인 관계 속에 있다고 보는 데 그의 견해의 특색이 있다. 또한 로트만은 예술과 현실이 항상 유사한 것이 아니고 역사적·사회적으로 제약된 유사성을 나타내는 것이므로 예술작품은 그 자체로서만 이해될 수 없으며 예술작품이 생성된 상황을 여러 가지 각도에서 조명함으로써 비로소 파악되는 특수한 구조를 가진 것으로 보고 있다. 예술작품의 특수한 구조에 대한 로트만의 주장을 다음과 같이 항목별로 요약할 수 있을 것이다(이 요약은 문학비평을 과학화하려는 사람들이 자첫 범할 수 있는 오류인 문학의 특수성에 대한 몰이해를 깨우쳐 주는 동시에, 문학비평의 과학화의 물결을 막으려는 비판가들에게 결정적 타격을 주는 것임에 틀림없다).

1) 이론적 체계는 대상을 분석적으로 인식하는 것을 전제로 하지만 예술가는 세계의 총체성에 대한 통합적인 파악을 하여 이 총체성을 형상화(모형화)한다.

2) 대상의 총체성을 예술작품 모형으로 재창조하는 데 있어서 예술가는 이에 특수한 구조를 부여하여 생에 대한 인식에 참여한다.

3) 예술적 형상화란 대상의 형상화일 뿐만 아니라 대상의 미적 체험의 형상화이다.

4) 예술작품은 대상의 구조를 나타내는 동시에 작가의 의식구조, 작가의 역사적·사회적으로 제약된 세계관을 나타낸다. 즉 예술작품은 더 광범위한 구조의 일부로도 파악될 수 있다(이는 예술작품 창조에 있어서 텍스트外的인 場이 작용한다는 것을 말한다).

5) 즉 예술작품은 현실의 현상과 작가의 인격을 동시에 형상화한다.

6) 그러므로 예술작품과 작가 간에는 이중적인 관계가 맺어져 있다고 볼 수 있다. 예술작품은 한편으로 작가의 의식구조와 연관을 맺고 있고 다른 한편으로 현실의 현상과 연결되어 있어서 여기서 현실의 객관적 구조와 작가의 자의식 간의 상호작용(변증법적인 관계)이 이루어진다(창조 과정

에서 작가가 작품을 만들 때, 작품은 현실의 객관성을 작가의 자의식에 요구하게 된다).

7) 예술가는 현실을 특정한 구조로서 형상화하는 동시에 자신의 의식구조를 전달하려고 하는데, 후자가 작품의 사회적·선동적 성격을 나타내게 한다.

8) 예술적 형상은 직관을 전제로 하는데 이러한 직관은 경험에 연결되어 있다. 직관은 논리에 대치되는 것이 아니라 오히려 논리를 포괄하는 것이며, 직관을 통하여 아직 이론화되지 못한 복잡한 체계가 인식되는 계기가 마련될 수도 있다. 문학 비평가는 논리가 미치지 못하는 예술가의 직관적 인식의 특정한 면을 이해의 편의상(heuristisch) 논리화할 수 있다.

위에서 서술한 예술작품의 특수한 구조에 대한 요약이 예술작품 창조의 측면, 작가의 입장을 살피고 있는 것이라면 예술작품을 기호체계로 파악하는 로트만의 또 다른 입장은 예술작품을 의사전달의 측면에서 접근한 것이다. 그의 입장은, 예술작품이 의사전달의 면에서 볼 때 기호체계에 속하지만 다른 기호체계와 구별되는 점은 표현되는 것(내용, 사상)이 작품의 전체 구조를 통하여 실현된다는 것이다. 예술작품의 텍스트는 전체가 하나의 기호를 이루고 있기 때문에 일상어에서 개별적인 기호로서 사용되는 단어들이 문학작품에서는 텍스트의 요소로서 종속되게 된다. 또한 예술작품의 텍스트는 세상에 나오면 여러 가지 텍스트 外的인 면들과의 상호관계 속에서 여러 가지 양태로 수용된다. 그 예로서 로트만은 푸슈킨의 「다시 나는 그 외진 땅을 찾아」(1835년)라는 時가 각운을 갖지 않는다는 데 유의하는 독자들은 각운이 없는 것을 그 이전 時들에 대한 문학적 투쟁으로 파악하는 데 비해, 각운에 유의하지 못하는 독자들은 이런 이해를 놓치게 된다는 사실을 들고 있다. 예술작품이라는 기호는 그 자체로서 의미를 줄 수 있는 것이 아니고, 그것의 기능의 총합에 의해서 의미를 나타내는 것이다.

로트만은 운문과 산문의 차이도 기능적인 것이라고 설명한다. 로트만은 역사적으로 볼 때 운문이 산문에 비해서 더 원초적인 형태라고 보고 있다. 왜냐하면 언어예술이 시작될 때 사람들은 일상어와 차이가 두드러지는 운문을 예술적 특징을 가진 것으로 생각했기 때문이다. 그러나 미학적인 감각이 계속 발전해 감에 따라 詩的 언어가 非詩的인 언어로 접근해 가는 과정이 생기게 되었다. 이는 주로 19세기에 나타난 현상으로 이 시기에는 일상어로써 현실에 접근하는 문학적 형상을 창조하려고 했던 것이다. 이러한 19세기 산문의 발달은 고도로 발달된 운문의 배경에서, 그리고 그 발달된 운문에 대한 배격으로서 이해될 수 있다. 이러한 관계는 위에서 소개한 푸슈킨의 시에 각운이 없다는 것이 시구조의 일부를 이루는 것처럼, 산문은 운문적 요소가 나타나 있지 않다는 사실을 텍스트에 포함시켜서 생각되어야 하는 것이다. 이러한 면에서 볼 때 사실주의 시대의 <평이한> 서술체는 실상 일차적인 성격의 것이 아니라 오히려 그 시대 이전의 운문보다 더 복잡한 성격의 것으로 보아야 한다.

이러한 텍스트의 내재적 구조가 완전히 파악되기 위해서는 텍스트 外的인 구조들을 관련시켜야 한다는 견해를 로트만은 다음과 같이 피력하고 있다.

"텍스트는 결코 그 자체로서 존재하는 것이 아니라 어쩔 수 없이 하나의 컨텍스트 속에 포함된다. 텍스트는 텍스트 外的인 구조 요소들에 대한 상대자로서 존재하며 대치관계에 있는 양극처럼 서로 연결되어 있다."

"텍스트 外的인 관계는 덧붙여지는 것이 아니라, 구조요소로서 예술작품의 본질에 속하는 것이다."

문학에 대한 일반론에 이어 로트만은 시언어의 구조를 분석하는데 이는 시작품의 실제 분석에 있어서 직접적인 지침을 줄 수 있다. 로트만은 시작품의 언어가 일상어와 다른 점은 일상어에서는 언어구조가 정보 전달의 수단인 데 반해 시작품에서는 언어구조 정보의 내용 자체가 목적이라는 것에 있다고 밝히며 그렇기 때문에 내용과 표현의 차원을 분리하여 고찰하는 것은 불가능하다고 전제한다.

<시는 복잡하게 구조된 사상이며, 시의 모든 요소들은 특정한 내용을 표현하게 된다>라는 데 출발점을 둔 로트만은 리듬, 각운, 소리의 어울림 등이 어떻게 의미적으로 역할하는가를 설명한다. 그는 '예술 작품의 구조는 공간적으로 계속 앞으로 펼쳐져 있지만 새로운 텍스트는 항상 이미 정보의 역할을 마친 듯이 보이는 지나간 텍스트에 연관되어 이와 병치관계에 있게 되며, 지나간 텍스트는 처음에는 감추어져 있던 의미 내용을 새로이 나타내게 된다'고 보고 있다. 여기에서 반복의 문학적 기능이 새로운 해석을 얻게 된다. 전통적으로 반복이라고 불려온 개념은 실상 이러한 병치관계를 나타나게 하는 기본 요건이다. 시언어의 병치관계는 대립관계와 동일관계의 양면성을 지닌다. 대립관계란 비슷한 것에서 서로 다른 면을 강조하는 것이고, 동일관계란 서로 달리 나타나는 것들을 하나로 결합시킴으로써 드러나는 것이다. 이러한 방식으로 시작품의 언어에서는 일상어에서 동일하지 않은 것이 동일관계에 있게 되고, 일상어에서 대립관계에 있지 않은 것이 대립관계에 있게 된다. 시언어는 동일한 위치에 여러 가지의 언어적 요소들을 주기적으로 되풀이하는데 이는 서로 다른 것을 비슷하게 만들고, 다른 것들 중에서 비슷한 것을 찾아주는 역할을 하는 것이다. 이러한 반복은 음운의 차원에서, 단어의 차원에서, 통사의 차원에서 나타나며, 예를 들어, 반복되는 음운들은 시 핵심어의 의미를 획득하게 되기 때문에 반복되는 음운을 포함한 단어들은 한편으로는 핵심어의 음운으로 해체되고, 다른 한편으로는 자신의 어휘적 단위로 남아 있음으로 해서 일종의 긴장관계가 발생한다. 이러한 긴장관계는 제3의 의미영역을 열어주는 역할을 한다. 로트만은 시의 율격, 문법, 형태 등의 면에서 이러한 방식으

로 시의 구조와 의미를 살피고 있다.

그의 구조 시학은 1970년에 출판된『예술적 텍스트의 구조』, 1972년에 출판된『시적 텍스트의 분석』이라는 저서에서 점점 더 이해하기 쉬운 형태로 서술되어 있다.

1972년에 출판된『시적 텍스트의 분석』에서 로트만은 텍스트 外的인 場에 대한 연구—텍스트의 사회적 기능, 심리학적 문제, 수용미학의 문제, 텍스트의 창조 과정, 그 역사적 기능에 대한 문제—는 일단 보류하고 우선 시적 텍스트에 대해서만 분석하고 있다. 이 책은 제1부와 제2부로 나뉘어져 있는데 제1부는 시 분석 방법에 관한 것이고 제2부는 이에 입각한 실제 분석이다. 제1부에서는 시작품을 이루는 구조적 요소들을 율격, 각운, 소리의 반복, 도형적인 차원, 형태적·문법적 차원, 어휘적 차원, 시행의 차원, 연의 차원, 총체로서의 텍스트의 순서로 하위 차원부터 상위 차원까지의 여러 층으로 나누어서 고찰하고 있다. 이 여러 차원에 나타나는 구조적 요소들의 공통적 성질은

1) 일상어의 차원에서 의미를 가지지 않는 요소들이 시작품 구조 속에서 의미의 차원으로 올라간다는 것.

2) 일상어에서 형식적으로 나타나는 요소들, 예를 들어 문법이나 부호들이 부가적 의미를 지니게 되어 의미적 성격을 띠게 된다는 것이다.

이와 같이 시언어 속에서는 의미를 지니는 요소들이 늘어남과 동시에 요소들 사이의 관계가 다양해짐으로 하여 시작품은 고도의 복잡성을 띠게 된다. 이는 일상어의 텍스트에서는 서로 연결되지 않는 단어들, 문장들, 진술들이 시의 텍스트에서 율격, 각운, 연으로 나뉘는 것 등을 통하여 병치관계에 놓임으로써 서로 대립관계나 동일관계에 놓이게 되어 시작품 언어는 일상어에는 나타나지 않는 부가적 의미를 지니게 되기 때문이다.

제2부의 실제 분석에 있어서 로트만은 각각의 작품 구조를 이루는 주도자적인 원칙을 분석하여 이것이 텍스트의 전체 의미영역에 어떻게 기여하

고 있는가를 밝히고 있다.

이상에서 살펴 본 바를 정리하여 끝맺음을 한다면,

1) 구조주의 문학비평은 형식주의의 전통에 접목되지만 형식주의를 이론적으로 극복하고 있다.

2) 구조주의 문학비평은 변증법적 사고를 도입하였는데 여기에는 로트만의 역할이 특히 컸다.

3) 구조주의는 우선 예술작품을 사회의식과 이데올로기의 표현이라고 보는, 타과학에 기초한 비평 태도를 지양하려고 한다.

4) 일부 새로운 방법의 대표자들은 텍스트 내재적인 구조와 텍스트 外的인 구조의 연관을 생각하지 않고 문학작품의 형식적인 면만을 주로 다룬다. 이는 문학비평이 타과학을 기반으로 하여 온 데 대한 반발이기도 하며 텍스트 외적인 場을 파악하는 것이 어렵기 때문이기도 할 것이다.

5) 문학비평에 있어서 정보학, 인공두뇌학, 통계학적인 '새로운 방법'을 적용하는 것을 배격하는 사람들이 새로운 방법들로는 문학의 특수 현상을 다루지 않게 된다고 경고하는 것은 좋으나, 모든 새로운 방법을 구별 없이 비판하는 것은 오류이다.

6) 구조주의는 문학연구를 과학화하고 체계화하는 데 큰 역할을 하였고 이로써 문학비평의 <인상주의>나 <절충주의>를 지양하는 데 적합한 방법이다.

7) 구조주의적인 방법을 문학적 자산들에 구체적으로 적용하는 것은 이제 겨우 시작된 단계이기 때문에 많은 문제점이 나타날 것으로 보인다. 그러나 미리부터 반대하는 것은 편협한 태도일 것이다.

8) 로트만의 구조시학은 소련 구조주의 문학비평에 있어서 가장 체계적인 것으로 좀 더 자세히 소개되어야 할 것이다.

로트만의 구조시학*

Ⅰ. 유리 미하일로비치 로트만(Jurij Michajlovič Lotman)

유리 미하일로비치 로트만(Jurij Michajlovič Lotman 1922~93년)이라는 이름은 미국과 유럽을 통하여 이제 우리나라에도 조금씩 알려지기 시작하고 있다. 그는 문화형태학자, 문화기호학자, 의미학자로 통할 만큼 여러 가지 예술 형태에 대하여 다양한 관심을 보이며 인간의 예술 활동 일반을 자신의 탐구 대상으로 삼고 있다. 특히 최근의 영화에 대한 그의 각별한 관심은 현대인을 이끌고 가야 하는 예술의 주요한 장르에 도전하려는 현대인으로서의 탁월한 현실 감각을 드러내는 동시에 그의 다양한 예술 형태에 대한 학문적인 관심을, 종합적인 장르인 영화에 적용시켜 보려는 야심을 나타내는 것으로 보인다. 여하간 그가 예술 일반에 대해 관심을 갖게 된 것은 문학을 탐구하려는 학자로서였다. 그는 소련 타르투(Tartu) 대학에서 1958년부터 1963년까지 행한 강의의 노트를 중심으로 1964년 『구조시학에 대

---

* 『명대』(명지대, 1982), 197-203. 지금 아무리 생각해 봐도 어떻게 필자가 명지대학에서 나온 이 잡지에 이 글을 쓰게 되었는지 도무지 기억나지 않지만 이 글이 남아 있어서 기쁘다. 이메일도 없었던 시절에 원고를 부탁하고 원고지에 손으로 쓴 글들을 모아 잡지를 내느라 무척 고생했을 명지대학 학생들이 머릿속에 그려진다.

한 강의』라는 저서를 펴낸 이후, 1970년『예술적 텍스트의 구조』, 1972년
『시적 텍스트의 분석』 등의 저서들 및 여러 가지 논문들을 통하여 문학 작
품에 대한 구조주의적 접근을 계속하여 오고 있다. 그의 문학 연구는 1950
년대 이후 러시아의 문학비평이 의미학, 기호학, 정보학 등 현대 구조주의
언어학의 지식의 영향을 받은 이래 과거 형식주의 문학 비평 전통의 부활
과 함께 계속 발전되어 온 구조주의 문학 비평에 속한다고 볼 수 있다. 특
히 에이헨바움, 프로프, 트냐노프, 무카조프스키, 소쉬르, 레비-스트로스,
바흐틴, 로만 야콥손 등은 로트만의 시학에 지대한 영향을 준 이름들이다.
위에서 열거한 사람들이 문학 비평에서 세계적으로 그 이름이 점점 더 중
요시되어 가고 있다는 사실은 차치하고라도 유럽의 구조주의 문학 비평이
러시아 형식주의 문학 비평을 그 시발점으로 거론하는 것을 보아 자국의
문학 비평의 전통을 이어받은 러시아 구조주의 문학 비평의 커다란 줄기
를 알아본다는 의미에서도 그의 문학론을 살펴보는 것은 흥미 있는 일이
라고 여겨진다.

Ⅱ. 로트만의 문학 연구 방법

　　로트만의 문학 연구는 우선 문학 비평이 엄격한 과학적 방법으로 행해
져야 한다는 신념에서 출발한다. 그가 생각하는 과학적 방법이란 요약하
여 말하자면 특정한 선행 조건들을 기초로 하고 특정한 처리 방법을 사용
하여, 검증 가능한 방식으로 특정한 인식적 목적에 도달하게 하는 규칙들
의 체계를 뜻한다. 로트만의 이러한 신념은 인문 과학이 정밀과학적인 방
법의 필요를 절실히 느끼기 시작한 이래 널리 퍼져 온 학문의 현대적 조류
에 문학 연구도 동참해야 한다는 견해에서 다져진 것으로 보인다. 그러나
이러한 과학적 비평은 오랫동안 전통적으로 행해져 왔던 작품 감상 비슷

한 문학 비평과는 완전히 성격을 달리하는 것이기 때문에 이제껏 문학 작품을 아끼고 다칠 새라 조심하면서 그것을 고이 마음에 간직해 왔다고 자부하는 문학 애호가들에게 강한 거부감을 일으키게 하는 것인지도 모른다. 형식주의 이래 문학 비평의 과학화의 명맥이 점점 힘차게 이어져 옴에도 불구하고 아직도 많은 사람들에게 문학 작품을 과학적으로 분석한다는 것 자체가 버릇없는 아이의 짓거리처럼 위태하게 보여지는 것도 사실이다. 그러나 이러한 '작품에 대한 우상 숭배적인 태도'는 로트만의 지적에 따르면 '전과학적'이고 '후과학적'인 '미신적 태도'로서 이런 태도로는 진리 자체에 전혀 접근하지 못하는 것이다. 대상에 대해서 객관적 지식을 갖는다는 것과 그것을 모시거나 또는 함부로 대한다는 것은 서로 다른 문제이다. 이러한 점들을 고려해 볼 때 이제 모든 다른 학문 분야에서와 마찬가지로 문학 비평에서도 성숙한 전문 과학적 태도가 필요해질 때가 되었다는 것이 명백해진다. 여기에서 전문성이란 몇몇 사람만이 자기의 지식을 자랑삼고 그것으로 먹고 산다는 그런 의미에서가 아니라, 문학 작품을 과학적으로 분석함으로써, 작품 자체에 대한 객관적 지식을 밝히는 데 주력하는 사람들이 생겨 작가로 하여금 작품에 대한 객관적 인식을 통하여 좀 더 의식적이고 지적인 작품 활동에 임하게 하고, 독자로 하여금 독서 활동에 지적 자극을 주어서 문학 작품 속에서 좀 더 많고 깊은 인간 정신의 표현을 찾아 볼 수 있도록 한다는 의미에서이다. 이는 한 훌륭한 의술이 처음에는 몇몇 의사밖에 알지 못하는 것이지만 점차로 이것이 널리 보급되어 일반적인 지식으로서 인류의 생명을 구하는 데 이바지하게 되는 것과 같은 이치라고 할 수 있겠다.

그러면 로트만이 생각하는 하나의 과학으로서의 문학 비평의 선행 조건은 무엇이고, 인식적 목적은 무엇이며 그것에 도달하기 위한 방법은 무엇일까?

로트만의 문학 연구는 궁극적으로 문학 작품의 구조주의적인 분석을 통하여 그것의 의미 및 기능을 밝히는 것을 목적으로 하고 있다. 그러나 이러한 목표는 한 권의 저서에서, 더욱이 한 편의 논문 속에서 이루어지는 성질의 것이 아니다. 각각의 개별적인 연구 작업에서는 이러한 목표로 향하는 과정 속에 있다는 것을 염두에 두고 개별 작업의 전제 조건과 방법, 목적에 합당하게 연구를 진행해야 하는 것이다.

여기서는 주로 로트만의 『시적 텍스트의 분석』이라는 저서에 그의 연구의 전제 조건, 방법 및 목표가 어떻게 설정되어 있으며, 또 이러한 연구의 구체적인 결실은 무엇인가를 추적해 보기로 하겠다.

이 단행본의 서문에서 로트만은 이 저서가 문학적 테스트의 구조주의적 분석을 통하여 그 예술적 기능을 알아보는 것을 목적으로 한다는 뜻을 밝히고 있다(밑줄은 필자가 친 것임). 그러면 '문학적 텍스트', '구조주의적 방법', '예술적 기능'이라는 개념들을, 이를 요소로 하는 대형 구조 속에서 살펴보겠는데, 이는 이 저서에 나타난 로트만의 문학 연구의 전제 조건을 설명하는 것을 대신할 수 있다고 본다.

1. 문학적 텍스트

로트만은 문학 비평의 대상이 되는 문학 작품을 '세계를 모형화하는 특정한 모델로서 예술적 언어로 만들어진 정보'로 간주한다. 이어서 그는 예술적 언어(언어라는 개념이 정보의 집적 및 매개의 수단이라는 의미로서 광의로 쓰였다)로 되어 있는 정보는 사회적 의사 전달에 사용되는 모든 다른 언어들과의 상호 연관 속에서 존재하고 있다고 제한한다. 이 말은 예술 작품(문학 작품)을 모든 텍스트 외적인 관련을 떠나 해석하거나 주관적으로만 해석하면 아무런 의미가 없다는 뜻이다. 이는 예술적 텍스트(문학적 텍스트)에 접근할 때는 텍스트에 사용된 모든 차원의 모든 요소들이 텍스트에 선택되지 않은 모든 요소들과 상호관계에 있다는 것을 항상 염두에 두어야 한다는 이야기이기도 하다. 그러면 문학 작품의 기본 요건인 문학적 텍스트는 다른 예술적 텍스트와 어떻게 구별되며 어떠한 관계를 갖는가?

　로트만은 문학적 텍스트가 자연어(한국어, 중국어, 영어, 러시아어 등)을 재료로 하고 있는 것에 주의를 기울인다. 그림에서 색채가, 건축에서 돌멩이가, 음악에서 소리가 재료가 되듯 문학 작품의 재료는 자연어라는 것이다. 그런데 바로 문학 작품의 재료가 언어라는 사실은 문학 작품을 다른 예술과 구별하게 하는 기본적 요인이 된다. 즉, 다른 예술 분야에서는 재료가 그 자체로서 현실에 대한 인식과 하등 관계가 없고, 예술가의 손에 들어오기 전까지는 사회적으로 무관한 반면에, 문학 작품에서는 재료 자체가 이미 사회적 과정, 이데올로기의 변천과 상관관계에 있는 것이다. 이와 같이 자연어 자체가 현실과 밀접한 연관을 갖고 있기 때문에 자칫 재료와 텍스트를 동일시하는 오류를 범할 수도 있다. 그러나 색채 자체가 그림이 아니고, 돌멩이 자체가 건축물이 아니듯이, 자연어 자체가 문학적 텍스트일 수는 없는 것이다. 자연어가 일정한 규칙에 따라 조직·배열됨으로써 비로소 문학적 텍스트가 탄생된다. 즉, 문학적 텍스트는 자연어를 재료로 하여 자연어를 지배하는 법칙 이외의 문학적 텍스트 특유의 부차적 규칙으로 제약되는 복잡한 구조를 나타내는 것이다. 이러한 문학적 텍스트의 복잡한 구조를 이루는 원리를 제시한 것이 로트만의 문학 비평 연구의 주요한 업적인 동시에 또한 유일한 구체적 성과라고 볼 수 있겠다. 여기에 대해서는 뒤에 시적 텍스트의 본질을 논하는 부분에서 언급하기로 하겠고, 우선 문학적 텍스트의 전제 조건에 속하는 자연어를 지배하는 법칙에 대해 잠깐 언급해 두겠다. 의미학에서 언어는 정보의 집적과 전달을 가능하게 하는 기호 체계로 파악되고 있다. 이러한 기호 체계는 위계적 구조를 가지고 있으며 구조의 각 차원이 특정한 내재적 규칙들에 의해 조직되어 있는데, 이러한 규칙들을 크게 통시적인 것과 공시적인 것으로 분류해 볼 수 있다. 바꿔 말하면, 언어는 두 가지 구조적인 축으로 조직되어 있어서 모든 언어적 요소들을 공시적인 축과 통시적인 축을 따라 나누어 볼 수 있다는 것이다.

공시적 축에 있는 모든 요소들—예를 들어 어떤 명사의 모든 격 변화, 어떤 단어의 모든 동의어, 하나의 언어에 있는 모든 전치사—은 언어가 실제로 사용될 때는 공시적 집합에 속하는 요소들 속에서 한 가지만 채택됨을 뜻한다. 통시적 관계란 언어의 배열을 말하는 것이다.

위에서 언급한 통시적 및 공시적 관계는 자연어에만 국한된 것이 아니라 인공어, 또 자연어를 재료로 하여 부차적인 규칙에 따라 구성되는 문학적 텍스트의 경우에도 모두 해당되는 언어의 일반적 법칙이라는 것을 지적해 둘 필요가 있을 것이다.

2. 문학 비평에 있어서의 구조주의적 분석 방법

구조주의적인 분석 방법은 대상을 조직된 통합체로 관찰하는 데에서 출발한다. 분석의 대상이 이를 이루고 있는 요소들의 기계적인 총합이 아니라 개개의 요소가 구조 안에서 절대적인 성격을 잃게 되는 통합체인 것이다. 그러므로 모든 요소들은 다른 요소들과 관계되어서만, 또는 전체 구조 속에서만 나타나게 된다. 이와 같이 전체성의 개념을 전제로 한다는 의미에서 구조주의적 분석 방법은 19세기의 실증주의적 분석을 지양하여 전체와의 유기적인 관계를 추구하는 현대적 학문의 정신에 부합한다고 볼 수 있다.

하나의 대상이 물론 부분들로 나누어질 수 있지만 그 부분이 전체에 대해서 어떻게 연관을 맺고 있는가를 검토해야 한다는 것은 우리가 일상생활에서 항상 느끼고 있는 사실이다. 예를 들어서 그림 속에 똑같은 사람 얼굴이 그려져 있는 것을 볼 때 얼굴 하나만 크게 그려졌을 경우와 그것이 커다란 화폭의 한 부분을 차지하고 있는 경우에 그림 속의 똑같은 두 얼굴은 서로 다른 것이다. 왜냐하면 이 두 얼굴은 전체 그림과의 연관 속에서 비로소 의미가 나타나는 것이기 때문이다.

구조주의적 방법을 문학 연구의 여러 가지 차원에 적용하자는 것이 로트만의 의도이다. 예를 들면 푸슈킨의 시 텍스트 하나를 북부 유배 시절의 푸슈킨의 시들 전체와의 관련 속에서 살펴볼 수 있고, 또 이를 푸슈킨의 시 전체, 19세기 러시아 시 전체, 20세기 러시아 시 전체, 20세기 유럽 시 전체 속에서 관찰해 볼 수 있을 것이다. 이때 비평적 연구들이 자신의 연구 대상의 전체, 이것을 형성하는 요소들의 상호 관계, 전체를 구성하는 원리를 살피는 것이 구조주의적 연구 방법이라고 볼 수 있을 것이다. 이렇게 볼 때, 이제까지 문학 비평이 남긴 모든 업적도 이러한 개념 체계들로서 재정리하여 볼 수 있을 것이다. 그런데 문학 연구에서 이러한 구조주의적 분석 방법은 아직 대개의 경우 텍스트의 차원에 머물고 있다. 하나의 텍스트가 어떻게 구조되어 있는가를 밝히는 문제는 문학 과학의 제일 초보적인 단계에 속한 문제이기는 하지만, 또한 학문적 과정으로 볼 때 제일 기본적인 단계이기도 하다. 왜냐하면 모든 과학은 제일 간단한 것에서부터 복잡한 것으로 나아가야 하는 것이기 때문이다.

또 하나 명백히 해두어야 할 점은 구조주의적 방법도 위에서 말했듯이 일반적 규칙을 찾아내어 그것으로 실제 텍스트에 부딪히는 것이기 때문에, 인문 과학 분야에서의 연구의 정확한 방법이나 인식적 목적을 위한 특정한 규칙들이 연구가의 창조적 가능성을 제한하지 않을까 하는 오랫동안 지배되어 온 염려가 여기에서도 나타날 수밖에 없다는 점이다.

그러나 이러한 염려에는 단호히 대처해야 할 것이다. 이에 대해 로트만은 수학에서 공식에 대해 아는 수학자가 공식을 모르는 수학자보다 덜 창조적이냐고 묻는다. 오히려 공식이 개인적 창조력을 줄이기보다는 이를 더 효율적으로 사용할 수 있게 해 준다고 볼 수 있을 것이다. 문학 연구에서도 개인의 학문적 경험을 대신하는 것이 아니라, 이것의 기초가 될 자료로써의 일반적 공식을 마련하는 것이 문제가 되는 것이다. 로트만도 그의 저서들을 통하여 이러한 일반적 원리들을 탐구하고 제시하고자 하는 것이라고 할 수 있겠다. 로트만의 문학 비평의 구조주의적인 방법에 대한 구체적인 언급은 뒤에 텍스트를 분석하기 위한 구체적인 절차를 소개하는 부분에서 하려고 한다.

3. 문학적 텍스트의 예술적 기능

문학적 텍스트는 현실 속에서 대개 여러 가지 기능을 가진다. 동일한 텍스트가 하나의 기능이 아니라 여러 개의 기능을 동시에 수행하고 있는 것이다. 예를 들어 중세의 성화, 고대의 무덤들은 종교적인 동시에 예술적 기능을 갖고 있으며 표트르 대제의 법률 및 전쟁에 관한 서류들은 법률적 기능, 매스컴의 기능, 수사적·예술적 산문의 기능을 동시에 갖는 것이다. 로트만은 이러한 기능의 혼합들이 자주 일어나는 현상일 뿐만 아니라 텍스트가 제 기능을 수행하기 위하여 꼭 필요한 조건이기도 하다고 주장한다. 성화가 종교적 기능을 갖기 위해서는 예술적 기능을 꼭 동반해야 하며, 반대로 예술적 기능을 가지려면 종교적 기능을 꼭 동반해야 한다는 것이다. 이는 문학 작품에서는 더욱더 두드러진 현상으로 문학적 텍스트가 예술적으로 기능하기 위해서는 법률적 기능, 윤리적 기능, 철학적 기능, 정치적 기능을 함께 가져야 한다는 것은 익히 알려진 사실이다. 하나의 텍스트가 어떤 기능들을 동시에 갖는가를 고찰하는 것은 문학 형태학을 연구하는 데 주요한 시사를 줄 것이라고 로트만은 말한다. 예를 들어 18세기에는 문학 작품이 예술적으로 수용되기 위해서 윤리적 기능이 혼합되어야 했으나 19세기 푸슈킨이나 고골의 작품의 예술적 수용을 위해서는 윤리적 기능과 예술적 기능이 혼합되면 안 되는 경우가 많은데 이는 문화의 형태를 알려주는 하나의 열쇠가 되는 것이다.

문학적 텍스트의 사회적 기능들의 복잡한 관계 및 그 혼돈에 부딪치는 연구가들은 가끔 연구 대상에 접근하는 데 혼란을 느끼기도 한다. 얼핏 보기에 현실에서 총체적으로 다기능을 갖는 텍스트를 개별적 기능을 갖는 연구 대상으로 삼아서는 안 될 것 같이 생각되기 때문이다. 로트만은 이러한 견해를 단호히 배격하고 나선다. 그는 여러 가지 기능들의 복잡한 상호 관계를 알아보기 위해서는 우선은 그 기능들을 하나하나 살펴봐야 한다고 강조하고 이러한 개별적인 연구들은 전체적인 파악을 대신하는 것이 아니라 이를 위한 준비 단계라고 설명한다. 기능들의 상호관계를 알아보기 전에 먼저 이것들을 따로따로 떼어서 관찰하고 이를 서술하는 것 또한 간단한 것에서 복잡한 것으로 나아가는 과학적 정신의 요구에 부응하는 것으로 볼 수 있겠다. 이러한 의미에서 로트만의 『시적 텍스트의 분석』이 목표로 하는 문학적 텍스트의 구조주의적 분석을 통한 예술적 기능을 이해해야 할 것이다.

이제까지 문학적 텍스트, 문학 비평에 있어서의 구조주의적 방법, 문학적 텍스트의 예술적 기능이라는 개념들과 '이들을 요소로 하는 구조'를 이루는 다른 개념 요소들과의 상관관계를 주로 언급하였다. 그리고 이러한 고찰도 역시 로트만이 말하는 구조주의적 방법 내지 사고에 속한다는 것이 로트만의 구조주의적 방법에 대한 소개로 자명해진 것으로 본다.

III. 문학의 구조란? — 본질, 요소, 연결 법칙

그러면 이제 문학적 텍스트를 더 큰 구조의 한 요소로서가 아니라 그 자체를 하나의 구조로 볼 때 그 본질은 무엇이며 이를 이루는 요소 및 그 연결 법칙은 어떤 것일까? 또 이러한 구조를 분석하기 위해서는 어떠한 개념들과 과정이 필요한가에 대한 로트만의 견해를 추적해 보겠다.

로트만에 따르면 문학적 텍스트란 자연어를 자료로 하여 독특한 내재적 법칙에 의해서 만들어진 총체적인 구조이다. 일상어에서는 그 구조가 정보 전달의 수단인 데 비해 문학적 텍스트에서는 구조가 정보의 내용이며 목적이기 때문에 구조를 이루는 내재적 법칙을 살펴보는 것은 의미 파악에 필요 불가결한 과정인 것이다. 기호학의 개념으로 설명하자면 문학 작품이 의사전달의 면에서 볼 때 기호 체계에 속하는데, 다른 기호 체계와 구별되는 점은 표현되는 것이 텍스트의 전체 구조를 통하여 실현된다는 것이다. 문학적 텍스트에서는 그 전체가 하나의 기호를 이루고 있기 때문에 일상어에서 개별적인 기호로 사용되는 것들이 문학 작품에서는 텍스트의 요소로서 종속되는 것이다. 물론 창작가는 직관에 의해서 세계의 총체성을 파악하여 하나의 기호로 볼 수 있는 문학 작품 속에서 이를 형상화하지만 이를 연구하는 이론가는 이러한 총체적 구조를 분석적으로 논리화하여 이러한 내재적 법칙에 대해 객관적인 진술을 할 수 있다는 것이 로트만의 문학 비평가로서의 자기 이해이다.

문학적 텍스트의 연구가로서 문학적 텍스트를 이루는 구조적 법칙들을 설명하기에 앞서 로트만은 산문과 운문의 차이에 대해 언급하고 있는데 이는 그가 『시적 텍스트의 분석』에서 왜 운문의 구조를 우선적으로 살피는가에 대한 해명으로도 받아들일 수 있다.

산문과 운문의 차이는 로트만에 의하면 기능적인 성질의 것이다. 로트만은 역사적으로 볼 때 운문이 산문에 비해서 더 원초적 형태라는 관점을 지니는데 그 이유로서 로트만은 언어예술이 시작될 때 사람들은 일상어와의 차이가 두드러지는 운문을 예술적 특성을 가진 것으로 생각했으리라는 점을 들고 있다. 그러나 미학적인 감각이 계속 발전해 감에 따라 시적 언어가 비시적인 언어로 접근해 가는 과정이 나타남으로 해서 산문이 발달했다고 로트만은 보고 있다. 실상 19세기에는 작가들이 일상어로써 현실에 접근하는 문학적 형상을 창조하려고 했는데 이러한 19세기의 산문은 18세기, 19세기 초의 고도로 발달된 운문의 배경에서만 이해될 수 있는 것이다. 이에 로트만은 산문의 경우 텍스트에 운문적 요소가 나타나 있지 않다는 사실을 포함시켜서 생각해야 한다고 말한다. 이는 문학적 텍스트가 다른 텍스트 외적인 것과 항상 상호관계에 있다는 생각과 일맥상통하고 있다. 이러한 점으로 보아 로트만은 문학적 텍스트를 연구함에 있어 우선 운문 텍스트에 접근하는 것이 순서에 맞는 일이라고 여기고 있는 듯하다.

그러면 시적 텍스트를 이루는 구조적 법칙은 무엇인가? 일상어 자체가 특정한 제약을 받으며 연결되는 구조를 갖고 있고 이러한 제약이 없으면 아무런 의사전달의 수단이 되지 못하고, 반면 언어에 제한적 요소가 많아질수록 동시에 그 언어의 정보성은 떨어지게 된다는 것이 일상어에 대한 정보학적 연구에서 밝혀졌다. 그러면, 알려진 바와 같이 이러한 제약을 받는 자연어에 부가적으로 제약이 가해져서 만들어진 것인데도 불구하고 어째서 시어는 시 작품 하나가 한 권의 책을 대신할 만큼 높은 정보성을 지닐 수 있을까? 시적 텍스트의 구조법칙에 대한 로트만의 설명이 이에 대한 답변이 될 것이다.

로트만은 시적 텍스트를 이루는 구조적 요소들의 특성은 첫째, 일상어의 차원에서 의미를 갖지 않는 요소들이 시 작품 구조 속에서는 의미의 차원으로 올라간다는 것, 둘째, 일상어에서 형식적으로 나타나는 요소들이 의미적 성격을 띠는 것으로 보고 있다. 이와 같이 시적 텍스트에서 의미를 지니는 요소들이 늘어나는 동시에 요소들 사이의 관계도 다양해지게 되는 것은 시적 텍스트의 구조가 동일화 및 대립화의 원칙을 기본으로 하고 있기 때문이라고 로트만은 보고 있다. 그는 시적 텍스트가 공간적으로 계속 앞으로 펼쳐져 있지만, 새로운 텍스트는 항상 '이미 정보의 전달을 마친 듯이 보이는 지나간 텍스트'에 연관되어 이와 병치 관계에 있게 되며 지나간 텍스트는 처음에는 감추어져 있던 의미 내용을 새로이 나타내게 된다고 본다. 여기서 반복의 문학적 기능이 새로운 해석을 얻고 있음을 본다. 전통적으로 반복이라고 불리어 온 개념은 실상 이러한 병치 관계를 나타나게 하는 기본적 요건으로 볼 수 있는 것이다. 로트만에 따르면 시 언어의 병치 관계는 대립 관계와 동일 관계의 양면성을 지닌다. 대립 관계란 비슷한 것에서 서로 다른 면을 강조하는 것이고, 동일 관계란 서로 다른 것들 속에서 같은 것을 강조하는 것이다. 이러한 방식으로 시 작품의 언어에서는 일상어(자연어)에서 동일 관계에 있지 않은 것이 동일 관계에, 대립 관계에 있지 않은 것이 대립 관계에 있게 된다. 시 언어는 동일한 위치에서 여러 가지의 언어적 요소들을 주기적으로 되풀이하는데 이러한 반복이 동일·대립관계를 나타내는 것은 아니다. 시 언어에서도 산문에서와 같이 텍스트 속의 모든 요소들이 서로 연결되는, 로트만의 용어로 '메타포'의 관계에 놓인다. 그러나 텍스트의 모든 요소들이 서로 연결되는 '메타포' 관계는 산문에서 우세하고 반복을 통한 동일·대립의 관계는 운문에서 우세하다. 그러나 이 두 원칙은 운문, 산문 모두에 해당되는 것이라고 볼 수 있다.

시적 텍스트의 내재적 분석을 위한 구체적인 절차에 대해 로트만은 『문학적 텍스트의 구조』라는 책에서 상세히 밝히고 있다. 이것을 소개하면 다음과 같다.

1) 텍스트를 분해하여 통사적 부분들에 따라 각 차원 및 소그룹으로 분류한다(시 텍스트에서는 음소, 형태소, 단어, 시행, 연 등으로, 산문 텍스트에서는 단어, 문장, 단락, 장 등으로 분류할 수 있을 것이다).

2) 텍스트를 의미적 부분들에 따라 각 차원 및 소그룹으로 분류한다(예를 들어 주인공들을 유형별로 나누는 것을 말한다.)

3) 모든 반복되는 쌍들을 열거한다.

4) 모든 연속되는 쌍들을 열거한다.

5) 좀 더 큰 대응 관계를 가지는(대응도가 큰) 반복을 살펴본다.

6) 텍스트에 나타나는 반복(대립 및 동일 관계)에 의한 특유한 의미와 본래의 의미와의 대립 관계를 모든 차원에 따라 추적하면서 비교해 본다. 예를 들어 문법적인 구조의 의미화를 연구하는 것을 말한다.

7) 텍스트의 통사적 구조에 대한 관찰과 연속되는 쌍에 있어서의 이 구조로부터의 변형 및 그 의미적 결과를 살핀다. 통사적 구조의 의미화 연구가 이에 속한다.

위에서 소개한 연구 과정들은 하나의 골격일 뿐이다. 개별적 연구에서는 이를 다 다루기는 무리일 것인 만큼 우선 정확하게 얼마만큼 텍스트를 완전하게 분석하는 것이 요구되는지, 또 어떠한 차원이 주도자적인 것으로 보이는지, 무엇을 고려의 대상에 넣지 않는지, 무슨 이유에서 그럴 수 있는지, 어떤 경우에 주도자적인 요소들의 선택이 정확히 논리화된 규범을 따라서 행해지고, 어떤 경우에 이러한 주도자들의 선택이 직관적으로 나타난다고 보는지 등에 대한 언급이 있어야 할 것이다.

이로써 필자는 로트만의 저작들을 중심으로 그의 난해한 이론을 파악해 보려고 노력하였다. 그의 이론을 좀 더 명확히 이해하기 위해서는 그의 이론의 토대가 되는 러시아 형식주의, 체코의 구조주의, 기호학, 정보 이론에 대한 지식과 함께 로트만의 시학과 이러한 지식들과의 연관 관계에 대한 본격적인 연구가 필요한 것으로 보인다.

「일상생활 속의 12월 당원」 해설*

유리 미하일로비치 로트만의 「일상생활 속의 12월 당원」은 실패로 돌아간 1825년 12월 14일의 '12월 혁명'을 모의하고 결행한 귀족 청년 혁명가들의 행위, 그중에서도 그들이 일상생활 속에서 어떻게 행동하였으며 그것이 역사적, 문화적으로 볼 때 어떤 의미를 지니는가 하는 데 대한 문화기호학적 연구이다. 로트만은, 프랑스혁명과 나폴레옹의 영향을 받은, 유럽의 계몽주의와 초기 낭만주의를 받아들인 이 세대의 1810년대 말부터 1820년대 중반에 이르는 동안의 행위를 체계적으로 서술함에 있어 인물 하나하나의 거동과 말, 그들에게 일어난 조그만 사건들, 그들이 읽었던 책들을 조심스럽게 파고들어서 그들 행위의 본질을 조명하고 그들이 살아 숨 쉬는 인간으로서 우리 앞에 서도록 한다.

로트만이 본 12월 당원들의 행위의 가장 본질적이라 할 요소는 말과 행동에 있어서의 진지함이다.

당시 러시아 귀족층의 언어나 행위는 서구화의 결과로 원래 러시아적인 것과 서구적인 것이 자연스럽게 통합되는 외래문화의 자기화를 이루지

---

* 로트만, 우스펜스키, 리하초프 저, 이인영 편, 『러시아 기호학의 이해』(민음사, 1993), 368–373. 이 책에는 김희숙 교수, 정명자 교수, 석영중 교수의 번역과 해설도 들어 있다.

못하고 행동과 언어의 복수주의를 나타내고 있었다. 행동도 상황에 따라 어떤 때는 완전히 러시아식으로, 어떤 때는 완전히 유럽식으로 하였다. 말도 어떤 때는 완전히 러시아식 표현을 썼고 어떤 때는 완전히 외국어를 그대로 사용하는 정도였다. 사상을 표현하는 문어와 일상적 구어와의 차이도 현격했다. 그리고 이러한 위계는 굳어져서 하나의 관습을 이루고 있었고 그때그때 상황에 맞게 행동하는 변신주의는 세련된 지성과 감성의 표현으로 여겨지고 있었다.

12월 당원들은 바로 이러한 말과 행동의 복수주의, 변신주의에 정면으로 도전하였다. 그들은 정연한 논리, 고양된 사상을 표현하는 말을 구어로 일상생활 속에서 사용하였고, 또 관례로 되어 있는 위계적인 언어 관습에 대항하여 '점잖지 못하다'고 회피되었던 표현들을 서슴지 않고 사용하였으며, 점잖은 사회에 어울리지 않는다고 여겨져 곧바로 지칭되지 못하던 사물들을 직선적으로 지칭했다. 이는 그들이 상식의 허구를 뚫고 삶을 그대로 들여다보는 용기를 가졌다는 것을 보여주는 것이다. 그들의 언어 행위의 진지성은 여하한 아이러니, 넌센스, 유머까지도 의심의 눈초리로 볼 만큼 엄격한 성질의 것이었다.

또한 그들은 사상적 의미를 지니는 위계에 속한다고 여겨지지 않던 행동들에 철학적, 사상적 의미를 부여하였다. 그들은 모든 행동을 철학적, 사상적 의미의 차원으로 끌어올렸다. 그들에게 있어서 사상적, 철학적으로 기호화되지 않은 행위는 없었다. 스스로에게 휴식도 유희도 허용할 수 없을 정도로 그들은 자신에게 언제 어디서나 엄격하고 진지했다. 그들은 자신들의 거동 하나하나를 '의미화되는' 것으로 의식하여 마치 예술가가 예술적 형상을 만들어내듯이 자신의 행위를 창조적 열정으로서 만들어 내면서 어디를 가거나 자신의 얼굴을 숨기거나 바꾸지 않고 온몸으로 꿋꿋이 스스로인 채 서 있었다. 또한 그들은 칠면조처럼 몸의 색깔을 바꾸는 사교계 무리를 경멸의 눈으로 바라보는 데 주저함이 없었다. 그들은 무엇보다도 속물이 되는 것을 거부하였다.

12월 당원들과 그들의 여인들이 그들 행위의 모범을 세계 고전문학 속에서 보았고, 작가가 형상화한 이상형의 인물을 실제 삶 속에서 스스로에게 부과하여 자신의 삶을 창조한 궤적을 로트만은 애정을 가지고 추적하였다. 로트만의 이러한 접근은 여태껏 그들에 대한 연구에서 풀리지 않았던 의문점들, 예를 들어 출세 직전에 관직을 떠나는 차다예프의 행동이나 재판정에서 롤 모델의 부재로 인해 당혹해하는 그들의 태도에 대해 설득력 있는 답변을 제공하는 획기적인 성과를 낳았다.

또한 로트만은 12월 당원들의 여가 활동, 또는 사적 모임이라고 부를 수 있는 활동을 당시 진보적 청년층 일반의 그것과 대비하여 설명하는데 이는 매우 흥미로운 관찰이다. 당시 귀족층의 공식적인 삶이 전제정치 아래서 황제와 신에 대한 복무를 내용으로 하는 '산문적'인 것이라면 비공식적인 삶은 한편으로는 파티를 열고, 맛있는 요리를 먹고, 연애를 하거나 방탕한 장난을 하며 자유를 부르짖는 '시적'인 것이었다. 이들의 이상은 이러한 비공식적인 삶의 형태를 공식적인 삶의 영역으로 전이시켜서 삶과 사회 전체를 축제로 만들어 자유의 이상을 실현하는 것이었다. 그리하여 그들은 그날이 오기까지는 산문에서 시로, 시에서 산문으로 자리를 바꾸면서 살아갈 수밖에 없었다.

이러한 자유주의자들과 달리 12월 당원들은 영웅적 금욕주의를 지켰으며 비공식적으로 쉬지 않고 진행한 혁명 모의를 공식적인 삶의 영역에서 실천하려고 하였다. 그들의 삶은 자신의 이상을 실현하기 위해 자신들의 행위를 의식적으로 창조하는 끊임없는 일의 여정이었다. 12월 당원들은 삶 전체를 축제로 만든다거나 삶 전체를 산문적으로 만드는 과정을 통해서가 아니라, 영웅적 텍스트의 필터를 통하여 삶을 거르고 역사에 기록되지 못할 만한 것은 자신의 행위에서 아예 배제하는 방법으로 행위의 통일성을 이루었다. 자유를 사상과 이론의 영역으로부터 '호흡'으로, '삶의 시'

로 전이시켰던 것이다.

　로트만이 12월 당원들의 인간적인 뛰어남으로 꼽은 것 중의 하나는 그들이 혜택받은 귀족 문화 계층으로서 좋은 교육을 받아 행동거지의 자연스러운 소박함을 지닐 수 있었고, 그들 이후에 나타난 잡계급 출신의 혁명가들과 달리, 사회에 대한 열등감이나 혁명적 행동의 필요에 대한 강박관념 속에서 본능에 기초하여 상식의 규범을 거부한 것이 아니라, 행동규범을 창조하고 이를 실현하는 데 있어서 문화에 정향한 행위를 해냈다는 것이다.

　12월 당원들은 자신들의 이데올로기의 진보성과 혁명적 행위의 역사적 중요성 때문에 러시아인들에게 끊임없는 관심의 대상이 되어 왔고 그들의 문학 작품들도 이러한 관점에서 참여문학, 계몽문학의 모범으로 평가되어 왔다. 로트만의 12월 당원에 대한 연구의 빛나는 성과는 그가 12월 당원들을 어떤 관념이나 이데올로기의 구현자로서가 아니라 톨스토이가 자신의 소설들에서 그랬듯이 그들 개개인의 인격과 그들 일상 속에서의 행위에 관심을 두고 이들을 역사책으로부터 끌어내어 시간과 공간의 간격을 뛰어넘어 인간의 가치를 다시 생각하게 하는 고결한 인간의 모범으로서 살아 숨 쉬게 한 데 있다.

　물질이 모든 것을 지배하고 인간이 세속적인 것에 갇혀 자신의 얼굴을 잃어버리고 진실 위조와 자기 위장으로 본능만을 좇는 시대에, 능란한 변신으로 자기의 원래 모습을 망각했을 뿐만 아니라 망각했다는 사실조차도 모르게 된 이 시대에, 인간이 인간으로서의 존엄을 의식하며 자유와 인간애의 원칙을 열애하며 그 원칙 속에서 삶의 장엄한 의식을 치르듯 철저하게, 진정한 비극을 연기하듯 엄격하게 창조해 나아갈 수 있다는 것, 자기가 옳은 일을 하도록 선택된 인간이라는 자존심을 지니고 안팎으로부터의 위협을 극복하고 고독 속에서 스스로를 지킬 수 있다는 것에 대한 기억은 바로 인류의 자산이 아니겠는가? 그토록 극기하면서도 늠름하게 자기 자신일 수 있었던 그들, 그들이야 말로 자신을 쉬지 않고 태우고 또 태웠던 촛불이 아니겠는가? 이들의 흔적은 지워질 수 없고 이들의 정신은 이어질 것이라고 푸슈킨은 믿었다.

시베리아 깊은 광맥 속에
그대들의 드높은 자존심의 인내를 보존하소서
그대들의 비통한 노력과 높은 정신의 지향은
사라지지 않으리니.

불행의 신실한 누이, 희망은
암흑의 지하 속에서
용기와 기쁨을 일깨우리니,
그날은 오리니.

사랑과 우정이 그대들에게 닿으리니
깜깜한 닫힌 곳, 빗장을 열고,
지금 그대들의 감방 그 굴속으로
나의 자유의 소리가 다다르듯이.

무거운 사슬이 풀어지고
암흑의 방은 허물어지고 — 자유는
기쁨으로 그대들을 마중하여 나오리니,
그리고 형제들은 그대들에게 검을 건네리니. (1827년)

　　이들의 삶의 궤적을 찬탄하면서 애절한 마음으로 용기를 내어 이 나라의 시를 보내는 것으로 이 글을 마무리하고자 한다.

꽃

김춘수

내가 그의 이름을 불러주기 전에는
그는 다만
하나의 몸짓에 지나지 않았다.

내가 그의 이름을 불러주었을 때
그는 나에게로 와서
꽃이 되었다.

내가 그의 이름을 불러준 것처럼
나의 이 빛깔과 향기에 알맞은
누가 나의 이름을 불러다오.
그에게로 가서 나도
그의 꽃이 되고 싶다.

우리 모두
무엇이 되고 싶다.
너는 나에게 나는 너에게
잊혀지지 않는 하나의 눈짓이 되고 싶다.

고골의 단편 「외투」에 나타난
그로테스크한 사회*

1

고골은 푸슈킨, 톨스토이, 도스토예프스키, 체호프 등의 러시아 작가들과 함께 우리에게 널리 알려진 작가이다.

문학작품이 텍스트와 독자의 수용(Rezeption)의 상호작용을 통하여 구체화되어 비로소 그 의미를 나타내는 것이라고 하면[1] 위의 러시아 작가들이 우리의 독자들에게 친근하게 느껴지는 것은 우리 독자들이 텍스트의 구조를 통하여 나타나는 러시아의 현실에 쉽게 참여하여 이를 우리의 현실에 연관시켜 작품들을 구체화하기 때문이라고 할 수 있다. 우리의 독자가 작품 속의 러시아 현실에 감정적으로 쉽게 참여하게 되는 이유는 작품 속의

---

* 『소설과 사회사상』(민음사, 1982), 42-62. 2016년 현재에도 여성인문사회연구회 회장인 최영 교수가 편집한 이 책에는 1980년대 초 결성된 여성인문사회연구회의 서지문 교수, 이영옥 교수의 글도 들어 있다.

1 수용미학(Rezeptionsasthetik)의 여러 방향 중에서 특히 이러한 관점에서 연구하고 있는 사람은 Felix V. Vodička이다. Felix V. Vodička, "Die Konkretisation des literarischen Werkes-Zur Problematik der Rezeption von Nerudas Werk" in *Rezeptionsästhetik* (München, 1975).

현실에서 우리 자신의 사회적 경험을 확인하기 때문이다. 이 경험이 순전히 개인적인 것이 아니라 대부분 사회적 관계에 의해서 이루어지는 것을 볼 때 러시아의 역사적 현실과 우리의 현실의 유사성에 대해 생각해 보지 않을 수 없다.

서로 상이한 시간과 공간에 처한 두 사회의 유사성에 대해 생각한다는 것은 사실을 지나치게 단순화할 위험이 따르기는 하는 것이지만 인간을 움직이는 중요한 것들, 예컨대 연민, 증오, 비애, 분노, 공포, 소외, 절망 등의 감정을 일어나게 하는 현실적 요인들이 인간사회 어디서나 대동소이함을 볼 때 19세기 제정 러시아의 역사적 현실이 문학작품 속에서 우리에게 시사해 주는 바는 적지 않다.

이 글은 고골Nikolaj Vasiljevič Gogol'(1809~1852)의 작품세계와 역사적 현실과의 관계를 고찰함으로써 우리의 상황을 둘러보는 한 시각을 열고자 한다.

우리나라에 번역되어 있는 고골의 작품으로는 단편으로 「코」, 「외투」, 장편으로 『죽은 혼』이 있는 정도가 아닌가 한다. 따라서 그의 작품세계 전반에 걸친 평가를 무모하게 시도하기보다는 여기서는 「외투」 한 작품을 중심으로 고골의 작품세계와 역사적 현실과의 관계를 검토하고자 한다.

특히 고골의 「외투」(1842)를 고찰의 대상으로 삼은 것은, 첫째 이 작품이 고골문학의 최고봉으로서 그의 완숙한 문학 세계를 나타내기 때문이고, 둘째는 도스토예프스키가 "우리는 모두 고골의 「외투」에서 나왔다"고 말했다는 소문이 전해오듯이 이 작품이 러시아 문학사에서 러시아 사실주의 문학의 근원이 된 작품으로 평가되는데도 불구하고 그 환상적 결말 때문에 자칫 역사적 현실과 분리되어 하나의 환상적 일화로서 잘못 해석될 가능성조차 있기 때문이다.

2

레프 톨스토이가 기자들로부터 소설 『안나 카레니나』의 주요 사상이 무엇이냐는 질문을 받았을 때 그는 "내가 이제 내가 쓴 소설 속에 표현하고자 했던 모든 것을 다시 이야기하려면 똑같은 소설을 다시 쓰는 수밖에 없다……. 만약 어떤 비평가가 내가 소설 속에 쓴 것을 짧게 몇 마디로 비평란에 쓸 수 있다면 나는 그를 축하해 줄 것이다"[2]라고 아이러니컬하게 말했다. 이는 예술작품의 사상이 예술작품 전체의 구조를 통하여 현실화된다는 것을 멋지게 나타낸 말이다. 예술작품으로부터 그 속에 담긴 사상을 몇 마디 말로써 추출해 낼 수 있고, 예술작품의 형식이란 그 사상을 전달하기 위한 부속물이라고 보는 견해는 형식과 내용을 분리시켜서 생각하는 그릇된 태도이다. 예술작품의 사상과 구조의 관계는 마치 생명체의 생명과 조직구조의 관계와 같다. 조직이 없이는 생명체가 있을 수 없는 반면 생명이란 이 생명체 조직의 기능이며 본질인 것이다.[3]

그러므로 예술작품의 의미를 추구하는 것은 그 예술작품 전체의 구조를 분석함으로써만이 가능하다. 작가의 전기적 요소나 그 당시의 사회적 배경만을 들추어 작품의 의미를 조명하고자 하는 시도는 그 자체가 무의미한 것은 물론 아니지만(아니 문학을 살찌게 하는 것임이 분명하지만), 그것이 문학평론의 본령을 차지하고 작품구조에 대한 분석이 전무하거나 이것이 작가의 전기적 요소나 사회배경을 논거로 하여 비평가가 미리 확정해 놓은 견해를 뒷받침하는 양념 정도에 그쳐 곁다리로 지나가듯이 행해진다면 이는 문학을 하나의 독자적인 과학으로 보려는 태도에는 어긋나는 일

---

2 이 인용은 『톨스토이 전집』제 62권(Moskva, 1953), pp. 268-9에서 Ju. M. Lotman이 Struktura poétičeskogo teksta p. 37에 인용한 것을 재인용한 것이다. Ju. M. Lotman, *Struktura poetičeskogo teksta*(Leningrad, 1972).

3 Ibid., p. 37 f. 참조.

일 것이다. 또한 소설이, 문학작품 일반이 사회와 동질적인 구조를 나타낸 다는 말도 작품의 사회성을 작품 이외의 요소가 아니라 바로 작품의 구조 에서 찾으라는 말로 받아들일 수 있는 것이다.

3

그러면 작품의 구조란 과연 무엇일까 하는 꽤 어려운 문제가 나타나게 되는데 이러한 이론적인 문제를 여기서 자세히 논할 수는 없는 일이겠다. 이 글의 목적은 이러한 이론적인 문제를 다루는 데 있는 것이 아니라 고골 의 작품구조의 특징을 구체적으로 살펴서 고골의 사회사상을 검토하는 데 있기 때문이다.

여담이기는 하지만 고골이 단편 「외투」를 쓰게 된 동기는 그가 그의 지 기들과 함께 한담하는 자리에서 한 에피소드를 들었기 때문이라고 한다. 그 에피소드는 어느 불쌍한 하급 관리에 관한 것이었다. 이 하급 관리는 새 사냥을 무척 좋아하는 사람이었는데 무지무지하게 절약하고 규정 시간 이 상의 고생스러운 근무를 한 결과 그로서는 엄청난 액수인 200루블을 모아 새 사냥을 하기에 좋은 총을 구입했었다고 한다. 그런데 그가 처음으로, 새 로 산 총을 가지고 배를 타고 사냥을 하러 나간 날, 웬일인지 갑자기 정신 을 잃었다가 다시 정신을 차리고 보니 총이 물속에 가라앉아 버렸고 그는 다시 총을 찾을 수 없었다. 이 관리는 집에 돌아오자 열병으로 앓아누웠고 그의 동료들이 모두 그를 불쌍히 여겨 돈을 모아서 그에게 다시 새 총을 마련하여 주었지만 그는 이 사건에 대해 생각할 때마다 죽은 사람처럼 얼 굴이 하얗게 질리곤 했다고 한다.

다른 사람들이 모두 이 에피소드를 듣고 웃었을 때 고골은 깊이 생각에 잠겨 고개를 숙이고 있었는데 이것이 아마 동기가 되어 단편 「외투」를 썼

으리라고 당시 목격자들은(안넨코프P.Annenkov 등) 이야기하고 있다.[4]

고골은 그가 들은 위의 에피소드를 한 가난한 하급관리가 추위와 굶주림에 오래 시달리면서 돈을 겨우 만들어서 새 외투를 지어 입고 출근한 첫날 난생 처음으로 파티에 갔다 오는 길에 도둑에게 외투를 강탈당하여 고위 관리에게 청원하러 갔다가 그 고위관리가 공연히 소리 지르며 야단치는 바람에 그 충격으로 결국은 죽게 된다는 스토리로 변형시켰다.

위의 두 에피소드를 비교해 볼 때도 예술작품의 의미가 '변형된 스토리' 자체에 나타나는 것은 아니라는 것이 분명해진다. 작품의 의미는 작가가 스토리(story, fable, fabulja)를 어떻게 예술적·문학적으로 처리하고 있는가에서 나타난다. 단편 「외투」의 탄생에 관한 위의 이야기를 좁은 지면에 옮긴 것도 예술작품은 에피소드 자체가 아니라 작가의 예술적 처리에 의해서 비로소 탄생된다는 것을 강조하기 위해서이다. 예술작품 및 문학작품의 구조는 작가의 예술적·문학적 처리 방법에 의해서 이루어진 결과라고 볼 수 있다.[5] 그러므로 소설의 구조 분석은 작가의 문학적 처리 방법이 어떤 것이며 그것이 어떻게 기능하는가를 밝히는 데 그 임무가 있다.

4

단편 「외투」의 구조적 특징으로서 첫째 소설의 화자가 소설 구성의 기본이 되어 있다는 사실을 꼽을 수 있다. 화자가 단순히 일어나는 사건들 사

4　N. Stepanov, 『고골전집』 제3권(Moskva, 1949), p. 243 ff. 작품 해설에서.

5　그러나 실제적으로 작품을 읽는 사람은 어떤 것이 작가의 의도적 기교이고 어떤 것이 우연적인 것인지 구별할 수 없다. 예를 들어 문체에 있어서도 그것이 작가의 독특한 문학적 처리의 결과인지 아니면 당시의 언어 자체의 특징인지를 엄격히 구별할 수가 없게 된다. 그러나 수용자의 입장에서는 예술작품이라는 총체적 구조 속에 투입된 모든 요소들을 작가의 사상을 표현하는 데 적극적으로 사용된 것으로 보아서 분석하게 되는데 이는 문학작품 자체가 지니는 특성이라고 볼 수 있다.

이사이에 나타나서 소설 진행의 속도를 조정하거나 사건들의 무대를 바꾸는 역할을 하는 것이 아니라, 화자의 이야기로 소설 전체가 이루어져 있으며, 소설 속에 여러 유형의 인물들이 등장하지만 그들의 대화가 직접화법으로 나타나는 경우는 매우 적고 직접화법으로 나타나는 경우에 있어서도 여기에 사용된 언어는 화자의 언어처럼 문체화되어 있는 경우가 많다. 독자는 소설을 읽으면서 화자가 감정을 섞어서 직접 이야기하는 것을 듣는 것 같은 느낌을 갖게 되는 것이다. 소련의 일부 문학 사가들은 이러한 화자를 실제의 작가 자신과 같은 것으로 생각하여 고골이 현실을 주관적·감정적으로 받아들였다는 이야기를 하곤 한다.[6]

그러나 소설 속의 화자와 소설의 작가는 구별하여 생각해야 한다. 소설의 작가는 자기의 사상을 표현하기 위해 화자를 소설 구성의 한 요소로서 등장시키고 있는 것이다. 이때 하나의 인물로서 전형화되어질 수 있는 화자는 대체로 작가의 이데올로기를 그대로 대변할 수도 있으나, 작가 자신의 이데올로기에 정반대되는 의식세계를 가질 수도 있다. 이 경우 화자는 바로 작가의 비판의 대상이 되는 것이다.

「외투」의 화자가 작가와 어떠한 관계를 가지는지 화자의 언어를 분석하여 알아보기로 한다.

「외투」의 화자는 소설에서 진행되는 매우 불행한 사건에 대해 전반적으로 느긋한 태도를 가질 뿐만 아니라 소설에 등장하는 불쌍한 주인공을 웃음거리로 만드는 등 전혀 주인공에 대해 동정심이 없이 사건을 이야기하고 있다. 그가 사건에 감정적으로 개입하고 있지 않을 뿐만 아니라 주인공의 불쌍한 처지를 오히려 비웃는 듯한 인상을 주는 것은 말장난을 하면서 이야기하고 있기 때문이다.

그가 사용하는 말장난에는 몇 가지의 종류가 있다.

그중 하나로서 단어의 어원을 이용하여 말장난을 하는 것을 들 수 있다.

---

6 예를 들어 『러시아문학사Istorija russkoj literatury』 Tom II (Moskva-Leningrad, 1963), pp. 493-7.

여기에 대해서는 에이헨바움B. Éjchenbaum이 그의 논문 「고골의 『외투』는 어떻게 만들어졌는가?」에서 비교적 상세히 논하고 있으나 그는 말의 음성적인 면에만 주목하느라 이러한 말장난이 지니는 의미의 측면을 소홀히 다루고 있다.[7] 필자는 에이헨바움의 논문을 참고로 하여 그가 소홀히 한 의미의 측면을 보완하려고 노력하면서 이러한 말장난을 분석해 보고자 한다.

화자는 주인공의 이름인 아카키 아카키예비치 바슈마치킨의 바슈마치킨이라는 성을 가지고 말장난을 시작한다.

관리의 성은 바슈마치킨이었소. 성이 이렇게 불리는 것만 봐도 언젠가 단화(바슈마크)에서 나온 게 분명하지만 언제, 에…… 어느 시절에 어떤 방식으로 바슈마크에서 유래했는지는 전혀 알려진 바 없수다. 아버지, 할아버지들, 심지어 처남까지도, 에 그러니까 의심할 바 없이 단화에서 유래한 이 성씨들, 바슈마치킨 씨들이 모두 장화를 신고 다녔고 고작해야 일 년에 세 번 정도만 창을 갈았으니 말이오.(p. 124)[8]

화자는 바슈마치킨이라는 성의 어원을 따지면서 이 성이 <바슈마크>(단화)에서 파생한 것이 분명한데 그들이 <장화>를 신고 다녔으니 언제 어느 시기에 어떻게 하여 이러한 성이 파생되었는지 모르겠다며 퍽 사무적이고 객관적인 태도로 논리정연하게 얘기하고 있다는 것을 내세운다. 그러나 그의 논리가 모순에 차 있다는 사실이 곧 드러난다. 왜냐하면 그 다음에 이어지는 <신창을 1년에 세 번 정도밖에 갈지 않았다>는 사실은 <단화>라는 단어에서 바슈마치킨이라는 성이 파생했고 또 긍정적으로나 부정

7 Boris Éjchenbaum, "Kak sdelana 'Šinel'' Gogolja", in *Texte zur allgemeinen Literaturtheorie und zur Theorie der Prosa* (München, 1969), pp. 122-59.

8 원문은 고골 전집 N. V. Gogol', *Sobranie sočinenij Tom III* (Moskva, 1949)를 사용했고 번역은 필자의 것이며 인용에서는 본문에 괄호로 원문의 페이지를 표시하였다.

적으로나 아무런 관련이 없다는 것인데 화자는 마치 이 사실이 자신의 주장을 뒷받침하는 것으로 생각하고 있기 때문이다. 게다가 이 두 문장은 접속사 <그리고>로 연결되어 있어서 단락 전체가 그야말로 <말>이 되지 않는 것을 드러내고 있다.

또한 화자는 자신의 말이 이미 어불성설인지도 깨닫지 못하고 계속하여 자신의 주장을 뒷받침하는 사실로서 그들의 장인까지도 장화를 신고 다녔다는 말을 하고 있다. 장인은 바슈마치킨 집안의 성을 따르지 않기 때문에 자신의 주장을 전혀 뒷받침할 수 없는데도 불구하고 그는 이를 간과한 채 되는 대로 이런 저런 사람들을 주워섬겨 자신의 말을 그럴듯하게 보이게 하려고 한다.

또한 '아버지, 할아버지, 심지어 처남…… 모든 바슈마치킨씨들……' 에서도 아버지, 할아버지와 모든 바슈마치킨네 사람들을 병렬적으로 연결하고 있는데 이는 명백한 논리적 모순이다. <아버지> <할아버지>는 공연한 군더더기로 쓰여 있을 뿐이다.

위에서 독자는 화자가 단어의 어원을 가지고 말장난을 하며 비극적인 사건에 대해 동정심이라고는 전혀 없이 오히려 비웃는 태도를 취하는 것을 보는 한편, 조리 있게 생각하는 듯이 겉으로 내세우는 화자가 사실은 전혀 조리 있게 생각하지 못하고 내용 없는 말을 늘어놓아 그의 텅 빈 의식 세계를 드러내는 것을 알 수 있다.

또 다른 예를 하나 더 들자면,

만약 9등관의 인생길뿐만 아니라 심지어 3등관 자문관이나 2등관 자문관을 비롯한 모든 관등의 관리들과, '아무에게도 자문을 하지 못하고 아무에게서도 자문을 받지 못하는' 사람들의 인생길에 예외 없이 흩뿌려져 있는 여러 가지 재난들이 닥치지만 않았다면, 이런 삶은 그가 심히 노령에 이를 때까지 이렇게 흘러갔을 거외다.(p. 128)

여기서 화자는 관등을 가진 사람sovetnik(자문관이라고 번역할 수 있다)과 조언sovet이라는 단어를 연결시킴으로써 sovetnik가 sovet에서 파생한 단어라는 것을 한편으로 독자에게 환기시키면서도 화자 자신은 '이 관등을 가진 사람들은 국가의 일에 대해 자문하는 역할을 하는 사람들이어야 한다'는 사실에 대해서는 전혀 관심조차 갖고 있지 않으며, 마치 조언이라는 단어가 관등을 가진 사람과는 전혀 관계가 없는 것처럼 이야기하고 있다. 오히려 가장 높은 관리는 아무에게도 조언을 주지 않고 아무로부터도 조언을 받지 않는 사람이라는 것을 이야기하고 싶은 듯, 문장은 <심지어는>으로 연결되어 있다. 또한 화자는 불행이 모든 인간에게 똑같이 찾아오는 것이 아니라 불행이 찾아오더라도 9등관에게는 더 많이 찾아오고 높은 관등의 사람에게는 덜 찾아온다는 식으로 이야기하고 있는데 여기서도 '화자가 사람보다는 관등이 중요하다고 굳게 믿고 있지만 관등을 가진 사람들이 이행해야 하는 의무 및 직무에 대해서는 전혀 알지 못하거나 그릇되게 생각하고 있다'는 것이 그의 언어를 통하여 드러나고 있다.

이렇듯 화자가 어원을 이용하여 말장난을 하는 동안 독자는 그의 장난스러운 어조와 사건의 비극성 사이의 균열에서 슬프고 기괴한 느낌을 받을 뿐만 아니라 화자의 왜곡된 의식세계를 드러내는 그의 언어에서 오히려 올바른 사물의 질서를 자각하여 화자의 가치관에 대해 비판적인 안목을 지니게 된다.

5

화자가 즐겨 사용하는 말장난의 다른 종류는 소리의 울림을 이용하는 것이다. 주인공의 이름인 아카키 아카키예비치부터가 그러하다.

이름은 아카키 아카키예비치였다오. 혹시 독자 여러분들은 이 이름이 좀 이상해서 '아마 일부러 한참 뒤져서 지어냈겠지' 하고 생각할 수도 있겠수다. 하지만 이 이름은 일부러 뒤져서 지어낸 것이 결코 아니외다. 상황 자체가 부득이 그럴 수밖에 없어서 도저히 다른 이름을 붙여줄 수 없었다는 걸 이제 독자들은 확신할 수 있을 거요. 자, 일의 경위는 바로 이랬다오. 자 여기 좀 들어 보구려. 아카키 아카키예비치는 자정 무렵에 태어났는데, 내 기억이 틀리지 않다면 3월 23일이었을 거요, 아마도. 관리 마누라였고 퍽이나 맘씨 좋은 여자였던, 고인이 된 어멈은 으레 그렇듯 아이가 세례를 받도록 준비했다오. 애어멈은 아직 방문 반대편에 놓인 침대에 누워 있었고, 그 오른 쪽에 대부가 될, 의회에서 서무과장으로 일했던 아주 지체 높은 인물인 이반 이바노비치 예로슈킨과 대모가 될 지서장 부인이자 보기 드문 덕성들을 두루 갖춘 아리나 세묘노브나 벨로브류슈코바가 서 있었다오. 모카야나 소시야로 짓든지, 아니면 순교자 호즈다자트를 따라 짓든지, 세 이름 중에서 아무거나 선택하라고 산모에게 보여줬소. 고인이 된 산모가 속으로 생각했다오. '안 돼, 무슨 이름들이 다 그 모양이람.' 그들은 애어멈 마음에 드는 이름을 찾아 일력 다른 데를 펼쳤더니 다시 이름이 세 가지가 나왔수다. 트리필리, 둘라, 바라하시…… 애어멈은 할망구 꼴에 혼잣말로 말했수다. "이게 무슨 벌이람. 무슨 이름들이 다 이 모양이야. 보다 보다 정말 생전 처음 듣는 이름이네. 바라다트나 바루흐라면 또 몰라도 트리필리와 바라하시라니."

또다시 한 장을 넘기니 파프시카히와 바흐티시였소.

그 할망구 결국 이렇게 말했다오.

"이젠 알겠네요. 이건 분명, 이 아이의 운명이에요. 일이 이미 이 지경이라면 차라리 그 애 아버지 이름으로 부르는 게 낫겠어요. 아버지가 아카키였으니 아들도 아카키라고 부르지요."

이리하여 아카키 아카키예비치가 생겨난 거외다.

화자는 주인공의 이름이 지어진 경위에 대해 꽤 상세하게 설명하고 있

다. 그는 아카키 아카키예비치라는 이름이 지어지기 전에 고려되었던 이름으로서

모키Mokkij

소시Sossij

호즈다자트Chozdazat

트리필리Trifilij

둘라Dula

바라하시Varachasij

등의 매우 이상하고 우스꽝스러운 이름들만을 쳐들며 말장난을 하다가 결국 주인공 아버지의 이름인 아카키Akakij가 그대로 아들의 이름으로 되는 경위를 설명한다. 주인공은 아버지의 이름을 그대로 이어받기 때문에 아카키 아카키예비치가 되는데 이는 아카키라는 이름 자체가 우스운데다가 이것이 완전히 반복되기 때문에 더욱 우습고 지루한 느낌을 준다. 게다가 이러한 반복은 주인공의 인생이 그의 아버지의 것과 같을 것이라는 것을 암시하기 때문에, 이 이름은 한 특정한 인간형을 지칭하는 별명 같이 들린다.

이와 같은 주인공에 대한 장난스러운 태도는 그의 외형을 서술하는 데서도 마찬가지로 나타난다.

작달만한 키에 약간 얽은 얼굴

rjabovat

붉은 빛이 도는 머리털

ryževat

근시안처럼 보이는 눈

podslepovat

벗어진 이마, 주름투성이 볼과 치질 환자 같은 안색

gemoroidal'nym (p. 123)

위에서 보는 바와 같이 의미보다는 소리를 맞춰서 일정한 간격을 두고 어미에 ovat/evat가 오는 단어를 반복적으로 사용하여 문장을 긴장시켜 놓았다가 맨 마지막의 매우 결정적인 무게를 지니는 위치에 완전히 예상을 뒤엎고 또 내용상으로도 매우 주변적인 느낌을 주는 gemoroidal'nym(<치질 환자의>라는 형용사의 造格)이라는 단어를 배치하여 일종의 희극적인 효과를 내고 있다.

위의 꽤 긴 인용문은 화자가 소리의 울림을 이용한 말장난으로 코믹한 효과 내지 그로테스크한 효과를 거두는 것을 보여줄 뿐만 아니라 화자의 가치관 및 의식 세계를 엿볼 수 있게 해준다.

화자는 이름이 지어진 경위에 대해 객관적이고 논리적인 태도로 설명하는 체하지만 실상 그의 논리는 이율배반으로 차 있고 그의 가치관은 진정으로 중요한 것과 중요하지 않은 것을 구별하지 못한다. 의회 과장 정도의 자리에서 일했기 때문에 무지무지하게 훌륭한 분이라고 한다든지, 파출소장의 부인으로서 드물게 정숙한 부인이라고 하는 것으로 보아 화자가 비판 의식은 전혀 없이 기존의 허위의식 및 도착된 가치관을 그대로 지니고 있으면서도 뭔가 아는 체하려는 하층민에 속한다는 것을 알 수 있다. 특히 파출소장 부인을 드물게 정숙한 부인이라고 하는 대목에서는 그녀의 이름인 벨로부류슈카가 벨로부류슈코Belobrjuško(허옇고 뚱뚱한 배)를 연상시키기 때문에 독자는 이 여자가 오히려 정숙하지 않은 여자인데 화자가 겉으로만 판단하여 잘 알지도 못하면서 파출소장 부인이니까 그냥 품행이 단정하다고 하는 것이 아닌가 하는 인상마저 갖게 된다. 화자가 자신의 모습을 점점 드러냄에 따라 독자는 화자의 말을 곧이곧대로 믿지 않고 거리를 두고 재면서 그의 말을 새겨듣게 되는 것이다. 즉 작가는 화자 자신의 입을 통하여 화자의 의식세계를 비판하고 있는 셈이다.

화자는 대개 매우 논리적인 통사적 구조에다가 전혀 비논리적인 내용을 담아 독자로 하여금 균형감이 깨어진, 어긋난 느낌을 갖도록 한다. 더구나 이러한 문체로 세부 사항들을 매우 자세히 표현하는 대목들이 많은데 이러한 경우 현실이 마치 그대로 나타나 있는 듯한 인상을 주기 때문에 소설 속의 비현실성은 더욱더 두드러지게 된다.

다음의 대목에서도 마찬가지로 독자는 균형감이 깨어진, 어긋나는 느낌 속에서 모순된 의식구조를 보이는 화자를 객관적으로 관찰하게 된다.

페트로비치는 애꾸눈에 얼굴이 온통 얽었으나 맨정신일 때나 머릿속에 무슨 다른 계획을 가지지 않았을 때에는 제복 바지나 윗도리, 그 외에 온갖 다른 바지들이나 윗도리를 수선하는 일을 꽤나 성공적으로 해내는 양복쟁이였소. 이 양복쟁이에 대해서, 물론, 말을 많이 할 필요는 없겠지만, 요즘 소설에서는 온갖 인물의 성격이 모두 제시되어야 하는 법이라니, 자, 도리 없이 페트로비치도 여기로 모셔와 보여 드려야겠다는 말씀! 처음에 그는 그냥 '그리고리'라 불렸고 어떤 지주의 농노였는데, 페트로비치라고 불린 것은 농노해방증을 획득하고 나서 온갖 축일마다 꽤 많이 마시게 된 때부터였소. 그는 처음에는 많이, 그 후에는 정도가 지나치게, 모든 교회의 축일에, 달력에 십자가 표시가 있기만 하면, 마시고 또 마셨수다.(p. 129)

화자는 페트로비치에 대한 정확한 성격묘사가 중요하다고 거드름까지 부리며 선언한 뒤 그의 인물의 주요 특징으로서 그가 축제일마다 술을 마시는 것을 들고 있다. 술을 마시는 것이 그의 중요한 습관 중의 하나이긴 하지만 그의 성격 자체는 아니다. 화자는 페트로비치의 성격 자체에 대해서는 한 마디의 언급도 하지 않고 있는 것이다.

화자의 '균형을 잃은' 의식세계는 그의 과장된 수다에서도 나타난다.[9]

─────────────

9 소설에서 과장법은 종종 희극적인 효과를 내는데 이를 엄격히 분석해 보면 작가가 소설 속의 화자로 하여금 과장조로 이야기하게 하여 독자가 우스꽝스럽고 어처구니없는 느낌을 갖게 되기 때문이다.

게다가 그의 제복에는 항상 뭔가, 무슨 지푸라기 아니면 실오라기 같은 게 붙어 있었소. 더군다나 그는 거리를 걸어갈 때 사람들이 창밖으로 온갖 쓰레기를 내던지는 바로 그 순간을 귀신 같이 맞추는 특별한 재주를 지닌 탓에 수박 껍질이나 참외 껍질 같은 온갖 허섭스레기를 영원히 모자에 얹어 운반하고 다녔소. 알다시피, 그의 '형제'인 젊은 동료들이 항상 거리의 일상을 관찰하다가 그 꿰뚫는 듯 날카로운 시선을 멀리 던져서 심지어 건너편 길에 누구의 '바지 앞을 여미는 끈'이 풀린 것을 알아차리고는 항상 얼굴에 교활한 미소를 '씩' 띠었던 반면에 아카키 아카키예비치는 거리의 일상이라는 게 도대체 어떻게 진행되고 만들어지는지 일생에 단 한 번도 주의를 가진 적이 없었다오.

아카키 아카키예비치는, 만약 그가 뭔가를 보기는 한다면, 눈에 보이는 모든 것에서 고른 필체로 또박또박 베낀 자신의 깔끔한 글줄만을 보았소이다. 어디서 나타났는지 모르는 말 대가리가 그의 어깨를 툭 건드리며 콧구멍으로 그의 뺨에 온통 바람을 훅 불어 댈 때가 되어서야 비로소 그는 자신이 글줄 가운데 있는 것이 아니라 거리 한가운데 있다는 것을 깨달았다오.(p. 127)

화자가 선후 경중을 제대로 분간하지 못한다는 것은 다음의 대목에서도 잘 나타나고 있다.

무엇이 문제인가 깨닫고 난 후에 아카키 아카키예비치는 외투를, 뒷계단을 따라 올라가야 나오는, 어떤 집 5층에 사는 페트로비치에게 가져가야겠다고 결심했다오. 페트로비치는 애꾸눈에 얼굴이 온통 얽었으나 맨정신일 때나 머릿속에 무슨 다른 계획을 가지지 않았을 때에는 제복 바지나 윗도리, 그 외에 온갖 다른 바지들이나 윗도리를 수선하는 일을 꽤나 성공적으로 해내는 양복쟁이였소.(p. 129)

화자는 재봉사 페트로비치가 바느질을 잘하는 것과 아무 상관이 없는 사항과 그가 애꾸눈에다(이것은 좀 관계가 될지 모르겠으나) 곰보라는 사실을 서로 관계 지어 놓고 있다.

이상에서 살펴본 바와 같이 화자의 의식구조에는 사물들이 균형감을 잃고 이지러져 있고, 서로 상극을 이루는 것들이 가까이 연결되어 있다. 그에게는 진실보다는 외관이 중요하다. 또한 그는 중요한 것과 지엽적인 것을 분간할 능력이 없다. 또한 그는 이율배반적인 것을 합리적이라고 생각한다. 한 마디로 그의 의식세계는 그로테스크한 모습을 띤다고 할 수 있겠다.

6

위에서 분석한 것 외에 또 하나의 말투가 소설에 나타나 있다. 그것은 비통한 연설조이다. 화자가 독자에게 직접 말을 건네지 않고 남의 이야기를 그대로 옮기는 대목들에서는 비통한 어조로 인간적이고 슬픈 감정을 독자들에게 전달한다. 그러나 이는 곧 위에서 분석한 '코믹한' 어조로 다시 바뀌게 되는데 이러한 비극적인 것과 희극적인 것의 교체는 그로테스크한 효과를 일으키게 되는 것이다. 이는 위에서 분석한 바와 같이 화자 자신의 희극적인 말투와 사건의 비극성 간의 균열이 가져오는 그로테스크한 것과 함께 상승작용을 하며 소설구조의 기본을 이루고 있다.

특히 여러 가지로 논쟁의 주안점이 되는 대목은 다음과 같다.

바로 그의 면전에서 그에 대해 여러 가지 꾸민 이야기들을 지껄이곤 하는 식이었수다. 칠십 먹은 집주인 할망구가 그를 때린다고도 했고, 언제 둘이 결혼식을 올릴 거냐고 묻기까지 했으며, 그의 머리 위에 잘게 찢은 종이 부스러기를 막 뿌려 대며 눈이 온답시고 마구 놀려댄 거외다. 아카키 아카키예비치는 마치 자기 앞에 아무도 없는 것처럼 대꾸 한 마디 않고 아무 일도 없었던 듯이 자기 일을 계속 했다오. 온갖 훼방 가운데서도 정서하는 일에 있어서 전혀 실수를 범하지 않은 거외다. 그러다 장난이 이미 인내의 한계를 넘을 지경이 되면, 말하자면 아예 일을 못하도록 그의 손을 밀치고 떼미는 지경이 되면 다만 "나를 좀 가만둬요. 왜 나를 모욕하는 거요?"라는 한 마디만 했다오. 그런데 이 말 속에, 또 이 말이 발음되는 목소리 속에 뭔가 기이한 것이 들어 있어서, 얼마 전에 임명된 한 젊은 신입 관리가 다른 관리들을 본떠서 그를 함부로 놀리려고 하다가 이 말 속에서 뭔가 연민을 불러일으키는 것을 듣고는 마치 뭐에 찔린 사람처럼 갑자기 조롱을 멈추었다오. 그 후로는 마치 그 앞의 모든 것이 달라져서 이전과는 다르게 보이는 듯했소. 어떤 초자연적인 힘이 그가 알고 지내게 되었던 동료들, 품위 있는 사교계 사람들이라고 여겼던 동료들로부터 그를 밀쳐 떼어 놓았던 거외다. 그러고 나서 그 후 오랫동안 가장 즐거운 순간들에도 "나를 가만둬요. 왜 나를 모욕하는 거요?"라는, 찌르는 듯한 말과 함께 이마가 벗겨진 대머리 하급 관리가 머릿속에 문득 떠오르곤 했다오. 이 폐부를 찌르는 듯한 말 속에서 "나는 너의 형제야"라는 다른 말이 울린 거외다. 그러면 이 불행한 젊은이는 두 손으로 자신의 얼굴을 가리곤 했소. 그 후 일생을 사는 동안 인간 속에 얼마나 비인간적인 것이 들어 있는지, 세련되고 교양 있는 사교계 속에, 심지어 사교계가 고상하고 명예롭다고 인정한 바로 그 인간들 속에 얼마나 잔인한 난폭성이 감추어져 있는가를 생각하고 소름끼쳐 떨었던 게 한두 번이 아니라오……(pp. 125-6)

B. 에이헨바움은 논문 「고골의 『외투』가 어떻게 만들어졌는가?」에서 화자의 어조를 소설의 서두부터 계속 추적하여 위의 대목에 대해 적확하게 서술하고 있다. 전체적으로 이 단편소설의 화자의 어조는 객관적·사무적인 태도로 시작되다가 갑자기 날카로운 폭로를 하려는, 신랄한 어조로 바뀌기도 하고, 또 소리의 울림을 이용하는 말장난을 하다가 센티멘탈하고 비장한 어조의 멜로드라마틱한 문장이 끼어드는 등 계속해서 서로 반대되는 어조가 교체됨으로써 그로테스크한 효과를 내고 있다. 에이헨바움은

이 센티멘탈하고 비장한 어조의 대목을 러시아 및 소련의 평론가들이 '순수한 인간애가 나타나는 대목'이라고 주장하는 것에 반박하면서 이 부분이야말로 코믹한 소설을 그로테스크한 소설로 이끄는 기교적 역할을 한다고 역설하였다.[10]

에이헨바움이 지적하였듯이 위의 '인간애가 넘치는' 한 고상하고 순수한 청년의 아픈 가슴을 묘사하는 대목은 갑자기 끊어지고 다시 화자의 수다쟁이 말투로 넘어간다. 또한 이 비장한 대목이 나오기 전에는 주인공 아카키 아카키예비치의 직장 동료들의 저열한 농지거리에 대한 것이 적혀 있었다는 것에 주목해야 한다. 이러한 어조의 변화 외에 이야기 내용의 고상하고 저열한 대조도 역시 그로테스크한 효과를 내는 데 한몫한다.

서로 어긋나는 것을 결합시키는 방법으로 '장중한 연설조에 매우 하잘 것없는 내용을 담는' 것이 있다. 이는 코믹한 어조로써 비극적인 이야기를 하는 것과 마찬가지로 그로테스크한 효과를 낸다.

그 예로서 아카키 아카키예비치가 저녁을 먹는 모습을 희극적이고 저열한 어조로 서술한 부분 뒤에 이어지는 대목을 들 수 있다. 이 부분에서는 장중한 어조로서 꽤 긴 호흡을 가지는, 동일한 통사적 구조로 이루어진 문장들이 되풀이되고 있다.

페테르부르그의 잿빛 하늘이 완전히 깜깜해져서 관리족들이 자기 봉급 액수와 기호에 걸맞게 요리를 실컷 먹고 저녁식사를 끝내는 시간에조차도, 지칠 줄 모르는 인간이 부서에서 펜을 끄적거리고 이리저리 뛰어다니며 자신이나 동료의 필수 업무뿐만 아니라 필요한 것보다 더 많은 것까지도 자발적으로 자신의 과제로 삼아 행한 업무를 끝낸 후 모두가 휴식을 취할 때조차도, 한마디로, 관리들이 여가 시간을 오락에 맡기느라 바쁠 때, 뭐 좀 기운이 있는 사람은 극장으

---

10 이 대목이 순수한 인간애가 나타나는 대목임에는 틀림이 없다. 그러나 이 대목이 소설 전체의 구조 속에서 어떠한 역할을 하느냐를 분석하여 소설의 사상을 알아보아야 하지, 이 대목만을 떼어서 순수한 인간애가 나타난다고 하는 것은 그릇된 관찰이다.

로 달려가고, 어떤 사람은 이런 저런 모자들을 구경하는 것을 과제로 삼아 거리로 달려가고, 어떤 사람은 관리들의 작은 사교계의 별인 한 예쁜 처녀에게 찬사를 바치는 일을 과제로 삼고, 대부분의 사람들이 그저 5층이나 4층 꼭대기에 방두 개에 부엌이나 현관이 달리고 이런 저런 갖추어야 하는 유행 제품들인 등잔이나 다른 작은 장식품들이 갖춰진, ― 이것들은 값이 비싸서 저녁도 굶고 술도 안 마시고 하는 희생을 치르며 마련한 것들이외다 ― 아파트에 사는 자기 '형제'를 방문할 때조차도, 쉽게 말하자면 관리들이 친구의 작은 아파트에서 휘스트게임을 하며 설탕을 약간 넣은 차를 홀짝홀짝 마시고 긴 파이프에서 연기를 내뿜으며 카드를 돌리고, 러시아인이라면 어떤 상황에서도 결코 관심을 끊지 못하는 상류사교계에서 흘러나온 험담, 뒷담, 농담을 수군거리거나, 정 얘깃거리가 없을 때는 팔코네가 만든 청동기사의 동상에서 말꼬리가 잘려졌다고 하는 사령관에 대해 영원히 되풀이되는 일화를 또 한번 재탕할 때조차도, 한마디로, 모든 사람들이 너나 할 것 없이 오락을 추구하는 그 시간에 조차도, 아카키 아카키예비치는 어떤 오락에도 한 번도 몸을 맡긴 적이 없었으니 그 누구도 언제 한 번 어떤 야회에서건 그를 보았다고 주장할 수 없었수다.(pp. 127-8)

위의 큰 단락은 '~할 때(kogda)' 라는 시간을 나타내는 부사로 시작되는 긴 문장들이 몇 개 연결되어 하나의 부문장을 이루고 있다. 이 장중한 문체는 이것에 담겨진 하잘 것 없는 내용과 괴리를 이루고 있으며, 이 장중한 문체의 부문장 뒤에 나타나는 주문장이 워낙 짧고 무게가 없어서 또한 기괴한 느낌을 준다. 사실상 단편 「외투」 전체에서 관리 특유의 사무적인 어조에다가 하찮고 우스꽝스러운 내용을 담은 문장들을 매우 자주 볼 수 있다.

이상에서 소설의 화자의 어조를 중심으로 이 소설이 그로테스크한 법칙을 기반으로 구조되어 있다는 것을 살펴보았다. 이제까지 논한 것은,
　　첫째, 코믹한 어조와 그것이 이야기하고 있는 내용의 비극성 간의 그로

테스크한 단절,

둘째, 코믹한 어조와 비장하고 장중한 어조의 교체에서 오는 그로테스크한 효과,

셋째, 장중한 어조와 그것이 이야기하는 하찮은 내용에서 오는 그로데스크한 괴리였고

이외에도 코믹한 어조 속에서 화자 자신이 스스로의 모순된 의식 세계를 드러내는 것도 살펴보았다. 화자가 그로테스크한 의식 세계를 갖고 있다는 것은 그가 미세하고 부분적인 것을 크게 부각해서 서술하는 데서도 나타난다. 예를 들어 페트로비치의 발톱을 거북이 등처럼 두껍고 딱딱하다고 표현한다든지, 그의 담뱃갑에 그려진 무슨 장군의 초상에 관해서 매우 길게 묘사한다든지 하는 것을 들 수 있다. 이것은 사실주의적인 메토니미Metonymie 디테일의 열거라기보다는 현실 세계의 균형이 파괴되어 표현된 것이라 하겠다. 또한 위에서도 인용한 바, 아카키 아카키예비치의 외형 묘사에도 이러한 과장적인 표현이 나타나 있다.

…… 게다가 그의 제복에는 항상 뭔가, 지푸라기 아니면 실오라기 같은 게 붙어 있었소, 더군다나 그는 거리를 걸어갈 때 사람들이 창밖으로 온갖 쓰레기를 내던지는 바로 그 순간을 귀신 같이 맞추는 특별한 재주를 지닌 탓에 수박 껍질이나 참외 껍질 같은 온갖 허섭스레기를 영원히 모자에 얹어 운반하고 다녔소.(pp. 126-7)

화자가 자주 불필요한 세부사항을 장황하게 늘어놓거나 이야기의 줄거리에서 벗어나 자주 지엽적인 이야기를 끼워 넣는 데서도 그의 연속성 없는 '이지러진' 의식 세계를 엿볼 수 있다.

7

다음으로 주인공 아카키 아카키예비치의 의식세계를 살펴보자.

아카키 아카키예비치는 자신의 극도로 좁은 세계에 폐쇄되어 있는 하급 관리이다.

화자의 의식 세계가 이지러져 있어서 기괴한 느낌을 준다면 주인공 아카키의 의식 세계는 극도로 폐쇄되어 있어서 기괴한 느낌을 준다.

그처럼 자신의 직무에 파묻혀 사는 사람을 발견하기란 정말 거의 불가능할 거외다. 그는 '열심히 복무했다'라는 말로는 너무 부족하오. 아니 정말로 그는 애정을 품고 복무했다오. 여기서, 이 정서 행위 속에서 그는 어떤 특유의 다채롭고 기쁜 세계를 보았던 거요. 기쁨이 그의 얼굴에 나타나곤 했소. 몇몇 글자는 그의 총아들, 이 글자를 만날 때면 제정신이 아니었고, 그가 웃음 짓는 모습이나 눈을 깜빡거리거나 두 입술로 힘을 보태어 쓰는 표정만으로 벌써 그의 펜 끝에서 나오는 글자가 뭔가 다 알 수 있을 지경이었수다. 하지만 그의 직장 동료 풍자가들이 표현하듯 그는 단추 구멍에 훈장 꽃을 핀과 똥구멍에 치질만을 얻었을 뿐이외다.(p. 127)

이같이 폐쇄된 사회에 살고 있는 아카키의 언어도 역시 독특하다. 그는 타인과 의사소통을 하는 데 전혀 익숙해 있지 않다. 그는 불필요하고 이해 불가능한 단어들을 의미 없이 늘어놓곤 한다.

— 아 여기, 나, 페트로비치, 자네에게, 그건 근데…….
독자 여러분은 아카키 아카키예비치가 대개 전치사나 부사 그리고 결국 아무런 결정적인 의미를 지니지 않는 조사 따위를 써 가며 말한다는 걸 알아 둬야 할 것이외다. 특히 할 말이 아주 곤란한 성질인 경우에는 전혀 문장을 끝내지 않는 버롯이 있어서 아주 빈번히 '이건, 실로, 완전 그게, 그건 근데……'로 말을 시작하는데 정작 그 다음에는 아무 내용도 없거나 자기가 이미 다 이야기했다고 착각하여 잊어버리고 만다오.(p. 131)

그의 세계는 서류를 베끼는 것이 전부였다. 그는 주위에서 완전히 유리되어 자신의 복사작업에서 유일하게 삶의 의미를 느끼고 살아간다. 그는 먹는다든지, 쉰다든지 하는 것에서는 아무런 쾌락을 느끼지 못하고 곧 그의 안락한 서류를 베끼는 세계로 돌아가려고 한다. 그는 정서 이외의 다른 일에는 애착도 없고 능력도 없다. 한 마음씨 좋은 상사가 그를 승진시켜 주려고 다른 일을 맡겼을 때 그는 결국 이것을 해내지 못하고 만다. 그는 주위로부터 소외되어 있을 뿐 아니라 자신의 삶으로부터도 소외되어 있는 기형적인 인간이다. 이러한 그의 폐쇄된 세계에 외투라는 사치한 꿈이 침입하여 아카키를 재생시키고 파멸시키게 된다. 외투에 대한 생각은 그의 의식구조와 행동방식 전체를 뒤흔들어 놓는 것이다.

그는 왠지 더 생기가 돌았고 심지어 이미 삶의 목표를 정하고 스스로에게 과제를 부과한 인간처럼 성격마저 단호해졌소.(p. 136)

그는 유쾌하게 저녁을 먹었고 저녁을 먹고 나서는 아무 것도, 아무 서류도 베끼지 않고 어두워질 때까지 침대에서 그냥 빈둥거리기만 했다오. 그러고는 시간이 되자 지체 없이 옷을 차려입은 뒤 외투를 어깨에 걸치고 거리로 나왔다오.(p. 139)

그는 외투로 인하여 삶의 희열을 처음으로 맛보게 되나 결국 외투로 인하여 절망의 구렁에서 죽게 된다. 그 자신의 폐쇄된 세계에 그대로 머물렀다면 그냥 자신의 삶을 살다 죽었을 그가, 마치 열렬한 연애가 한 인간을 재생시키고 파괴시키듯이, 외투가 그를 파멸로 이끌고 갔던 것이다. 그에게 있어 외투란 정말로 가장 가까운 인간처럼 느껴졌다.

마치 결혼을 한 듯, 마치 다른 인간이 그와 함께 하는 듯, 마치 혼자가 아니라 어떤 다정한 반려자가 인생길을 함께하기로 한 듯했던 거외다. 그 반려자는 바로 솜으로 두툼하게 누빈, 해지지 않는 강한 안감을 댄 외투였소.(pp. 135-6)

아카키는 인간으로서 당연히 느껴야 할 행복이나 안락 같은 것과는 너무나 동떨어져 있었다. 인간이 아니라 외투가 그의 반려자로 여겨지는 의식 세계 속에 갇혀 있었던 것이다. 외투와 외투에 대한 꿈이 전부이자 삶을 이끌어 가는 유일한 활력소였던 그에게서 현실은 그의 전부를 다시 앗아간다. 그것도 이제껏 관료사회에서 부당하게 대우받은 방식 그대로, 너무나 부당하게 자신의 전부를 앗기게 된다.

이때 그의 마지막 몸부림이 시작된다. 그렇게도 비굴하게 복종적이던 그가 상사를 감히 찾아 나서게 될 만큼, 그리고 고관의 하인들이 그를 들어오지 못하도록 할 때 그들을 협박까지 하는 용감한 행동을 취할 만큼 되었던 것이다. 그러나 그야말로 너무나 모진 결심을 품고 이와 같이 행동하는 그를 대하는 상사의 태도는 너무나도 차갑다. 그는 한 고위 관리의 권위주의의 제물이 되어, 결국 그 자신의 분수를 지키지 않고 용감한 행동을 감행한 데 대한 보복이라도 받는 듯이 열병으로 불쌍하게 죽어 간다. 그러나 그의 죽음으로써 소설이 끝났다면 아카키 아카키예비치가 품은 한이 충분히 절실하게 표현되지는 못했을 것이다. 살아생전에 항상 눌리고 놀림을 받으며 마치 자동기계처럼 정서를 하는 동작밖에 모르던 이 하급 관리는 죽은 후에 자신의 지나간 인생에 대한 보상을 받으려는 듯 남을 공포에 떨게 하는 유령이 되어 암흑의 도시를 돌아다닌다. 이러한 환상적 결말은 그의 폐쇄적이고 그로테스크한 세계를 더욱더 강조해 주는 역할을 한다.

8

자신만의 폐쇄된 세계 속에서 자신의 진정한 삶으로부터 소외당하고 있는 사람은 아카키 아카키예비치뿐만이 아니다. 이 소설에 등장하는 모든 인물이 어느 정도는 본연의 자신을 결여하고 있고 모순에 찬 '왜곡된' 의식구조를 보이고 있다. 아카키의 직장 동료들부터가 그러하다. 이들은 자기보다 조금이라도 약하다고 느껴지면 무조건 못살게 굴고 조롱하는, 인간애가 결여된 사람이다. 직무를 끝내고 자기 자신으로 돌아올 수 있는 여가 시간에도 그들은 자신의 내면과는 동떨어진 데서 자신을 낭비한다.

아카키가 외투를 강탈당한 후 도움을 청하려 서장을 만나러 갔을 때, 협박을 받아야만 굽실거리기 시작하는 하인들의 태도에서, 그리고 자신의 직무에 속하는 일인데도 불구하고 공연히 딴전을 피우며 오히려 피해당한 사람에게 책임이 있다고 뒤집어씌우려는 서장의 태도에서 우리는 순리에 역행하며 살아가는 사람들의 행동방식을 볼 수 있다. 이는 순리대로 해서는 되는 일이 없고 비리를 행해야 살아남을 수 있는 사회 속에 살아가는 사람들의 공통된 특징일 것이다.

아카키 아카키예비치를 죽음으로 이끈 직접 원인이 된 고관의 성격 묘사는 그 자체가 하나의 에피소드를 이룰 만큼 꽤 상세하게 되어 있다. 그는 자신이 고위 관리에 속한다는 것을 지나치게 의식한 나머지 결국 자신의 관등의 노예가 된 사람이다. 자신을 관등이 주는 권위에 맞춰야 한다는 강박관념에서 권위주의를 내세우는 속 빈 인간이다.

소설의 말미에 나오는 유령을 본 순경도 마찬가지이다. 하찮은 권위주의가 빚은 촌극이 쓰디쓴 웃음을 자아낸다.

콜롬나의 한 경관이 자기 눈으로 직접 어떤 집에 유령이 나타나는 걸 보긴 했지만, 태어날 때부터 기질이 허약해서 언젠가 다 자란 돼지 새끼가 어떤 집에서 나오는 것을 보고 제풀에 놀라 다리를 때린 적이 있는데, 주위에 서 있던 마부들이 크게 웃자 그들이 그를 조롱하였다 하여 담배 값 조로 돈을 요구한 적이 있는 사람이라, 유령을 잡을 생각도 못한 채 마냥 어둠 속에서 유령을 따라 갔는데 마침내 유령이 갑자기 돌아보며 멈춰 서서 ˮ왜 그래?˟ 하고 물으며 산 사람들에게서도 볼 수 없는 그런 큰 주먹을 보이자 경관은 ˮ아무것도 아닙니다˟라고 말하고 당장 뒤돌아 갔다 하오.(p. 153)

9

이와 같이 화자를 포함하여 이 소설에 등장하는 인물들 모두가 한결같이 뒤틀린 의식세계를 갖고 있다. 뒤틀린 의식세계를 지닌 사람들이 모여서 특유한 질서와 가치관이 지배하는 폐쇄된 사회를 형성하고 있는 것이다. 이 사회를 지배하는 법칙은 정상적 인간세계의 그것과는 완전히 다르다. 이곳에서는 서로 상극을 이루어 융합될 수 없는 것이 융합되어 있고 부분적인 것이 터무니없이 과장되어 있다. 한마디로 이곳은 사물의 본연의 질서가 이지러져 있고 모든 것이 도착된 상태에 있어서 기괴한 느낌을 주는, 진실과는 거리가 먼 고립된 사회이다. 이 사회는 정상적인 사고방식이나 심리상태를 모르며 자신에게서 소외당하고 있는 <인간>들로(인간이 아닌 그 무엇으로) 구성된 그로테스크한 세계이다. 고골은 이러한 그로테스크한 세계를 예술적으로 구조화함으로써(희비극적 그로테스크를 전면화시킴으로써) 당시의 사회현실을 풍자하고 있다. 이는 그의 장편인 「죽은 혼」에서도 잘 나타나고 있다. 여기서 고골은 죽은 사람들을 산 사람으로 속여서 사고 파는 이야기를 테마로 하여 비현실적일 정도로 비정상적인 당시의 현실을 표현하고 있다.

고골은 당시의 사회현실을 이렇듯 도착된 윤리와 가치관이 지배하는 그로테스크한 것으로 날카롭게 파악했으면서도 이에 대한 현실적 해결책은 없다는 암담한 결론을 내렸다. 아카키 아카키예비치를 죽음으로 몰고 가도록 권위주의적 횡포를 부린 고관이 자신의 태도를 갑자기 바꾸는 원인이 그가 유령에게 외투를 빼앗기는 봉변을 당했기 때문으로 되어 있는 「외투」의 말미도 아이러니컬하다. 사람으로서 극히 나약했던 아카키 아카키예비치가 유령으로서만이 강하고 유유자적한 태도를 취하는 환상적 결말에서 우리는 이제껏 살펴봤던 그로테스크의 클라이막스를 보게 된다.

이러한 결말은 그로테스크한 사회를 개조할 수 있는 아무런 현실적인 방안이 없다는 것을 역설적으로 표현한 것이다. 이렇듯 날카로운 사회의식을 가졌던 고골이 당시의 현실과 부딪혀서 얻은 것은 자기분열과 광증이었다는 것으로 우리는 당시의 러시아 지식인들의 고민을 이해할 수 있다. 마지막 저서인 『친지와의 서신 중에서』(1847)에서 고골은 자신의 윤리관 및 사회철학을 피력했다. 여기서 고골은 당시의 비정상적인 러시아 사회의 치유는 개인이 이웃에게 인격적인 감화를 줌으로써만이 가능하다는 소극적이며, 진보파들이 보기에는 반동적이기까지 한 의견을 나타냈다. 이 증오스러운 세계가 정화되려면 사회질서의 기본이 되는 경제구조가 개조되어야 하는데 이때, 경제란 물질적 경제만이 아니라 정신적 경제도 포함되어야 한다는 러시아의 전통적인 가부장적 성격을 띠는 국가관을 나타냄으로써 그는 당시 유럽사회의 전체적인 흐름에 역행하는 주장을 하였을 뿐 아니라, 데카브리스트 반란 이후, 보수 반동체제를 고집하여 자유·개인·인간성 등의 문제가 등한시되고 비대해진 관료사회의 허위와 교활이 판을 치던 니콜라이 1세의 절대주의 체제를 지지하기까지 했다. 고골은 그가 인정했듯이 과거에 살아야 했던 사람이었다. 고골은 지나간 과거의 결점이 <정화>로써 해결될 수 있다고 순진하게 믿었으며 <정화>는 예술과 종교로써 이루어져야 한다는 낭만적인 견해를 가졌었다.

이와 같이 고골도 현실의 탈출구를 과거나 환상 속에서 찾을 수밖에 없었던 지성인의 한 유형이었다. 그러나 그가 정신적 파산과 자기 분열 속에서 미치광이가 되어 1852년 죽음을 맞았다는 것은 곧 그의 '진리를 향한 자신과의 필사적인 투쟁'을 나타내는 것 같다.

소설 『오블로모프』의 서술 구조*

　이 글은 곤차로프(Ivan Aleksandrovič Gončarov, 1812~91)의 장편소설 『오블로모프Oblomov』를 분석하여 사실주의적 요소들을 살펴보고 이를 기초로 그 구조적 특성으로 보이는, 제1부와 나머지 제2, 3, 4부 사이의 단절이 어떠한 성질의 것이며 또 무엇을 의미하는가를 알아보는 것을 목적으로 한다. 러시아 사실주의 문학을 파악하려는 이 글은 특정한 개념 장치를 사용하여 한 작품의 텍스트를 분석하는 단계를 넘어서지 못한다. 먼저 『오블로모프』가 평단에서 어떻게 이야기되어 왔는가를 간단히 언급하여 이 글의 설 자리를 마련하고자 하였고, 둘째 부분에서는 필자가 소설 분석에 사용한 사실주의 개념에 대해 논하고, 셋째 부분에서는 소설의 내용을 소개하고, 마지막 부분들에서는 둘째 부분에서 서술한 사실주의의 개념 장치로서 소설을 분석하면서 서술 구조의 불연속을 고찰하여 러시아 사실주의 문학의 흐름을 파악해 보려는 시도이다.

---

* 『서구 리얼리즘 연구』, 백낙청 편(1982), 154–179.

1　텍스트는 1975년 레닌그라드에서 인쇄된 것을 사용했으며, 1960년 클라라 브라우너(Clara Brauner)가 번역한 독일어본을 참조했다.

1

소설『오블로모프』자체는 우리나라에 아직 번역되어 있지 않으나 외국 문학을 하는 사람이나 러시아에 관심이 있는 사람들에게는 '오블로모프시치나'(Oblomovščina: 영어로 Oblomovism, 독어로 Oblomoverei로 번역되고 있다)라는 단어가 그리 낯설지 않을 것 같다. 이는 이 소설이 1859년『조국일지 Otečestvennye Zapiski』4월호로 연재가 끝난 직후, 당시 혁명적 민주주의를 주창하던 사회비평가인 도브롤류보프(N. A. Dobroljubov, 1836~61)가 1859년『동시대인Sovremennik』5월호에 발표한「오블로모프시치나란 무엇인가?」라는 그의 논문[2]에서 이 소설의 주인공인 게으른 귀족 오블로모프를 하나의 사회적 전형으로 파악하여 러시아 후진성의 상징으로 제시하였는데 이것이 세계적으로 알려져 러시아나 러시아인을 논할 때 자주 인용되어 왔기 때문이다.

도브롤류보프는 소위 '실제적 비평real'naja kritika'을 주창하였던 바 예술 작품을 사회적 현실과 연결시켜 혁명적·민주적 견지에서 그 의미를 규명하고자 하였다. 그는 문학 작품을 해석하는 데 있어서 항상 현실을 출발점으로 했고 문학 작품의 가치를 현실에 대한 적합성, 즉 혁명적 민주주의 운동에 유효한 정도에 두었다. 그에게는 작품 자체보다는 작품이 독자들에게 어떻게 수용되어야 하는가 하는 문제가 더 신경이 쓰였기 때문에—당시 러시아에서는 문학비평이 사회비평을 할 수 있는 가장 중요한 방법이었기 때문이기도 하지만—작품 자체가 지니는 특성이나 작가의 의도에 대해서는 소홀한 면이 많았다. 그럼에도 불구하고「오블로모프시치나란 무엇인가?」라는 논문이 도브롤류보프가 소설의 기법에 대해서도 세련된 안목을 갖고 있었다는 것을 말해준다는 데에는 이론의 여지가 없다. 이는 도

---

2 N. A. Dobroljubov, "Čto takoe oblomovščina?," 논문집『러시아비평 속의 곤차로프I. A. Gončarov v russkoj kritike』(모스크바, 1958년), 53~95면.

브롤류보프가 이 소설의 구조적 특성인 제1부와 나머지 제2, 3, 4부 사이의 단절—그는 이것을 질의 차이로 간단히 언급하고 있으나—을 간과하지 않은 데서도 엿볼 수 있다. 그러나 주인공 오블로모프를 오블로모프시치나와 동일시하여 부정적으로만 파악하는 것은 양면적인 성격을 보여주는 주인공을 통하여 인간본질에 대한 깊은 이해를 주고 있는 이 소설의 내용을 천박하게 만드는 것이 아닐까?

어쨌든 도브롤류보프의 실제적 비평은 벨린스키에서 시작하여 체르니셰프스키를 거쳐 오늘날까지 이어져 오고 있는 러시아 및 소련 문학비평의 주 전통이기 때문에 이 소설은 거의 항상 도브롤류보프의 평론의 영향 하에서 수용되어 왔다. 예술이 객관적 현실을 재생산하는 동시에 현실에 대해 입장을 취한다는 혁명적 민주주의 미학의 고전적 원칙은 그러나 공리주의적 평론가들의 평론문 자체의 유일한 내용이고 이런 글에서는 예술과 현실이 서로 다른 형식을 취한다는 사실조차 망각되어 있는 경우가 많다. 예술이 현실 속에서 의미를 가지며 예술적 가치가 곧 사회적·역사적 가치라는 기본 원칙은 아직도 문학에 대해 낭만주의적 태도를 쉽게 버리지 못하는 많은 사람들에게, 아니 누구에게나 영원한 진리로서 항상 새로이 인식되어야 할 과제이다. 그러나 평론의 임무는 이를 계속 되풀이하여 주장하고 이러한 주장이 타당하다는 것을 작품을 보기로 들어가면서 설명하고 자기만족을 얻는 데 있는 것이 아니라, 작품이 어떻게, 어떠한 구조로써 객관적 현실을 표현하고 있는가를 밝혀내는 일이다. 이러한 의미에서도 소설 『오블로모프』는 '오블로모프시치나'라는 추상적 개념을 추출해내는 자료로서의 구실에서 한 걸음 더 나아가 좀 더 다양하게 해석될 것을 당연히 요구할 만하다.

2

그러면 필자가 소설 분석에 사용한 러시아 사실주의라는 개념 체계에 대하여 간단히 밝혀두기로 한다.

사실주의라는 개념은, 실상 문학 과학의 모든 개념들이 어느 정도는 그러하다고 볼 수 있지만 특히 매우 애매모호한 개념으로 많은 논란의 대상이 되어 왔다. 많은 문학 비평가들이 이 개념을 쓰는 것을 포기할 수밖에 없다고 계속 주장하여 오고 있어도 가장 많이 입에 올리게 되는 개념이 또한 사실주의이다. 보리스 에이헨바움(Boris Ėjchenbaum)[3], 로만 야콥슨(Roman Jakobson)[4]등이 이미 지적한 바와 같이 새로운 문학 그룹들이 생길 때마다 각기 이들은 기존 문단의 문학적 체계를 공격하면서 그들의 창작방법이 낡아서 너무 타성적이 되어버렸다며 자기들의 문학만이 사실주의라고 내세운다. 또한 독자들 측에서도, 어떤 작품이 잘되었다는 것을 '사실주의적이다'라고 표현하는 경우가 많이 있다. 사실주의에 대한 문헌들을 살펴보면 사실주의를 시·공을 초월하는 절대적 개념으로서 사회주의 문학의 목표 및 실제라고 주장하는 소련 측의 것이 아니라고 하더라도 아우어바하의 『미메시스』[5]에 나타나는 것처럼 사실주의를 하나의 시대적인 개념으로 보지 않고 현실성을 나타내는 문학 전반에 적용시키려는 시도들이 많이 있다.

야콥슨은 이러한 혼돈에서 나름대로 헤어나고자 논문 「예술에 있어서의 사실주의」에서 사실주의의 개념을 몇 가지로 분류하고 있다. 그는 작가

---

3 B. Ėjchenbaum, 『젊은 톨스토이Molodoj Tolstoj』(페테르부르그−베를린, 1922년), 99면.

4 Roman Jakobson, 「예술적 사실주의에 관하여O chudožestvennom realizme」 J. Striedter 편 『러시아 형식주의Russischer Formalismus』(뮌헨, 1969년), 374면 이하. 또는 츠베탕 토도로프 편, 金治洙 역, 『러시아 형식주의』(이대출판부, 1981년), 106면.

5 E. Auerbach, Mimesis(베른, 1946년), 또는 아우어바하 『미메시스』, 金禹昌·柳宗鎬 역(민음사, 1976년).

가 자신의 작품을 사실주의적이라고 생각하는 경우와 독자가 작품을 사실주의적이라고 생각하는 경우를 분류하여 고전주의 시대부터 모더니즘에 이르기까지 어떠한 작가라도 자신의 작품이 사실주의적이기를 원하여 왔으나 그것이 독자에게 어떻게 수용되는가는 또 다른 문제라고 전제한 다음, 다른 시대와 마찬가지로 19세기에도 사실주의가 예술에 있어서 근본적인 출발점으로 주창되었는데 현재 문학사를 쓰고 있는 사람들이 이 시대의 후예들이므로 이 시대의 예술적 표징들의 총합을 사실주의라고 부르며 이 시대의 문학을 19세기 이전이나 19세기 이후의 문학과 비교하여 논함으로써 굳어진 개념이라고 밝히고, 문학사가나 평론가들도 사실주의라는 개념을 이와 같이 구별하여 사용해야 한다고 권고하였다.[6]

야콥손의 이러한 주장이 아니라 하더라도 누군가가 사실주의에 대해 논하려고 할 때는 그가 작가의 태도에 대해서 얘기하는 것인지, 작품의 성격에 대해서 얘기하는 것인지, 독자 수용의 측면에서 얘기하는 것인지 명확히 알아야 할 것이다. 현재까지도 많은 평론가들이 이를 혼동하고 있거나 마구 섞어서 쓰고 있는 것을 볼 수 있다. 예를 들어 "아무개의 소설이 사실주의적이다"라는 말은 의미가 전혀 분화되어 있지 않은 상태인 것이다.

그러나 아우어바하의 『미메시스』는 구약성경까지 거슬러 올라가서 우리에게 그 당시에 대한 놀랄 만한 현실감을 전해주는 문학 작품의 대목들을 소개하고 있는데 이는 아우어바하 자신, 즉 20세기의 한 독자가 수용할 때에 이러한 현실감을 느낀다는 점에서 독자·작품의 관계를 살피는 일관성 있는 것으로 볼 수 있다. 그런데 독자·작품의 관계를 추적하거나 작가의 의도를 진단하는 것은 작품 자체의 특징을 따지는 것보다 훨씬 주관적일 수밖에 없다. 1963년 르네 웰렉은 자신의 저서 『비평의 개념들Concepts of citicism』 속의 한 장을 「문학비평에서의 사실주의Realism in Literary

---

6 야콥손, 위의 논문 참조.

Criticism」[7]에 할애하여 사실주의라는 용어를 포기하려는 경향에 대해서 반박하며 이 개념을 비평 용어로 사용할 수 있다는 것을 설득하였다. 웰렉은 '유럽문학에 대략 1830년부터 19세기말까지 뚜렷한 문예사조가 나타나는데 이를 한 특정한 시대의 지배적 문학 규범 체계로서 파악할 수 있으며 이를 이 시대 이전의 문학적 규범 체계와 이 시대 이후의 문학적 규범 체계로 구별하여 사실주의라고 부른다'고 주장한다. 웰렉은 사실주의를 "당시의 사회적 현실을 객관적으로 표현하는 것"으로 보았으며 낭만주의에 도전한 시대 개념으로 파악하였다. 사실주의 시대에는 낭만주의의 환상성, 동화와 같은 가공의 세계, 알레고리, 상징, 우아한 문체, 순전히 추상적인 태도, 장식적인 것 등이 현실에 대립되는 것으로서 배격되었다. 즉 사람들은 신화·동화·꿈의 세계를 더 이상 원하지 않게 되었으며, 증명할 수 없는 것, 우연한 것, 일상적이 아닌 것을 배격하였는데 이는 19세기의 자연과학적인 태도, 즉 어떠한 사물에도 원인과 결과가 있으며 현실에서는 아무런 초자연적이고 기적적인 일도 일어나지 않는다는 신조에서 유래한 것이라고 웰렉은 분석하고 있다.[8] 또한 사실주의 시대의 문학작품에서는 낭만주의 시대의 작품에서 현실로 받아들여지지 않았던 인간 생활의 추한 면, 구역질 나는 면, 천한 면이 적나라하게 드러나게 되었고 이 시대까지 문학에서 금지된 것으로 여겨져 왔던 섹스나 죽어 가는 모습 등도 다루어지게 된 것에 유의하며 웰렉은 사실주의 시대의 문학에서 강조되었던 전형의 문제와 관련하여 문학의 교훈적인 요소도 함께 논하고 있는데, 그는 문학 작품이 전형을 통하여 교훈적이고 모범적인 것을 제시할 수 있을 뿐만 아니라 사회발전을 객관적으로 관찰할 수 있게 한다고 지적한다. 객관적이고자 하는 것도 역시 낭만주의의 주관주의에 대립하는 태도로서 파악할

---

7   René Wellek, "The Concept of Realism in Literary Scholarship", *Concepts of Criticism*(Yale University Press, 1976년), 222~55면.

8   같은 글, 241면.

수 있다. 웰렉은 객관성의 문제와 연관하여, 소설의 화자가 작품에서 완전히 사라져야 객관적인가 하는 문제와 소설의 소재가 역사적이어야 하는가의 문제에 대해서는 결정적으로 단언하기 어렵다고 본다. 예를 들어 화자가 작품 속에서 사라지는 것을 사실주의 문학의 규범적 요소로 보면 색커리나 톨스토이는 예외로 될 수밖에 없고 역사성에 대한 요구를 규범적 요소로 볼 때 나폴레옹 전쟁에 대해 전혀 모르고 있던 제인 오스틴이나 반역사적 인간관을 갖고 있었던 톨스토이를 예외로 할 수밖에 없다고 밝히고 있다.[9]

전체적으로 볼 때 웰렉이 서술한 사실주의 문학의 규범적 요소들은 그러나 19세기 문학에만 나타나는 것은 아니다. 거의 모든 시대의 문학에서 위에 서술된 사실주의의 규범 체계에 속하는 요소들을 발견할 수 있다. 이는 대부분의 소련 평론가들이 벨린스키의 전통을 따라 개념 '사실주의'와 '낭만주의'를 몰시대적이고 유형적인 개념들로 이원론적으로 대치시키는 여지를 주는 원인이기도 하다. 이들은 12세기의 영웅 서사시 『이골 원정기』를 사실주의 문학이라고 입을 모으는 데 서슴지 않는다. 1957년 비노그라도프Vinogradov는 사실주의를 유형적인 개념으로 파악하고 있는 많은 소련 평론가들을 비판적으로 소개하고, 이 중에서도 특히 사실주의를 민속적 요소와 일상회화체의 등장과 동일시하는 경향을 비판하면서 1830~40년대 이전의 작품에는 사실주의라는 용어보다는 사실주의적 경향, 또는 사실주의적 요소라는 말을 쓰는 것이 합당하리라고 주장하였다. 사실주의를 시대적이고 문체적인 개념으로 파악한 비노그라도프는, 러시아문학의 사실주의가 러시아 국민어가 산문문학에 쓰이기 시작한 1830~1840년에 시작된 것으로 보고 있다.[10]

---

9 같은 글, 252면. 그러나 톨스토이가 어째서 '반역사적인 인간관'을 가졌는지에 대해서 웰렉은 자세히 설명하고 있지 않기 때문에 이를 간단히 수긍하기는 어렵다.

10 V. Vinogradov, 「사실주의와 러시아 문어의 발전Realizm i razvitie russkogo literaturnogo jazyka」

필자는 사실주의라는 개념을 하나의 시대적 개념(1830~90년)으로 파악하는 웰렉 및 비노그라도프의 견해에 따른다. 그런데 사실주의가 미학적으로 볼 때, 또는 윤리적으로 볼 때 가치가 있느냐 없느냐, 가치가 있으면 얼마만큼 있느냐는 문제는 건드리지 않기로 하겠다.

그러면 사실주의 시대의 문학 작품 자체에 나타나는 특징적 요소들은 무엇일까? 여기에 대해서는 러시아문학 연구의 대가로 꼽히는 독일 하이델베르그 대학의 교수 치제프스키(D. Čiževskij)[11]와 메르제로(John Mersereau)[12]가 각별한 관심을 보였다. 이들은 사실주의를 '철학적 원칙'이나 일종의 '이데올로기'로 보려는 경향에 반대하고 이를 문체적 특성으로 파악하고자 한다. 다음에 열거하는 사실주의적 요소들은 두 사람의 논문들을 참고로 한 것이다.

치제프스키는 사실주의 시대의 문학작품이 길을 따라 걸어가는 거울과 같다고 여기는, 널리 퍼져 있는 견해를 비판하면서 어떠한 작가도 현실을 반사할 수는 없다, 즉 무엇인가를 그대로 모사할 수는 없고 대상이나 사건을 표현할 수는 있다고 지적한다. 이러한 표현 방법에는 크게 보면 두 가지가 있는데 하나는 메타포(隱喩)이고 다른 하나는 메토니미(換喩)이다. 메타포는 하나의 사물을 다른 사물, 흔히는 다른 차원에 속하는 사물과 비교하여 표현하는 것이고 메토니미는 인접성의 원칙에 따라 즉 대상을 이루고 있는 일부를 지적하거나 대상의 주위 환경·과거·미래를 통하여 대상을 표현하는 방법이다.

치제프스키는 사실주의의 특성이 메타포를 배제하고 ① 메토니미를 각별히 즐겨 사용하는 데 있다고 본다. 메타포가 우주는 위계적으로 구성되

『문학의 제문제Voprosy literatury』 1957년 9월호, 16~63면.

11 D. Čiževskij, 「사실주의란 무엇인가?Čto takoe realizm?」 『새잡지Novyj žurnal』 23, 1964, 131~47면.

12 John Mersereau, 「러시아 사실주의의 규범적 정의를 향하여Toward a Normative Definitin of Russian Realism」 California Slavic Studies 6(1971년), 131~44면.

어 있다는 점을 인정하는 데 반해(한 차원의 사물을 다른 차원의 사물과 비교함으로써) 메토니미는 인간이 경험적으로 규명할 수 없는 세계를 인정하지 않는다.

메토니미가 표현의 기본을 이루고 있는 사실주의 시대의 문학에서는 특히 환경(sreda, milieu)에 대한 관심이 두드러지는데, 넓은 의미의 환경에는 인물의 가계·교육·가정교육·친구·친척·동료·상사·하인들까지도 속한다고 볼 수 있다.

이러한 인접성의 원칙에 연관된 문체상의 특질로서 ② 디테일의 사용을 들 수 있다. 디테일은 주로 인물의 성격이나 심리를 표현하는 수단으로 사용된다. 책, 양탄자, 그림, 가구, 주인공의 의복, 옷 입는 방법, 식사 습관, 좋아하는 음식 등을 세부적으로 묘사함으로써 주인공의 지적 관심, 미적 감각, 성격, 심리 등을 표현할 수 있는 것이다.

③ 객관성에 관한 문제는 예술에 있어서의 사실주의와 연관하여 소련에서나 서방 측에서 다양하게 토론되어 왔는데 위에서 서술한 바와 같이 웰렉은 객관성을 낭만주의에 대립되는 개념으로, 주관성이나 자아의 낭만적 과장, 서정적인 것, 개인의 기분 같은 것에 대한 배격으로 파악하였다. 그러나 이는 작가의 의도에 관계되는 이야기이지 작품의 구조에 대한 이야기는 아니다. 그러면 이러한 작가의 의도는 작품에 어떻게 나타나는가? 메르제로는 소설의 화자가 작가를 대신하여 등장하지 않는 것으로 나타난다고 말한다.[13] 사실상 러시아 사실주의 시대의 문학에서는 낭만주의 시대의 문학에서와 같이 소설의 화자가 직접 독자에게 사건이나 인물에 대해 평가적으로 이야기한다든지 독자의 주의를 환기시키는 언급을 하는 것을 별로 볼 수 없다. 보리스 토마셰프스키는 자신의 주제론에서 19세기 작가들은 소설의 화자뿐만 아니라 소설에 사용된 여러 가지 기법들을 눈에 띄지 않게 하려고 노력하며 독자로 하여금 작가가 문학적 자료를 전개시키

---

13 메르제로, 같은 논문, 139면.

는 것을 모르도록 한다고 하였다.[14] 소설의 화자가 직접 독자에게 말을 건
네는 일이 없이 소설의 사건 뒤로 물러서는 것도 소설 속의 사건이 객관적
현실인 것 같은 착각을 일으키게 하는 역할을 한다고 볼 수 있다. 사실주의
시대의 문학에는 낭만주의적 화자 대신 객관적 자료, 예를 들어 편지·일
기·신문기사 등이 소설 구성의 주요한 요소들로 등장하여 소설이 작가로
부터 독립적인 것 같은 착각을 일으키도록 한다. 소설의 화자가 나타나는
경우에 있어서도 그 어투는 중립적이고 정보 전달만 하는 것처럼 보인다.
정보 전달에 방해가 되거나 의미를 애매하게 만들지도 모르는 수사·과정·
신조어 등은 사용되지 않는다. 소설의 화자가 일인칭으로 등장하는 경우
이 화자는 완전히 하나의 인격체로서 작가에 의해 성격화되어 있다. 두 가
지 경우 다, 어투가 소설 전체를 통하여 동일성을 유지하는 것이 특징이다.
또한 소설에 등장하는 인물들도 각기 자기의 출신·교육·사회계층과 연관
되어 고유한 언어를 사용함으로써 작가로부터 독립된 인상을 준다. 소련
의 평론가들이 대화체를 사실주의 문학과 동일시하는 것도 이와 연관하여
이해할 수 있다.

④ 마지막으로 소설의 사건이 현실 속에서 일어난다고 착각하도록 하
는 방법으로 경험세계를 지배하는 원인과 결과의 원칙을 소설에 적용시키
는 것이 있다. 이는 텍스트에는 동기부여로서 나타난다. 결투, 여행, 애정
관계뿐만 아니라 인물의 출신과 계층을 나타내는 호칭까지도 여기에 속
한다고 할 수 있다. 이러한 동기부여는 행위와 환경 사이에 인과관계를 설
정하도록 하기 때문에 인물들의 행위가 논리적으로 타당할 것이 요구되지
않는 낭만주의의 그것보다 부자유스럽다고 볼 수 있다. 웰렉은 위에서 소
개한 그의 논문에서 모든 예술은 창작이고 가상과 상징적 형식의 고유한
세계를 만드는 것이기 때문에 사실주의 미학은 창작의 자유를 제한하는
질이 낮은 미학이라는 결론을 내리고 있다. 이 글에서는 앞에서도 말한 바

---

14 토마셰프스키, 「테마론」, 츠베탕 토도로프 편, 김치수 역, 『러시아 형식주의』, 245면.

와 같이 사실주의의 예술적 가치에 대한 판단은 보류하기로 한다.

3

그러면 위에서 열거한 사실주의의 규범적 요소들이 소설 『오블로모프』에 어떻게 나타나고 있는가 하는 문제를 논하기에 앞서 작품을 읽지 못한 대부분의 우리나라 독자들을 위하여 이 소설을 비교적 자세히 소개하고자 한다. 소설 『오블로모프』는 우리말로 번역하면 발자크의 『사라진 환상』이나 색커리의 『허영의 시장』보다 조금 적은 양이 될 것이고 『안나 카레니나』의 절반 정도 되는 양이다. 소설 전체는 4부로 나뉘어져 있는데 전체가 478면으로 출판된 책에서 제1부는 141면, 제2부는 123면, 제3부는 75면, 제4부는 114면을 차지하고 있다. 각 부는 11장이나 12장(제2부)으로 구성되었고 각 장의 양은 다소의 차이가 있지만 대개 비슷하며 다만 제1부의 제9장만은 예외적으로 길어서 37면을 차지하고 있는데 이 부분은 곤차로프가 이 소설을 출판하기 전에 '오블로모프의 꿈'이라는 제목을 붙여 따로 발표했던 것이다.

이 글은 이 작품의 서술 구조의 특이성에 특히 초점을 맞추려고 하기 때문에 소설을 각 장별로 요약해 본다.

제1부: 제1장 서두에는 서른두 살 가량 되어 보이는, 중키에 호감이 가는 외모를 가진 오블로모프가 다른 모든 사람들이 활동하느라고 바쁜 페테르부르그의 화창한 5월 초하루의 아침 시간에 도시의 한 거리에 있는 자기 방 침대에서, 움직이는 데 무척이나 편하게 되어 있는 동방식 할라트(실내복)를 입고 누워 있다. 그는 자신의 영지로부터 부쳐 온 골치 아픈 문제들에 관한 편지와 이사를 나가야 하는 일 때문에 그의 평소의 고요함이 방해

받는 것에 대해 짜증을 내면서 해결할 방도를 찾지 못한 채 하인 자하르에게 신경질을 부리는 중이다. 그의 방은 어디를 보나 청소가 전혀 되어 있지 않고 가구도 무관심하게 내깔려 있다. 책은 펼쳐진 채 먼지가 뽀얗게 덮였으며 어제 먹다 남은 음식 접시가 그대로 놓여 있다. 자하르는 주인이 부를 때마다 움직이는 것이 싫어서 투덜거리며 자기 방으로 돌아가면 드러눕기 바쁘다.

제2장. 오블로모프가 막상 처리해야 할 일을 앞에 놓고 이와는 관계없는 다른 자질구레한 일들에 신경을 쓰며 하인과 말다툼을 벌이며 침대에서 일어나는 일을 될 수 있는 대로 지연시키고 있던 차에 여러 명의 방문객이 차례로 오블로모프의 집을 방문한다. 옷을 쪽 빼입고 무도회나 극장을 쫓아다니는 사교계의 건달 볼코프에 뒤이어 관료주의가 골수에 밴 수드빈스키, 원칙 없이 닥치는 대로 써대는 저널리스트의 표본인 펜킨, 자신의 의견이나 의지가 없이 누구에게나 동조하고 아첨하는 알렉세예프가 차례로 나타나 오블로모프를 침대에서 일어나게 하려고 하나 실패한다. 오블로모프는 이들의 텅 빈 내면세계를 꿰뚫어보면서 그의 친구 슈톨츠(Stolz)만이 자신을 구해 줄 수 있으리라는 희망을 품는다.

제3장. 오블로모프의 동향인인 타란티에프라는 파렴치한 인물이 오블로모프의 방문객으로서 독자에게 소개된다. 오블로모프는 그의 파렴치하고 교활한 성격을 잘 알고 있으면서도 자신의 일(이사하는 일과 시골 영지에서 온 편지에 관한 문제)을 처리하는 데 있어서 그에게 의존하려 한다.

제4장. 오블로모프와 타란티에프, 알렉세예프의 대화. 타란티에프는 오블로모프의 게으름을 비난하며 치사스러운 속셈으로 자신의 대모의 집으로 이사하라고 권한다. 오블로모프는 결정을 내리지 못한다.

제5장. 순수한 오블로모프가 냉혹한 관료사회에서 실망하고 게으름과 무력함 때문에 일을 제대로 해내지 못하고 사표를 낸 후 점점 움직임과 삶에서 멀어지고 사람들 속에서 갑갑함을 느끼게 되어 방에 틀어박히게 된

내력이 적혀 있다.

　제6장. 그의 교육과정에 대한 이야기. 무슨 일도 정열을 갖고 지속적으로 계속하지 못하는 오블로모프의 무감각하고 소극적인 정신적 자세는 그의 학교 생활에서도 그대로 나타났다는 것을 알려 준다. 그는 대학에서 마지못해 강의를 들었으나 그 강의는 죽은 지식에 불과했으며 실제적인 면에 아무런 도움이 되지 못했다. 그가 관심을 가진 것은 문학뿐이었으며 문학은 그에게 생에 대한 욕구를 일깨웠고 감정 생활의 섬세함과 윤리적 순결을 가르쳤다. 소설의 화자는 오블로모프가 사회 생활을 포기하고 공상 속에서 나날을 보내지만 그가 재능이 있으며 인간적인 심장을 가지고 있다는 것을 아는 사람은 드물 것이라고 말하면서 이 장을 끝낸다.

　제7장. 하인 자하르의 성격에 대한 묘사. 자하르 역시 아무 일도 하기를 원하지 않는 게으른 성격을 가졌지만 오블로모프는 일상생활을 하는 데 있어서 완전히 그에게 의존하고 있다. 자하르는 투덜거리면서도 주인에게 애정과 충성을 바치고 있다.

　제8장. 서술의 공간은 다시 제4장에 연결되어 오블로모프의 방이다. 방문객들은 이미 가버렸고 오블로모프는 여전히 자신의 침대에 누워서 미래의 아내와 자식들을 데리고 시골에서 목가적인 생활을 할 것에 대해 공상하며 시골 영지로 써야 할 편지를 다시금 미루어 놓는다. 여행과 운동을 권하는 의사와, 이사를 해야 한다는 사실을 상기시키는 자하르에게 오블로모프는 모든 일에 대한 소극적인 태도와 변화에 대한 두려움을 뚜렷이 나타낸다. 이 장은 오블로모프가 다시 잠들어 버리는 것으로 끝난다.

　제9장. 이 장은 앞에서도 말한 바와 같이 다른 장들보다 훨씬 길다. 꿈을 묘사하는 방법으로 오블로모프의 어린 시절에 관한 이야기가 씌어져 있다. 오블로모프 영지는 평화와 안정이 지배하는 '영원한 휴일' 같은 곳으로 다른 세상과 고립되어 있어 아무런 변화를 모른다. 외부사람이라도 나타난다면 그것이 하나의 커다란 사건이 될 정도로 이곳 사람들은 폐쇄적이며 소

극적이다. 자연조차도 안락과 타성을 나타내는 이곳의 일상은 단지 먹고 자는 일이 전부다. 이러한 자극 없는 환경 속에서 어머니는 아이의 의지와 상관없이 모든 것을 결정해 주었고 그가 무엇인가를 원하기만 하면 모든 사람들이 미리 다 보살펴주는 바람에 오블로모프가 자립심이 없고 게으르게 되었다는 사실이 독자들 앞에 풍부한 세부묘사로서 제시되고 있다.

제10장. 서술의 공간은 다시 오블로모프의 집. 오블로모프가 긴 꿈을 꾸는 동안 자하르는 다른 하인들과 어울려서 각기 주인에 대해 이러쿵저러쿵 흉을 보며 이야기를 늘어놓는다.

제11장. 다시 오블로모프의 방. 자하르가, 깨어난 주인에게 겨우 침대에서 일어날 것을 설득하자 오블로모프의 친구인 슈톨츠가 나타남으로써 제1부가 끝난다.

제2부: 제1장. 러시아로 이주해 온 독일인의 아들로서 오블로모프와는 반대로 항상 자립심을 갖도록 교육을 받았으며 일찍부터 일을 하여 돈을 버는 데 익숙해 있는 슈톨츠의 과거에 대해 씌어 있다.

제2장. 슈톨츠가 하는 활동, 사업에 관한 이야기. 슈톨츠는 감정을 조절할 수 있는 실제적인 사람으로서 오블로모프와 대립되는 인간형으로 그려져 있다. 여기서 화자는 왜 러시아에는 슈톨츠처럼 목표를 향해 노력하는 적극적인 인물이 없는가를 통탄하면서 독자에게 정신 차릴 것을 경고한다.

제3장. 다시 오블로모프의 방. 오랜만에 만난 두 친구 오블로모프와 슈톨츠의 대화가 진행된다. 오블로모프가 자기의 영지 문제에 대해 슈톨츠와 의논하는 대화 속에서 슈톨츠는 농촌문제에 진보적인 견해를 가진 사람으로 나타나고 오블로모프는 보수적인 태도로 과거의 농촌체제를 고수하려는 사람으로 나타난다. 슈톨츠는 오블로모프에게 행동하고 여행하기를 충고하고 오블로모프가 사는 데 너무 게으르다고 비난하며 타란티에프와 같은 파렴치한과 상종하는 것을 못마땅하게 여긴다. 슈톨츠의 재촉으

로 오블로모프는 마침내 침대에서 일어나 옷을 갈아입는다.

제4장. 며칠 동안 슈톨츠를 따라다니며 다른 사람들과 섞였던 오블로모프는 슈톨츠에게 사회 속에서 삶의 의미를 발견하는 것은 불가능하며 사회 속에 사는 모든 사람들이 거짓되다고 말한다. 그는 이러한 번잡한 사회를 떠나 성실한 그러나 정열적이 아닌 부인과 아이들과 함께 음악을 들으며 고요하고 안락하게 살고 싶다고 말한다. 슈톨츠는 그것이 오블로모프시치나라고 말하며 오블로모프가 그와 함께 여행할 것을 제안하면서 지금이 아니면 영원히 구제되지 못할 것이라고 경고한다.

제5장. 다음날 아침 눈을 뜬 오블로모프는 슈톨츠의 경고를 생각하고 자신의 생활 태도를 바꾸기 위해 영지에 내려가 문제를 해결하고 외국으로 여행을 하는 등의 여러 가지 계획을 세운다. 슈톨츠는 두 주일 후 영국으로 떠난다. 오블로모프도 여권을 만들고 여행 준비를 완전히 마쳤다. 그러나 떠나기 전날 입술이 부르튼 것을 핑계로 출발을 연기한다.

슈톨츠가 오블로모프에게 여러 차례 분노에 찬 편지를 쓰지만 답장을 받지 못한다. 오블로모프가 답장을 보내지 못하는 이유를 밝히는 대목에서 오블로모프의 일상에 대한 상세한 서술이 시작된다. 그런데 여기에 표현되어 있는 오블로모프는 이제 과거의 오블로모프가 아니다. 그는 생활과 일에 대한 정열로 가득 차 있고 창작열에 불타며 시를 읽고 눈물을 흘리는 사람으로서 새로운 모습을 보여준다. 삶에 대한 권태의 표정이 말끔히 씻긴 그의 얼굴은 혈기에 가득 차 있다. 작가는 여기서 화자가 독자와 함께 주인공의 이러한 변화에 놀라면서 그 이유를 나중에 서술하게 하는 세련된 구성을 보여준다. 그것은 오블로모프가 슈톨츠의 소개로 올가라는, 자존심이 강하고 이지적인 여인을 알게 되어 그녀의 노래를 듣고 그녀를 사랑하게 되었기 때문이다. 오블로모프의 사랑 고백이 이 장의 절정을 이루고 있다면 오블로모프가 올가의 근처로 이사를 하게 되는 것 또한 중요한 사건으로 들 수 있다.

제6장. 오블로모프는 자신의 감정을 알아차리고 자신의 정열을 두려워하며 올가를 피하려고 한다. 서로의 사랑에 대한 오블로모프의 내적 독백과 올가의 내적 독백이 씌어 있다. 둘은 공원에서 우연히 만나고 오블로모프는 사랑의 고백을 되풀이한다.

제7장. 오블로모프가 올가에 대한 사랑으로 인하여 변하게 된 반면 하녀 아넨시야와 결혼한 자하르는 더욱 더 게을러지게 된 사실이 대조적으로 표현되어 있다.

제8장. 올가의 아주머니 등 올가를 둘러싼 사람들의 올가에 대한 영향력이 올가의 태도를 냉정하게 만드는 듯 보이는 것에 절망한 오블로모프는 그녀에 대한 희망으로 포기하려 하다가 다시 그녀를 만나 밝은 미래를 약속받는다.

제9장. 사랑하는 연인들의 심리가 그려져 있다. 올가는 오블로모프를 통하여 새로 태어난 듯 모든 것을 새롭게 받아들인다. 오블로모프 역시 올가를 통하여 새로운 힘이 생긴 것을 의식한다. 사랑의 여러 날들, 사랑의 대화, 사랑의 고백…….

제10장. 사랑에 빠진 오블로모프. 자신의 행복을 믿을 수 없어 하며 자신이 올가를 사랑할 자격이 없는 사람이라고 생각하여 그녀에게 작별의 편지를 쓴다. 편지를 받고 절망 속에 우는 올가를 만나서 서로는 다시 한번 사랑을 다짐한다.

제11장. 좀 더 가까워지려고 하는 연인들의 갈등. 올가는 좀 더 가까워지기를 본능적으로 원하고 있지만 윤리적 순수성을 지키는 오블로모프는 사랑의 의무로서 올가와 결혼할 것을 결심한다. 슈톨츠의 비난에 찬 편지가 다시 날아온다. 오블로모프는 답장할 여유가 없다.

제12장. 오블로모프가 청혼을 하려는 마음으로, 그러나 자신이 없어서 '올가에게 다른 사람이 나타나면 물러서겠다'는 등 드물게 만나자고 제안하자 올가는 그에게 정열적으로 키스하며 오블로모프의 속마음을 받아들

인다.

　제3부: 제1장. 집을 빌려 놓았다고 집세를 요구하러 온 타란티에프와의 대화에서 오블로모프의 정력적으로 변한 새로운 모습이 두드러지게 나타난다.

　제2장. 올가는 오블로모프에게 결혼하기 전에 타란티에프가 빌려 놓은 방을 내놓고, 관청의 일을 마무리하고 시골 영지로 내려가 문제를 해결해야 한다고 주장한다. 오블로모프는 관청으로 갔으나 시간만 낭비했고, 타란티에프가 알선해준 방의 주인 여자에게 방을 내놓겠다고 이야기하나 결말을 보지 못한 채 돌아온다.

　제3장. 화장한 봄·여름이 지나 장마철이 되고 오블로모프는 올가 가까이 있을 수 있었던 시골집에서 다시 페테르부르그로 돌아와 우선 옛집에서 나와 타란티에프가 빌려 놓은 방으로 이사한다. 올가는 결혼하기 위해 오블로모프가 처리해야 할 일들을 계속 상기시키지만 오블로모프는 다시 예전의 나태 속으로 점점 빠져 들어가는 듯이 보인다. 그러나 올가에 대한 그의 열정에는 변함이 없다. 새로 얻은 방의 '집주인 과부'의 동생과 타란티에프가 전세 계약을 하면서 오블로모프를 사기 치지만 오블로모프는 여기에 대처하지 못한다.

　제4장. 집주인 과부에 대한 이야기. 그녀는 요리를 잘하고 열심히 집안일을 돌보는, 남자를 편안하게 해주는 묵묵하고 성실한 여자로 표현되어 있다. 하인 자하르의 결혼에 대한 질문에 답변하는 오블로모프의 태도에서 그의 마음속에 결혼에 대한 반대 감정이 양립하고 있음을 알 수 있다.

　제5장. 올가가 오블로모프를 방문하는 용기를 보이지만 오블로모프는 그녀와 함께 있는 것을 불편하게 느낀다.

　제6장. 오블로모프는 올가를 피하고 올가를 방문하지 않기 위하여 병을 빙자하기까지 한다.

제7장. 올가는 여전히 오블로모프라는 인간을 개조시키려는 희망을 품고 있다. 오블로모프가 찾아오기를 기다리다가 지친 올가는 다시 오블로모프를 방문한다. 오블로모프는 시골 영지에 보낸 편지의 답장이 오면 올가의 아주머니에게 정식으로 청혼하겠다고 말한다. 사실상 그녀의 방문은 그에게 활력을 불어넣는다.

제8장. 오블로모프는 영지로부터 좋지 않은 소식을 받는다. 이제 그는 시골 영지로 내려가 무슨 조치라도 취해야 할 입장에 놓이게 된 것이다.

제9장. 그러나 오블로모프는 그를 사기 치는 집주인 과부의 동생과 자신의 곤란한 처지에 대해 의논한다. 집주인 과부의 동생은 자기 친구를 영지에 보내어 알아보겠다고 약속한다.

제10장. 타란티에프와 집주인 과부의 동생과의 대화. 독자는 여기서 세상 물정을 몰라서 이들의 재물이 되는 오블로모프를 측면에서 관찰하게 된다. 오블로모프와 집주인 과부를 결합시키려는 그들의 흉계가 꾸며진다.

제11장. 오블로모프는 영지의 사정에 대해 올가에게 이야기하며 혼인을 연기하려 한다. 올가는 모르는 사람을 영지로 내려보내 모든 일을 처리하게 하려는 게으르고 세상 모르는 오블로모프에게 완전히 절망하여 그의 게으름은 그녀의 사랑도 고칠 수 없을 병이라면서 그를 떠난다.

제12장. 오블로모프는 올가와 만나기 이전에 입었던 동방식 할라트(집주인 과부가 손질해서 건네주는)를 입는다. 눈이 오기 시작하고 오블로모프는 앓아 드러눕는다.

제4부: 제1장. 1년 후. 회복한 오블로모프, 사랑의 상처를 점점 잊어가고 다시 예전의 나태한 생활에 빠진다. 오블로모프의 집안 관리를 집주인 과부가 담당하게 된다. 오블로모프가 집주인 과부의 팔꿈치에서 눈을 떼지 않는 것을 통해 이 둘의 사이가 가까워지게 된다는 것이 암시되어 있다.

제2장. 오블로모프의 명명일(命名日). 차려진 갖가지 음식에 대한 자세한 묘사가 오블로모프의 무위에 대조된다. 슈톨츠가 방문하고 둘은 올가에 대한 이야기를 나눈다. 슈톨츠는 오블로모프의 무능을 질책하며 같이 영지로 내려갈 것을 권유하나 오블로모프의 마음은 동하지 않는다. 슈톨츠가 인생의 의미는 생활과 노동이지 여자가 아니라고 말하는 이 장의 마지막 부분에서 그와 오블로모프의 사랑에 대한 대조적인 태도가 나타난다.

제3장. 다시 타란티에프와 집주인 과부의 동생과의 대화. 오블로모프를 등쳐 먹은 두 사람은 거드럭거리며 다시 오블로모프를 사기 칠 궁리를 한다.

제4장. 파리에서 올가를 우연히 만난 슈톨츠가 그동안 오블로모프와의 사랑의 체험으로 성숙해진 올가에게 사랑을 느끼게 된 일이 지나간 이야기로서 독자에게 소개된다.

제5장. 제2장의 오블로모프의 명명일로부터 1년 반이 지났다. 타란티에프와 집주인 과부의 동생에게 사기당한 오블로모프의 집은 음식이나 옷에서 매우 초라해진 분위기가 감돈다. 다시 슈톨츠의 방문이 예고된다.

제6장·제7장. 슈톨츠의 방문. 슈톨츠는 오블로모프에게 자신이 올가와 결혼했다는 것을 알린다. 슈톨츠는 오블로모프에게서 사기한들을 쫓아 준다.

제8장. 슈톨츠와 올가의 생활에 대한 상세한 묘사. 슈톨츠도 인간적인 온화함과 예민한 감정을 지녔다는 것이 나타나나 올가는 슈톨츠의 삶의 목적이 어딘지 모르게 제한되어 있다는 것을 깨닫는다.

제9장. 다시 오블로모프의 집. 슈톨츠가 사기한을 쫓아준 덕분에 다시 풍요와 고요가 지배한다. 제8장에서 묘사된 슈톨츠와 올가의 끊임없이 움직이는 생활에 비해서 오블로모프의 정체적인 생활이 두드러진다. 오블로모프는 슈톨츠에게 집주인 여자와 결혼하여 아이를 낳았다는 것을 알리고 슈톨츠와의 왕래를 끊는다.

제10장. 5년 뒤. 그간 오블로모프는 죽고 슈톨츠는 오블로모프의 아들을 맡아 기른다. 오블로모프의 아내는 다시 동생에게 사기를 당하여 어려운

중에서도 항상 오블로모프를 추모하며 지낸다. 그녀뿐 아니라 오블로모프와 가까웠던 모든 사람들은 순수한 인간이었던 오블로모프를 그리워한다.

제11장. 슈톨츠와 그의 친구인 한 작가는 거리에서 술주정뱅이 거지가 된 자하르를 만난다. 자하르와 슈톨츠의 대화 중에 오블로모프라는 이름이 언급되자 작가는 오블로모프에 관해 묻는다. 슈톨츠는 오블로모프라는 사람은 매우 고상하고 부드러우며 순수한 사람이었는데 오블로모프시치나 때문에 파멸했다고 대답한다. 작가는 그것이 무엇이냐고 묻는다. 여기서 소설의 화자가 등장하여 '슈톨츠의 대답을 작가가 기록한 것이 이 소설이다'라고 직접 독자에게 말하면서 이 소설이 끝난다.

4

이제 이 소설에 어떠한 사실주의적 요소가 나타나고 있는가를 위에서 언급했던 것에 비추어서 검토해 보겠다.

① 인접성의 원칙은 소설 『오블로모프』에서 매우 잘 지켜지고 있다. 특히 제1부 제9장에는 오블로모프가 자라난 자연환경, 그의 동향인들의 심리 상태와 가치관, 오블로모프 부모의 경제관·교육관 등이 자세히 묘사되어 있는데 이는 주인공 오블로모프의 성격에 대한 메토니미이다. 전반적으로 오블로모프의 과거에 대한 묘사, 즉 그의 교육 과정, 어린 시절이나 대학시절의 사고방식, 일자리에서의 실패도 역시 인접성의 원칙에 입각한 성격화라고 볼 수 있다. 또한 오블로모프를 둘러싸고 있는 인물들에 대한 묘사도 크게 보면 메토니미에 속하는 것이다. 소설 첫머리에 등장하는 많은 방문객들은 오블로모프가 처한 사회를 제시하기 위해 묘사된 것으로 볼 수 있고, 자하르와 슈톨츠는 오블로모프와 공통점 및 상이점을 갖는 인물로서 오블로모프를 표현하기 위한 수단으로 쓰이고 있다.

② 이와 연관하여 디테일의 묘사는 이 소설의 주 특징이다. 특히 제1부에서 아무런 사건의 전개가 일어나지 않는 대신 오블로모프의 외형, 그의 의복, 그의 방, 그 외에 다른 인물들의 외형 등이 매우 세부적으로 묘사되어 있다. 제1부의 디테일 중에서 몇 가지는 나중의 사건 전개와 밀접한 연관을 맺고 있다. 예를 들어 오블로모프가 나태한 생활을 했을 때 즐겨 입었던 동양식 잠옷이 그가 올가를 알게 된 후에는 구역질이 나도록 싫은 것으로 팽개쳐지고, 올가와 사랑하는 동안 완전히 오블로모프의 주변에 나타나지 않다가 사랑이 끝난 후 다시 나타나는 것이나 소설 첫머리에 먼지가 뽀얗게 쌓였던 책이 올가를 사랑하는 동안 즐겨 읽혀졌다가 다시 먼지가 쌓이게 되는 것, 집주인 여자의 팔꿈치 등은 소설의 전개에 꼭 필요한 디테일이다. 그러나 대부분의 세부묘사는 사건 전개에 꼭 필요한 것이 아닌데도 그 구체적 정도와 체계성에 있어서 너무 철두철미하기 때문에 오히려 소설 속의 사건이 객관적 현실이라고 착각하는 것을 방해하게 된다. 디테일이 엄격한 체계성으로 독자에게 무엇을 가르치려는 인상을 준다면 독자는 그 교훈성에 질리게 되어 디테일의 예술적 효과는 이미 사라지게 되는 것이다. 또한 디테일은 그 구체적 정도에 있어서 인간이 현실에서 의미 있는 것으로 감지할 수 있는 한도 이상으로 자세하면 인위적인 기분을 주어 오히려 사실적이지 못하다. 소설 『안나 카레니나』의 남자 주인공 브론스키가 출전한 경마에 대한 세부묘사는 졸라의 『나나』에 나타나는 경마에 관한 전문가적인 세부묘사보다 훨씬 철저하지 못하지만 『안나 카레니나』의 세부묘사가 작중 사건의 전환에 꼭 필요한 반면 『나나』의 그것은 소설 속의 사건 전개와 긴밀한 연관이 없는 것이기 때문에 『나나』의 세부묘사가 오히려 사실주의적이지 못하다고 하는 주장은 소설 『오블로모프』에 나타나는 세부묘사를 분석해 볼 때도 깊이 수긍할 만한 것이다.[15]

---

15   R. Brinkmann 편, 『문학적 사실주의의 개념규정Begriffsbestimmung des literarischen Realismus』 (다름슈타트, 1969년), 33~85면.

③ 소설의 화자는 제1부에서 특히 빈번히 등장하여 사건의 진행에 관해 독자에게 직접 이야기할 뿐만 아니라 풍자적 어조로 주인공이나 그 외의 다른 인물들을 소개하고 있다. 제2부부터는 점차로 소설의 화자가 인물들 뒤로 사라지고 대부분 인물들의 대화나 독백으로 소설이 엮어진다. 화자가 등장하는 경우에도 그의 음성은 중립적이며 제1부의 풍자적인 어조는 흔적이 없다.

④ 사건 전개에 있어서의 동기 부여. 소설의 가장 큰 줄거리를 이루는 오블로모프와 올가의 사랑이 조심스럽게 동기화되어 있다. 자존심이 강하고 이상이 높은 올가가 게으른 오블로모프를 사랑하게 되는 것이 자연스럽게 보이도록 하기 위하여 사용된 동기 부여로는,

―오블로모프나 올가가 똑같이 사회적 전통에 비판적인 태도를 취하고 있기 때문에 올가가 오블로모프를 다른 사람보다 높이 평가하는 것,

―오블로모프를 유용한 인간으로 교육하려 하며 약한 오블로모프에 대해 지배적인 역할을 하는 것을 좋아하는 올가의 자기애,

―슈톨츠가 여행을 떠남으로 해서 올가와 오블로모프가 가까워지는 계기가 주어지는 것,

―오블로모프가 이사하라는 경고를 받고 올가 근처로 이사하게 되는 것,

―감수성이 예민한 오블로모프가 음악에 의해 영혼이 일깨워지게 되는 것 등을 지적할 수 있겠다. 그런데 이러한 동기 부여의 과정에서 우연한 성격을 가지는 디테일이 사용되어 있는 것이 눈에 띈다. 오블로모프가 올가를 처음 만나는 자리에서 과자를 잔뜩 입 안에 넣고 어쩔 줄 몰라 한다든지 올가가 오블로모프를 기다리면서 라일락 가지를 꺾어서 오블로모프에게 건넨다든지, 오블로모프가 올가의 이해하지 못할 행동에 멍해져 있을 때 새가 한 마리 머리 위로 날아간다든지 하는 디테일들은 제1부의 인간과 사회 환경 간의 유기적인 관계를 도식적으로 제시하려는, 철두철미하고 체계적으로 사용된 세부묘사보다 훨씬 더 사실적인 효과를 주고 있다.

이러한 우연적인 세부묘사가 주인공들의 내면 심리를 표현하는 데 중요한 역할을 하고 있는 것 또한 지적해 둘 필요가 있을 것이다.

5

위에서 살펴보았듯이 소설 『오블로모프』는 치제프스키와 메르제로가 주장한 사실주의 문학의 규범적 요소들을 고루 갖추고 있다. 그러면서도 이미 시사된 바와 같이 이러한 규범적 요소들이 어떻게 사용되었는가에 따라 제1부와 나머지 제2, 3, 4부 사이에 어떤 불연속이 나타난다. 즉 이러한 요소들이 이루고 있는 구조는 이들의 결합 방식에 따라 달리 나타나고 있는 것이다. 여기서 우리는 소설 『오블로모프』의 '서술구조의 불연속'이라는 핵심적인 문제에 부딪치게 된다. 이러한 서술구조의 불연속은 이미 많은 비평가들에게 여러 가지 해석을 가능하게 하였다. 이는 아무것도 하지 않고 누워서 하인 자하르를 괴롭히는, 혐오감을 일으키는 오블로모프와, 올가를 사랑하고 비극적으로 파멸해 가는, 동정심을 일으키는 오블로모프라는 인물의 불연속으로 파악되기도 하였고, 제1부와 제2부의 첫머리에서 오블로모프를 구원할 것 같은 매우 긍정적인 인물로서 자세히 묘사되고 있는 슈톨츠와, 나머지 부분에서 아무런 중요한 역할을 하지 못하는 슈톨츠라는 인물의 불연속으로 파악되기도 하였다. 특히 슈톨츠는 서구화된 러시아 상인의 전형으로서 인물의 성격 자체가 불연속성을 내포하는 부정적인 인물로서 주로 이데올로기적인 측면에서 토론되어 왔다. 소련 평단의 다양한 토론에서 행해지는 바와 같이 양면적인 성격을 나타내는 인물들의 정체를 분석하는 것도 매우 흥미로운 일이지만 여기서는 이러한 문제들의 원인으로 보이는 서술구조의 불연속에 대해 이야기하고자 한다.

역사적 자료는 곤차로프가 이 소설의 제1부를 1847년 또는 1846년 말에 시작하여 1849년에 일단 끝내었으나 크게 만족하지 못한 것을 보여주고 있다. 그 뒤 곤차로프는 세계 일주 선박 여행 등으로 이 소설에서 완전히 손을 떼었다가 1857년 여름에야 비로소 이것에 전념하여 비교적 짧은 기간에 나머지 제2, 3, 4부를 집필하여 1859년에 이를 발표하였다. 1858년 그가 자신의 작품을 처음부터 다시 읽었을 때의 실망은 널리 알려져 있다. 그는 제1부에서 도대체 만족하지 못하여 이것을 고쳐 보려고 무척이나 고심하였으나 역시 실패했다고 항상 느꼈으며 톨스토이에게 제1부를 읽지 말아 달라고 청하기까지 하였다.[16] 실제로 제1부를 쓴 시기와 제2, 3, 4부를 쓴 시기가 10년 이상이나 동떨어져 있다는 사실은 이 소설의 서술구조의 불연속과 연관된 것으로 보인다. 이렇게 볼 때 소설 『오블로모프』의 서술구조의 불연속은 곤차로프 문학의 발전뿐만 아니라 19세기 중반에 러시아 사실주의 문학이 겪은 변화를 알아보는 데 주요한 열쇠를 주는 셈이다.

위에서 소설을 요약한 부분에서도 알 수 있듯이 제1부에서는 하나의 사건이 이야기되기보다는 일종의 상황이 묘사되어 있다. 제1부의 양은 방대하지만 소설 속의 진행 시간은 단 하루가 못되고 있다. 풍부한 디테일로 이루어지는 상황 묘사는 하나의 초점을 향하고 있는데 이는 오블로모프의 게으른 성격이다. 사회 환경이 인간을 결정한다는 원칙에 대한 예증을 제시하듯이 그의 방, 그의 의복, 어린 시절, 대학 시절, 직장 생활이 도식적으로 묘사되어 있다. 주인공 이외에 언급되는 많은 인물들도 사회를 이루는 여러 계층을 대표하는 모형으로 스케치되어 있어서 현미경의 받침대 위에 놓인 표본 같은 느낌을 준다. 또한 제1부에서 소설의 화자가 풍자적이며 유머러스한 태도로서 등장인물들에 대해 평가 내지 비판적인 거리를 유지하고 있는데다가 독자에게 직접적인 호소를 하는 부분이 많은데 이는 심하게 이야기하면 무슨 교훈집을 읽는 느낌을 독자에게 주기 때문에 독자가 소설 속의 사건이 현실 속에서 일어나는 것 같은 느낌을 갖는 것을 방

---

16 체이틀린A. G. Cejtlin, 『곤차로프I.A. Gončarov』 (모스크바, 1950년).

해한다. 화자의 무슨 연구서 같은 어조가 소설을 이끌고 가는 중에 가끔 인물들의 대화도 삽입되어 있지만 이러한 대화들은 장면적인 제시로서 화자의 언어 속에 완전히 귀속되어 있다.

제2부부터는 서술구조가 완전히 바뀌어 일회적인 사건이 그 시간적인 발전에 따라 전개되고 있다. 사건이 전개되면서 제1부의 정체적인 구조는 사라지고 동적인 구조가 나타난다. 정확히 말하면 제2부가 시작되어서도 제1장에서 제4장까지는 정체적인 서술구조가 계속된다. 이 부분에서는 슈톨츠라는 인물에 대한 묘사가 오블로모프의 게으른 성격에 대한 대비로서 제시되고 있다. 그러나 제5장부터 사랑의 이야기가 시작된다. 특히 제5장에서는 사건이 시간적 흐름대로 서술되어 있지 않고 눈에 띄게 뒤범벅이 되어 있는 것을 볼 수 있다. 이는 소설 속의 시간에 대한 느낌을 오히려 강화시켜서 상황이 묘사되어 있는 것이 아니라 사건이 전개되고 있다는 느낌을 강하게 받게 한다. 완전히 변화된 오블로모프를 먼저 묘사한 것도 오블로모프의 변화 과정에 대한 호기심을 불러일으켜서 앞으로는 상황 묘사가 아니라 사건이 전개될 것임을 암시한다. 이로써 오블로모프와 올가의 사랑의 시작은 이전의 정체적인 서술구조가 단절되고 동적인 서술구조가 나타나는 계기를 이룬다.

오블로모프의 올가에 대한 사랑은 나태와 낭만적인 사랑의 욕구 간의 투쟁의 과정이다. 이는 제2부에서는 사랑의 욕구가 우세하지만 제3부에서는 나태한 습관이 우세한 싸움이다. 제2부는 사랑의 발전을, 제3부는 사랑의 붕괴 과정을 그리고 있다. 그러나 세세한 움직임에 있어서 사랑이 익어 가거나 식어 가는 것이 일직선으로 달리는 것이 아니라 항상 양극 사이를 왔다갔다한다. 그러므로 전체적으로 볼 때 이들의 사랑 이야기는 극적 긴박감을 준다. 제3부 끝의 오블로모프의 내적 파멸은 사랑의 드라마가 끝났다는 것을 말해 주고 있으며 이후 오블로모프의 생활은 극적인 것과는 거리가 멀지만 제1부에서처럼 움직이지 않는 것은 아니다. 오블로모프가 파멸되는 과정은 계속 진행되는데 사건 전개의 속도는 사랑의 이야기가 끝난 뒤 눈에 띄게 느려지게 되었다. 이는 제4부의 각 장 사이의 시간적 간격이 점점 더 커지는 데서도 잘 나타난다. 그러나 제4부는 하나의 붕괴 과정이지 제1부에서처럼 고정된 상황은 아니다. 상황묘사가 정체적으로 이루어지는 경우에도 이는 소설의 제2부, 3부를 통하여 소설 속에서 동기화가 되어 있어서 제1부의 원칙의 제시와는 구별되는 것이다. 제1부에는 오블로모프의 운명이 하나의 과정으로 전개되는 것이 아니라 이미 어느 정도 발전해 있는 과정의 한 순간이 나타나 있는 데 비해 제2, 3, 4부에서는 오블로모프의 사랑의 전개와 붕괴, 이와 함께 오블로모프라는 인간의 파멸 과정이 동적으로 전개되고 있는 것이다.

또한 제2, 3, 4부에서 전개되는 사건의 동기 부여는 제1부의 사회결정론적인 성질의 것이 아니라 심리적인 성질의 것이며 인간과 사회와의 관계는 소설의 진행 속에서 비로소 나타난다. 화자는 거의 인물들의 뒤로 숨으며 독자에게 직접 호소하거나 하는 일은 드물다. 화자가 나타나는 경우에도 서술의 어조는 중립적이어서 독자는 주로 인물들의 대화 속에서 그들의 심리, 성격, 사건의 발전을 알게 되기 때문에 독자는 소설 속의 사건이 객관적 현실인 것 같이 느끼게 된다.

트냐노프는 「문학적 진화에 관하여」라는 자신의 논문에서 작품을 이루고 있는 모든 요소들이 작품 전체와의 상호작용의 관계 속에서 형성적 기능을 갖고 있는 것처럼 하나의 작품은 당시의 문학적 체계와 상호 작용의 관계에 있다고 하였다.[17]

그러면 소설 『오블로모프』와 당시 러시아 문단의 문학적 체계는 어떠한 상호 작용의 관계에 있는 것일까? 소설 『오블로모프』는 그 발생 시기의 특이성 때문에 제1부와 나머지 제2, 3, 4부를 따로 살펴볼 필요가 있다.

---

17   Jurij Tynjanov, "O literaturnoj évoljucii", 『러시아 형식주의Russischer Formalismus』, 438면.

곤차로프가 제1부를 썼던 시기는 자연파 문학이 왕성하던 시기였다. 자연파 문학이란 1842년에서 1855년까지 러시아 문단을 휩쓸던 조류였다. 이들은 『페테르부르그 생리학』(1844년, 1845년), 『페테르부르그 모음집』 등의 잡지에 스스로를 자연파(Natural'naja škola)라고 자처하면서 현실을 생리학적으로 스케치하는 것을 창작의 지표로 삼았다. 이들이 관찰한 현실은 이들에게 그로테스크한 것으로 보였으며 이들은 이러한 현실 속에 살아가는 여러 계층을 묘사함으로써 개별적인 사회 현상 속에서 인간과 사회 현실과의 유기적 관계를 제시하고자 하였다. 문체상의 특징은 해학적인 화자가 등장하여 아이러니를 구사하여 인간의 동물적·육체적 실존에 관해 풍자하는 것이다. 이들은 기존 문단의 작가들이 사회와 유리되어 '꿈', '피안', '영혼', '내면', '상징적인 것'에만 눈을 돌리는 데 반발하여 추하고 천한 현실을 과학적이고 분석적으로 파헤치겠다는 의욕을 갖고 출발하였던 것이다. 이들의 과학적인 태도는 인간이라는 표본을 현미경 받침대 위에 놓고 자세히 연구·관찰하는 것으로 나타났다. 소설 『오블로모프』의 제1부에서의 주인공 오블로모프의 성격화는 그 완숙함에 있어서 자연파 문학의 산문들보다 훨씬 뛰어나지만 오블로모프라는 표본을 침대 위에 뉘어 놓고 계속 관찰하여 기록하는 것임에는 틀림이 없다. 제1부의 모노그라피적 서술 어조, 사회학적 분석 방법, 인물들의 스케치, 도시의 생태를 그리는 것 등은 모두 자연파 문학의 주 장르인 '생리학적 스케치'의 특징적 요소들이다. 트냐노프의 용어를 빌자면 제1부에 나타나는 요소들은 자연파 문학에 나타나는 요소들과 통기능(通機能, avtofunkcija, Autofunktion)을 가지는 관계에 있다.

그러나 제2, 3, 4부가 쓰여진 시기는 러시아 문단이 자연파에서 벗어나 성숙한 사실주의로 접근해 가는 시기이다. 1856년 출판된 투르게네프의 『루딘』은 주인공의 사회적 위기를 단일한 연애사건의 전개 속에서 나타냄으로써 자연파 문학의 미학을 최초로 철저하게 배격하였다. 50년대 후반부터 시작되는 사실주의 소설에서는 사회 속에 고정되어 있는 인간의 성격이 아니라 사회 속에 사는 한 인간의 운명의 극적인 전개가 중심이 되어 있다. 이는 상황과 인간을 고정된 것으로 파악하는 태도에서 인간이나 상황이 변화·발전하는 것으로 보는 태도로 옮아간 것을 의미하기도 한다. 소설『오블로모프』의 제2, 3, 4부의 서술구조를 통하여 나타나는 인간운명의 전개에 대한 객관적이고 원숙한 안목은 당시 작가들의 이러한 인간관과 상호 작용의 관계에 있다고 볼 수 있다. 이는 곤차로프 자신의 개인적인 성숙이기도 하며 당시 지식인들의 의식의 발전이기도 하다.

　이러한 의식의 발전은 한편으로는 1855년 3월 니콜라이 1세의 사망 이후 새로운 차르 알렉산드르 2세에게 품은 모든 희망이 지식인들에게 지적 활기를 불어넣었고 다른 한편으로는 1856년의 크리미아전쟁의 패배라는 체험을 통하여 경제적·사회적으로 볼 때 농노제도의 폐지가 불가피하다는 것을 깨닫게 됨과 동시에 여태껏 탄압되어 왔으며 행해진다 해도 탁상공론에 머물러 있던 역사나 사회에 대한 논의가 구체화되고 상황 인식이 날카로워지게 된 것과 무관하지 않을 것이다.

『오블로모프』 리뷰
- 요란스런 역사의 수레바퀴를 벗어나 삶으로*

　요즈음에 장편소설을 손에 들고 끝까지 읽는다는 것은 이런저런 방해들로 어렵다. 또 그렇게 할 만큼 매력 있는 소설도 찾기 어렵다. 매력 있는 소설들은 어차피 읽고 또 읽고 그러는 것들이고. 그러니 아직 번역이 되지 않은 좋은 소설이 정말 읽음 직하게 번역되어 출판되었다는 것은 행복한 일이 아닐 수 없다. 그 작품의 중요성이 이미 알려질 만큼 알려졌는데도 막상 작품을 대할 수 없었던 경우라면 더욱더 그러하다. 이런 의미에서 이반 곤차로프의 장편소설 『오블로모프』가 우리말로 처음 번역되어 나왔다는 것은 매우 반가운 일이다. 이 소설은 정말 흔하지 않게 깊이 있고 재미있는 소설이다. 긴 소설이지만 책을 읽는 동안 지루하거나 어색하게 여겨지는 부분이 거의 없다. 이 소설이 이미 거의 150년 전에 나온 소설인데도 말이다. 『오블로모프』의 문학사적 가치에 대해서는 두말할 필요 없이 잘 알려져 있다. 이 소설은 봉건 지주이자 목가적 인간인 오블로모프가 자본주의 태동의 분위기 속에서 침몰해 가는 과정을 다루고 있는데 주인공 오블로모프가 19세기 후반 러시아 인텔리겐치아의 담론 속에서 부정적 인간의

---

* 『대산문화』 2002년 하반기호.

전형으로 제시됨으로써 문학사뿐만 아니라 문화사, 사회사의 측면에서도 가치가 높은 작품이다. 하지만 무엇보다도 이 소설이 출판 당시부터 많은 독자들의 사랑을 받아 온 것은 곤차로프의 '인간을 보는 균형 잡힌 시선' 때문이다. 곤차로프는 과격한 사회혁명가 도브롤류보프처럼 오블로모프를 매도하지 않는다. 곤차로프는 독자로 하여금 순수한 오블로모프를 사랑하고 안타까워하게 만든다. 이제 합리주의 및 자본주의의 폐해가 드러나 지구의 지성인들이 자기반성의 목소리를 내는 시점에서 이 작품은 가히 현대적이요, 현장적이라 할 만하다. 인간의 심리와 내면의 흐름을 자연스럽게 물 흐르듯이 풀어 나가는 작가의 역량과 긴 호흡의 탁월한 자연묘사에 즐거움을 맛보는 동안 독자는 주인공 오블로모프를 비롯한 여러 인물들을 만나며 인간사의 부질없음, 그럼에도 살아갈 수밖에 없는 인생에 대해 차근차근 돌아보게 된다. 다 돌아보고 난 후 독자는 심연 앞에 선 듯 아찔하다. 그러나 그것은 진실이니 어쩌겠는가! 어쩌란 말인가! 어쩌면 좋단 말인가! 가슴은 미어진다. 삶의 진상이 이렇다니!

우리는 자기 자신에게서 또는 자기 주변에서 오블로모프를 발견하고 슬픔과 무기력을 느끼게 된다. 계산 속 세상에서 주변과 자신 사이의 관계 설정에 실패하기가 얼마나 쉬운가! 특히 주변이 모두 복잡하고 번잡하고 불투명하고 귀찮고 하찮을 때 오블로모프처럼 자기 세계 속에서 조용히 살고자 하면 무기력하게 될 수밖에 없는 사람들을 우리는 바로 가까이에서 보고 있으니! 오블로모프에게 죄가 있나? 아니면 그를 둘러싸고 있는, 말도 안 되는 '복작대는 사회'가 죄인가? 그가 기댈 수 있는 여인이 '말 없고 넉넉한' 여인 아가피야이지 합리적으로 사고하는 올가가 아니었던 것으로 보아 오블로모프의 문제는 합리성으로써 해결할 수 없는 문제로 보인다. 이러한 문제는 이제 바로 이 땅에서도 심각하게 묻게 되는 문제가 되었다.

역자 최윤락씨는 우리말을 통하여 우리가 이러한 문제를 생각해보도록 자연스럽게 이끄는 탁월한 우리말 구사 능력을 가졌다. 이미 10여 년 전에 그가 막심 고리키의 『어머니』를 번역하여 그의 노련한 문장 솜씨를 알린 것은 노문학도가 아니더라도 알 만한 사람은 아는 사실이다. 그의 번역을 읽노라면 우리말 소설을 읽는 듯이 소설 속의 인물들이 생생하게 살아난다. 특히 『오블로모프』의 번역에 있어 매우 어려운 부분인, 지주 오블로모프와 옛날식의 충실하면서도 버릇없는 하인 자하르와의 관계를 눈앞에 보는 듯하게 번역한 솜씨는 감탄할 만하다. 아쉬운 점이라면 우리나라의 많은 독자들이 아직 잘 모르는 그곳의 기후 및 지리, 네바 강의 다리 놓기라든가, 아리아 카스타 디바 등 음악이나 책들이 언급될 때 그것들의 맥락, 그리고 러시아에 서양문화가 유입된 정도에 대한 이해를 도울 수 있는 좀 더 친절한 주석이 있으면 좋겠다는 생각도 들었다. 또 간혹 완전히 이해가 되지 않는 부분들도 없지 않은데 그것이 역자의 책임인지 독자의 책임인지 더 두고 볼 일이다.

『슬라브 문학사』 역자 후기*

    이 책은 드미트리 치제프스키Dmitrij Čiževskij의 『슬라브 문학사Vergleichende Geschichte der slavischen Literaturen I, II』(베를린, 1968년)를 전역(全譯)하여 합본한 것이다.

    저자 드미트리 치제프스키는 1894년 우크라이나에서 태어났고 페테르부르크와 키예프에서 대학을 다녔다. 그는 1917년 혁명 직후 러시아를 떠나 독일로 와서 하이델베르그 대학, 프라이부르그 대학에서 철학과 문학 강의를 들었으며 할레 대학에서 박사학위를 받았다. 서구의 슬라브문학 연구가들 중에서 가장 훌륭한 학자의 한 사람으로 인정받는 그는 프라하, 할레, 예나, 마르부르그에서 강단에 섰고 1949년에서 1956년까지는 하버드 대학에서 러시아문학을 강의했다. 1956년부터는 하이델베르그 대학의 교수로서 『하이델베르그 슬라브 텍스트Heidelberger Slavische Texte』 시리즈

---

* 드미트리 치제프스키, 『슬라브문학사』(민음사, 1984), 271-273. 이 글을 다시 읽으니 1974년 하이델 베르그 대학의 슬라브어문학과 학과장으로서 치제프스키 교수가 강당에 학생들을 모아 놓고 오리엔테이션을 할 때 한 말이 기억난다. 그는 동양에서 온 사람이 러시아문학을 공부하는 것이 거의 불가능하다고, 러시아문학을 알려면 슬라브문학을 알아야 하고 슬라브문학을 알려면 유럽 전체의 문학을 알아야 한다고 강조해서 필자를 주눅들게 했는데 그것은 그의 문학 연구가로서의 기본 입장에서 나온 말이었다.

를 발간하는 등 계속 정력적으로 일했다.

1976년에 사망한 그는 러시아문학 및 슬라브문학에 대해 수백 편의 연구논문을 발표했으며 그 중에는 리얼리즘론, 바로크 연구 등 사계(斯界)의 연구에 있어서 고전적인 전범으로 꼽히는 것들이 많다.

그러나 그의 업적 중에서 가장 중요한 것은 역시 문학사 저술이다. 그는 이미 1948년에 『11, 12, 13세기 고대러시아문학사Geschichte der altrussischen Litertur im 11., 12. und 13. Jahrhundert: Kiever Epoche』(프랑크푸르트)를 출판한 바 있다. 그는 이 책을 대폭 수정하고 보완하여 1960년에 『러시아문학사, 11세기에서 바로크까지History of Russian Literature from the 11th century to the end of the Baroque』(헤이그)를 영어로 출판하였다. 1963년에 『19세기 러시아 문학사 I, 낭만주의Russische Literaturgeschichte des 19. Jahrhunderts I, Die Romantik』(뮌헨), 1967년에 이에 이어 『19세기 러시아문학사 II, 사실주의 Russische Literaturgeschichte des 19. Jahrhunderts II, Der Realismus』(뮌헨)를 출판하였고 1968년에는 여기 번역한 『슬라브 문학사 Vergleichende Geschichte der slavischen Literaturen I, II』를 내놓았다. 대부분의 그의 문학사 저술들은 영어로 번역되어 영어권 독자들에게도 친숙해져 있다.

그의 문학사 저술의 기본 입장은 양식사로서의 문학사에 중점을 두고 시대의 흐름에 따라 스타일을 추적하는 것이다. 그는 스타일의 문제가 한편으로는 작가 자신의 개인적 재능 및 문학 내적 전통에 연결되어 있지만 다른 한편으로는 당대의 철학, 시대정신 및 사회 환경과 연계되어 있다는 것을 한시도 잊은 적이 없다. 그래서 그의 문학사는 작품 내재적인 면만을 서술의 대상으로 삼거나 또 반대로 문학작품 주변의 요소들만을 주 내용으로 삼는 문학사들과는 달리 원숙한 균형미를 나타낸다. 또한 독일 수용미학의 대표 격인 야우스Hans Robert Jauß가 '유럽 전체의 문학 전통에 대한 전체적인 지식을 지닌 독보적인 존재'라고 그를 불렀듯이 그는 현시대에는 기대하기 어려울 만큼 유럽문학 전반에 대해 폭넓은 지식을 갖추고 있으며 소련의 문학 연구가들이 흔히 보여주는 편협한 국수주의적 문학연구 태도를 배격하고 러시아문학 및 슬라브문학을 유럽문학 전체와의 관련 속에서 조명하고자 한다.

그래서 그의 문학사에서는 대체로 양식적 시기별로 우선 유럽 전체의 정치적, 경제적, 정신사적 발전이 간단히 언급된 후 슬라브 세계 및 러시아의 개별 상황이 서론으로서 서술된다.

그 다음으로 스타일에 대한 구체적인 관찰이 전개되며 작가, 작품의 테마, 주인공, 장르, 문학적 기교, 언어적 경향, 이데올로기 등이 차례로 다루어지는 것이 보통이다.

여기 번역된 『슬라브 문학사 Vergleichende Geschichte der slavischen Literaturen I, II』는 그의 문학사 저술들 중에서도 특히 평이하게 서술되어 입문자들에게 러시아문학 및 슬라브문학에 대해 전체적인 감을 잡게 하는 책이다.

그는 이 책에서 슬라브문학이 싹트기 시작한 때부터 현대파에 이르기까지 천 년 이상의 기간 동안 러시아를 비롯하여 우크라이나, 백러시아, 폴란드, 체코, 슬로바키아, 불가리아, 세르비아, 크로아티아 등의 전체 슬라브권에서 이루어진 방대한 문학세계를 펼쳐 보이고 있다.

이 책에서도 그는 그의 다른 문학사 저술에서처럼 문학사를 우선 양식사로 보고, 각 양식의 특징적 요소들을 살펴보고 이를 중심으로 문학작품들을 시기별로 분류, 정리하였다. 그는 양식사로서 슬라브 문학사를 구분하는 데 있어서 러시아문학이 슬라브문학의 일부인 것처럼 슬라브문학이 유럽문학의 일부라는 전제를 고수한다. 그래서 그는 슬라브문학 전체에 대한 이해가 없이 러시아문학을 논하는 것이 불가능한 것처럼 유럽문학 전체에 대한 시각이 없이 슬라브문학을 논하는 것은 불가능하다고 말하며 유럽문학 전체의 흐름에 대한 자신의 견해를 서문에서 밝히고 있다. 그의 입장을 몇 마디로 간추려 보면

첫째, 문학사에 대한 이해는 비록 무리가 있다고 하더라도 어떤 유형적

인 개념을 필요로 한다는 것,

둘째, 치제프스키 자신이 사용한 유형적인 개념으로 살펴보면 유럽문학사는 양극을 중심으로 진동하는 곡선 모양을 그리고 있으며 르네상스와 고전주의가 한쪽에 위치하고 바로크와 낭만주의가 다른 쪽에 함께 위치하고 있다고 볼 수 있다는 것이다.

물론 꼭 이러한 도식대로 유럽문학 전체, 또 슬라브문학 전체가 움직이는 것은 아니라 하더라도 대체로 비슷한 추세를 보인다는 것을 치제프스키는 이 책 전권을 통하여 설득하고 있다.

워낙 박학한 저자의 용어 사용에 대해 우리 독자에게 설명이 필요하다고 느꼈던 것은 역주로 설명을 붙였으나 빠진 곳들이 많을까 염려된다. 원주는 별로 없는 데다가 있다 해도 독일의 독자들을 겨냥한 것이어서 번역에서는 필요하다고 생각된 것들만 본문에 괄호로 처리하였다.

끝으로 이 책이 나오는 데 여러 가지로 도움을 주신 분들, 특히 동완, 김우창, 이기용, 이태수 선생님, 장용우군 그리고 민음사의 박맹호 사장님께 감사의 마음을 표한다.

『한국지韓國誌』에 나타난 러시아의 한국학 연구*

1900년 러시아제국 경제부 주관하에 출판된 『한국지韓國誌』는 이 책 이전의 유럽어로 된 한국에 관한 자료를 총망라하여 내용별로 재구성하여 수록하였고, 그 출처와 사실에 대한 이견(異見)도 모두 소개하고 있다.

"본 연구서는 이제까지 알려져 있는 한국에 대한 자료들을 빠짐없이 종합하여 이 나라에 대해 관심이 있는 사람들에게 시간이나 노력을 크게 들이지 않고도 이러한 자료들에 대해서 알 수 있도록 하는 것을 목적으로 하였다. 그러므로 여기에 수록된 모든 사실들은 원전으로부터 될 수 있는 대로 문자 그대로 쓴 것이다."

이는 『한국지』 서문에 나오는 말이다. 사실상 러시아제국 경제부 주관하에 1900년 11월 상트페테르부르크에서 출판된 이 『한국지』는 하멜의 『표류기』에서부터 1900년도 외국인 공사들의 보고서에 이르기까지, 이

---

* 『광장』 1982년 5월호, 79–82. 이 글은 1980년부터 한국학대학원에서 러시아어를 가르치면서 러시아 경제성(省)에서 1900년에 출판한 책 『한국지Описание Кореи』를 번역하던 중에 쓰게 된 글이다. 국역 한국지는 1984년에 출판되었다(총 718쪽). 이 책은 필자의 두 번째 번역 작업의 결과이다. 필자가 처음으로 번역한 책은 『인텔리겐찌야와 혁명』(이인호, 최선 편역, 홍성사, 1981)이다.

책이 나오기 이전의 유럽어로 된 한국에 관한 모든 자료들을 거의 총망라하여, 내용별로 자료들을 재구성하여 서술하면서 문자 그대로 자료의 내용들을 소개하고 있고 그 출처를 정확히 밝힐 뿐만 아니라, 하나의 사실에 대해 여러 가지 의견이 있을 때에는 각각을 모두 소개하는 과학적인 서술방식을 취하고 있다.

『한국지』를 서술하는 데 주로 사용된 문헌은 역사와 민속학 분야에 있어서는 1835년 이래 한국에 주재한 불란서 외방(外邦) 선교단의 보고서들을 기초로 하여 이 단체의 구성원인 달레Dallet가 1874년 파리에서 출판한 『한국 교회사』와 그리피스W. E. Griffis가 1882년 뉴욕에서 출판한 『한국—은둔의 나라』이다. 이외에 러시아 학자 포드쥐오M. A. Podžio가 1892년 상트페테르부르그에서 출판한 『한국 개요』를 비롯한 몇몇 러시아 학자들의 저술들이 주요 참고 문헌으로 사용되었다.

자연 및 지리에 대한 자료로는 1880년 라이프찌히에서 출판된, 오페르트Oppert의 『한 잠겨진 나라』를 비롯하여 루벤초프Lubencov, 캠벨Campbell, 베벨Vevel, 델로트케비치Delotkevic, 카벤디쉬Cavendish, 비숍Bishop 부인 등 한국을 직접 여행한 영국인, 러시아인들의 여행 기록이 주로 사용되었다.

이러한 단행본들 이외에 개국 이후 이 나라에 살았던 프로테스탄트나 외교단들이 수집한 한국의 제(諸) 분야에 대한 정보들을 자세히 알려주는 『The Korean Repository』와 『The Independent』 등 1900년까지의 각국어로 된 신문들과 잡지들이 참고문헌으로 사용되었다.

이 책은 모두 세 권으로 되어 있는데 제1권이 448면(面), 제2권이 490면, 제3권이 318면에 이른다.

제1권은 7장으로 나뉘어져 있다. 서문에는 한국에 대한 기존 연구 문헌들이 비판적으로 소개되어 있고, 『한국지』에서 한국어를 러시아 문자로 표기하는 데 사용한 방법과 『한국지』에 첨부된 지도의 작성 과정에 대해 자세히 설명되어 있다.

제1장은 한국의 역사에 대한 개요이다. 19세기 말 주로 1885년에서 1899년에 이르는 일본과 중국 및 유럽제국의 한국을 둘러싼 세력 다툼과 일본에 의한 제도 개혁, 아관파천 등이 러시아제국의 시각으로부터 서술되어 있다. 문체는 구체적이고 객관적인 성격을 띠며 주로 사건들의 국제적 배경에 초점이 맞춰져 있다. 이 장(章)의 맨 끝에 있는 「한국으로의 여행들」이라는 항목에는 하멜이 슈파르베르호를 타고 표류하여 한국에 들어온 이후 한국으로 들어온 여러 선박들의 탐사 연도, 구성원, 목적, 성과 등에 대해 자세히 기록되어 있다.

제2장은 지리에 대한 부분이다. 루벤초프와 스프렐비츠키의 연구 기록과 여러 가지 지도들을 참고로 하여 한국의 개펄(潟), 만(灣), 강, 섬, 산에 대하여 그 크기, 깊이, 높이, 위치 등을 수치로 기록하고 있다. 주로 북부 한국의 지리에 대해 서술되어 있는데, 이는 당시까지 나타나 있던 신빙성 있는 자료들이 남한에 대해서는 별로 취급하지 않았기 때문으로 보인다.

제3장은 한국의 지질에 관한 부분으로 1886년도 베를린에서 개최한 회의 발표 논문집 『프러시아제국 과학원회의 기록』에 수록된 고트쉐Gottsche 박사의 「한국의 지질에 대한 연구」, 같은 책에 수록된, 베를린 대학 교수 로트Roth의 「한국의 암석 연구」, 1891년 네덜란드의 고울랜드Gowland가 수집한 「광석에 관한 연구」를 기초로 하여 저술된 것이다. 이는 제2장의 지리에 대한 서술과 마찬가지로 당시의 제국주의적 지역 연구의 치밀함을 단적으로 나타내는 세련된 작업으로 보인다.

제4장은 한국의 기후, 식물, 동물에 관한 부분인데 기후에 관한 부분은 1887년 『베를린 기후학 잡지』와 1894년 『베를린 기후학 소식』에 실렸던 「한국, 만주, 북부 중국의 기후」라는 논문을 기초로 하고 최신 자료들을 보강하여 서술한 것인데, 많은 도표들로 기온, 강우량, 습도, 풍속, 풍향 등을 나타내고 있어서 19세기 말의 한국의 기후를 정확히 알아보는 자료의 구실을 할 것이다.

식물, 동물에 대한 서술도 마찬가지로 여러 가지 도표들로써 전문적인 연구 결과를 나타내고 있으며 라틴 학명을 그대로 쓰고 있는 경우가 대부분이다.

제5장은 한국의 도(道)와 도시들에 관한 것이다. 여기에는 각 도별로 주요 도시들의 역사, 도시구조, 주요 건축물, 생업, 인구 등에 대해 기록되어 있는데 특히 서울을 서술하는 부분에서는 사대문, 다리, 왕궁, 사원들의 건축 구조를 자세히 묘사하고 있고, 도시구조에 대해서도 사회 계층의 분포까지 포함하는 세밀한 기록을 보여 준다.

제6장은 교통로와 교통수단에 관한 부분이다. 육로와 수로의 교통수단에 대해서 그리고 도로의 일반적 성격, 짐을 운반하는 방법, 숙박 시설 등이 소개되어 있다.

제7장은 주민에 관한 부분이다. 이 부분은 98면(面)에 해당하는데 1897년의 인구조사 결과, 1897년까지의 인구조사 방법과 결과, 한국인의 유래, 한국인의 체형, 질병, 한국인의 성격, 한국의 사회 구조를 왕족, 양반, 중인, 상놈, 장인, 천인, 노예 등으로 나누어 지배층과 피지배층의 생활, 의식구조 및 이의 새로운 변화에 관해서 다루고 있다. 이 장의 대부분은 러시아인들의 저술을 참고로 하고 있기 때문에 러시아인들의 눈에 비친 구한말의 습속을 알아볼 수 있다. 특히 장례식이나 혼례식에 관해서는 까다로운 절차 하나하나를 매우 구체적으로 묘사하고 있다.

제2권은 제1권의 제7장에 이어 제8장으로부터 시작된다.

제8장은 종교에 관한 부분으로 무속, 불교, 도교, 유교, 기독교, 동학에 관해 쓰여 있다. 제9장은 언어, 문학, 교육, 학문을 다루고 있고, 제10장은 경제에 관한 부분으로 농업, 목축업, 어업, 제염, 사냥, 산림업, 광업, 수공업에 대해 다룬다. 제11장은 무역에 관한 부분인데 여기에는 국내 무역과 국제 무역, 특히 러시아, 일본, 중국과의 무역 상태와 전망에 대해 서술하고 있다.

제12장은 국가의 행정 체계에 관한 것으로 개혁 이전과 개혁 이후의 정부 조직, 행정 구역, 지방자치, 재판 제도에 대한 기록이다. 제13장은 국방력에 대한 조사이고, 제14장은 국가 재정을 다루고 있다.

『한국지』는 한국에 대한 기존 연구 문헌들을 비판적으로 소개할 뿐만 아니라, 제1권 제7장 등에는 러시아인들에 대한 저술(著述)을 참고로 하고 있기 때문에, 그들의 눈에 비친 구한말의 습속(習俗)을 알아볼 수 있다.

제3권은 제1권과 제2권에 대한 부록으로 1876년부터 1899년까지 한국과 외국 간에 체결된 조약문들, 한국 문제에 대한 러시아와 일본 간의 협상들, 한국의 산, 식물, 동물에 대한 도표, 1897년의 인구조사 결과, 한국 문자와 『한국지』에서 채택한 한국어의 러시아 문자 표기법에 대한 자세한 설명, 한국에 있는 외국 자본 및 기업 경영, 무역 내용을 표시한 통계표, 국가 재정에 관한 통계표, 주조, 한국에 관한 문헌들, 역법, 도량형에 대한 것이 실려 있다.

『한국지』에서는 특히 한국어로 된 고유명사를 일정한 법칙에 따라 정확하게 러시아 문자로 표기하고 있는 것이 두드러진다. 『한국지』의 편집자들은 러시아 문자 표기를 위하여 유럽의 관계 자료들을 참고하고 페테르부르그 대학의 한국어 교수 민경식과 김병옥의 도움을 받아 당시의 한국어 음운을 나름대로 체계화하였다.

한국에 대한 참고 문헌 부분에는 항목별로 영어, 불어, 독일어, 이태리어, 스페인어, 덴마크어, 포르투갈어, 네덜란드어로 된 기존의 러시아어 이외의 문헌들이 먼저 알파벳순으로 소개되어 있고, 러시아 문헌들은 따로 소개되어 있다. 항목은 개괄서, 역사, 지리 및 기행, 자연, 민속학, 종교 및 선교 활동, 무역 및 경제, 언어 및 문학, 기타의 순으로 되어 있다.

『끝없는 평원의 나라의 시들지 않는 말들』
<책 머리에>*

이 책을 펴내는 것은 여러 해 동안 러시아 시 강의를 해오면서 교재로도 사용할 수 있는 번역 시집의 필요성을 느끼긴 하면서도 어쩔 줄 몰라 하던 나의 망설임에 대한 하나의 잠정적 결단이다. 그리고 동시에 여태껏 해온 러시아문학과 관련된 나의 작업들 중에서 가장 애착이 가는 작업의 결실이기도 하다. 이 책에 담긴 모든 사람들에 대한 나의 애정과 또 그들의 나에 대한 애정의 만남이라는 의미에서 이 책은 특히 나에게 소중하다. 직접적이고 가시적인 면만 보더라도 우선 모든 시인들이 그렇고, 함께 시를 고르고 서문으로 러시아 시 전체에 대한 개관적(槪觀的) 논문을 쓴 세르게이 키발닉이 그렇고, 러시아어 타자의 궂은일을 기꺼이 맡아주고 초고를 읽

---

* 『끝없는 평원의 나라의 시들지 않는 말들 – 러시아 명시 200선』(天池, 1993), 5-6. 여기 실린 시인들 중에서 필자가 직접 본 사람은 1980년대 언젠가 베를린에서 커다란 지구의를 들고 나와서 시를 낭송하던 보즈네셴스키와 1991년 미국 펜실베니아대학에서 초빙교수로 강의했던 예프투셴코 두 명뿐이다. 1991년 필자도 이 대학에 교환교수로 가 있으면서 그의 열정적인 시 강의를 들었다. 세르게이 키발닉은 1992년 필자가 처음 러시아에 갔을 때 알게 된 당시 푸슈킨 연구소에서 일하던 러시아 과학원 회원으로 필자의 푸슈킨 연구에 많은 도움을 주었다. 이 책이 나왔을 적에 기뻐해 주신 많은 분들, 특히 박형규 교수님과 김화영 교수님께 감사드린다.

어 준 우리 고려대학교 대학원생들이 그렇고, 오랜 지기인 '도서출판 天池'
의 사장이 그러하다.

내 마음에도 미흡한 점이 많으니 정말 여러 가지로 부족하겠다 싶은 이
책을 만들면서 나는 기뻤고, 나의 용기가 자랑스러웠다. 러시아의 시혼들
을 만나는 것, 러시아의 시혼이 이제 나를 통하여 지나가는 것, 나에게 그
들이 다가오고 나를 일깨우고 나와 이야기하는 것을 기뻐했다. 나의 수수
하고 미미한 오두막집에 기쁨으로 그들을 들어오라고 해놓고 그들이 어떤
모습으로 내게 비치는지 알려주려고 하면서, 나는 그들이 어떤 하나의 시
혼의 여러 갈래 모습이라는 생각이 들었다. 이 시혼이 우리 언어, 나의 언
어의 옷을 입고 나타난다는 두려움 섞인 기쁨으로 번역을 했다. 이 시들이
그로써 우리나라에 있는 시혼들과 만나 치열한 문화의 접합의 불꽃으로
튄다면 더 이상 찬란한 일이 있겠는가 하고.

역자는 이 작업에 지극한 애정을 느꼈고, 문화 전달, 문화 보존, 문화 창
조의 의미를 스스로 부여했으며, 문화에 대한 믿음을 가슴에 새기면서 소
명감을 가지고 이 작업을 진행하였다. 이 시선집이 독자들로 하여금 문화
인으로서 인간이 살아가야 할 것을 생각하는 또 하나의 계기가 된다면, 이
시대, 양심이 말을 듣지 않고 부끄러움을 모르며 본능과 폭력만이 난무하
는 인류 문화의 위기라고까지 일컬어지는 이 불모의 시대를 살아가는 데
위안이 되고 용기를 일깨워 준다면 이 얼마나 고마운 일일까? 인간이 신과
자연 앞에 자신을 겸허하게 위치시키지 않고 인간의 정신과 사랑에 대한
믿음을 버리고 욕심과 착각으로 삶을 흉하게 헝클며 기어가는 것을 볼
때, 나 또한 그 속에, 그 모래 속에 엉겨 붙어 있는 것을 문득 느끼고 아득
해질 때 정신성과 인류애의 훈훈한 교훈을 주는 '끝없는 평원의 나라의 시
들지 않는 말들'을 되풀이하여 읽으련다.

『오, 조국 러시아, 그대는 나의 운명, 나의 사랑이어라』 편역자 서문*

　이 책에는 러시아 시들 중에서 조국과 고향의 테마를 직접적으로 다룬 작품들이 실려 있다. 인간에게 조국은 운명적으로 주어져 삶의 조건이 되는 곳, 내가 태어난 곳이며 사랑하는 이들과 함께 울고 웃으며, 또 적들과 맞서며 살아가는 곳, 나의 조상이 살았고 나의 뼈와 마음이 묻힐 곳이며 나의 후손이 살아갈 곳이다. 또 동물과는 달리 인간 특유의 소통 수단인 언어, 기억하며 기록하고 사는 인간에게 가장 중요한 언어, 그중에서도 가슴 속의 절실한 말을 숨 쉬듯 할 수 있는 모국어가 담긴 곳이다. 러시아 시인들의 시를 읽노라면 이러한 생각이 절로 깨우쳐지며 다시 한번 자신이 사는 터전을 돌아보게 된다. 이는 조국을 테마로 하는 우리나라 시들에서 깨우쳐지는 만큼 강한 정도로 다가온다. 우리 시인들이 조국을 '끝없는 황토 길의 절경'으로 보고 그곳 자갈밭 아래 피 흐르는 도랑에서 자주 울고 있는 조상들을 보았고 또 미동도 없으신 '조선 옷 입으신' 어머니를 조국이

---

*　2001년 원고를 넘겨준 이후 아무런 소식도 없이 아직 출판되지 않은, 19세기 20세기 러시아 대표 시인들의 조국 테마를 다룬 시들을 모은 번역 시집 『오, 조국 러시아, 그대는 나의 운명, 나의 사랑이어라』의 서문.

라 부르곤 했던 것처럼 러시아 시인들도 조국을 '메마르나 끝없는 자유로운 길', '남루하고 척박한 대지', '종종 아들을 걱정스레 생각하는 어머니'라고 여겼다. 그녀는 궁핍하기도 하고 풍요롭기도 하고 얻어맞아 죽은 듯하기도 하고 천하무적이기도 하다.

러시아 지성인들은 1800년을 전후하여 서유럽과 부딪히면서, 당시 유럽을 풍미하던 낭만주의 정신의 영향으로 조국과 민족의 자취와 길, 자국의 정체성에 대해 깊이 생각하기 시작하였다. 그들은 자신들의 조국이 서유럽에 비해 낙후하고 가난하고 혼란스러운 것을 보고 개탄하였으나 그것이 바로 자기 자신의 모습이라는 것을 직시하였으며, 조국의 보이지 않는 강점을 보았고 조국의 밝은 미래를 믿어보려 했으며, 조국의 길과 자신의 운명이 한 몸이라는 것을 잊지 않았다. 러시아 지성들의 한가운데 놓였던 조국의 운명에 대한 사유는 바로 자신들이 살아가야 하는 길과 자신의 정체성에 대한 사유였다. 그리고 이 사유를 가능하게 하는 힘은 조국과 고향에 대한 애정이었다.

표트르 대제 이후 서구 문물의 유입과 함께 계몽사상을 받아들인 지성인들이 러시아의 현실을 비판하고 시민의 자유와 평등을 주장하고 전제정치를 타파해야 한다고 했으나 러시아인들의 보배 같은 신앙심, 전통, 도덕, 애국심을 잃는 것을 한탄했을 때, 유럽의 선진 교육을 받은 지식인들이 농민에 대한 애정으로써 공식적인 러시아의 적이 되었을 때, 러시아에 아직 역사가 없다고 본 사람들이 바로 그런 이유로 러시아가 미래의 힘을 가질 수 있다고 보았을 때, 표트르 대제의 개혁은 평화롭고 자연스럽고 소박한 러시아인들에게 향락과 사치를 동반한 문명과 이기주의를 가져왔을 뿐 러시아의 농민들보다 서유럽의 농민들이 훨씬 더 부자유스럽다고 말하며 러시아의 전통 속에서 자유의 정신을 볼 때, 러시아에는 문명화된 서구에서 사라진 원초의 고유한 인간의 건강한 힘이 살아 있다고 보며 러시아가 유럽의 문명사회를 구원하고 생기를 불어넣을 소명을 가지고 있다고 보았을 때, 이런 모든 생각 뒤에는 조국애가 깔려 있었다. 모두들 러시아의 독특한 운명을 사랑하였던 것이다. 이는 20세기에도 그대로 이어져 혁명과 시민전쟁의 희망과 혼란 속에서, 스탈린 시대의 거짓말 같은 현실 속에서, 사회주의 건설의 현장에서, 피의 전장 속에서, 전후의 잿더미 속에서, 사회주의 몰락의 폐허에서 망명한 사람이나, 나라 안에 있는 사람이나, 사회주의를 증오한 사람이나 사회주의 노선으로 나아가고자 했던 사람 모두에게 조국은 그들의 멍에이자 심판관이자 운명의 품이었고 마지막 은신처였다. 이들의 조국애는 국수주의적인 편협함을 벗어나 자연과 인간 보편에 대한 사랑으로 확장되고 있어 넉넉하다. 이러한 진정한 조국애는 러시아 시문학의 근본을 이루고 있다.

조국을 테마로 하는 러시아 시들에서 조국은 그들에게 이성으로 이해할 수 없는 모순적이고, 말로는 다 표현할 수 없는 신비한 존재이다. 조국은 고요하고 말이 없이 아름답고 소박하게 빛나며 넉넉하다가도 지독하게 깜깜하고 불행하여 날뛰기도 한다. 마술에 걸린 듯 길고 깊은 잠에 빠져 있다가도 이상을 현실에서 실현하려는, 무모하리만큼 열정적인 모습으로 날갯짓 한다. 매 맞으며 참고 죽은 듯 웅크리며 미동도 없다가도 낫을 휘두르고 불타는 나무토막을 던지며 광란하며 휘몰아친다. 조국은 광활한 들판과 늠름한 강, 끝없는 길, 울창한 숲이기도 하지만 또 더러운 웅덩이와 바퀴벌레 소굴, 각종 외국 신이 떠도는 곳이기도 하고, 죽은 머리통을 파는 잔인한 가게, 형체를 잃고 도깨비불처럼, 허깨비처럼 떠돌다가 죽어가는 별이기도 하다. 또 동공까지 다 패인 채 그러나 대지로서 모성의 힘을 다짐하는 땅이기도 하고 항상 피의 들판인 채 굴곡의 역사를 이어가는 곳이기도 하다. 시인들의 어머니, 사랑하는 아내, 애인, 누이이기도 하지만 그들을 배반하는 애인이기도 하고 자기 아이를 살해하는 여인이기도 하다. 이

제 러시아 시인들이 조국을 바라보는 뜨겁고 차가운 시선을 만나 보기로
하자.

『한국인이 가장 사랑하는 러시아 명시 100선』 편역자 서문과 시인 소개*

<시를 고르며>

널리 알려져 사랑받는 러시아의 주요 시인들 40인의 시 100편을 소개합니다. 이들 중에는 한국인에게 알려져 있는 것들도 있고 아닌 것들도 있지만, 이들은 모두 시를 읽는 우리 독자 여러분들에게 사랑받으리라 여겨지는, 역자도 되풀이해 읽으며 자신과 주변을 돌아보며 살아가는 데 도움을 받는 소중한 시들입니다.

18세기 말 러시아 시형(詩形)이 로모노소프에 의해 확립된 이후 번역과 모방의 시기를 거치며 자기 세계를 이루어 나간 시인들 — 데르좌빈, 주코프스키, 바튜슈코프 — 을 선배로 삼아 러시아 시의 황금시대를 이룬 시인들 및 그 후예 — 푸슈킨, 바라틘스키, 레르몬토프, 튜체프, 네크라소프, 페트 — 와 19세기 후반 톨스토이, 도스토예프스키의 위대한 러시아 소설의 시대를 지나 러시아 시의 백은시대(19세기 말, 20세기 초)에 시를 쓰기 시작한 주요 시인들 — 블록, 파스테르나크, 예세닌, 마야코프스키, 만델슈탐 —

* 『한국인이 사랑하는 러시아 명시 100선』(북오션, 2013), 4-5, 304-312.

의 시를 주로 소개합니다.

이들은 러시아 시인으로서의 긍지와 책임감을 느끼며 진정한 지성으로서의 소명의식을 가지고 '궁핍하고도 풍요로운' 조국에서, '잔혹한 시대' 한가운데서, 끝없는 평원 '지평선 멀리 하늘 품속 나무들의 속삭임'을 들으며, 사랑과 희망을 가슴에 품고 자신과 주변을 들여다보았습니다. 사건의 진상과 사물의 본질에 다다르려고 노력하면서, 제대로 삶을 꾸려 나가겠다고, 또 꾸려 나가자고, 끊임없이 배우고 생각하고 쓰면서 자신의 목소리를 가다듬었습니다. 그래서 이들의 목소리는 울림이 큽니다. 널리 사랑받는 시들 중에서 되도록 짧은 시를 소개하려고 했지만 마야코프스키의 경우에는 그의 유명한 서사시 「바지 입은 구름」의 서시와 제1부 전부를 수록합니다.

시들을 삶, 조국, 사랑, 시인, 자연, 총 다섯 부분으로 나누고 시마다 필자에게 떠오르는 약간의 시 감상을 나름대로 적습니다. 책 말미에 40인의 시인에 대해 간략히 소개합니다. 시의 힘으로 독자 여러분들 모두가 고유하고 신선하게 러시아 시혼들과 만나시기를 바랍니다.

\<시인 소개\>[1]

세묜 구드젠코 СЕМЁН ГУДЗЕНКО(1922-1953)

모스크바 대학에 다니다가 전쟁에 나갔다. 심한 부상으로 제대하여 나중에 저널리스트로 일했다. 전쟁의 참상을 사실주의적으로 그린 그의 시들은 1944년 첫 시집으로 출판되어 사람들의 주목을 받고 사랑을 받았다. 이런 시들은 전후에는 승리의 축하 행렬 뒤로 침묵되기를 강요받았다. 레

---

1 출판된 책의 시인 소개 순서에 모호한 점이 있어서 이를 우리말로 표기한 시인들의 성에 따라 가다나순으로 바꾸었다.

닌그라드 900일 봉쇄 동안 라디오 방송으로 시민들을 격려했던 여류 시인 올가 베르골츠(1910-1975)는 1945년에 쓴 시에서 그녀의 '심장의 자유만이 유일한 자유인 이 땅에서 그녀의 가슴 속에 레닌그라드의 숨 막히는 고통이라는 진창 속에 깊이 하나의 거대한 뿌리로 얽혀 있는 나무들, 그 꼭대기가 하늘에 닿을 만큼 높은 키로 얽혀 지나가는 사람에게 그늘을 주게 될 나무들처럼 레닌그라드에서 죽어간 사람들이 비애와 행복감으로서 기억되고 있다'고 전후의 문단 풍토를 겨냥해 말했었다. 구드젠코의 시는 이런 문단 풍토에서 사람들의 기억 한가운데 생생하게 살아남았을 것이다.

니콜라이 구밀료프 НИКОЛАЙ ГУМИЛЁВ(1886-1921)

크론슈타트의 해군 의사의 아들로 태어났다. 상징주의로 출발해서 안나 아흐마토바, 만델슈탐과 함께 아크메이스트를 결성하여 색채와 질감을 가지는 건강한 언어를 추구했다. 아프리카나 근동으로 여행을 많이 하였고 일차대전에도 참가했다. 10월혁명에 반대하여 반동으로 낙인찍혀 처형되었다. 안나 아흐마토바의 첫 번째 남편이다.

아폴론 그리고리에프 АПОЛЛОН ГРИГОРЬЕВ(1822-1864)

모스크바 시(市)참사관의 아들로 태어나 모스크바 대학 법학부를 졸업하고 1843년경부터 문학가로 활동했다. 유럽 고전 드라마, 셰익스피어, 바이런의 『차일드 해럴드의 편력』 중 일부, 몰리에르를 번역했고, 문학비평가로서 균형 잡히고 날카로운 안목을 보여주었다.

니콜라이 네크라소프 НИКОЛАЙ НЕКРАСОВ(1821-1878)

야로슬라블 현에서 태어났는데 아버지는 무식한 지주였고 어머니는 교육받은 폴란드 여자였다. 아버지는 아들의 의사와 무관하게 그를 사관학교에 보내려고 페테르부르그로 보냈으나 아들이 아버지의 의사(意思)에

반하여 대학 입학 준비를 하자 아버지는 생활비를 대주기를 거부하여 도시에서 생계를 꾸려 가느라 잡다한 글을 쓰면서 궁핍한 생활을 이어갔는데 이러한 생활 속에서 태어난 그의 시는 1860-70년대 혁명 운동에 가담한 젊은이들의 공감을 샀다. 그는 민중의 삶을 민주주의적인 입장에서 이해하고 묘사하고자 했으며 러시아 백성으로서 또 여성으로서 이중의 오랜 억압 속에 시달리는 러시아 여인의 운명에 많은 관심을 보였다.

가브릴라 데르좌빈 ГАВРИЛА ДЕРЖАВИН(1743-1816)

카잔에서 몰락한 귀족 지주의 후예로 태어났다. 1773년 하급 장교로서 독립적인 성격과 불같은 기질로 상사와 마찰을 일으키게 되어 군대를 그만두고 민간 관리로서 페테르부르그에서 근무를 시작하면서 1782년 훌륭한 군주를 찬양하는 「펠리차」를 발표하고 여황제의 마음에 들어 관리로 발탁되었으나 관료 사회에 어울릴 수 없어 모함에 빠지기도 하는 등 곤경을 겪었다. 삶과 정열을 찬양하는 색채감 있는 시, 시인으로서의 긍지를 노래하는 시, 절제와 중용의 도를 지킬 것을 권하는 시들을 썼고 말년에는 죽음의 의미에 대해 깊이 생각하는 시들을 발표했다. 생생한 러시아어를 구사하여 러시아 시를 풍성하게 하는 데 데르좌빈의 역할이 매우 컸다는 것은 문학사가들의 일치된 견해이다.

미하일 레르몬토프 МИХАИЛ ЛЕРМОНТОВ(1814-1841)

모스크바의 귀족 가문에서 태어났고 어머니가 죽은 후 할머니의 영지인 펜자에서 자랐다. 1828년 모스크바 기숙학교에 들어갔고 여기서 12월당원이나 푸슈킨의 작품을 알게 된다. 모스크바 대학에서 보수적 교수들과 충돌하여 퇴학당했다. 페테르부르그에서 사관학교를 마치고 황제의 경기병 연대에 들어갔으나 1837년 푸슈킨의 죽음에 부친 시 「시인의 죽음」때문에 카프카즈와 노브고로드로 전출당했다가 1838년 할머니의 노력으로 페테르부르그로 돌아와 작품 쓰기에 몰두했다. 반항적인 영혼을 가진 그의 모든 시에는 공통적으로 세상에 대한 비관적인 시선과 함께 외로움과 고통이 나타난다. 그는 결투로 사망했다.

바실리 레베데프-쿠마치 ВАСИЛИЙ ЛЕБЕДЕВ-КУМАЧ(1898-1949)

모스크바에서 구두 제조공의 아들로 태어나 1949년 모스크바에서 사망했다. 그는 트로츠키 밑에서 <혁명군사출판부>에서 활동하면서 모스크바 대학에서 수학하였고(1919-1921) 풍자 시인으로서도 활동했으나 1935년 이후 정부에 의해 적극적으로 지원된 소련 집단가요의 작가로서 유명하다.

미하일 로모노소프 МИХАИЛ ЛОМОНОСОВ(1711-1765)

북부 러시아의 드바나 강에 있는 섬에서 태어났고 아버지는 작은 어선을 관리했다. 20세에 고향을 떠나 모스크바의 <슬라브-그리스-라틴 아카데미>에 들어간다. 그 후 성적이 뛰어났던 그는 광산 연구 장학금을 받고 독일로 떠나게 된다. 러시아에서와 마찬가지로 여기서도 그는 시학에 관심이 많았다. 1741년 돌아와 학술원에서 학문의 기반을 마련하는 데 힘썼고 1755년 모스크바 대학 창설에도 중요한 역할을 했다.

블라디미르 마야코프스키 ВЛАДИМИР МАЯКОВСКИЙ(1893-1930)

몰락한 귀족이며 산림지기였던 아버지의 아들로 게오르기야의 바그다디에서 태어나 아버지가 죽은 후 1906년부터는 가족과 모스크바에서 지냈다. 15살부터 사회민주당에 가입했고 1908-1909년에는 혁명 활동으로 투옥되기도 했다. 1912년 미래파 시인들의 동인지 『대중의 취향에 뺨을 후려쳐라』에 시들을 발표하기 시작하면서 기성의 시, 문화, 종교, 사회 체제 모든 것과 투쟁하는 시들을 썼다. 혁명을 지지하는 시인으로, 선동가로, 언론인으로, 미술가로 활동하며 혁명의 나팔이 되어 모든 사회주의의 적과 투쟁하느라 구세대 및 자본주의 진영뿐만 아니라 새로운 사회주의 국가의 관료주의, 기회주의자들을 신랄하게 고발하여 많은 적을 만들었다. 그의 공격적인 포즈 뒤에는 실제로 매우 예민하고 상처받기 쉬운 외로운 영혼이 도사리고 있었고 결국 권총으로 자살했다.

오십 만델슈탐 ОСИП МАНДЕЛЬШТАМ(1891-1938)

가죽 제품을 취급하는 부유한 유대인 상인의 아들로 폴란드 바르샤바에서 태어났으나 이내 러시아의 파블로프스크로, 또 페테르부르그로 이사했다. 좋은 교육을 받고 유럽의 대학(소르본느, 하이델베르그)에서 수학하고 페테르부르그 대학에서 문학 공부를 시작하면서 본격적으로 시를 쓰기 시작했다. 혼란의 시기에 러시아 문화와 유대 문화, 러시아어와 유대어 사이에서 고민하면서 좋은 시를 만들어냈다. 그는 문화에 대한 믿음을 지니고 푸슈킨, 튜체프나 레르몬토프의 전통 위에서 세계 문화 전체와 교류하며 전통의 쇄신을 이루어 내고자 했다. 그의 시는 세계 문화에 대한 깊고 넓은 지식을 내포하고 있어서 그는 시인들을 위한 시인으로 꼽힌다. 두 차례 불법 억류되었고, 블라디보스톡 근처 수용소에서 사망했다.

드미트리 메레주코프스키 ДМИТРИЙ МЕРЕЖКОВСКИЙ(1865-1941)

우크라이나 귀족 출신인 궁정 관료의 아들로 페테르부르그에서 태어나 역사학을 전공했다. 대학 시절부터 시를 썼고 문학에 관심이 많았다. 1901년부터 아내인 시인 지나이다 기피우스와 함께 페테르부르그에서 문학 살롱을 주도했다. 1920년 프랑스로 망명한 후에 파리에서 문학 살롱을 열었다. 부부는 프랑스 파리 근교에 묻혀 있다. 시인으로서보다 비평가로서 역사적 의미가 크다. 문화와 원시의 대립적인 면에 주목하여 문화의 혜택을 의심하고 자연의 고요와 아름다움을 인간 세상의 소란스러움과 추함에 대립시키고 인간 감정의 카오스를 노래하는 러시아 시인들을 높이 샀다. 서구적 금욕주의, 합리주의를 회의하며 서구문화 전체를 의심했고 도스토예프스키를 서구적 톨스토이에 대립하는 훌륭한 작가로 여겼다.

예브게니 바라틘스키 ЕВГЕНИЙ БАРАТЫНСКИЙ(1800~1844)

탐보프에서 태어난 시인은 페테르부르그에서 교육을 받았으나 실러의 작품의 영향을 받고 친구와 함께 친구의 아저씨의 서재에서 도둑질을 하여 사관학교에서 퇴학당하고 1820-24년 핀란드에서 사병으로 근무했다. 1825년에 장교가 되었고 1827년 제대한 후, 모스크바로 돌아와 지성층 청년들과 교류했다. 바라틘스키는 잔혹한 시대에 사고해야 하는 시인의 소명, 가차없는 삶의 여정, 정신적 문화의 사양길, 미적 본성의 상실, 존재의 모순성, 말 자체에 대한 회의에 대해 시를 썼다. 그는 자신이 이미 도래한 '철의 시대'의 마지막 시인이리라 여겼다. 1835년 문인으로서의 생활을 청산하고 나무를 심는 것이 더 자연에 가까워진다고 생각하고 시골에서 직접 집을 짓고 살았다. 푸슈킨과 절친했다.

콘스탄틴 바튜슈코프 КОНСТАНТИН БАТЮШКОВ(1787-1855)

볼로그다의 지주의 아들로 태어나 일찍이 어머니를 여의고 페테르부르그에서 좋은 문과 교육을 받았다. 이탈리아어, 프랑스어에 능통하였고 독일, 라틴, 그리스 문학을 번역했다. 조국의 계몽에 기여하게 되리라고 믿으며 시를 썼고 후배 시인들에게 큰 영향을 끼쳤다. 그는 세상의 어리석음이 풍자나 이성으로 회복될 수 없고 인간은 오직 시혼과의 합일 속에서 진정한 행복을 얻을 수 있다고 여겼다. 명확하고 단순하게, 듣기 좋게 표현해야 한다고 생각했다. 1822년 이후, 피해망상증으로 오래 시달리다가 결국 정신 이상 상태에서 죽는다. 시대보다 너무나 앞선 인간이기도 했고 영원한 이상주의자이기도 했다.

콘스탄틴 발몬트 КОНСТАНТИН БАЛЬМОНТ(1867-1943)

굼니시치 군에서 지주의 아들로 태어났고 모스크바 대학 법학부에서 공부했으나 마치지는 않았다. 1898년부터 시집들(『불타는 건물』, 『태양처럼 되자』 등)을 내기 시작한 러시아 상징주의 운동의 중심적인 인물이었다. 1902년부터 1915년 사이에 대부분 외국에 있었고 10월 혁명에 반대했으며 1920년부터는 고독 속에 프랑스에서 살다가 파리 근교에서 고독하고 비참하게 정신병을 앓다가 죽었다. 입센 등 서유럽 문학을 번역했고 프로코피에프나 라흐마니노프와 친교를 맺으며 그들 음악의 가사를 만들기도 했다.

표트르 뱌젬스키 ПЁТР ВЯЗЕМСКИЙ(1792-1878)

유서 깊은 귀족 출신으로 모스크바 부근 오스타피에보에서 태어났다. 아르자마스 회원으로 주코프스키, 바튜슈코프와 친교를 가졌고 푸슈킨의 문학적 스승이다. 1830년에서 1855년까지 경제성(省) 관리를 지냈다. 젊은 진보적 진영으로부터 1860년부터 반동으로 낙인이 찍혔다. 독일 바덴바덴에서 사망했다. 푸슈킨에게 바이런을 알려주었고 푸슈킨의 서사시 「바흐치사라이 분수」(1822)의 서문을 썼다.

알렉산드르 베르틴스키 АЛЕКСАНДР ВЕРТИНСКИЙ(1889-1957)

키예프에서 태어난 그는 일찍이 부모 없이 친척집에서 외롭게 컸다. 아버지의 법적인 아내가 이혼을 거부해서 부모들은 결혼할 수 없는 처지였다. 소년 시절부터 연극을 좋아했으며 당시 문인들, 미래파, 아크메이스트들과 교류하며 문학인 카페에서 자신이 작사한 노래나 다른 시인들 ─ 알렉산드르 블록, 아넨스키, 아흐마토바의 시를 가사로 하여 노래를 불렀다. 그가 피에로 분장으로 노래를 부르기 시작한 것은 1915년부터이다. 주로 사랑의 아픔과 상실과 죽음을 이야기하는 노래들이었다. 1920년 그는

소련을 떠나 유럽, 미국, 상하이의 카바레에서 노래를 하며 지내다가 1943
년에야 조국으로 돌아올 수 있었다. 조국에 돌아와 전선에서 또 전후에 전
국 방방곡곡에서 수없이 노래를 불렀다.

안드레이 벨르이 АНДРЕЙ БЕЛЫЙ(1880-1934)

본명은 보리스 부가예프. 벨르이는 모스크바 대학의 유명한 수학 교수
와 예술과 문학을 좋아하던 아름다운 피아니스트의 아들로 모스크바에서
태어났다. 수학, 철학, 어문학을 공부하고 1900년경부터 상징주의 운동에
가담한다. 쇼펜하우어, 바그너, 니체에 열광하였고 블록과는 1904년 만난
후 두 번이나 결투 신청을 받을 정도로(블록의 아내와 관련된다) 애증의 관계
였으나 블록이 죽을 때까지 친구로 남았다. 1910년경부터 자연과학과 유심
론적 철학을 결합시킨 새로운 조류인 인지학을 일으킨 괴테 연구가인 루
돌프 슈타이너의 사상을 흠모하여 오랫동안 그의 영향하에 있었다. 1921년
베를린으로 망명했다가 1923년 도로 귀국한다. 소설 『페테르부르그』(1913)
를 남겼다. 그는 창조의 길이 인식의 길이라는 생각에서 시를 썼다.

막시밀리안 볼로쉰 МАКСИМИЛИАН ВОЛОШИН(1877-1932)

1877년 키예프에서 법률가의 아들로 태어나 세바스토폴과 타간로그, 모
스크바, 페오도시야에서 살았고 모스크바 대학에 1897년 입학했으나 학생
운동에 연루되어 퇴학당하고 유럽 각국을 여행하고 소르본느에서 강의를
들었다. 어머니가 독일인이었고 하이네의 시를 일찍부터 번역했다. 1903
년경부터 시인과 예술 평론가, 화가로 활동하다가 당대 시인들, 뱌체슬라
프 이바노프, 브류소프, 벨르이, 블록 등을 알게 된다. 1905년 피의 혁명을
가까이에서 체험하고 1906년 결혼하여 페테르부르그에서 살았으나 1907
년 아내가 뱌체슬라프 이바노프와 가까워지자 불행을 겪게 되어 흑해 연
안 콕테벨로 이주한다. 결국 이혼하고 다른 여자와 재혼한다. 유럽 문화에

대해 깊은 지식을 가졌던 그는 러시아 미술과 문학에 여러 모로 공헌했다. 시민전쟁 때 중립을 유지했고 많은 문인들을 도왔다. 1932년 콕테벨에서 죽었다.

이반 부닌 ИВАН БУНИН (1870-1953)

유서 깊은 귀족 가문의 몰락한 후예인 지주(장교로 퇴역)의 아들로 보로네주에서 태어났다. 일찍부터 생업으로 문필업에 종사하며 유럽의 문학 작품들을 번역했고 19세기 말, 20세기 초의 주요 작가, 시인들(톨스토이, 체호프, 솔로굽, 발몬트, 브류소프, 고리키 등)과 교류하며 시와 소설을 썼다. 1901년에 푸슈킨 상을 받았다. 그의 시의 특징은 19세기적인 전통을 그대로 이었다는 데 있다. 1920년 크리미아를 거쳐 프랑스로 망명했고 1933년 러시아 작가로서는 최초로 노벨상을 받았다. 1953년 파리에서 죽었다. 1954년 복권되었다.

발레리 브류소프 ВАЛЕРИЙ БРЮСОВ (1873-1924)

1873년 모스크바에서 상인의 아들로 태어나 1892-99년 모스크바 대학에서 역사를 공부했다. 프랑스 상징주의의 영향을 받아 러시아 상징주의를 태동시킨 사람으로 여겨진다. 푸슈킨에 대한 애정이 깊었고 그의 편지를 편찬했다. 단테, 베르길리우스, 괴테 등을 탁월하게 번역했다. 다른 상징주의 시인들과 달리 소비에트 정권 수립 이후 1920년 공산당에 가입하여 높은 지위에까지 올랐다가 1924년 모스크바에서 죽었다.

알렉산드르 블록 АЛЕКСАНДР БЛОК (1880-1921)

교수의 아들로 페테르부르그에서 탄생했는데 그를 낳자마자 부부가 별거했고 9살 때 어머니가 재혼한 후 근위대 대위인 의붓아버지의 사택에서 살았다. 법과 어문학을 공부했고 종종 유럽을 여행했으며 독일어, 프랑스어에 능통했다. 1901년 솔로비오프를 알게 되어 그의 소피아철학에 심취하고 소년 시절부터 사랑한 류보바 멘델레바를 지상에 현현한 소피아로 받아들였고 그녀와 결혼했으나 현실적 삶의 동반자로서 어려움을 느꼈다. 자신을 땅에 떨어진 천사라고 여기는 지독한 절망에 이어 조국의 모습을 그대로 바라보고 그 운명을 서러워하는 시들을 썼고 혁명 속에서 과거가 필연적으로 무너지는 음악 소리를 들었으나 혁명 이후의 조국에서 그는 자유가 없다고, 절망할 자유조차 없다고 느꼈고, 숨을 쉴 수 없었으며 삶에서 더 이상 아무런 의미를 찾을 수 없었다.

표도르 솔로굽 ФЁДОР СОЛОГУБ(1863-1927)

페테르부르그에서 재단사의 아들로 태어났다. 고등학교 수학 선생으로 일했고 1884년부터 상징주의 시를 발표했다. 소설과 산문도 썼고 번역도 했다. 1921년 아내가 네바 강에서 자살한 후 홀로 레닌그라드에서 고독 속에 죽었다. 회의주의, 멜랑콜리, 환상적-악마적인 요소가 두드러지는 시들을 많이 썼다. 절망 속에서 자연의 아름다움으로 도피하려고 했지만 항상 기만적 현실과 자신의 상상 간의 괴리를 뼈저리게 느끼고 죽음에 대한 동경을 품었다. 그는 낮의 기만에 대치되는, 삶의 밤의 측면에 관심이 많았고, 무의 영원한 평온과 합일하려는 희망을 품었다.

블라디미르 솔로비오프 ВЛАДИМИР СОЛОВЬЁВ(1853-1900)

모스크바에서 유명한 역사가 세르게이 솔로비오프의 아들로 태어났다. 모스크바 대학에서 자연과학, 철학, 신학을 공부했고 모스크바와 페테르부르그 대학에서 가르쳤다. 1881년 직장을 그만두고 학문에 정진했다. 그는 실증주의적 사고를 비판했고 서양철학의 위기를 설파했다. 그는 존재의 기본적인 힘은 사랑이고 이는 카오스를 이길 수 있고 이 안에서 영적인 것과 물적인 것은 합일이 된다고 믿었다. 세계는 화해와 조화의 세계를 지향하지만 현 상황은 영원한 세계의 상징인 소피아가 일상의 그림자에 덮여 있는 이중성을 가지고 있다고 생각했다. 영원한 여성 소피아는 의인화된 미이고 이 여성이 완전히 지상에 내려오는 순간 이상적 세계와 물질적 세계의 신비적 통합이 일어난다고 생각했다.

이노켄티 아넨스키 ИНОКЕНТИЙ АННЕНСКИЙ(1856-1909)

옴스크에서 관리의 아들로 태어나 페테르부르크에서 고전 어문학을 공부했고 차르스코예 셀로에서 고전어를 가르치면서 학교 행정을 담당하는 고위 관리로 일하다가 페테르부르크에서 죽었다. 그는 고전문학과 프랑스 상징주의 작품들을 번역했다. 50세가 넘어 죽기 바로 얼마 전에야 시인으로 인정받았고 사후에 중요한 시인으로 여겨졌다. 사랑하는 자연이 몰락의 징후를 드러내자 이 세상은 그에게 흔들거리는 뜨거운 사막이고 평화는 신기루였다.

니콜라이 야지코프 НИКОЛАЙ ЯЗЫКОВ(1803-1846)

심비르스크의 부유한 지주의 아들로 태어나 좋은 교육을 받았다. 당시 진보적인 청년들을 배출한 도르파트(현재의 타르투)에서도 교육을 받았고 1820-30년대에 빛나는 성공을 거두었던 시인이다. 푸슈킨이 아낀 후배 시인이기도 했다.

세르게이 예세닌 СЕРГЕЙ ЕСЕНИН(1895-1925)

랴잔의 콘스탄티노보에서 비교적 잘 사는 농민의 가정에서 태어나 1909-1912년까지 신학교에 다녔다. 1912년부터 모스크바에서 문인으로 활동했다. 농촌에서 태어난 예세닌은 자신의 시의 기원을 민담과 민중 언어, 농민의 삶의 세계 안에 보존되어 있는 인간과 자연의 일치에서 찾았다. 그는 혁명과 함께 농민국가가 수립되기를 꿈꿨으나 혁명 후 농민문화가 몰락하고 농민의 자유가 관료제도와 산업화로 인하여 파괴되는 것을 안타까워하다가 스스로 보헤미안이 되어 종종 술에 취해 거리를 헤매었다. 무용가 이사도라 던컨과의 연애로 유명하기도 했다. 러시아에서 가장 사랑받는 시인 중 한 명이다. 그의 많은 시들에 곡이 붙여져 대중가요로 불리고 있다.

게오르기 이바노프 ГЕОРГИЙ ИВАНОВ(1894-1958)

현재의 라트비아 코브노군에서 태어났다. 귀족 출신으로 페테르부르그 군사학교 시절부터 시인이 되려 했고 브류소프의 눈에 띄어 구밀료프와 함께 아크메이스트 운동을 했다. 1922년 베를린으로 망명하여 일 년 후 파리에 정착, 망명 시인으로 명성을 떨쳤다. 2차 대전 중에는 함께 망명한 여류 시인인 부인과 함께 프랑스의 도시 비아리츠에서 살다가 1943년부터는 집도 없어진 채 1946년까지 머물렀고 그 후 파리에서 매우 궁핍하게 살다가 1955년부터는 니스 부근의 양노원에서 지내다가 죽었다. 조국의 쓰라린 운명, 망명 생활의 무의미, 시의 마비에 대해 노래했다. 그는 시 속에 살아남아 조국으로 돌아갈 것을 믿었고 그것은 결국 실현되었다.

뱌체슬라프 이바노프 ВЯЧЕСЛАВ ИВАНОВ(1866-1949)

모스크바에서 관리의 아들로 태어났고 모스크바, 베를린, 파리에서 역사와 고전문학을 공부했다. 1903년부터 시집을 내기 시작했다. 1905-1910년 사이 페테르부르그에 있던 그의 집은 러시아 지성의 중심이었다. 1907년 죽은 아내를 기리는 디오니소스 숭배의 시는 당시 그의 집에 모이는 사람들에게 매우 사랑받았다고 한다. 1919년에는 반쯤 기아 상태에서 지쳐서 썰매를 타고 모스크바에서 떨어져 있는 병원에 있는 아내와 아이들에게 가던 이야기를 사실주의적으로 표현한 「겨울 소네트」를 썼다. 1924년부터 이탈리아에서 살다가 1926년부터 가톨릭으로 개종했다. 로마에서 죽었다. 그는 문예 이론과 문화 이론 및 문학 평론을 많이 썼고 도스토예프스키에 대해 중요한 책을 남겼다.

바실리 주코프스키 ВАСИЛИЙ ЖУКОВСКИЙ(1783-1852)

러시아의 한 지주와 터키 여자의 혼외 정사로 태어난 아들로서 1797년부터 모스크바 대학에서 좋은 교육을 받았고 1802년에 이미 번역을 시작했다. 1817년 니콜라이 1세의 부인이 된 프러시아 공주의 가정교사, 1825년 알렉산드르 2세의 가정교사를 하여 친분 관계를 이용하여 푸슈킨, 12월 당원들 등 진보적인 사상을 가졌던 많은 문인들의 탄압을 완화해 주었다. 1839년 관직에서 물러나 독일로 가서 1841년 독일 화가의 딸과 결혼하였고 독일에서 눈이 멀어 사망했다. 그는 이곳이 아니라 하늘나라, 다른 세계, 먼 곳에 참세계가 있다고 보았고, 지상에서는 이러한 진정한 의미 있는 세계가 시에 나타난다고 보았다. 아름다운 이상적 세계에 대한 동경으로 가득 찬 그의 작품 세계를 푸슈킨은 '달콤함'으로 성격화했다.

마리나 츠베타예바 МАРИНА ЦВЕТАЕВА(1892~1941)

모스크바에서 태어났다. 아버지는 교수, 어머니는 피아니스트였다. 타고난 낭만가로 현실과의 타협을 모르는 영혼을 지닌 이 여류 시인은 그것이 정치적이든 사상적이든 문학적이든 간에 어떠한 강압도 용인하지 않았다. 그녀는 자연, 언어, 민족 그리고 '시라는 현상'만을 중요한 가치로 인정하고 자신과 비슷한 류의 사람들과 '영혼의 로맨스'를 만드는 것을 좋아했다. 10월 혁명을 거부한 그녀는 1922년 백군이었던 남편을 따라 베를린을 거쳐 파리로 망명했다. 망명지에서 고독, 궁핍, 조국에 대한 향수로 괴로워하다가 1939년 남편과 딸에 이어 아들과 함께 소련으로 돌아왔다. 남편은 총살당하고 딸은 수용소로 간 후 고독 속에서 허우적거리다가 자살로 생을 마감했다.

알렉세이 콜초프 АЛЕКСЕЙ КОЛЬЦОВ(1808-1842)

보로네주에서 가축상의 아들로 태어났다. 폐결핵에 걸린 그는 아버지의, 시 창작에 대한 반대로 우울하게 지내다가 일찍 사망했다. 모스크바와 페테르부르그에 자주 다니면서 크릴로프, 주코프스키, 뱌젬스키, 푸슈킨과 알고 지냈다. 그의 시들은 민요가 된 것이 많고 네크라소프와 예세닌의 농촌시(詩)들에 영향을 끼쳤다.

이반 크릴로프 ИВАН КРЫЛОВ(1769~1844)

모스크바에서 장교의 아들로 태어났다. 군에서 복무했고 가정교사로도 일했다. 젊은 시절부터 풍자 작가로 유명했으며, 풍자 잡지를 발행했고, 황제 파벨 1세를 조롱하는 패러디 비극을 쓰기도 했다. 1788년부터 우화를 쓰기 시작했고 라퐁텐의 우화들을 많이 번역했다. 1806년부터 필명을 날리며 페테르부르그에서 살기 시작했고 페테르부르그에 있는 공공 도서관에서 근무했다. 크릴로프는 1809년부터 1843년까지 200편 이상의 우화를 써서 9부로 출판하였는데, 당시로서는 매우 많은 발행부수로 재판도 찍었다. 1842년에는 그의 작품들이 독일어로 번역되어 나왔다. 크릴로프 우화의 많은 표현들은 격언이나 경구로 러시아어 안에 들어왔다.

표도르 튜체프 ФЁДОР ТЮТЧЕВ(1803-1873)

1813-14년에 이미 시를 썼다. 모스크바 대학에서 문학 교육을 받았고 외교관으로 오래 독일에 머물렀으며(1822-1837), 그곳에서 독일 낭만주의 시인들과 교류했다. 외교관을 그만둔 후에도 1844년까지 계속 독일에 머물렀다. 작품의 수는 많지 않으나 종종 푸슈킨 이후 가장 훌륭한 시인의 한 사람으로 꼽힌다. 노년에 특히 좋은 시들을 많이 썼다. 자연에 대해 범신론적 세계관을 가졌으며 자연의 겉으로 드러난 질서 이면의 영원히 지속되는 카오스를 정면으로 바라보았다. 특히 밤, 인간과 세계의 밤의 측면, 보

이지 않는 것, 들리지 않는 것, 말하지 않는 것에 관심이 많았다. 그의 조국
에 대한 시들에는 러시아에 대한 깊은 애정이 서려 있다.

소피야 파르노크 СОФИЯ ПАРНОК(1885-1933)

타간로그의 유대인 가정에서 약국 주인이자 약사인 아버지와 당시로서
는 매우 드물었던 여의사인 어머니 사이에서 태어났다. 좋은 교육을 받았
으며 독일어와 프랑스어에 능통했고 매우 성적이 좋았다. 사춘기 때부터
동성애의 징후를 드러낸 그녀는 1905년 배우였던 여자 친구와 외국으로
다니다가 돈이 떨어지자 돌아왔다. 1907년 남자 친구와 결혼하여 비정상
적인 짧은 결혼 생활을 끝내고 다양한 계층의 여자들과 동성연애를 했는
데 1914년에는 7년 연하인 유부녀, 첫 시집을 막 출판한 마리나 츠베타예
바와 떠들썩한 애정 관계를 가졌다. 1916년 둘이 헤어진 이후에도 파르노
크는 계속 여인들을 사귀면서 생애의 마지막 5년 동안 병과 편견과 궁핍
으로 시달리며 죽을 때까지 동성애자로 살았다.

보리스 파스테르나크 БОРИС ПАСТЕРНАК(1890-1960)

모스크바에서 태어났다. 아버지는 유명한 화가, 어머니는 피아니스트였
다. 모스크바와 독일의 마르부르그에서 음악과 철학을 공부했다. 1913년부
터 서정시, 1922년부터 산문, 1925년부터 서사시를 발표하기 시작하였으
나 스탈린 시대에 자유로운 창작을 하지 못하게 되자 셰익스피어와 괴테
의 작품을 번역했다. 시인에게 인간과 자연은 하나의 커다란 세계에 속하
는 부분들이고 그는 자연의 변화들, 인간의 모든 행동들이 세계에 변화를
주는 것을 항상 새롭게 발견하고 경이로워한다. 사랑과 시와 함께 세계가
변하니 사랑하고 시를 쓰며 사는 한 그는 항상 새로운, 커다란 세계에 있게
되고 그 자취는 우주에 남게 된다. 소설 『의사 지바고』(1957)때문에 정부의
박해를 받았고 그 압력으로 노벨상을 거부해야만 했다.

아파나시 페트 АФАНАСИЙ ФЕТ(1820-1892)

1820년 므첸스크 현(縣) 노보셸스키 영지에서 태어났다. 그의 친부는 독일 다름슈타트의 관리 요한 페트였는데 그의 아내는 러시아 지주 쉔신과 함께 러시아로 도망을 왔다. 그래서 페트가 페트-쉔신이라고 불리기도 한다. 1838년에서 1844년 사이 모스크바에서 문학을 공부하고 그곳에서 시인들과 교분을 가지기 시작했다. 번역가, 사회평론가로도 활동했다. 괴테의 『파우스트』를 운문으로 번역하였고 쇼펜하우어의 『의지와 표상으로서의 세계』를 톨스토이의 제안으로 번역하기 시작하여 1882년 출판했다. 그의 인간 내면에 대한 섬세한 응시는 당시 급진적 사회 개혁에 매달렸던, 성급하고 목말랐던 청년들의 빈축을 사기도 했다. 1860-70년대에 그는 침묵하였고 1880년에야 다시 시작(詩作)을 재개했다.

야코프 폴론스키 ЯКОВ ПОЛОНСКИЙ(1820-1898)

폴론스키는 랴잔에서 관리의 아들로 태어났다. 모스크바 대학에 다니며 세르게이 솔로비오프나 페트와 교분을 쌓았다. 오랫동안 외국에 머물렀으며 귀국 후 외국문학 검열관으로 일했다. 페트와 마찬가지로 상징주의 시인들에게 커다란 영향을 주었다고 평가된다.

알렉산드르 푸슈킨 АЛЕКСАНДР ПУШКИН(1799-1837)

러시아 문학의 아버지로 불린다. 오랜 귀족 가문에서 태어나 귀족 자제들을 위한 기숙학교에서 좋은 교육을 받았다. 일찍부터 비범한 시적 재능을 가진 소년으로 여겨졌고 아내의 염문 때문에 결투로 사망할 때까지 일생 내내 세계문학의 영향을 창조적 자극으로 받아들여 독창적인 작품 세계를 만들어 내었다. 평이하면서도 깊이 있고, 부드러우면서도 날카롭고 투명한 언어로 사랑, 삶, 조국, 시인, 자연에 대한 시를 썼으며, 다른 모든 장르에서도(서사시 「집시」, 「청동 기사」, 희곡 「보리스 고두노프」, 「모차르트와 살리에리」, 「석상 손님」, 운문소설 「예브게니 오네긴」, 단편 소설 「벨킨 이야기」, 「스페이드 여왕」 등) 러시아의 역사와 현실을 그리며 인간 존재의 근본적인 문제들을 천착하여 러시아 문학의 토대를 마련했다.

다닐 하름스 ДАНИЛ ХАРМС (1905-1942)

본명은 다닐 이바노비치 유바체프. 페테르부르그 출생이다. 아버지는 반체제 혁명운동 그룹인 '인민의 의지' 당원이어서 오랜 세월을 사할린의 강제수용소에서 보냈고, 어머니는 사라토프의 귀족 출신이다. 레닌그라드에서 전기공학을 일 년 공부하다가 그만두고 1926년부터 레닌그라드의 예술사전문대학 영화과에 입학하였으나 끝마치지는 않았다. 이때 실험적인 예술 극단의 영향을 받은 것으로 보인다. 부조리와의 유희나 일상의 범속함의 과장 등이 그렇다. 그의 전위적 예술 활동은 1930년을 전후하여 정부로부터 탄압을 받기 시작했다. 그는 일기에 썼었다. "신이여, 한 가지 소원밖에 없습니다. 저를 파멸시켜 주세요, 저를 완전히 부숴 주세요. 저를 지옥으로 데려가 주세요, 중간 어딘가 두지 말고. 제게서 희망을 완전히 빼앗고 저를 영원히 죽여 주세요"라고. 1941년 전쟁 발발 이후 패배주의적인 프로파간다를 했다고 체포되어 정신병 진단을 받고 감옥의 정신병원에서 죽었다.

블라디미르 호다세비치 ВЛАДИСЛАВ ХОДАСЕВИЧ (1886-1939)

모스크바에서 태어났다. 아버지는 몰락한 폴란드 귀족 출신의 화가이자 사진사였고 어머니는 1858년 러시아정교로 개종한 유명한 유대인 작가의 딸이었다. 중고등학교 시절 시인 브류소프의 동생과 친하게 지냈다. 모스크바 대학의 법학부에 들어갔으나 1905년 역사문학부로 옮겼다. 1910년까지 다녔으나 마치지는 못했다. 1910년대 중반부터 문학인들과 어울리고 창작활동을 시작했다. 1910-11년 결핵을 앓아 베니스에 갔었고, 1916-17년 척추결핵을 치료하느라 콕테벨의 볼로쉰에게로 갔었다. 아무 유파에도 가담하지는 않았으나 브류소프, 고리키, 벨르이, 블록, 만델슈탐과 친교를 맺었다. '자기의 러시아'(푸슈킨 작품집 여덟 권을 말함)를 가방에 넣고 1922년 베를린으로 망명, 파리에서 비평가로 활동하다 파리에서 죽었다.

러시아 명시 100편 소개[*]

　러시아 시는 18세기의 모방과 번역의 시기를 지나 19세기를 맞았을 때 러시아 특유의 시 세계를 펼쳐나간 시인들 덕분으로 20세기를 거쳐 현재까지 강한 영향을 미치며 사랑받고 있다.

　러시아 시문학의 명성에 비해 러시아 문학의 역사는 짧다. 이골의 원정기나 네스토르 연대기가 있기는 하지만 러시아 문학은 몽고의 지배하에서 질식 상태에 있어 유럽이 르네상스를 겪는 시기에 이를 함께 겪지 못했고 키예프 시대 10세기에 문자가 만들어진 후 쓰이게 된 문어는 발칸을 거쳐 남슬라브어(語)인 고대슬라브어여서 당시의 일상어와 괴리를 나타내었다. 몽고를 물리친 1480년부터 표트르 대제가 페테르부르그를 세우는 1702-3년까지 시인들은 아직 자기의 말을 찾지 못하고 있었다. 표트르 대제가 서구 문물을 받아들이고 나서 유럽 시의 영향 아래 러시아 시는 자신의 길을 닦게 된다. 트레디아코프스키와 로모노소프의 활동으로 율격 체계(음절음보시)가 확립되고 외국 시의 번역과 모방으로 18세기를 보낸다. 러시아 시

*　필자가 편역한 『한국인이 가장 사랑하는 러시아 명시 100선』에 붙이는 글로 2012년에 작성했는데 그대로 활자화되지는 못했다. 러시아 시 전체를 이해하는 데 나름 도움을 줄 수 있다고 여겨져서 여기 수록한다.

의 시형을 들여온 트레디아코프스키, 이를 기반으로 시를 창작한 로모노소프에 이어 귀족들이 쓰는 일상 언어를 문학작품의 언어로 사용하기 시작하는 운동을 주도하는 카람진, 당시 프랑스 계몽주의의 영향 아래 풍자작품을 쓴 수마로코프, 색채와 수사가 두드러지는 여황제를 찬미하는 작품을 쓴 데르좌빈 등의 18세기가 있어 19세기 황금의 러시아 시문학이 가능했다. 18세기 시인들의 시 세계에서는 궁정 중심의 문화, 새로이 확립되는 국가, 통치자에 대한 찬양, 질서에 대한 숭앙들을 볼 수 있고 문체 면에서는 상위문학과 하위문학 간의 엄격한 구분이 나타났으며 장르의 위계도 엄격하게 지켜졌다. 인간 생활의 위대함, 영웅적 행위, 고아한 인품, 위대한 자연을 고상한 문체에 담았으며 약강 4보격을 엄격히 지키는 등, 규범적 시학을 보인다.

전체적으로 18세기 시가 아직 서구 시의 모방의 정도에 머문다면 러시아 19세기 시문학은 18세기 말부터의 연마의 시기를 거쳐 멋있게 전개되는 시기이다. 특히 19세기 전반은 시문학이 만개한 시기라 할 수 있다. 데르좌빈에서 이미 보이기 시작한 개인의 감정, 체험, 내면세계가 시 세계에서 점점 더 중요시되었다(꿈, 동경, 미, 예술, 피안, 다른 세계, 영혼, 자연, 감정, 밤, 젊음, 직관, 무의식, 비합리, 상상, 영혼, 눈에 보이지 않는 것, 범신론, 동경, 자연의 영혼, 살아있는 자연 등. 이는 낭만주의적인 사고의 특징이기도 하다). 역사적으로 볼 때 1801년부터 황좌에 오른 알렉산드르 1세의 보수 반동체제하에서 나폴레옹전쟁으로 인한 민족적 자의식의 상승과 문화적 후진성에 대한 자각이, 정치적 변혁에 대한 욕구로 나타나 12월 반란 사건이 일어났으며 이와 함께 개인적, 정신적 자유에 대한 추구가 문학에 여러 가지 양상으로 나타났다. 게다가 19세기 전반은 귀족 문화의 시기로서, 이들은 러시아인으로서의, 세계인으로서의, 인류의 문화 구성원으로서의 의식, 인간 존엄, 사람이 사람답게 산다는 것에 대해 깊이 생각하고 이야기를 나누기 시작하였다. 자유, 사랑, 인간의 영혼에 대한 관심을 가지고 아름다운 문화를 건설하려는 욕구를 강하게 보였고 러시아인으로서의 자의식을 느끼며 자신의 역사를 보고, 서유럽 문화의 수준으로 올라가려는 의지를 가졌다. 특히 문학이 지성인 귀족층들의 각별한 애정을 받은 것은 러시아 문학의 행운이었다 하겠다. 이들은 한편으로는 유럽의 낭만주의 운동의 영향을 받아 민족의 고유성, 역사 의식, 독창성의 추구를 보였고, 다른 한편으로는 조국의 운명과 결부된 자유를 향한 동경을 강하게 드러내었다. 이러한 시대적 배경하에 19세기 시문학은 주코프스키의 내면세계에 대한 시선과 바튜슈코프의 목가적인 삶에 대한 지향을 그 출발로 하여 푸슈킨, 바라틴스키, 레르몬토프, 튜체프, 네크라소프, 페트 등은 사랑, 삶, 조국, 시인, 자연에 대해 길이 남는 시들을 썼다. 19세기 러시아 시단에서 빛나던 시인들을 상상 속에서 한꺼번에 무대 위로 올려놓아 보자.

로모노소프, 데르좌빈의 사진이 걸려 있고 바튜슈코프, 주코프스키의 편지가 놓여 있는 홀.

유리창들이 있고 뒷벽 가운데 발코니로 나가는 유리문이 있다. 창밖에 도시의 풍경이 보이고 그 뒤로 러시아 들판과 숲이 보인다.

중앙에 푸슈킨이 걸어 다니며 발코니에 나가 세상을 이리저리 바라보고 사랑하는 여인들도 생각하며 함께 있는 다른 시인들과 어깨동무를 하기도 하며 아름답고 깊은 목소리로 노래한다. 그는 여인을 찬미하고 사랑의 강렬함과 감미로움과 절실함, 소중함을 노래하며 현실의 흉악함을 증오하지만 희망을 품기를 권하며 조국을 사랑하고 삶의 소중함을 노래한다.

그 옆에 바라틴스키가 뾰족한 얼굴로 날카로운 표정을 지으며 경련하듯 간헐적으로 노래하고 있다. 그는 실연의 아픔을 가지고 있으며 사랑의 아픔, 삶의 아픔을 말한다. 그리고 이제 세상의 모든 아름다움이 사라지리라는 예감에 사로잡혀 있다. 그러면서 아름다움에 목숨을 걸었다. 뜨거운 열정과 차가운 이성 사이에서, 시와 현실 사이에서 아파한다.

둘을 바라보며 혼자 앉아 있는 레르몬토프가 슬픈 얼굴로 소리 지르기도 하고, 지루해 어쩔 줄 모르고 경멸적인 표정을 짓기도 하며 한숨 쉬다가 간혹 들판으로 나가기도 한다. 그는 모든 것이 무의미하다고 소리 지른다. 그러나 그에게는 자연과 조국을 바라보는 따뜻함이 있다.

튜체프는 저녁 들판과 숲을 한밤중까지 산책하며 자연을 바라보고 우주를 바라보고 들어와 고요히 생각에 잠겨 자연의 일부로서 사람이 살아가는 일의 의미를 사색 한다. 그는 사랑하지만 그것이 가져오는 폭력 같은 황폐화에 대해서도 말한다.

페트는 햇볕 드는 쪽에 놓인 침대 곁에 말없이 앉아서 도취된 듯, 꿈꾸 듯 노래한다. 고독 속에서 사랑을 키운다. 사랑하고 있다는 것, 그 느낌 속에서만 자신의 삶의 가치를, 의미를 확인한다. 혼자만의 사랑의 제단에 불을 지피며 살아간다.

네크라소프는 튜체프와 페트가, 함께 사는 사람들, 가난한 사람들을 외면하는 것에 분노하는 것 같다. 그리고 그들이 구체적 조국의 현실을 자세히 바라보고 아파하지 않는 것을 못마땅하게 여긴다. 그에게는 조국의 현실과 연관되지 않은 자연 풍경이나 여인에 대한 사랑은 없다. 네크라소프가 문가에 찾아온, 행색이 초라한 거지에게 손을 내밀며 형편을 묻고 시골에 있는 부모형제들은 어떤지 걱정한다.

이들의 노래들이 20세기 러시아 시인들의 귓전에 항상 울렸기에 러시아는 20세기에도 계속 조국의 운명을 껴안고 사랑하고 살아가며 노래하는 시인들을 자랑할 수 있었다.

이 시선에서는 저작권을 신경 쓰지 않아도 되는 시인들의 시 100편을 골라 번역했는데 사랑을 다룬 시 20편, 삶을 다룬 시 25편, 조국을 다룬 시 20편, 시인을 다룬 시 20편, 자연을 다룬 시 15편이다. 시 하나하나마다 간단히 소개해 본다. 시인에 대한 소개는 그 시인의 시가 처음 언급될 때 간단히 서술했는데 그 경우 시를 쓴 시인을 밝힐 때 괄호 안에 시인의 생애를 숫자로 표시하였다. 100편은 다음과 같다.

<사랑>

1. 나 그대를 사랑했소 – 알렉산드르 푸슈킨(1799-1837)

2 그대와 댁 - 알렉산드르 푸슈킨

3 그루지야 산 위로 밤의 어둠이 누웠고 – 알렉산드르 푸슈킨

4 마지막 꽃들이 더 소중하네 - 알렉산드르 푸슈킨

5 내 모든 것, 그대에의 기억에 바친다 – 알렉산드르 푸슈킨

6 제 고향 푸른 하늘 아래서 - 알렉산드르 푸슈킨

7 때가 왔소, 여보, 때가 왔소! - 알렉산드르 푸슈킨

8 바위 - 미하일 레르몬토프(1814-1841)

9 마지막 사랑 - 표도르 튜체프(1803-1873)

10 속삭임, 수줍은 숨결 - 아파나시 페트(1820-1892)

11 나 그대에게 아무 말 하지 않을 테요 – 아파나시 페트

12 길 잃은 암흑으로부터 나…… - 니콜라이 네크라소프(1821-1877)

13 어두운 밤거리를 마차를 타고 가거나…… - 니콜라이 네크라소프

14 내 의식은 고통으로 짓눌렸다 - 야코프 폴론스키(1820-1898)

15 알 수 없는 여인 - 알렉산드르 블록(1880-1921)

16 태양의 입술 – 니콜라이 구밀료프(1886-1921)

17 바지 입은 구름(제1부) - 블라디미르 마야코프스키(1893-1930)

18 사랑할까? 아닐까? - 블라디미르 마야코프스키

19 여인에게 보내는 편지 - 세르게이 예세닌(1895-1925)

20 겨울밤 - 보리스 파스테르나크(1890~1960)

<삶>

21 시간의 강 - 가브릴라 데르좌빈(1743-1816)

22. 백조, 잉어, 그리고 게 - 이반 크릴로프(1769~1844)

23 삶이 그대를 속일지라도 - 알렉산드르 푸슈킨

24 삶이라는 짐마차 - 알렉산드르 푸슈킨

25 작은 꽃 하나 - 알렉산드르 푸슈킨

26 회상 - 알렉산드르 푸슈킨

27 비가 - 알렉산드르 푸슈킨

28 환멸 - 예브게니 바라틴스키(1800~1844)

29 노년의 우리의 삶은 오래 입어 닳은 할라트 - 표트르 뱌젬스키(1792-1878)

30 황량한 북쪽 나라에 전나무 하나 - 미하일 레르몬토프

31 기도 - 미하일 레르몬토프

32 감사 - 미하일 레르몬토프

33 권태롭고도 서러워라 - 미하일 레르몬토프

34 나 홀로 길에 나선다 - 미하일 레르몬토프

35 침묵 - 표도르 튜체프

36 수많은 세계 속에서 - 이노켄티 아넨스키(1856-1909)

37 아직은 좀 더 숨 쉬라 - 표도르 솔로굽(1863-1927)

38 고독 - 발레리 브류소프(1873-1924)

39 사랑하는 친구여, 너는 알지 못하는가 - 블라디미르 솔로비오프(1853-1900)

40 과거의 모든 것을 축복한다 - 알렉산드르 블록

41 그대의 손가락은 향냄새로 싸이고 - 알렉산드르 베르틴스키(1889-1957)

42 여기 또 불 밝힌 창이 - 마리나 이바노브나 츠베타예바(1892~1941)

43 벽 모서리 거미 한 마리 내 성상을 거미줄로 다 감아 버렸다 - 소피야 파르노크(1885-1933)

44 아이들 책만 읽을 것 - 오십 만델슈탐(1891-1938)

45 흐트러진 정신으로 거리를 걸어 다닐 때나 - 게오르기 이바노프 (1894-1958)

<조국>

46. 시베리아 깊은 광맥 속에 – 알렉산드르 푸슈킨

47 비가 - 니콜라이 야코프(1803-1846)

48 농부의 생각 - 알렉세이 콜초프(1808-1842)

49 조국 - 미하일 레르몬토프

50 도덕적 인간 - 니콜라이 네크라소프

51 도둑 - 니콜라이 네크라소프

52 루스 - 니콜라이 네크라소프

53 러시아는 이성으로 이해할 수 없네 - 표도르 튜체프

54 이 궁핍한 마을들 - 표도르 튜체프

55 도시 - 아폴론 그리고리에프(1822-1864)

56 러시아 정신 - 뱌체슬라프 이바노프(1866-1949)

57 조국 - 안드레이 벨르이(1880-1934)

58 러시아 - 알렉산드르 블록

59 밤, 거리, 가로등불, 약국 - 알렉산드르 블록

60 수치를 모르고 밤낮없이 - 알렉산드르 블록

61 세기 - 오십 만델슈탐

62 다가올 세대들의 영예로운 공적을 위하여 - 오십 만델슈탐

63 즐거움과 더러움의 정비례 - 다닐 하름스(1905-1942)

64 신성한 전쟁 - 바실리 레베데프-쿠마치(1898-1949)

<자연>

<사랑>

1. 나 그대를 사랑했소 - 알렉산드르 푸슈킨(1799-1837)

푸슈킨의 가장 유명한 사랑 시. 화자는 자신이 사랑하는 여인이 번거로워할까 봐 자신의 사랑조차 드러내지 않으려 하며 그녀가 누구에게서라도 항상 사랑받기를 바란다. 그녀가 원한다면 다른 사람에게 고이 보내겠다는 남자의 진정 어린 심정이 느껴지는 소월의 「진달래꽃」이나 나를 버리시는 님의 뜻을 위해서라면 나를 대적하여 싸우겠다는 셰익스피어의 소네트 89번의 정서와 통하는 아름다운 시로서 사랑하는 마음은 상대방의 마음을 배려하고 자신을 가다듬으며 둘 사이의 관계가 항상 소중한 것이 되도록 하려는 의지로 꾸려진다는 것을 말해준다. 알렉산드르 푸슈킨은 러시아 문학과 문학어의 토대를 마련한 작가로 러시아문학의 아버지로 불린다. 오랜 귀족 가문에서 태어났다. 1811년 페테르부르그 근교의 차르스코예 셀로에서는 귀족 자제들을 위한 학교가 문을 열었는데 푸슈킨은 1811년부터 1817년까지 이곳의 기숙학교에 다녔다. 그때부터 그는 비범한 시적 재능을 가진 소년으로 여겨졌고 아내의 염문 때문에 결투로 사망할 때까지 일생 내내 사랑, 삶, 조국, 시인, 자연에 대해 시를 썼으며, 다른 모든 장르에서도(서사시 「집시」(1823~24), 「청동 기사」(1833)), 희곡 「보리스 고두노프」(1825), 소비극 「모차르트와 살리에리」, 「석상손님」, 운문 소설 「예브게니 오네긴」(1823-1831), 소설 「벨킨 이야기」(1830), 「스페이드 여왕」(1833)) 러시아의 역사와 현실을 그리며 인간 존재의 근본적인 문제들을 천착하여 이 모든 작품들이 러시아 문학의 원천임과 동시에 귀감이 되도록 하였다. 푸슈킨은 세계문학의 영향을 창조적 자극으로 받아들여 그만의 독창적인 작품 세계를 만들어내어 그가 살아 있을 때부터 유럽에 알려지고 번역되어 러시아문학이 세계문학의 일원이 되고 19세기 후반 러시아문학이 세계문학을 주도해 나가는 데 밑거름이 되었다. 그의 언어의 가장 중요한 특징은 보통 쓰는 평이한 단어가 깊은 의미를 지닌다는 점이다. 19세기의 탁월한 평론가 벨린스키는 그의 작품에서는 러시아어의 힘이 최대한 발휘되었다고 말했다. 푸슈킨의 언어는 부드럽고 달콤한 동시에 날카롭고 투명하다.

2. 그대와 댁 - 알렉산드르 푸슈킨

'그대'라고 번역한 대명사는 러시아어에서 친밀한 사람끼리 서로 부를 때 쓰는 '너'를 말한다. 이 시 속에서 사랑을 받는 여인은 안나 올레니나 (1808-1888)로서 페테르부르그 공립도서관장, 예술원장의 딸이라고 알려져 있다. 1828년의 일련의 시들은 그녀와 연결되어 있는데 푸슈킨은 그녀를 사랑하고 그녀와 결혼하고 싶어 하였다. 그녀는 그녀가 푸슈킨을 친밀한 사람들을 부를 때 사용하는 대명사 '너'라고 부른 다음 날 푸슈킨이 이 시를 가져왔다고 회상록에 썼다. 정부의 고위 관리인 그녀의 아버지가 논란이 많은 저작물 등의 이유로(1828년 6월 신성 모독적이라고 여겨진 「가브릴리아다」의 저자로 고발당함) 자신을 탐탁하지 않게 여기는 것을 느끼고 푸슈킨은 그녀가 그로부터 소원해지는 데 대해 불행한 예감을 느끼기도 하였다. 마술에 걸린 듯 사랑하는 대상에 취한, 사랑에 빠진 남자의 예민한 마음에 사랑하는 이의 말과 동작 하나하나가 얼마나 커다란 영향을 주는가 하는 것이 잘 포착되어 있어 공감을 불러일으키는 시이다. 톨스토이의 소설『안나 카레니나』에서 브론스키가 경마를 앞두고 안나를 방문했을 때 그는 안나를 아직 러시아말로는 '그들 사이에 말도 안 되게 차가운 <댁>'이라고 부를 수도 없고 비밀스런 사랑이기에 '위험한 <너>'라고도 부를 수 없다고 느끼는 반면 경마장에서 안나와 그녀의 남편 카레닌은 부부인데도 서로를 <댁>이라고 존칭으로 부른다.

3. 그루지야 산 위로 밤의 어둠이 누웠고 - 알렉산드르 푸슈킨

밤의 자연 속에서 멀리 있는 사랑하는 사람을 그리워하는 슬픔 속에 삶의 충만함이 넘치고, 산도 강도 함께 살아 있는 존재로서 감지되는 찬란한 슬픔을 노래하는 시. 가장 중요한 것은 가슴이 그리워하고 사랑하지 않고는 못 배긴다는 소중하고 찬란한 사실이다. 사랑하는 마음과 충만한 삶은 함께 하므로. 사랑하는 사람을 만나기까지 그리워하고 사랑하는 사람과 헤어지면 저린 가슴으로 또 그리워하고 사랑을 느끼는 시인의 가슴은 모란이 피기까지 기다리고 모란이 다 떨어진 후에 그리움 속에 또 모란이 피기를 기다리며 점점 더 깊어지고 성숙해 가고 성숙해 갈 찬란한 슬픔의 사랑을 하는 시인의 가슴과 비슷하다. 조병화의 「황홀한 모순」의 화자의 가슴과도 유사하게 느껴진다(사랑하면 할수록/헤어짐은 이루 말할 수 없는 적막//그 적막을 이겨낼 수 있는 슬픔을 기르며/나는 사랑한다, 이 나이네//사랑은 슬픔을 기르는 것을/사랑은 그 마지막 적막을 기르는 것을.//).

4. 마지막 꽃들이 더 소중하네 - 알렉산드르 푸슈킨

창작 연대로 볼 때 푸슈킨이 궁정 및 황제를 풍자하는 작품을 써서 남부로 좌천되었을 때 오데사에서 그의 상관인 보론초프 백작의 아내와 사랑하다가 보론초프의 청원으로 북부로 유배당한 뒤에 쓴 시로 보인다. 사랑했던 이와 이별하는 아픈 순간이 만남의 순간보다 더 생생하고 더 소중하게 여겨지는 안타까운 마음을 그렸다. 참 멋진 사랑이었고 참 가슴 아픈 이별이었으리라. 이별의 순간은 사랑으로 한껏 성숙해진 마음에 안타깝게 다가온 것 같다. 이 우울한 기억이 가슴 아픈 만큼이나 이 기억을 안고 살아가는 것이 더 생생하고 소중하게 느껴지리라. '이별은 꽃을 주는 것이다', '님은 갔지마는 나는 님을 보내지 아니하였습니다', '꽃은 떨어지는 향기가 아름답습니다', '님은 떠날 때의 얼굴이 더욱 어여쁩니다' 같은 만해의 이별과 연관된 아름다운 구절이나 소월의 시구 '봄은 가나니 저문 날에/꽃은 지나니 저문 봄에/수없이 우니니 지는 꽃을/속없이 느끼나니 가는 봄을./꽃 지고 잎 떨린 가지를 꺾어 들고/미친 듯 울면서 봄의 저문 날에/몸에 처음 감은 치마를/눈물로 적시는 저문 날에/혼자서 잡고 집 난이는 설어 하누나.//'를 생각나게 하는 시이다.

5. 내 모든 것, 그대에의 기억에 바친다 - 알렉산드르 푸슈킨

위의 시와 마찬가지로 보론초프 백작부인과 연결된 것으로 보인다. 화자의 삶은 온통 헤어진 연인에 대한 기억으로 이루어진다. 그가 행동하고 느끼는 모든 것이 그녀와 연결되어 있는 것이다. '퉁퉁 부은 처녀의 눈물'이라는 표현에 눈길이 가는데 아마도 백작부인을 잊기 위해, 아니면 황폐한 마음으로 별 의미 없이 그는 농노 처녀와 동침했고 처녀를 퉁퉁 붓도록 울린 모양이다. 사랑하는 여인을 폭풍 같이 그리워하는 자신의 모든 것을 직시하며 자신을 돌아보는 용감한 시이다.

6. 제 고향 푸른 하늘 아래서 - 알렉산드르 푸슈킨

시인은 자신이 예전에 그렇게 맹렬하게 사랑했던 한 이국 여인(푸슈킨은 많은 여인을 사랑했다)의 죽음의 소식을 듣고 자신에게 아무런 눈물과 탄식이 일어나지 않고 무심한 것을 보고 스스로 놀란다. 그는 자신에게 또 현실에 정직하다. 아무리 소중하고 사랑했던 사람이라도 죽게 되면 인간은 죽음이라는 벽 앞에서는 무력하다는 사실, 그리고 죽은 자와 산자의 경계는 확연히 구분된다는 사실을 곰곰 생각해 보게 하는 시이다. 시인은 사랑했던 여인의 죽음 앞에 서둘러 애도의 시를 세금 바치듯 쓸데없이 지어 바치지 않고 삶과 죽음의 의미를, 둘 사이에 서 있는 통과 불가능한 벽을 그대로 응시한다.

7. 때가 왔소, 여보, 때가 왔소! - 알렉산드르 푸슈킨

시인은 고달픈 이 세상에서 지친 노예처럼 부자유와 피곤을 느낀다. 이 세상에 행복은 없다는 것을 재삼 확인한 시인은 자신이 처한 어색하고 잔혹한 상황을 벗어나 자유로운 창작 속에서 기쁨을 느끼며 평온을 유지하기 위하여 사랑하는 아내에게 그런 생활만을 할 수 있는 곳으로 그만 가자고 한다. 소중한 아내, 그러나 철없이 바깥으로 나도는 아름다운 아내에게 삶이란 한 발짝 한 발짝 죽음을 향해 가는 것이라는 것을 상기시키며 사랑하는 둘의 소중한 삶이 하루하루 날듯이 줄어드는 것을 생각하고 둘만의 충실한 삶을 살아가자고 말한다. 푸슈킨이 가기를 원했던 곳은 사랑하는 아내와 함께하며 창작을 하고 순수한 기쁨을 느낄 수 있는 공간, 음모와 불신이 팽배한 궁정사회가 아닌 어딘가 먼 곳, 자유와 평온이 있는 곳이었다. 불가코프의 소설 『거장과 마르가리타』의 결말 부분에서 거장과 마르가리타가 가는 곳이 그곳이다. 비록 죽음 이후이기는 하지만 말이다. 푸슈킨의 아내는 시인이 원하는 바대로 그렇게 그와 함께하지 못했다.

8. 바위 - 미하일 레르몬토프(1814-1841)

시인은 구름처럼 날아왔다가 가버린 언뜻 지나간 사랑, 아마도 스스로의 절망과 고독에 갇혀 붙잡지 못하고 보내버린 사랑을 오래 가슴속에 간직하며 숨죽여 울고 있는 마음을 외로운 바위에 빗대어 표현했다. 미하일 레르몬토프는 모스크바의 귀족 가문(그 자신이 스코틀랜드 귀족의 후예라고 자랑함)에서 태어났고 어머니가 죽은 후 할머니의 영지인 펜자에서 자랐다. 1828년 모스크바 기숙학교에 들어갔고 여기서 문학과 철학에 대한 식견이 생겼고 12월 당원이나 푸슈킨의 작품을 알게 된다. 초기에는 자유애(愛) 사상이 담긴 작품들을 썼다. 1830-32년 모스크바 대학에서 강의를 듣다가 보수적 교수들과 충돌하여 퇴학당했으나 대학 시절 혁명민주운동의 지도자가 되는 벨린스키, 게르첸, 오가료프 같은 학우들과 교류했고 서유럽의 자유의 물결, 혁명운동에 대해 관심이 많았으며 특히 프랑스혁명, 바이런에 관심을 가졌다(자기가 바이런과 구별된다는 시 「나는 바이런이 아니야」를 쓰기도 했다). 1834년 페테르부르그에서 사관학교를 마치고 황제의 경기병연대에 들어갔다. 1837년 푸슈킨의 죽음에 부친 시 「시인의 죽음」(푸슈킨의 죽음이 당시 궁정인들의 음모 때문이라는 것을 암시함, 런던에서 1856년 인쇄됨) 때문에 카프카즈와 노브고로드로 전출당했다. 카프카즈에서 게오르기야의 민속의 영향을 받았고 그곳에 있던 12월 당원이었던 오도예프스키와 게오르기야 같은 시인들을 알게 되었다. 1838년 할머니의 노력으로 페테르부르그로 돌아와 작품 쓰기에 몰두하여 「명상」, 「기도」,

「감사」, 「권태롭고도 서러워라」 등 좋은 시들을 썼으나 1840년 다시 결투에 대한 징벌로 카프카즈로 가야했다. 1841년 퍄티고르스크에서 결국 결투로 사망했다. 「나 홀로 길에 나선다」(1841)를 유고로 남겼다. 그의 모든 시에는 공통적으로 외로움과 고통이 나타난다. 12월 혁명이 실패로 돌아간 이후 더 잔혹해진 시대에 그는 이상과 현실의 괴리를 뼈저리게 느끼고 현실을 사는 아픔과 절망을 토로하고, 외로움에 발버둥치기도 하고 이에 맞서는 의지를 다짐하기도 하고, 이루어질 수 없는 것을 바라고 또 그를 절망시킨 것을 사랑하기도 하고, 이런 모순을 인식하며 기도하고 자연 속에서 마음을 달래기도 했다. 현실에 대한 환멸과 자유로운 개인이라는 이상에 대한 동경이 그의 시 전체의 자양분이었던 셈이다. 기존 질서의 부당함에 대항하는 개인의 반란과 고독의 비극은 서사시 「악마」(1839)와 리얼리즘 소설 『우리시대의 영웅』(1840)에도 나타나 있다. 27세에 죽은 이 시인은 이처럼 자신의 반항적인 영혼과 세상에 대한 비판적인 시선, 의혹과 번민을 통해 젊은이들에게 가까이 다가갔고 후대 젊은 시인들에게 큰 영향을 끼쳤다.

9. 마지막 사랑 - 표도르 튜체프(1803-1873)

튜체프가 나이 들어 사랑하게 된 자신의 마음을 들여다보는 시. 시인 자신이 스스로가 느끼는 바가 인간 보편('우리')의 감정이라고 생각했듯 실상 모든 사람의 가슴에 파고들 수 있는 시이다. 그는 자신의 문제를 항상 인간 보편의 문제로 파악하여 제시하고자 했다. 표도르 튜체프는 유서 깊은 귀족 가문의 후예로서 좋은 인문교육을 받았다. 1813-14년에 이미 시를 썼다. 모스크바 대학에서 문학 교육을 받았고 외교관으로 오래 독일에 머물렀으며(1822-1837), 그곳에서 독일 낭만주의 시인들과 교류했다. 외교관을 그만둔 후에도 1844년까지 계속 독일에 머물렀다. 작품의 수는 많지 않으나 종종 푸슈킨 이후의 가장 훌륭한 시인의 한 사람으로 꼽는다. 노년에 특히 좋은 시들을 많이 썼다. 자연에 대해 범신론적 세계관을 가졌으며 자연의 겉으로 드러난 질서 이면의 영원히 지속되는, 영원히 인간 존재를 위협하는 카오스를 정면으로 바라보았다. 특히 밤, 인간과 세계의 밤의 측면, 보이지 않는 것, 들리지 않는 것, 말하지 않는 것에 관심이 많았다. 그의 조국에 대한 시들에는 러시아에 대한 깊은 애정이 서려 있다.

10. 속삭임, 수줍은 숨결 - 아파나시 페트(1820-1892)

밤의 자연 속에서 두 연인이 사랑을 나누고 아침에 충만함으로 가득 찬 감동의 눈물을 흘리며 작별하는 내용이 인상주의적으로 그려져 있다. 사랑과 밤과 자연의 어우러짐이 순간들의 장면 묘사로서 몽타주처럼 연결되어, 순간들이 사랑으로 인하여 영원한 아름다움을 나타내는 것을 보여준다. 자연의 풍광, 인간 영혼의 순간적 움직임, 감각과 체험의 모든 음영들이 섬세한 관찰자에 의해 독자 앞에 제시되는 것이 페트 시의 특징이다. 그의 시는 매우 음악적이어서 많은 시들이 곡으로 만들어져 유명한 로망스가 되었다. 페트는 1820년 므첸스크 현의 노보셀스키 영지에서 태어났다. 그의 친부는 독일 다름슈타트의 관리 요한 페트였는데 그의 아내는 러시아 지주 쉔신과 함께 러시아로 도망을 왔다. 그래서 페트가 페트-쉔신이라고 불리기도 한다. 1838년에서 1844년 사이 모스크바에서 문학을 공부하고 그곳에서 시인들과 교분을 가지기 시작하였다. 그는 번역가, 사회평론가로도 활동하였다. 그는 괴테의 『파우스트』를 운문으로 번역하였고 19세기 후반 러시아의 지성이 많은 관심을 보였던 쇼펜하우어의 『의지와 표상으로서의 세계』를 톨스토이의 제안(1869년)으로 번역하기 시작하여 1882년 출판했다. 쇼펜하우어의 영향 아래 태어난 바그너의 오페라 「트리스탄과 이졸데」(1859 출판, 1865 초연)에서처럼 페트의 사랑 시에는 사랑과 현실, 사랑과 낮의 대척적인 관계, 아름다운 성을 통해 진실에 이르는 과정이 나타난다. 그의 이러한 낭만주의적인 인간 내면에 대한 섬세한 응시는 당시 급진적 사회개혁에 매달렸던 성급하고 목말랐던 청년들의 빈축을 사기도 했다. 1860-70년대에 그는 침묵하였고, 1880년에야 다시 시작(詩作)을 재개하였다.

11. 나 그대에게 아무 말 하지 않을 테요 - 아파나시 페트

화자는 낮 동안 지친 심장 속으로 밤의 촉촉함이 불어와 영혼이 피어나고 사랑의 전율을 느끼게 될 때 연인에게 아무 말 않으리라고 한다. 시인이 말을 하지 않겠다는 이유는 푸슈킨의 「나 그대를 사랑했소」에서처럼 사랑하는 이를 번거로이 하랴 걱정되어서이기도 하지만 더 중요한 것은 사랑의 전율, 그 충만감을 흩어 내릴까 보아 염려하기 때문이다. 여기서 사랑의 적은 낮과 현실, 그리고 낮과 현실에서 쓰는 언어 자체이다.

12. 길 잃은 암흑으로부터 나…… - 니콜라이 네크라소프(1821-1877)

자신이 구원한 '타락한' 거리의 여자에게 '아무 소용없이' 스스로를 괴롭히지 말고 자기의 아내가 되어 어엿한 안주인이 되었으면 하는 염원을 '확신에 찬' 언어로써 설득하려는 한 남자의 말이다. 스스로를 더러운 여자라고 자학하는 여자의 심리가 섬세하게 포착되었다. 러시아문학에서 이러한 여자들은 도스토예프스키나 톨스토이의 소설들에서 종종 다루어졌다. 도스토예프스키의 『지하생활자의 수기』의 주인공이 거리의 여자와 사귀는 장면에도 인용된 시이다. 과연 그녀는 그의 염원대로 세상의 눈과 자학으로부터 벗어날 수 있으려나? 그리고 화자의 그런 이념은 사랑을 유지하는 데 소용이 있으려나? 궁금하다. 실상 사랑에는 아무런 이념이 필요한 것이 아니므로. 예를 들어 스탈린식 사회주의 리얼리즘의 애정관에 위배되는 콘스탄틴 시모노프(1915-1979)의 시(나는 다른 누구보다 진실하고 고지식하오/난 당신을 비방하는 소리를 듣지 않았소/당신을 친밀한 이름으로 불렀던 남자들을/손가락으로 세어보지도 않았소//난 진정으로 다른 누구보다 명예로운 남자요/또 아마도 다른 누구보다도 젊을 거요/난 당신의 과거들을/용서하거나 단죄하고 싶지 않소//난 당신을 나의 처녀라고 부르지 못했소/당신과 함께 꽃을 꺾지도 못했소/또 당신의 두 눈 속에서/처녀의 순결을 찾지도 않았소//난 당신이 여러 해 동안 꿈속에서 나를/기다리지 않은 것을/또 당신이 처녀가 아니라/여인으로서 내게로 온 것을 애석해하지 않소//난 알고 있었소, 그 어떤 너절한 염원이나/교묘한 말보다 더 명예로운 것이/하룻밤 우리가 의지하는 벽과/열정의 직설적 언어인 것을.//만일 내가 당신을/붙잡게 될 운명이라면/그건 당신이 다른 남자를 모르는/여자여서가 아니오//또 내가 아직 더 좋은 여자를/못 만나서가 아니오/또 당신이 수줍어서가 아니오/어쩌다 그렇게 되어서도 아니오……//정말 아니오, 만일 내가 당신을/붙들게 된다 해도/난 당신을 나의 처녀라고/부르진 않을 거요//난 당신의 두 눈 속에서/연푸른, 비어 있는 순결이 아니라/고통과 열정 속에 태어난 한 여인의/순결을 만나게 될 것이오.//어린애 같은 무구한/눈감은 순결이 아니라/여인다운 사랑스러움의 순결,/밤을 지새우는 애무의 순결을……//내 운명 불행해진다 해도/그 누가 나를 심판한다 해도/난 스스로 일생 동안 당신에게/선고를 내렸다오./1941년 6월)에서 사랑하는 남자는 어떤 도덕적 이념을 내세우지 않는다. 그냥 그 여자를 사랑할 수밖에 없는, 사랑하기에 자신과 그녀와의 사랑을 명예롭게 여기는 누구보다도 젊은 남자이다. 이에 비해 좀 과장하여 말하자면 네크라소프의 이 시의 화자는 이념을 위한 행위를 하듯 사랑을 하려 한다. 네크라소프는 이런 화자의 심리를, 그것이 비록 시인 자신의 심리라고 하더라도, 분석적으로 제시하고 있다고 할 수 있다. 니콜라이 네크라소프는 소련에서 혁명적 민주주의 세력의 위대한 시인으로 모셔진 시인이다. 러시아 문화의 귀족적인 시대(대략 1812-1825)가 12월 혁명 이후 점차 사그라져 가고 이제 지주계급과 시골 신부의 진보적인 아들들, 상인, 하급 장교들이 이루는 인텔리겐챠의 문화가 상승할 때 네크라소프는 강한 사회적 메시지로써 커다란 몫을 한 시인이다. 당시 인텔리겐챠들의 지향은 한편으로는 귀족계급, 농노제와 싸우는 것이었고 다른 한편으로는 학대받고 모욕당하는 자들을 동정하는 것이었다. 네크라소프는 이런 의미에서 19세기 후반 진보적 인텔리들을 대표했다고 할 수 있으나 그의 시 세계는 이런 이데올로기적 경향으로 국한되지는 않는다. 야로슬라블 현에서 태어났는데 아버지는 무식한 지주였고 어머니는 교육받은 폴란드 여자였다. 아버지는 아들의 의사와 무관하게 그를 사관학교에 보내려고 페테르부르그로 보냈으나 아들이 아버지의 의사에 반하여 대학 입학 준비를 하자 아버지는 생활비를 대주기를 거부했다. 그는 도시에서 생계를 꾸려가느라 잡다한 글을 쓰면서 궁핍한 생활을 이어갔다. 이러한 생활에서 태어난 그의 시는 1860-70년대 혁명운동에 가담한 젊은이들의 공감을 샀다. 그는 민중의 삶을 민주주의적인 입장에서 이해하고 묘사하고자 했으며 러시아 백성으로서 또 여성으로서 이중의 오랜 억압 속에 시달리는 러시아 여인의 운명에 많은 관심을 보였다. 그의 작품에는 어머니, 누이에 대한 사랑과 아버지에 대한 증오가 두드러진다. 그는 도시의 지배계층과 인텔리들의 내면, 러시아 민중, 러시아의 자연을 서정시와 서사시에서 폭넓게 다루었고 신문 용어 등을 시어로 사용하는 과감한 시어의 확장을 시도했으며 민중적이고 민요적인 요소를 시에 들여왔다. 그의 시는 민요처럼 불려지기도 한다. 이 시에서처럼 작품 속에서 화자와 시인의 괴리가 낳는 다성적 구조도 종종 눈에 띈다. 1847년부터 『동시대인』 잡지를 맡아서 작가들을 발굴하고 작품들을 출판하였다. 벨린스키, 게르첸, 체르늬셰프스키, 도브롤류보프, 투르게네프, 곤차로프, 페트, 도스토예프스키, 레오 톨스토이 등.

13. 어두운 밤거리를 마차를 타고 가거나⋯⋯ 니콜라이 네크라소프

대도시의 가난한 젊은 연인들을 다룬 이 시는 잔혹한 현실이 사랑하는 이들에게 어떤 삶을 살게 하는지 보여주어 가슴 아프다. 과거에 가난해서 연인을 잃었던, 이제는 그런 처지를 벗어난 인텔리로 보이는 화자는 과거의 사랑을 어쩌다 가끔 회상하며 가끔 가슴 아파한다. 잔혹한 아버지, 강제로 한 결혼, 잔혹한 남편, 그리고 그것에 맞서 무작정 집을 나온 여자, 한 무력한, 제 앞가림도 미처 못하는 인텔리를 만나 한동안 함께하며 아이를 낳고 살다가 결국 가난으로 인해 죽은 아이에게 관을 구하고 남편에게 먹을 것을 제공하느라 거리로 나가게 된 과정과 죽은 아이를 그녀의 아들이라고 부를 정도로, 그녀가 차려입고 거리로 나가기 전 깜빡 잠이 들었다고 할 정도로 자신이 처한 상황을 그대로 들여다보기조차 힘겨웠던 남자의 내면이 손에 잡힐 듯 그려져 있다.

14. 내 의식은 고통으로 짓눌렸다 - 야코프 폴론스키(1820-1898)

사랑을 잃고 지상의 삶에 대한 고통으로 짓눌리고 눈물도 마른 절망한 화자가 밤의 어둠 속에서 위안을 구하듯 자연을 마주하고 자신의 내면을 들여다보고 있는데 분노의 수렁 위에 별빛은 삼켜져 버려 보이지 않는다. 그러나 얽힌 전나무들 아래 검은 갈대로 어두운 늪으로부터 몇 줄기 빛살들 빛을 뿜고 하늘을 향하듯 그의 내면의 늪에서 사랑의 빛은 몇 줄기 빛살로 다시 소생할 수밖에 없을 것이다. 폴론스키는 랴잔에서 관리의 아들로 태어났다. 모스크바 대학에 다니며 세르게이 솔로비오프나 페트와 교분을 쌓았다. 오랫동안 외국에 머물렀으며 귀국 후 외국문학 검열관으로 일했다. 페트와 마찬가지로 상징주의 시인들에게 커다란 영향을 주었다고 평가된다.

15. 알 수 없는 여인 - 알렉산드르 블록(1880-1921)

블록의 가장 유명한 시이다. 상실과 권태와 절망 속에서 어떤 알 수 없는 여인에게 매혹을 느끼고 그 여자와의 사랑을 통해 구원을 꿈꾸어 보는 한 남자의 내면이 그림처럼 그려져 있다. 그는 썩은 냄새 나는, 들쩍지근하고 권태롭고 타락하고 황폐한 도시에서 허름한 술집에 앉아 술을 마시다 환상처럼 나타난 그녀의 퇴폐적이고 매혹적인 자태를 도취되어 바라보며 그녀 속에서 그가 동경하던 친숙하면서도 낯선 아름다운 세상을 본다. 그녀는 과거에 누군가의 별이었던, 이제 술집으로 나타난 정체를 알 수 없는 여인이다. 시인은 예전에 그의 별이었던, 이제는 가버린 천상의 여자인 아름다운 귀부인 대신, 이제 술집에 앉아 퇴폐적이며 고혹적인 이 여자가 그만이 열수 있는 비밀을 간직한 보배임을 깨닫는다, 술에 취해서. 강한 인상을 남기는 가슴 아프고 아름다운 시이다. 블록은 1880년 11월 16일에 교수의 아들로 페테르부르그에서 탄생했다. 블록을 낳자마자 부부가 별거했고 9살 때 어머니가 재혼한 후 근위대 대위인 의붓아버지 사택에서 살았다. 고등학교 적부터 연극에 관심이 많았고 페테르부르그 대학에서 법과 어문학을 공부했고 종종 유럽을 여행했으며 독일어와 프랑스어에 능통했다. 1901년 솔로비오프를 알게 되어 그의 소피아철학에 심취하고 소년 시절부터 사랑한 류보바 멘델레바를 소피아가 지상에 현현한 것으로 받아들였다. 1903년 그녀와 결혼했다. 아내를 마돈나, 보호해주는 천사로 경배하였으나 현실적 삶의 동반자로서 어려움을 느끼게 된다. 아내가 떠나자 다른 여인들도 만나게 된다. 그러나 사랑하는 여인들은 모두 알 수 없는 고혹적인 모습으로 배반의 씨를 품고 있다는 것을 알아버린다. 자신을 땅에 떨어진 천사라고 여기는 독한 절망에 이어 조국에 대한 관심을 보이는 일련의 시들을 쓴다. 혁명이 일어나자 그는 혁명의 음악 속에서 과거가 무너지는 소리를 들었고 혁명의 잔혹함을 간과하지 않으면서도 혁명이 과거를 청산하리라고 생각하였고 러시아가 그로써 세계의 지도자적 역할을 한다고 생각하였다. 혁명의 거리를 스케치한 서사시 「12인」(1918년) 에서 혁명적 징벌의 필연성을 노래했고 평론 「인텔리겐챠와 혁명」(1918)에서도 1917년의 혁명적 사건들을 이해하기 위한 노력을 볼 수 있다. 그러나 혁명이 그가 꿈꾸었던 이상의 실현이 아니라 인간들의 아귀다툼만을 가져오게 된 것을 보고 절망하였다. 가장 어려웠던 것은 1918-1920년에 육체노동을 하고 굶주림과 싸우면서도 결국 집을 내주게 되자 2층의 어머니에게로 가서 함께 살게 되었던 점이다. 1921년, 죽기 6개월 전에 그는 푸슈킨 기념행사에서 시인의 자유와 예술의 독립성에 대해 강조했다. 그는 자유가 없다고, 절망할 자유조차 없다고 느꼈고, 그래서 숨을 쉴 수 없었으며 삶에서 더 이상 아무런 의미를 찾을 수 없었다. 더 이상 혁명의 음악이 들리지 않았고 혁명은 그에게 자유를 가져다준 것이 아니라 자유를 앗아간 것을 깨닫게 되었다. 이 복잡한 시대의 모든 사건들과, 그 시대를 살았던 지성인의 사고와 감정, 체험과 세계상이 그의 저작들에 일기처럼 반영되어 있기에 블록은 상징주의로 시작한 시인들 중 가장 큰 시인일 뿐만 아니라 러시아 혁명 전후의 사정을 이해하는 데 빼놓을 수 없는 작가이다.

16. 태양의 입술 - 니콜라이 구밀료프(1886-1921)

젊고 건강한 남자가 사랑을 고백하는 연애시이다. 사랑하는 여인이 있기에, 그 처녀다운 용감한 시선과 순수한 입술이 있기에 달에 이끌리는 거대한 바다의 이치를 느끼고 왜 별 무리가 예정된 궤도를 도는지, 어떻게 우주가 사랑으로 인하여 돌아가는지 느끼고, 자신은 우주보다 더 큰 의지와 행동으로 시를 쓰고 사랑하리라는 욕망을 외치는 시인이다. 사랑이 이루어질 때 그녀의 두 입술은 태양의 두 입술처럼 뜨거울 것이고 자신은 우주 어디엔가 별들을 디디고 서 있는 거인인 셈이다. 구밀료프는 크론슈타트의 해군 의사의 아들로 태어났다. 상징주의로 출발해서 안나 아흐마토바, 만델슈탐과 함께 아크메이스트를 결성하여 색채와 질감을 가지는 건강한 언어를 추구하였다. 아프리카나 근동으로 여행을 많이 하였고 1차 대전에도 참가하였다. 10월 혁명에 반대하여 반동으로 낙인찍혀 처형되었다. 안나 아흐마토바의 첫 번째 남편이다.

17. 바지 입은 구름(제1부) - 블라디미르 마야코프스키(1893-1930)

위 부분은 4부로 된 이 서사시의 첫 번째 부분으로, 미치도록 애태우며 연인을 기다렸는데, 오더니 다른 사람에게 시집간다고 말하는 그녀 때문에 불이 나서 허물어져 내리며 미래를 향하여 온몸으로 자신의 모든 생각을 커다란 외침으로 절규할 것이 예고되는 부분이다. 「바지 입은 구름」은 마야코프스키의 인간과 문학을 가장 뚜렷하게 보여주는 서사시이다. 온몸이 불타서 부서지도록 사랑하는 시인은 진작 외롭고 아픈 사람이다. 그건 그가 애타도록 자신의 자유를 향한 이상과 자신이 처한 현실의 괴리를 직시하기 때문이다. 그는 이미 이루어진 모든 것에 니힐을 놓는다. 기존의 시들이 플렁물렁한 대가리로 삐그덕거리며 사랑과 나이팅게일이라는 단어로 흐물흐물한 죽을 쑤는 동안 도시의 거리는 외치고 이야기할 혀가 없어 몸을 웅크리고 있다. 그는 자신이 거리의 혀이고, 시로써 영혼을 새로이 태어나게 하고 몸에 의미를 부여하는 '금입술'의 짜라투스트라라고 말한다. 기존의 시들에는 도시의 종기로 얼룩진 거리와 행인들이 나타나지 않으니 침을 뱉어야 한다고, 자신이, 자신이 온몸으로 쓴 시가 도시의 거리를 위해 내뱉어진 침이라고, 새로운 시인만이 세계의 연동벨트를 쥐고 있지만 사람들은 그를 긴 음담패설이라고 비웃을 거라고, 그는 결국 십자가에 못 박히게 될 거라고 말한다. 그는 자기를 걷어차는 사람들을 개 같이 핥으며 우울하게 피가 뚝뚝 떨어지는 심장을 끌고 간다, 개가 기차에 치인 발을 피 흘리며 길을 꽃처럼 붉게 물들이며 끌고 가듯이 죽을 때까지 수백만의 핏방울을 뿌리면서. 하지만 그는 불멸을 겨냥한다. 야, 당신, 하늘, 모자 벗어 내가 나가니까. 청동같이 강한 의지를 가진 남자, 가벼운 것들에 데워지지 않는 차가운 단련된 철심장을 가진 그, 자신과 세상의 모든 거리들을 태우고 우주까지 날아가는 그의 사랑은 얼마나 눈물겹게 뜨거운 것인지. 사후 스탈린에 의해서 소비에트의 가장 유명한 시인으로 기념비화되고 화석화된 시인 마야코프스키의 문체는 스탈린 시대의 교훈적이고 대중 동원적인 예술 강령과는 정반대의 성격을 가진다. 그의 반미학, 반시는 시가 태어나는 순간 낡은 것이 된다는 전제에서 출발한다. 자신의 시를 포함하여 모든 태어난 시들에 대한 끊임없는 도전, 파괴의 열광, 끊임없이 새로운 것을 만들려는 강하지만 애처로운 외침, 그것과 연관된 과감한 언어 실험, 화려한 과장법, 길들여지지 않고 길들기를 원하지 않은, 혁명 정신 그 자체라고 할 수 있는 마야코프스키의 영혼과 시와 삶은 러시아혁명의 과정 속에서 온몸으로 몸부림치다가 문득 그쳤으나 그의 몸부림과 울부짖음은 영원한 젊음의 이미지로 남았다. 그는 몰락한 귀족이며 산림지기였던 아버지의 아들로 게오르기야의 바그다디에서 태어나 아버지가 죽은 후 1906년부터는 가족과 함께 모스크바에서 지냈다. 15살부터 사회민주당에 가입했고 1908-1909년에는 혁명 활동으로 투옥되기도 하였다. 감옥에서 나온 뒤그는 당을 나오고 자신의 문학작품으로써 혁명할 것을 다짐했고 그것을 이행했다. 1912년 미래파 시인들의 동인지 『대중의 취향에 뺨을 후려쳐라』에 시들을 발표하기 시작하면서 기성의 시, 문화, 종교, 사회체제 모든 것과 투쟁하는 시들을 썼다. 러시아혁명 이후에 그는 혁명을 지지하는 지성이고자 하였다. 시인으로, 선동가로, 언론인으로, 미술가로 활동하며 혁명의 나팔이 되어 모든 사회주의의 적과 투쟁하느라 구세대 및 자본주의 진영뿐만 아니라 새로운 사회주의 국가의 당과 행정기구의 관료주의, 기회주의자들을 신랄하게 고발하여 많은 적을 만들었다. 그의 인간적이고 시적인 진실을 그대로 표현하는 그의 실험시(詩)들의 혁명적 공격성은 레닌을 포함한 많은 사람들에게서 오해받았다. 그의 공격적이고 높은 자존심 뒤에는 실제로 매우 예민하고 상처받기 쉬운 외로운 영혼이 도사리고 있었고 결국 권총으로 자살했다.

18. 사랑할까? 아닐까? - 블라디미르 마야코프스키

마야코프스키의 사랑은 세월이 흘러도 마찬가지였다. 흔히들 들국화 꽃

부리를 꺾어 사랑점을 치고 봄의 대기 속으로 간단히 날려 보내고 오월을 맞지만 그는 두 손을 꺾어 손가락을 뜯어내면서 점을 칠 정도로 초조하고 간절하게 그녀가 오기를 기다리고 있다. 다른 사람에게 오는 오월은 그에게 영원히 오지 않듯이(「바지 입은 구름」) 그녀는 오지 않을지도 모른다. 그러나 그는 자기만의 사랑을 품고 온몸으로 아파하고 간절히 기다린다. 흔히들 늙어가며 상실과 망각에 익숙해지며 위로를 삼는 '분별'이라는 것은 시인에게 모독이다. 분별은 그의 고유한 삶을, 고유한 사랑을, 고유한 아픔을 인정하지 않기에. '분별'과 관계없이 그는 자신의 삶과 사랑을 꾸려 가다가 죽음을 선택했다.

19. 여인에게 보내는 편지 - 세르게이 예세닌(1895-1925)

이 시는 사랑했던 여인이 세상에 자리 잡지 못하는 그와 헤어진 후 새로 고친 집에서 남편과 사는 것을 보고 담담하게 사랑과 이별을 기억하며 슬퍼하는 한 남자의 노래이다. 예세닌은 랴잔의 콘스탄티노보에서 비교적 잘사는 농민의 가정에서 태어나 1909-1912년까지 신학교를 다녔다. 1912년부터 모스크바에서 문인으로 활동하였다. 농촌에서 태어난 예세닌은 자신의 시의 기원을 민담과 민중 언어, 농민의 삶의 세계 안에 보존되어 있는 인간과 자연의 일치에서 찾았다. 예세닌에게 농촌의 러시아는 떠들썩하고 활기가 넘치는가 하면, 궁핍하고 단조롭기도 하다. 그는 혁명과 함께 농민 국가가 수립되기를 꿈꿨었다. 혁명이 일어난 후 그는 농민 문화가 몰락하고 농민의 자유가 관료제도와 산업화로 인하여 파괴되는 것을 안타까워하다가 스스로 보헤미안이 되어 종종 술에 취해 거리를 헤매었다고 한다. 무용가 이사도라 던컨과의 연애로 유명하기도 하였다. 위 시에서 사랑하는 여인이 다른 사람에게로 가서 새로 고친 현관 지붕 아래에서 살듯이 새로운 러시아가 철의 손바닥에 들어간 것이 분명하다고 여겨졌을 때 그는 페테르부르그의 한 호텔에서 자살로 생을 마감했다. 세르게이 예세닌은 러시아에서 가장 사랑받는 시인 중 한 명이다. 그의 많은 시들에 곡이 붙여져 민중의 노래로 불려지고 있다.

20. 겨울밤 - 보리스 파스테르나크(1890-1960)

시인 자신이 남긴 유일한 소설 『의사 지바고』에 들어 있는 시이다. 여름 밤에 날벌레들이 모닥불에 달려들듯, 열정으로 불타는 두 연인이 있는 방으로 달려들어 눈송이로 유리창에 아름다운 사랑의 무늬를 조각하는 눈보라가 온 세상에 휘몰아치는 겨울밤, 모든 다른 것들은 어둠 속으로 사라진 듯 사랑의 열정만이 뜨겁다. 탁자 위에 타오르는 촛불은 그들의 뜨거운 사랑과 삶을 증거하는 혼인가, 사랑과 삶의 빛은 어둠 속에 꺼지지 않고 계속 타오르고, 매혹의 열정은 한 몸이 된 그들에게 날개를 달아 천상의 기쁨을 맛보게 하며 세계를 변화시키는 것인가, 휘몰아치는 눈보라 속에 그 한 줄기 사랑의 빛, 삶의 빛이 영원히 우주까지 뻗는다. 파스테르나크는 모스크바에서 태어났다. 아버지는 유명한 화가, 어머니는 피아니스트였다. 그는 음악과 철학을 모스크바와 독일의 마르부르그에서 공부했다. 1913년부터 서정시, 1922년부터 산문, 1925년부터 서사시를 발표하기 시작하였으나 스탈린 시대에 자유로운 창작을 하지 못하게 되자 1936년부터는 주로 셰익스피어와 괴테의 작품을 번역하였다. 그가 번역한 괴테의 『파우스트』는 1953년에 출판되었다. 그의 시의 주된 특징은 세계의 발견과 그것을 경이로워하는 순수한 감정이다. 그에게 인간과 자연은 하나의 커다란 세계에 속하는 부분들이고 그는 자연의 변화들, 인간의 모든 행동들이 세계에 변화를 주는 것을 항상 새롭게 발견하고 경이로워한다. 자연의 변화와 함께, 사랑과 시와 함께 세계가 변하니 사랑 하고 시를 쓰며 사는 한 그는 항상 새로운, 커다란 세계에 있게 되고 그 자취는 우주에 남게 된다. 그래서 그의 시에서 사랑의 테마는 우주 전체로 확장되는 글로벌한 것이 된다. 소설 「의사 지바고」(1957)는 이탈리아에서 처음으로 출판되었는데, 이로 인해 시인은 정부의 박해를 받았고 그 압력으로 노벨상을 거부해야만 했다.

<삶>

21. 시간의 강 - 가브릴라 데르좌빈(1743-1816)

인간 존재의 덧없음에 대한 시다. 인간의 모든 것, 삶과 죽음, 언어로 남기는 최상의 것까지도 다 사라져 가는 것이어서 무한한 영겁이라는 시간에 비해 인간의 삶과 죽음을 포함한 모든 것이 유한하고 미미하다는 것을 말해 준다. 낮의 현실 세계의 무의미성을 알려주는 튜체프의 철학시 「밤과 낮」 같은 시로 연결되는 바가 있다. 데르좌빈은 카잔에서 몰락한 귀족 지주의 후예로 태어나 중등학교에서 3년간 공부하고 그 후 개인교사에게 교육을 받은 이후 1762년 당시 귀족으로서의 도덕적 의무인 군복무를 하게 되는데 돈이 없어 10년간 사병으로 근무를 한 후 1773년 하급 장교가 되었다. 1777년, 독립적인 성격과 불같은 기질로 상사와의 마찰을 일으키게 되어 군대를 그만두고 민간 관리로서 페테르부르그에서 근무를 시작하면서 1782년 훌륭한 군주를 찬양하는 「펠리차」를 발표하고 여황제의 마음에 들어 1784년 올로네츠, 그 뒤 탐보프의 지사가 되며 1791년 여황제의 비서, 1793년 원로원 위원이 된다. 1802년에는 알렉산드르 치하에서 법무대신에까지 오르나 총무대신 스페란스키와 마찰하게 되어 1803년 관직을 떠난다. 관료들의 사회에 항상 어울릴 수 없어 모함에 빠지기도 하는 등 곤경을 겪었다. 이후 시 창작에 진정한 소명을 느끼고 몰두하게 된다. 삶과 정열을 찬양하는 색채감 있는 시, 시인으로서의 긍지를 노래하는 시, 절제와 중용의 도를 지킬 것을 권하는 시들을 썼다. 말년에는 죽음의 의미에 대해 깊이 생각하는 시들을 발표하였다. 생생한 러시아어를 구사하여 러시아 시를 풍성하게 하는 데 데르좌빈의 역할이 매우 컸다는 것은 문학사가들의 일치된 견해이다. 1815년 1월 데르좌빈은 차르스코예 셀로 리체이(귀족 자제들을 위한 학교)의 시험에 최고의 귀빈으로 초청되었다. 당시 이 학교 학생이었던 푸슈킨은 자신의 시 「차르스코예 셀로의 추억」을 낭독했다. 이를 들은 데르좌빈은 모든 이의 눈에 다시 젊어지는 듯 보일 정도로 젊은 시인의 재능에 전율하여 푸슈킨을 안으려고 했으나, 이 만남에 심하게 놀란 푸슈킨은 도망치고 말았다. 훗날 푸슈킨은 자신의 운문 소설 『예브게니 오네긴』에서 "……/늙은 데르좌빈이 우리를 알아보고/무덤으로 가면서 축복했고./……" 라고 썼다. 19세기의 뛰어난 평론가 벨린스키는 데르좌빈을 '러시아 시인들의 아버지'로 불렀다.

22. 백조, 잉어, 그리고 게 - 이반 크릴로프(1769-1844)

시인 자신이 시 앞부분에 시의 의미를 집약해서 썼듯이 예나 지금이나 러시아나 어디나 동료들 간에 의견이 달라서 함께 하는 일이 진행되지 못하고 망쳐지는 경우가 많다. 크릴로프는 모스크바에서 장교의 아들로 태어났다. 군에서 복무했고 가정교사로도 일했다. 젊은 시절부터 크릴로프는 풍자 작가로 유명했으며, 풍자 잡지를 발행했고, 황제 파벨 1세를 조롱하는 패러디 비극을 쓰기도 했다. 1788년부터 우화를 쓰기 시작했고 라퐁텐의 우화들을 많이 번역하였다. 1806년부터 필명을 날려 페테르부르그에서 살기 시작했고 페테르부르그에 있는 공공 도서관에서 근무하였다. 크릴로프는 1809년부터 1843년까지 200편 이상의 우화를 써서 9부로 출판하였는데, 당시로서는 매우 많은 발행부수로 재판도 찍었다. 1842년에는 그의 작품들이 독일어로 번역되어 나왔다. 그의 작품 대부분은 독창적이긴 하지만, 상당수의 슈제트는 이솝과 라퐁텐의 우화에서 차용한 것들이다. 크릴로프 우화의 많은 표현들은 격언이나 경구로 러시아어 안에 들어왔다.

23. 삶이 그대를 속일지라도 - 알렉산드르 푸슈킨

삶이라는 일직선상의 시간의 흐름 속에서 현재와 미래와 과거가 가지는 의미에 관해서 말해주고 있다. 인간은 현재에 살지만 꿈이니 희망이니 하는 것들이 현실 속에서 별로 이루어지는 것이 없고 현실은 다르게 흘러가는 것을 느끼게 되어 현재는 항상 우울하게 느껴지는 법이다. 주어진 것과는 다른 것들에 대한 희망이 많았을수록 현재는 더 우울하게 느껴질 것이다. 우울을 느끼지 않는다면 그것은 자신을 잊었거나 자신의 꿈을 잊어서일 것이다. 사노라면 인생은 끝을 향하게 되는데 실상 삶이란 현재의 순간들의 합이 아닌가! 삶 전체는 나에게 주어진 하나뿐인 것으로 삶의 모든 순간들은 소중한 것이다. 푸슈킨은 소중한 삶에 충실하게 살기 위해서 우울한 현재를 응시하고 불투명한 미래에 맞서서 항상 희망을 품고, 항상 배반하는 희망일지라도 희망을 품고 현재를 살아가야 할 것이라는 인생에 대한 통찰을 전해 준다. 현재가 우울할 수밖에 없다는 사실을 받아들이고 삶이라는 것이 한 번뿐인 나의 것이라는 것을 잊지 말고 모든 순간이 꽃피도록 희망을 가지고 매 순간을 소중히 살아가야 한다고 깨우쳐 주기에 매우 소중한 시이다.

24. 삶이라는 짐마차 - 알렉산드르 푸슈킨

위의 시와 마찬가지로 푸슈킨의 인생길에 대한 안목을 보여주는 시이다. 시간은 계속 앞으로 달려가고 인생의 아침, 청년 시절에는 인생이라는 짐의 정체도 모르고 실린 대로 무거운지 아닌지도 모르는 채 마구 앞으로 달리느라 정신이 없다가, 한낮이 되면, 중장년이 되면 이리저리 부딪히고 지치고, 인생의 굴곡이, 인생의 굴곡을 만드는 것들이 무엇인지 점점 더 확실해지면서 무서워지고, 말하자면 인생이라는 짐이 무겁게 느껴지고 세상에 행복은 없다는 것을 알게 되며 이제 좀 천천히 가고 싶어지고, 그러다 인생이라는 짐에 익숙해진 노년이 되어 이제 평온하게 졸면서 인생을 정리하며 삶과 죽음을 완성해 갈 때는 시간이 무척 소중함을 깨닫게 된다는 것을 말하고 있다.

25. 작은 꽃 하나 - 알렉산드르 푸슈킨

이름 모를 작은 꽃 하나가 시들어 말라버린 흔적을 보고 세상의 모든 사라지는 것들을 가슴 아파하는 시인. 세상의 모든 인간, 모든 사물이 자기만의 역사를 가지고 살아간 것을, 그리고 그 사실이 가슴 아프게 소중한 것을 깨닫게 하는 시이다. 자신의 삶이 고유하고 소중하듯 마주치는 인간과 사물 하나하나가 고유하고 소중한 존재들이다. 이 시는 예브게니 예프투셴코(1933-)의 유명한 시(이 세상에 흥미롭지 않은 사람은 없다./그들의 운명은 별들의 역사와 같다./모든 운명은 독특한 자기만의 것을 가졌다./서로 닮은 별은 없다.//누군가가 눈에 띄지 않게 살았다면/눈에 띄지 않는 것에 친숙해졌다면/바로 이 눈에 띄지 않는 것으로 하여/사람들 가운데 흥미롭다.//모든 사람에게 그만의 비밀스런 세계가 있다./이 세계 안에 가장 아름다운 순간이 있다./이 세계 안에 가장 무서운 시간이 있다./허나 이 모든 것을 우리는 알 수가 없다.//사람이 죽어 가면/그와 함께 그의 첫 눈이/첫 키스가, 첫 번째 싸움이 죽어 가는 것……/이 모든 것을 그는 함께 가져가 버린다.//그래, 책들이, 다리들이,/자동차들이, 화가의 화폭들이 남을 것이다./그래, 많은 것은 남게 되어 있다./허나 그래도 무엇인가 여전히 떠나가는 법!//이것이 가차 없는 게임의 법칙이다. /사람들이 죽어가는 것이 아니라 세계들이 죽어가는 것이다./우리들은 이 세상 죄많은 사람들을 기억한다./허나 우리가 본질적으로 그들에 대해 무엇을 알고 있는가?//우리가 우리의 형제들과 친구들에 대해서/사랑하는 유일한 그녀에 대해서 무엇을 알고 있는가?/그리고 낳아준 아버지에 대해서 우리는/모든 것을 알고 있지만 아무 것도 모른다.//사람들이 떠나간다…… 그들을 되돌릴 수 없다./비밀스런 세계도 다시 탄생시킬 수 없다./그리고 매번 나는 이 돌아올 수 없는 것 때문에/다시 소리 지르고 싶어진다……//1960)의 기저에 놓여 있는 생각일 것이다.

26. 회상 - 알렉산드르 푸슈킨

밤. 고통스러운 각성의 시간, 양심의 가책에 괴로워하고, 우울한 모습의 삶을 회상하며 그것을 읽어가면서 혐오에 떨고 저주하고 괴로워 한탄하고 쓴 눈물 흘려도 그 삶의 구절들을 정면으로 마주하여 나의 삶을 있는 그대로 응시하고 자신을 가다듬겠다는 의지를 보여준다. 모든 일들이 후회스럽지만 그러나 그것을 보지 않으려고 회피하거나 그 사실들을 부정하거나 그것들을 변명하거나 하지 않는다. 가장 중요한 사실은 각성의 시간을 가진다는 그 자체일 것이다. 하루가 끝나거나 인생의 고비마다, 인생이 끝나갈 때 각성의 시간을 가지지 못한다면 살아온 시간은 완성되지 못한 것이다. 각성은 그 자체로서 체험을, 삶을 완성하므로.

27. 비가 - 알렉산드르 푸슈킨

인생의 어느 지점에서 시인이 돌아보고 결산을 해 보니 미친 듯한 기쁨과 열정의 시절이 지나면 괴로움이 남고 지난 날 슬픔은 점점 더 진한 포도주 같이 익어 간다. 시인은 자신의 기쁨과 슬픔, 자신의 우울한 길을 돌아본다. 그리고 미래에도 역시 고난과 슬픔이 계속되리라는 것도 안다. 그러나 시인은 살고 싶다. 삶이 없으면 그리움도 아픔도 없기에. 그리움과 아픔은 삶의 가장 소중한 재산인 것이다. 게다가 이제 비통과 근심과 불안 가운데 기쁨이, 상상력이, 사랑이, 예술이 있으리라는 것을 알고 있으니 시인은 더할 수 없는 부자이다. 이건 슬픈 노래라기보다는 생의 찬미에 가깝다. 이미 담담하게 죽음을 맞이할 준비가 되어 있었기에(소란스러운 거리를 따라 거닐거나/사람들이 붐비는 교회에 들어갈 때/또 철없는 젊은이들 사이에 앉아 있을 때/나는 항상 생각에 잠기네.//나는 말하네, 이제 세월이 서둘러 달려갈 것이고/우리들 가운데 몇 명이 여기 남을 것인가?/우리 모두 영원한 하늘나

라로 갈 것이고/그리고 누군가의 때는 이미 가까이 왔노라고//홀로 서 있는 참
나무를 바라보며/나는 생각하네, 숲의 황제는/내 잊혀지는 생애보다 훨씬 오래
살리라고/우리 아버지들의 생애보다 그가 훨씬 오래 살아왔듯이.//사랑스런 어
린이를 안아줄 때도/벌써 나는 생각하네, 안녕, 잘 있거라!/네게 자리를 물려주
리라./내겐 썩어갈 시간이, 네겐 피어날 시간이 되었으므로//날마다 때마다/나
이런 생각과 항상 함께 하며/그 갈피에서 내게 다가올 죽음의 시간을/추측하
느라 애써왔네.//어디에서 운명이 내게 죽음을 보낼 것인가?/전투에서일까, 방
랑에서일까, 파도 위에서일까?/혹 이웃의 계곡이/내 싸늘한 유해를 거둘 것인
가?//무감각한 육신이/어디서 썩더라도 매한가지./그러나 사랑하는 내 고향 가
까이/잠들었으면.//그리고 내 무덤 입구에서/젊은이들이 삶을 즐기고/무심한
자연이/영원한 아름다움으로 빛났으면.//1829) 삶을 보는 눈이 더욱 정리되
어 있나 보다.

28. 환멸 - 예브게니 바라틴스키(1800-1844)

세상을 잊고 묘혈에 들어가 웅크리고만 싶은 심정이 잘 나타난 시이다.
이러한 절망은 시인의 뜨거운 열정과 그의 냉철한 사고의 갈등에서 비롯
된 것이라고 할 수 있다.

탐보프에서 태어난 시인은 페테르부르그에서 교육을 받았으나 실러의
작품의 영향을 받고 친구와 함께 귀족 지주인 아버지(아저씨?)의 집에서
도둑질을 하다가 퇴학당하고 1820-24년 핀란드에서 사병으로 근무했다.
1825년에 장교가 되었고 1827년 제대한 후, 모스크바로 돌아와 지성층 청
년들과 교류했다. 실연과 상실의 정서가 보편적 정서로 나타난다. 바라틴
스키는 잔혹한 시대에 사고해야 하는 시인의 소명, 가차없는 삶의 여정, 정
신적 문화의 사양길, 미적 본성의 상실, 존재의 모순성, 말 자체에 대한 회
의에 대해 시를 썼다. 그는 자신이 이미 도래한 철의 시대의 마지막 시인
이라 여겼다. 1835년 문인으로서의 생활을 청산하고 나무를 심는 것이 더

자연에 가까와진다고 생각하고 시골에서 직접 집을 짓고 살았다. 그는 푸슈킨과 절친했다. 푸슈킨은 바라틘스키의 비가들에 매료되어 이렇게 적었다. "바라틘스키는 미(美)이자 기적이다……. 그가 나타난 이상 나는 결코 비가를 쓰지 못할 것이다."

29. 노년의 우리의 삶은 오래 입어 닳은 할라트 - 표트르 뱌젬스키 (1792-1878)

자신의 낡은 할라트, 실내복을 보고 자신의 인생을 돌아보는 시로 인상에 남는다. 낡은 옷, 낡은 물건이 나의 이력서임을 깨닫게 하여 그들을 소중하게 여기도록 하는 시이다. "삶 속의 전설, 사라진 우리 조상의 메아리, 아직 마음 깊이 기억으로 살아 있다" 라는 구절에서 그가 말년에 자신의 문학과 함께 살아온 인생을 돌아보며 그가 믿어 온 전설, 러시아 땅에서 살아온 조상들의 이야기를 기억하고 있기에 자신의 삶을 그들의 이야기에 연결하며 자신도 그 이야기의 하나가 된다는 것을 의식하며 삶의 낡은 전투복, 실내복을 매만진다는 것을 알 수 있다. 유서 깊은 귀족 출신으로 모스크바 부근 오스타피에보에서 태어났다. 아르자마스 회원으로 주코프스키와 바튜슈코프와 친교를 가졌고 푸슈킨의 문학적 스승이다. 1830년에서 1855년까지 경제성 관리를 지냈다. 1860년부터는 젊은 진보적 진영으로부터 반동으로 낙인이 찍혔다. 독일 바덴바덴에서 사망하였다. 푸슈킨에게 바이런을 알려주었고 푸슈킨의 서사시 「바흐치사라이 분수」(1822)의 서문을 썼다.

30. 황량한 북쪽 나라에 전나무 하나 - 미하일 레르몬토프

주위에 아무것도 없는 곳에 외로이 하얗게 눈을 맞고 우아하게 서 있는 백석의 갈매나무 같은 우아한 키 큰 전나무가 마음속으로 그리워하는 것은 자기와는 아주 멀리 떨어져 있는, 태양의 나라, 뜨거운 바위 위에서 뿌리를 내리고 역시 홀로 서럽게 자라는 아름다운 야자나무이다. 둘 다 아름답고 우아하고 강하고 현실에서 소외되어 있는 고독한 존재들이다. 그런데 전나무는 야자나무를 그리워만 할 뿐 아무래도 야자나무에게 다가갈 수 없다. 레르몬토프는 그가 번역했던 이룰 수 없는 사랑을 노래한 하이네의 연애시를 변형하여 강한 인간의 고독함을 그렸다. 고난과 외로움 속에서도 추구하는 이상을 마음속에 지닌 강하고 아름다운 인간들에 관한 이야기이다. 이상의 시도 레르몬토프의 시와 같은 테마를 다룬 것으로 보인다. "벌판 한복판에 꽃나무 하나가 있소. 근처에는 꽃나무가 하나도 없소./꽃나무는 제가 생각하는 꽃나무를 熱心으로 생각하는 것처럼/熱心으로 꽃나무를 피워 가지고 섰소./꽃나무는 제가 생각하는 꽃나무에게 갈 수 없소. 나는 막 달아났소. 한 꽃나무를 위하여 그러는 것처럼 나는 참 그런 이상스런 흉내를 내었소." 이 시의 화자는 그런데 자기가 그리워하는 꽃나무에게 갈 수 없는 꽃나무를 위하여 자신이 그 꽃나무가 가고 싶은 곳으로 대신 달려가는 '이상스런 흉내'를 낸다. 소외감과 고독감 속에서 동경하는 대상을 향한 범상하지 않은 몸짓을 해본다.

31. 기도 - 미하일 레르몬토프

시 「삶이라는 술잔」(우리는 눈을 가리고/삶이라는 술잔을 마시노라 한다,/술잔의 금테두리를/우리의 눈물로 적시며.//임종의 순간에 이르러/눈가리개가 풀어지면/속아 살게 했던 모든 것도/눈가리개와 함께 사라진다.//그때야 우리는 알게 된다./금잔이 비어 있었다는 것을/잔 안에 있었던 음료는 꿈이었다는 것을./그리고 그 꿈은 우리 것이 아니었다는 것을.//1831)에서 우리의 비참한 삶을 끌고 가게 하던 꿈이 죽을 때 보니 진정한 우리의 것도 아니었다고 씁쓸하고 독하게 말했던 그가 기도를 암송하면서 마음이 가벼워지는 것을 느낀다. 이 기도는 시인이 소중하게 보듬는, 가령 푸슈킨의 시거나 시인 자신이 만들어낸 잘된 시일 것 같다. '생생한 말의 조화 속에 은혜로운 힘이 있다'니……

32. 감사 - 미하일 레르몬토프

화자는 상처투성이 삶일지언정 삶이 있었기에 절망도 있었다고, 삶에 대해 감사하며 자신의 삶을 완성하기 위해서 절망을 들여다보고 자신을 들여다볼 수 있는 시간이 남기를 바란다. 이 시는 그 단아한 형식과 반어적으로 들리는 인상적인 진술로 하여 후배 시인들에게 커다란 영향을 주었다. 안나 아흐마토바(1899-1965)의 시 「마지막 축배」도 그 한 예이다. 배반한 애인과 고독과 절망을 준 삶을 들여다보며 신이 아니라 자기가 스스로를 구원할 기회를 주는 삶에게 축배를 든다(나 이 잔을 든다, 버려진 집을 위하여/내 불행한 삶을 위하여/둘이 함께 있어도 홀로인 것을 위하여/그리고 그대를 위하여 - 나 이 잔을 든다.//나를 속인 입술의 거짓을 위하여/두 눈 속의 죽음 같은 차가움을 위하여/세상이 가혹하고 거친 것을 위하여/신이 구원하지 않은 것을 위하여.//1934).

33. 권태롭고도 서러워라 - 미하일 레르몬토프

화자는 삶의 진상을 가차 없이 바닥까지 들여다본다, 결국 희망마저 헛되고 사랑의 감정이 흔적조차 남지 않는 다는 것까지. 자신이 처한 삶의 진상에 대한 이러한 솔직한 응시는 후배 청년시인들에게 오래도록 강한 인상을 남겼다. 빅토르 최(1962-1990)의 '아침부터 비가 오네' (아침부터 비가 오네/미래에도, 과거에도, 현재에도/내 지갑은 비었고/여섯 시/담배도 없고/불도 없네./아는 이의 창은/불 밝혀지지 않았고/시간은 있는데 돈이 없다/방문할 데도 전혀 없고.//모두들 그래도/어딘가로 갔다/나도 어떤 어울리지 않는/사람들에게 끼었고/나는 마시고 싶고/나는 먹고 싶지/나는 그냥 어딘가 앉고 싶지/시간은 있는데 돈이 없네/방문할 데도 전혀 없고.//아흐!//)같은 시에서도 이러한 레르몬토프적인 톤이 강하게 감지된다.

34. 나 홀로 길에 나선다 - 미하일 레르몬토프

시 「돛단배」(하얀 돛단배 한 척/푸른 바다 안개 속에 떠간다!/무엇을 찾고 있을까, 그 먼 나라에서?/무엇을 고향 땅에 남기고 왔을까?······//춤추는 파도 - 세차게 울어대는 바람/돛대는 휘어 삐거덕거리고······./오호라, 그는 행복을 찾는 것도 아니고/행복에서 도망치는 것도 아니다!//밑으로는 검푸르게 번쩍거리는 흐름이/위로는 이글거리는 황금색 태양빛······./ 그는, 반란자는, 폭풍을 부르는구나/폭풍 속에 평온이 있다는 듯이!//1832)에서 행복을 찾는 것도 행복했던 것도 아닌 시인, 이 세상에 행복은 없다는 것을 일찌감치 알아버린 시인, 오직 자유를 찾아 고향을 떠나와 질서를 부수는 폭풍우 속에서 평온을 찾던, 망망대해의 세찬 파도와 바람 속에 위태하게 외로이 떠 있는 낡은 배에 자신을 투영하던 시인은 이제 자유와 평온을 찾아 길에 나서서 자연과 우주와 이야기를 나누며 자신을 돌아본다. 회한이 밀려오고 세상살이의 피곤함에서 그만 벗어나고 싶은 심정이다. 자연 속으로 돌아가 희망이 있고 사랑이 있는 잠, 계속 푸르게 잎을 피우는 시들지 않고 자라나는 참나무와 함께하는 그런 잠에서 그는 자신이 찾는 평온과 자유를 본다. 제3연부터는 이상의 「절벽 絕壁」 (꽃이 보이지 않는다. 꽃이 香氣롭다. 香氣가 滿開한다. 나는 거기 墓穴을 판다. 墓穴도 보이지 않는다. 보이지 않는 墓穴 속에 나는 들어앉는다. 나는 눕는다. 또 꽃이 香氣롭다. 꽃은 보이지 않는다. 香氣가 滿開한다. 나는 잊어버리고 再次 거기 墓穴을판다. 墓穴은 보이지 않는다. 보이지 않는 墓穴로 나는 꽃을 깜빡 잊어버리고 들어간다. 나는 정말 눕는다. 아아. 꽃이 또 香氣롭다. 보이지도 않는 꽃이 -보이지도 않는 꽃이.)에서 꽃나무 향기가 전해오는 묘혈 속으로 드러눕는 화자의 행위와 심정을 연상시킨다.

35. 침묵 - 표도르 튜체프

침묵이 가장 깊고 진정한 언어라는 것을 일깨워주는 시. 낮의 현실 속에서 쓸데없는 말을 하고 쓸데없는 생각을 하며 자신의 진정한 언어를 잊고 살아야 했던 시인이 자신의 내면세계를 오롯이 지키고자 다짐하는 시이다. 시인은 낮과 밤의 대비를 의식하고, 밤과 심장이 함께하는 자기만의 크고 둥근 온 세상을 지키려면 침묵이 최상의 방법이라고 생각한다. 자신과의 관계에서도 사람과 사람 사이에서도 깨어 있는 침묵이 가장 진정한 언어라는 생각일 것이다. 침묵의 언어란 말 안 해야 들리는 언어, 마음으로 그대로 전해지는 진지한 언어, 세상에서 정말 필요한, 소리 없는 언어일 것이다.

36. 수많은 세계 속에서 - 이노켄티 아넨스키(1856-1909)

자신의 삶에 소중한 별 하나 가슴에 안고 황폐한 세상을 살아 보려는 시인의 마음이 드러나 있다. 아넨스키는 옴스크에서 관리의 아들로 태어나 페테르부르그에서 고전 어문학을 공부했고 차르스코예 셀로에서 고전어를 가르치면서 학교 행정을 담당하는 고위 관리로 일하다가 페테르부르그에서 죽었다. 그는 고전 문학과 프랑스 상징주의 작품들을 번역하였다. 그가 번역한 유리피데스는 사후에야 출판되었다. 50세가 넘어 죽기 바로 얼마 전에야 시인으로 인정받았고 사후에 중요한 시인으로 여겨졌다. 이 시에서 보듯 농밀한 평이함이 그의 시어의 특징이다. 사랑하는 자연이 몰락의 징후를 드러내자, 고통, 비참, 불안, 고독, 소외를 느끼면서 이 세상, 권태의 검은 늪에서 푸르둥둥 죽은 얼굴들 사이에 살아가는 타성적인 삶의 비참을 속에 감추면서 창백한 종이 위에 실존의 혐오스러운 수수께끼를 푸는 것이 그에게 예술이고 시였다. 이 세상은 그에게 흔들거리는 뜨거운 사막이고 평화는 신기루인데 이 시는 그런 세상에서 자신에게 살아가는 힘이 되는 그 사랑하는 것, 그 사랑하는 사람만을 가슴에 품고 살아보려는 마음을 보여준다.

37. 아직은 좀 더 숨 쉬라 - 표도르 솔로굽(1863-1927)

레르몬토프의 「감사」에서처럼 열정에 타며 흔들리고 괴로워하면서 살아온 인생이라는 싸움터의 병사, 가련하고 허약한 모습의 병사인 자신에게 시인은 이제 삶을 마감하며 창조자에게 감사까지는 아니라도 다투지는 않겠다고 다짐한다, 그 삶이 지상에서 사느라고 지친 한 병사의 유일한 발자취였고 그것은 소중한 것이므로. 시인은 페테르부르그에서 재단사의 아들로 태어났다. 고등학교 수학선생으로 일했고 1884년부터 상징주의 시를 발표하였다. 소설, 산문도 썼고 번역도 하였다. 1921년 아내가 네바 강에서 자살한 후 홀로 레닌그라드에서 고독 속에 죽었다. 회의주의, 멜랑콜리, 환상적-악마적인 요소가 두드러지는 시들을 많이 썼다. 절망 속에서 자연의 아름다움으로 도피하려고 하지만 항상 기만적 현실과 자신의 상상 간의 괴리를 뼈저리게 느끼고 죽음에 대한 동경을 품었다. 그는 낮의 기만에 대치되는 삶의 밤의 측면에 관심이 많고, 무의 영원한 평온과 합일하려는 희망을 보인다는 의미에서 쇼펜하우어적이다. 인간이 운명의 신의 아이러니에 맡겨져 있고 자유는 악마적 감행, 지상의 죽음 속에서만 나타난다고 생각하며 회의 속에서 악의 힘을 빌어 살아갈 동력을 얻는다는 세계관을 가진 이 시인이 생애의 마지막에 쓴 이 시에서는 그 삶이 또한 유일하고 소중한 것이라는 생각이 나타난다.

38. 고독 - 발레리 브류소프(1873-1924)

자기의 고독 속에 갇혀 아무리 발버둥 쳐도 자기만의 나락에서 헤어나지 못하는 인간의 비극을 들여다본 시이다. 시인은 1873년 모스크바에서 상인의 아들로 태어나 1892-99년 모스크바 대학에서 역사를 공부했다. 프랑스 상징주의의 영향을 받아 러시아 상징주의를 태동시킨 사람으로 여겨진다. 푸슈킨에 대한 애정이 깊었고 그의 편지를 편찬했다. 단테, 베르길리우스, 괴테 등을 탁월하게 번역했다. 다른 상징주의 시인들과 달리 소비에트 정권 수립 이후 1920년 공산당에 가입하여 높은 지위에까지 올랐다가 1924년 모스크바에서 죽었다. 그가 100여 년 전에 쓴 이 시는 바로 요즘 시대에 흔히 보는 일상적 인간관계, 자기 속에 갇혀 있는 개인들 간의 소통 부재를 연상시켜 신선한 충격을 준다.

39. 사랑하는 친구여, 너는 알지 못하는가 - 블라디미르 솔로비오프(1853-1900)

이 시에는 눈으로 보이는 것보다는 보이지 않는 세계가 진정한 세계이고 지상의 세계는 진정한 세계의 그림자이고 반사일 뿐, 지상의 삶의 삐걱거리는 소음은 진정한 세계, 조화로운 세계의 장엄한 화음의 이지러진 반향일 뿐, 들리는 것과 보이는 것은 지상의 겉도는 삶일 뿐이고 말없이 서로 통하며 세상의 이치를 느끼는 것만이 인간에게 주어진 유일한 가치 있는 일이라는 생각이 드러나 있다. 시인은 모스크바에서 유명한 역사가 세르게이 솔로비오프의 아들로 태어났다. 모스크바 대학에서 자연과학, 철학, 신학을 공부했고 모스크바와 페테르부르그 대학에서 가르쳤다. 1881년 직장을 그만두고 학문에 정진했다. 그는 실증주의적 사고를 비판했고 서양 철학의 위기를 설파했다. 신종교적 사고로써 실제적으로 가치 있게 현대 사회를 구원하려는 시도를 했다고 할 수 있는데 그것은 그가 당시 러시아에 풍미하던 진보주의적 사상(포이어바하, 피사레프, 다윈)과 종교를 결합하려 했기 때문이다. 그는 존재의 기본적인 힘은 사랑이고 이는 카오스를 이길 수 있고 이 안에서 영적인 것과 물적인 것은 합일이 된다고 믿었다. 세계는 화해와 조화의 세계를 지향하지만 현 상황은 영원한 세계의 상징인 소피아가 일상의 그림자에 덮여 있는 이중성을 가지고 있다고 생각하였다. 영원한 여성 소피아는 의인화된 미이고 이 여성이 완전히 지상에 내려오는 순간 이상적 세계와 물질적 세계의 신비적 통합이 일어난다고 생각했다. 미는 세계를 지배하는 사랑과 화해의 여성적 원칙에 다름 아니며 미적 사고는 윤리적 사고와 동일한 것이라고, 즉 도스토예프스키가 『백치』에서 말했듯 아름다움이 세계를 구원한다고 생각했고, 오르페우스가 죽음과 무로부터 에우리디케를 구원하려 했듯 그는 아름다움, 소피아와의 만남을 통해서 세계 구원을 꿈꾸었다. 실제로 그는 세계에 영원한 사랑이 존재한다는 것을 믿었고 지상에서 실현되는 이상 세계에 대한 믿음을 가졌다. 그의 시에서는 철학적, 종교적 경향이 강하게 나타났다. 그는 상징주의 시인들(블록, 벨르이 등)에게 강한 영향을 주었고 절망을 노래한, 악마주의를 신봉한 상징주의 시인들과 달리 다른 세계의 도래에 대한 믿음을 보여주었다.

40. 과거의 모든 것을 축복한다 - 알렉산드르 블록

살아가노라 겪게 된 새로운 것들, 열정, 괴로움에 매여서 찢어버리게 된 과거의 자아를 자각하고 예전의 빛, 그 사랑했던 심장과 불타도록 뜨거웠던 정신이 자신에게 남아 있는 것을 축하하고, 그래서 과거의 쓰라림과 권태를 포함한 모든 것을 축복하고, 과거의 자아와 함께 하며, 이제 세상의 사물을 거리를 두고 바라볼 수 있는 냉철함을 지키면서 동시에 뜨거운 뛰는 심장으로 자신의 길을 계속 걸어가겠다는 시인의 다짐이 나타난다.

41. 그대의 손가락은 향냄새로 싸이고 - 알렉산드르 베르틴스키(1889-1957)

피곤한 세상살이를 마무리하고픈 생각이 시인의 가슴을 채우고 있다. 그는 죽음을 향기처럼, 봄처럼, 평온처럼, 희망처럼 밝은 모습으로 느끼고, 살아온 시간의 먼지가 사라질 것을 위안처럼 담담하게 받아들이고 있다. 제1차 세계대전과 제2차 세계대전 사이 망명 시인으로서 베를린, 파리, 뉴욕의 카바레에서 자신의 시나 다른 러시아 시인들의 시에 곡을 붙여 노래를 불렀다. 히틀러의 부상과 함께 베를린 중심의 쿠르트 바일류의 카바레 노래들이 파리로 중심을 옮겼는데 베르틴스키도 파리의 몽마르트에서 9년 동안 카바레에서 분을 바르고 피에로 분장으로 노래를 불렀다. 그의 몽환적이고 비관적인 노래들은 유럽의 다른 카바레 송이나 마를레네 디트리히가 부르는 노래 같은 감상적인 노래와 더불어 굉장한 인기를 누렸다. 키예프에서 태어난 그는 일찍이 부모 없이 친척집에서 외롭게 컸다. 아버지의 법적인 아내가 이혼을 거부해서 부모들은 결혼할 수 없는 처지였다. 소년 시절부터 연극을 좋아했으며 당시 문인들, 미래파, 아크메이스트들과 교류하며 문학인 카페에서 자신이 작사한 노래나 다른 시인들 – 알렉산드르 블록, 아넨스키, 아흐마토바의 시를 가사로 해서 노래를 불렀다. 그가 피에로 분장으로 노래를 부르기 시작한 것은 1915년부터이다. 주로 사랑의 아픔과 상실과 죽음을 이야기하는 노래들이었다. 1920년 그는 소련을 떠나 유럽, 미국, 상하이의 카바레에서 노래를 하며 지내다가 1943년에야 조국으로 돌아올 수 있었다. 조국에 돌아와 전선에서 또 전후에 전국 방방곡곡에서 수없이 노래를 불렀다.

42. 여기 또 불 밝힌 창이 - 마리나 이바노브나 츠베타예바 (1892~1941)

시인은 시대의 어둠 속에서 고통스러운 영혼으로 잠 못 이루고 촛불을 켜고 술을 마시거나 사랑을 시작하거나 헤어지지 못하는 사랑을 하거나 기도를 하는 많은 사람들을 온 마음으로 이해하고 위로하며 자신도 같은 운명이라고 토로한다. 이 시는 요즘에도 러시아인의 심금을 울려 노래로도 많이 불려지고 있다. 츠베타예바는 모스크바에서 태어났다. 아버지는 교수, 어머니는 피아니스트였다. 타고난 낭만가, 현실과의 타협을 모르는 영혼을 지닌 이 여류 시인은 그것이 정치적이든 사상적이든 문학적이든 간에 어떠한 강압도 용인하지 않았다. 그래서 그녀는 푸슈킨을 좋아하였고 푸슈킨에게 부치는 일련의 시(1931)에서 푸슈킨을 황제보다 우위에 두었고 정확하고 강하게 꽂히는 푸슈킨의 말을 '대포 쏘듯, 꾀꼬리 시인들에게……' 쏘고 그에게 '기관총의 역할을!' 맡겨야 한다고 목청을 높였다. 그녀는 자연, 언어, 민족 그리고 '시라는 현상'만을 중요한 가치로 인정하고 자신과 비슷한 류의 사람들과 '영혼의 로맨스'를 만드는 것을 좋아했다. 1915년을 전후하여 쓴 소피아 파르노크와 연관된 시들이나 블록, 아흐마토바, 만델슈탐, 파스테르나크에게 헌정된 시들은 여기서 생겨난 것이다. 10월 혁명을 거부한 그녀는 1922년 백군이었던 남편을 따라 베를린을 거쳐 파리로 망명했다. 망명지에서 고독, 궁핍, 조국에 대한 향수로 괴로워하다가 1939년 남편과 딸에 이어 아들과 함께 소련으로 돌아왔다. 남편은 총살당하고 딸은 수용소로 간 후 고독 속에서 허우적거리다가 자살로 생을 마감했다.

43. 벽 모서리 거미 한 마리 내 성상을 거미줄로 다 감아 버렸다 - 소피야 파르노크(1885-1933)

기도도 할 수 없는 절망적인 상황에서 죽음이 찾아오는 모습을 그려 보는 시인. 음산한 도시 모스크바의 뒷거리 어딘가에서 궁핍하게 살면서 자신을 꺼리고 위협하는, 쥐가 들끓는 더러운 세상에 내맡겨져 황폐하게 살면서 죽음을 막연히 기다리는 선하지도 악하지도 않은 보통 여자, 그저 동성애적 기질을 타고났을 뿐인 한 여자가 정신 나간 시대를 사는 고통을 말하는 듯하다. 비관적이고 종교적인 색채의 시를 쓴다는 이유로 소련 당국의 검열 때문에 많은 어려움을 겪다가 1928년부터는 완전히 침묵할 수밖에 없었던 소피야 파르노크의 시가 러시아에서 다시 출판된 것은 1998년이다. 체호프가 태어난 곳이기도 한 타간로그, 러시아인보다는 유대인이나 비(非)러시아인이 더 많이 살았던 그곳의 유대인 가정에서 약국 주인이자 약사인 아버지와 당시로서는 매우 드물었던 여의사인 어머니 사이에서 태어났다. 어렸을 적부터 좋은 교육을 받았으며 독일어와 프랑스어에 능통했고 매우 성적이 좋았다. 사춘기 때부터 동성애의 징후를 드러낸 그녀는 1905년 배우였던 여자 친구와 외국으로 다니다가 돈이 떨어지자 돌아왔다. 1907년 남자 친구와 결혼하여 비정상적인 짧은 결혼 생활을 끝내고 계속 다양한 계층의 여자들과 동성연애를 하다가 1914년에는 7년 연하인 유부녀, 첫 시집을 막 출판한 마리나 츠베타예바와 떠들썩한 애정 관계를 가졌다. 그들의 애정 관계는 그들이 당시 썼던 시들에 잘 나타나 있다. 1916년 둘이 헤어진 이후에도 파르노크는 계속 여인들을 사귀었으며 생애의 마지막 5년 동안 병과 편견과 궁핍으로 시달리면서 죽을 때까지 동성애자로 살았다.

44. 아이들 책만 읽을 것 - 오십 만델슈탐(1891-1938)

유대인이면서 러시아 시인이고자 했던 만델슈탐의 초기 시이다. 초기 시에는 복잡한 갈등을 지닌 삶으로부터의 은둔, 절망하고 아파하는 고독, 주위의 일들의 덧없음, 세계를 어린애의 눈으로 순수하게 보고자 하는 노력이 주된 특징으로 나타난다. 이 시에서도 모든 거창한 것에 대한 피로감이 그를 슬프게 하고, 현실에서 피곤을 느끼는 그의 흐려진 의식 속에 정원에서 소박한 나무 그네를 탔던 기억과 울창한 전나무 숲이 소중하게 남아있다. 유일한 조국이라 여기고 자란 궁핍한 러시아 땅을 사랑하며 이 땅에 뿌리박고 계속 자라 키 큰 나무가 되고 싶었던 시인에게 이미 현실은 너무 팍팍하고 고달팠던 모양이다. 만델슈탐은 가죽 제품을 취급하는 부유한 유대인 상인의 아들로 폴란드의 바르샤바에서 태어났으나 이내 러시아의 파블로프스크로, 또 페테르부르그로 이사했다. 좋은 교육을 받고 유럽의 대학(소르본느, 하이델베르그)에서 수학하고 페테르부르그 대학에서 문학 공부를 시작하면서 본격적으로 시를 쓰기 시작했다. 혼란의 시기에 러시아 문화와 유대 문화, 러시아어와 유대어 사이에서 고민하면서 좋은 시를 만들어냈다. 그는 문화에 대한 믿음을 지니고 푸슈킨, 튜체프나 레르몬토프의 전통 위에서 세계 문화 전체와 교류하며 전통의 쇄신을 이루어 내고자 했다. 그의 시는 세계 문화에 대한 깊고 넓은 지식을 내포하고 있어서 그는 시인들을 위한 시인으로 꼽힌다. 번역가, 비평가, 문학 이론가로도 활동했던 그는 1910년대에 아크메이즘(상징주의와 미래주의에 대항)에 가담한다. 두 차례 불법 억류되었고, 블라디보스톡 근처 수용소에서 사망했다.

45. 흐트러진 정신으로 거리를 걸어다닐 때나 - 게오르기 이바노프 (1894-1958)

망명 시인인 그는 '소란스러운 거리를 따라 걸으며' 마음을 모으고 죽음에 대해 생각하는 푸슈킨이나 카페에서 '알 수 없는 여인'을 만나게 되는 블록처럼 진정한 언어를 찾을 수 없다. 마음이 모아지지 않는다. 떠나온 혼란스런 조국으로 돌아가 볼까? 있을 자리나 있을런지, 여자를 사랑해 볼까? 파리의 번화가 오페라 아케이드를 박살낼까? 생각해 보지만 그 모든 것보다 차라리 죽는 게 나을 것 같다고 느낄 만큼 이국에서 권태를 느끼는 시인이다. 레르몬토프의 "권태롭고도 서러워라"를 연상시킨다. 게오르기 이바노프는 현재의 라트비아 코브노 군에서 태어났다. 귀족 출신으로 페테르부르그 군사학교 시절부터 시인이 되려 했고 브류소프의 눈에 띄어 구밀료프와 함께 아크메이스트 운동을 했다. 1922년 베를린으로 망명하여 1년 후 파리에 정착, 망명 시인으로 명성을 떨쳤다. 2차 대전 중에는 함께 망명한 여류 시인인 부인과 함께 프랑스의 도시 비아리츠에서 살다가 1943년부터는 집도 없어진 채 1946년까지 머물렀고 그 후 파리에서 매우 궁핍하게 살다가 1955년부터는 니스 부근의 양노원에서 지내다가 죽었다. 조국의 쓰라린 운명, 망명 생활의 무의미, 시의 마비에 대해 노래했다. 그는 시 속에 살아남아 조국으로 돌아갈 것을 믿었고 그것은 결국 실현되었다. 그의 작품들과 그에 대한 회상록들은 1990년대를 전후하여 러시아에서 출판되기 시작하여 현재에 이르기까지 꾸준히 출판되고 있고 2000년대에 들어와서는 그에 대한 연구도 시작되어 활발하게 진행된다.

<조국>

46. 시베리아 깊은 광맥 속에 - 알렉산드르 푸슈킨

이 시는 귀족 청년 장교들이 조국의 계몽을 위하여 입헌군주제를 요구하였던 1825년 12월 혁명이 실패한 이후 시베리아에 유배되었을 때 그들(나중에 그들은 12월 당원으로 불린다)에게 푸슈킨이 보낸 격려의 편지이다. '불행의 신실한 누이 희망'이라는 구절이 특히 가슴에 와 닿는다. 이 구절은 봄비가 지상에 축복을 베풀듯이, 비참하고 남루한 삶에 축복을 베푸는 연보랏빛 희망을 가슴에 품고 불행한 시대를 인내하며 살아가는 사람들을 노래한 파스테르나크의 시 「나의 누이—삶」에서 남루하고 불행한 삶과 희망의 관계처럼 인상적이다. 푸슈킨은 1826년 모스크바에서 니콜라이 황제를 만났을 때 그가 페테르부르그에 있었다면 그도 분명 12월 혁명에 가담했을 것이라고 말했다. 이후 푸슈킨은 니콜라이 황제의 특별 검열을 받게된다는 명목하에 점점 더 부자유를 느끼게 되었고 러시아 사회 전체도 지성인들에게 점차 더 갑갑하게 느껴지게 되었다.

47. 비가 - 니콜라이 야코프(1803-1846)

시인은 자신의 시가 긍지 높은 자유를 노래한다고 첫 행에서 말한다. 이 시에서처럼 당시 러시아의 전제정치를 증오하고 영원한 멍에에 순종하는 사람들을 비판하는 당시 12월 당원 같은 개혁 의지의 근본에 자리하는 것은 모든 종류의 부자유와 맞서 싸우겠다는 강한 투지였다. 어떤 정치적 노선을 취한다기보다는 여하한 억압과 맹목적 순종을 증오하고 자유 그 자체를 찬미하였다. 야코프는 심비르스크의 부유한 지주의 아들로 태어나서 좋은 교육을 받았다. 당시 진보적인 청년들을 배출한 도르파트(현재의 타르투)에서도 교육을 받았고 1820-30년대에 빛나는 성공을 거두었던 시인이다. 푸슈킨이 아낀 후배 시인이기도 하였다.

48. 농부의 생각 - 알렉세이 콜초프(1808-1842)

시인은 젊은 농부의 비참한 처지를 농부의 입을 빌어 노래한다. 콜초프는 보로네주에서 가축상(商)의 아들로 태어났다. 폐결핵에 걸린 그는 아버지의 시 창작에 대한 반대로 우울하게 지내다가 일찍 사망했다. 모스크바와 페테르부르그에 자주 다니면서 크릴로프, 주코프스키, 뱌젬스키, 푸슈킨과 알고 지냈다. 그의 시들은 민요가 된 것이 많고 네크라소프와 예세닌의 '농촌시'들에 영향을 끼쳤다.

49. 조국 - 미하일 레르몬토프

시인이 조국을 사랑하는 이유는 피로 물든 영광의 역사나 이 땅의 옛이야기 때문이 아니다. 궁핍하지만 소중한 조국에서 시인이 가장 좋아하는 것은 넉넉하고 소박한 전형적인 러시아 시골의 넓은 벌판과 소박한 그곳 사람들이다. 이오시프 브로드스키(1940-1996)는 시 「시골에서는 신이」(시골에서는 神이 익살꾼들이 생각하듯/방 한구석에 사는 것이 아니라 어디에나 있다./신은 지붕과 그릇들을 비치고/가지런한 두 쪽짜리 문 한가운데를 연다./시골에는 신이 넘쳐흐른다. 무쇠 가마솥에/신은 토요일마다 콩을 삶고/종종 불 위에 졸린 듯 춤추다가/내게 윙크처럼 눈을 깜박거리기도 하고./울타리를 세우고 처녀를/산지기 총각에게 혼인시키며/산림지기가 오리를 쏘면 항상/총알이 못 미쳐 떨어지게 장난을 친다.//가을의 휘파람소리를 들으며/이 모든 것을 살펴볼 수 있는 가능성이/대체로 시골의 무신론자에게 허락된/유일한 은총이다.//1964)에서 시골의 구체적인 삶의 풍경과 사람들 속에 자리하는 조국의 모습을 알아보는 것을 은총이라고 여겼다. 시 「향수」에서 시골의 구체적인 삶의 풍경을 그리며 차마 잊을 수 없이 소중한 곳이라고 노래한 정지용의 시심을 떠오르게 한다.

50. 도덕적 인간 - 니콜라이 네크라소프

시의 화자의 가치관이 시 전체가 주는 정보에 의해 평가된다. 그는 알아야 할 것을 모르거나 알려 하지 않고 자신이 도덕적이라고 생각하고 주장하는 비인간이다. 자신의 가까운 인간들을 파멸로 몰고 간 엄격한 도덕률 뒤에 있는 그의 맨 얼굴은 인간이 마땅히 가져야 할 감정이나 사랑을 전혀 모르거나 거부하여 흉하고 답답하게 마비되어 있다. 당시 러시아 지배계층의 휴머니티의 부재, 도덕 불감증을 분석적으로 보여준다.

51. 도둑 - 니콜라이 네크라소프

이 시의 화자는 세상 돌아가는 일을 알긴 한다. 그는 한 아이가 너무 배가 고파 빵을 훔쳐 먹으려다 도둑 잡으라고 외치는 빵집 주인의 외침 소리에 경찰이 와서 아이를 데려가는 것을 보고 빵집 주인도 경찰도 인정머리 없는 흉한 사람들이라는 것을 알긴 한다. 그러나 그는 그런 천한 거리들을 바삐 지나가는 사람일 뿐이고 그런 모습을 보고 자신은 유산이 있으니 다행이라고만 여기는, 상층에 속하는 이기적 인텔리이다. 시인은 독자로 하여금 이러한 화자에 대해 과연 그의 행동이 옳은 것인지 생각 좀 해보도록 한다. 인텔리에게는 자신에 대해, 사회에 대해, 나라에 대해 좀 더 깨어 있는 의식을 가지고 살아가야 할 책임이 있으므로.

52. 루스 - 니콜라이 네크라소프

루스는 러시아의 옛 이름이다. 튜체프나, 부닌이나, 블록이나, 예세닌이나 모두들 조국 러시아를 궁핍하면서도 풍요로운 나라로 보았다. 네크라소프에게서 두드러지는 것은 얻어맞고 학대받은 민중이 일어나리니 조국은 천하무적의 힘을 지녔다는 것에 대한 믿음이다.

53. 러시아는 이성으로 이해할 수 없네 - 표도르 튜체프

매우 유명한 시로 러시아라는 나라의 무모함을 이해하기 어려워도 러시아를 좋아하는 많은 사람들의 가슴에 와 닿는 시이다. 러시아가 어떤 나라입니까 하고 물어올 때 짤막하게 대답하기 좋은 시이다.

54. 이 궁핍한 마을들 - 표도르 튜체프

많은 후배 시인들에게 영향을 끼쳤던 조국에 대한 사랑을 노래하는 시이다. 조국 러시아는 비록 유럽 제국들에 비해 보잘것없이 보이지만 하늘의 축복을 받은 신비로운 나라라는 믿음이 나타나는 시.

55. 도시 - 아폴론 그리고리에프(1822-1864)

이 시는 화려한 쾌락의 도시 페테르부르그를 건설하느라 희생당한 많은 노동자들에 관한 이야기이다. 시인이 이 도시를 사랑하는 이유는 그 뒤에 숨은 그들의 고통이 애처로워서이다. 백야 한밤중에 그의 눈앞에 고통스러운 망령들이 나타나니 도시의 고질병이 잠깐은 가라앉고 도시가 감춘 상처가 투명하게 드러난다. 모스크바 시(市)참사관의 아들로 태어나 좋은 교육을 받고 모스크바 대학 법학부를 졸업한 시인은 1843년경부터 문학가로 활동하였다. 유럽 고전 드라마, 셰익스피어, 바이런의 『차일드 해럴드의 편력』 중 일부, 몰리에르를 번역했고, 비평가로서 균형 잡히고 날카로운 안목을 보였다.

56. 러시아 정신 - 뱌체슬라프 이바노프(1866-1949)

드높은 이상과 이를 지상에 연결시키려는 열정과 용기를 지닌 러시아 정신에 대해 말하는 시이다. 시인은 모스크바에서 관리의 아들로 태어났고 모스크바, 베를린, 파리에서 역사와 고전 문학을 공부했다. 1903년부터 시집을 내기 시작했다. 1905-1910년 사이 페테르부르그에 있던 그의 집은 러시아 지성의 중심이었다. 1907년 죽은 아내를 기리는 디오니소스 숭배

의 시는 당시 그의 집에 모이는 사람들에게 매우 사랑받았다고 한다. 1919
년에는 반쯤 기아 상태에서 지쳐서 썰매를 타고 모스크바에서 떨어져 있
는 병원에 있는 아내와 아이들에게 가던 이야기를 사실주의적으로 표현한
「겨울 소네트」를 썼다. 1924년부터 이탈리아에서 살다가 1926년부터 가톨
릭으로 개종하였다. 로마에서 죽었다. 그는 문예 이론과 문화 이론 및 문학
평론을 많이 썼고 도스토예프스키에 대해 중요한 책을 남겼다.

57. 조국 - 안드레이 벨르이(1880-1934)

안드레이 벨르이의 조국 러시아는 깜깜하고 처절하다. 그의 조국은 굶
주림, 부자유, 한탄, 통곡, 죽음, 살인, 악으로 온통 조롱당하고 있는 모습
이다. 이런 조국에 혁명이 구원이 되리라고 벨르이는 믿었었다. 시인의 본
명은 보리스 부가예프이다. 벨르이는 모스크바 대학의 유명한 수학교수
와 예술과 문학을 좋아하던 유명하고 아름다운 피아니스트의 아들로 모스
크바에서 태어났다. 수학, 철학, 어문학을 공부하고 1900년경부터 솔로비
오프, 브류소프, 메레주코프스키 부부, 발몬트 등을 알게 되고 상징주의 운
동에 가담한다. 쇼펜하우어, 바그너, 니체에 열광하였고 블록과는 1904년
에 만난 후 두 번이나 결투 신청을 받을 정도로(블록의 아내와 관련된다) 사
랑과 증오의 관계였으나 블록이 죽을 때까지 친구로 남았다. 1910년을 전
후하여 자연과학과 유심론적 철학을 결합시킨 새로운 조류인 '인지학'을
일으킨 괴테 연구가 루돌프 슈타이너의 사상을 흠모하여 오랫동안 독일,
벨기에, 덴마크 등지에 머물며 그의 강연들을 들었으며 그의 영향하에 있
었다. 벨르이는 혁명 이후 많은 청중 앞에서 인지학 강연을 하기도 했다.
1921년 베를린으로 망명했다가 1923년 도로 귀국한다. 첫 번째 아내(1921
년 베를린에서 이혼)와 마찬가지로 인지주의자였던 두 번째 아내와 그는 인
지주의 협회가 소련 당국에 의해 금지된(1923년) 이후 완전한 고립 속에서
살았으나 자신의 일생을 정리하는 많은 글들을 쓰다가 죽었다. 그는 많은

문화철학적인 에세이, 상징주의 시론, 뛰어난 소설 『페테르부르그』(1913)를 남겼다. 그는 창조의 길이 인식의 길이라는 생각에서 시를 썼다. 시에서 '말의 마술'에 의해 깊숙한 잠재의식 속에 가라앉아 있던 씨앗이 부풀어 마른 껍질을 뚫고 다시 싹트기 시작한다고, 말의 이 신선한 삶이 문화의 새로운 유기적인 시대를 예고한다며 말의 기진함을 극복하려 하였다. 혁명을 인지주의적, 신비주의적으로 해석하여 인간의 종교적, 정신적 쇄신의 시작으로 받아들였었다.

58. 러시아 - 알렉산드르 블록

천상의 여인과 알 수 없는 여인을 사랑했던 시인은 조국을 또 하나의 여성처럼 애정 어린 눈으로 보고 있다. 조국의 전형적 모습을 러시아 여인들이 흔히 쓰는 머릿수건에서, 끝없는 진창길을 달리는 마부의 노래, 아무리 많은 눈물이 떨어져도 끄떡없을 것 같은 넓은 강, 숲과 들판에서 본다. 그리고 그 조국을 자신이 십자가로 짊어질 운명이라고 여기며 그 여인이 또 어떤 악의 힘에 유린당할까 걱정하면서도 그 여인의 끈질긴 생명력을 믿는다. 푸슈킨이 조국의 모습을 그린 시(확 트인 들판에 덮인 눈/파도치며 홈이 팬 은빛 눈/달이 빛나고 삼두마차는/역마차길을 달려가네//노래하게, 여행이 지루할 때/여행길, 깜깜한 밤,/조국의 소리, 그 힘찬 노래 소리가/내게 달콤하네//노래하게, 마부여! 나 말없이 탐욕스레/자네 목소리에 귀 기울이리니./"모닥불아, 모닥불아, 너는/왜 밝게 피어오르지 못하니?"/밝은 달이 차갑게 비치고/멀리서 울어대는 바람소리 구슬프네.//1833)에 연결되는 시이다.

59. 밤, 거리, 가로등불, 약국 - 알렉산드르 블록

다시 출구 없는 절망감으로 시인은 그가 사는 도시, 페테르부르그를 쳇바퀴 돌 듯 배회한다. 아, 이 깜깜한 현실. 시인이 이 거친 현실 속에서 할 수 있는 일은 시인이라는 서글픈 천명을 의식하는 것과 세상의 무의미를 뼈저리게 느끼는 것뿐이다. 사반세기 후는 스탈린 테러가 극에 달했던 1937년이어서 신기한 느낌이 든다. 아르세니 타르코프스키(1907-1988)의 「가로등불」(나는 잊지 못하리/이 쓰디쓴 이른 봄 녹는 눈을/얼음 싸라기처럼 세차게/얼굴을 때리는 취한 바람을/하얀 덮개를 찢어버리는/자연의 불안한 접근을/우울한 다리들의 철주 밑으로/출렁거리는 강물을.//너희들은 무엇을 뜻했고 무엇을 예언했는가/차가운 비를 맞고 섰는 가로등불들아/미친 너희들은 이 도시로/어떤 슬픔을 보냈는가/도시의 사람은 너희들의 등불로/어떤 근심으로 다치고/어떤 모욕으로 상처받았는가/그리고 그는 무엇을 애통해하고 있는 가?//아마도 그도 나와 같이/똑같은 슬픔으로 가득 차 있고/다리 밑 기둥들을 돌아가는/납색의 강물을 좇고 있겠지?/그도 나처럼 너희들만의 비밀스런 꿈들에/배반당했으리./검은 봄을 부정하는 건/7월이 되면 쉬워지게 되리라//1969 발표)에서도 시인은 도시의 밤거리를 배회하며 해빙(대략 1955-1967)이 끝난 후 더 깊이 절망하게 된 자기의 심정을 토로한다.

60. 수치를 모르고 밤낮없이 - 알렉산드르 블록

궁핍하고 가련해도, 힘없고 자기를 팔 수밖에 없어도, 자기를 잊고 술에 절어 있어도 탐욕에 차서 흉측해도, 시인은 러시아가 그 어느 나라보다 소중한 조국이라고 말한다.

61. 세기 - 오십 만델슈탐

척추가 부러진 짐승 같은, 아직 아가의 흐물흐물한 골수 같이 연약하고 무방비하고 애처로운 새로운 시대, 어디로 가야 할지 모르고 고통만이 가득한 그의 불행하고도 아름다운 시대, 이 시대를 살아가는 것, 이 시대의 동공을 들여다보고 이 시대의 고통과 슬픔과 잔혹함을 노래하는 것이 시인의 사명일 것인데 그것은 그에게 모든 희생을 요구한 지난한 일이었다.

62. 다가올 세대들의 영예로운 공적을 위하여 - 오십 만델슈탐

이어질 문화가 말살되는 잔혹한 시대, 위정자들이 이리 같아지는 시대에 유형에 처해졌어도 푸른 별, 키 큰 소나무, 예니세이 강을 볼 수 있어 인간으로서의 존엄을 느끼고 시인은 자신의 불멸을 믿는다.

63. 즐거움과 더러움의 정비례 - 다닐 하름스(1905-1942)

그가 집필 활동을 하던 시기는 레베데프-쿠마치의 「정원사」(온 나라가 봄날 아침/거대한 정원으로 서 있네/지혜로운 정원사가/자기 손으로 이룬 성과를 바라보네//즐거움은 유쾌한 나비처럼/가지마다 날아다니고/노래가 벌처럼 청남빛 꽃마다/휘감아 맴도네//예전의 황무지였던 곳에/이제 사과나무 덩굴이 뻗어가고/정원사는 눈에 힘주어 살피며/고요히 말하네//우리 인민들의 피와 땀이/헛된 일이 아니었다/하루하루 더 밝고 아름답게/기쁨의 처녀지가 떠오르네//밤이나 낮이나 즐거운 소리를 내며/전대미문의 정원은 자라네/밤이나 낮이나 정원사는/일과 생각에 헌신하고//눈에 힘을 주어/모든 것을 살피네/정원의 모든 뿌리가/각기 보살펴지는지//도둑이 몰래 기어들지 않았는지/보조원들에게 묻고,/필요하면 잡초를 잘라내고/모두에게 일을 주네//검은 흙에서 김이 오르고/이슬 방울이 반짝거리네/모두를 잘 알고 있는, 모두와 혈연관계에 있는/그가 수염 속에서 미소짓네//1938) 같은 스탈린 찬양시가 이제 시문학을 주도하기 시작하는 시기였다. 마치 북한의 김일성 및 김정일을 찬양하는 시처럼, 스탈린 통치를 선전하는 이와 같은 공식적 문학 뒤에서 무서운 테러가 진행되던 그 시절 경찰의 감시의 눈은 도처에 있었다. 드미트리 프리고프(1940-2007)의 시(여기 초소에 서 있는 경찰/브누코보(*모스크바의 한 지역)까지 훤히 다 보지/서쪽도 동쪽도 지키는 경찰/어디서나 눈에 들어오지/어디서나 보이지/동쪽에서도 보이는 경찰/남쪽에서도 보이는 경찰/바다에서도 보이는 경찰/하늘에서도 보이는 경찰/땅 밑에서도…… /그래 그는 숨지도 않지//1980)는 어디서나 경찰이 사람들을 감시하는 스탈린 시대의 이면을 그린 것처럼 여겨지지만 실상 1975-1980년 당시를 그린 것으로, 이처럼 스탈린 문화는 질기도록 오래갔다고 할 수 있다. 프리고프의 이 시는 1992년에야 출판될 수 있었다.

하름스가 쓴 시들은 스탈린 시대의 사회 문화를 날카롭게 예견하고 포착하는 것들이었다. 하름스의 본명은 다닐 이바노비치 유바체프. 페테르부르그 출생이다. 아버지는 반체제 혁명운동 그룹인 '인민의 의지' 당원으로 1884년 사형을 언도받았으며 감형되어 15년 감금을 언도받았고 그 중 12년을 사할린의 강제 수용소에서 보냈다. 1895년 사면된 후 1920년대 말까지 많은 글을 가명으로 발표하였다. 어머니는 사라토프의 귀족 출신. 그들은 1903년 결혼하여 일찍 죽은 첫아이에 이어 하름스를 낳았다. 부모는 하름스를 독일어와 영어를 읽을 수 있도록 가르쳤고 그는 1915년 페테르부르그에 있는 독일 학교에 입학하였다. 1922년 성적이 나빠 그 학교에서 나와 다른 학교를 1924년 졸업하였다, 하름스는 레닌그라드서 전기공학을 공부하다가 1년 후 그만 두고 1926년부터는 레닌그라드의 예술사 전문대학 영화과에 입학하였으나 끝마치지는 않았다. 그러나 이때 실험적인 예술 극단의 영향을 받은 것으로 보인다. 부조리와의 유희나 일상의 범속함의 과장 등이 그렇다. 1928년에 한 첫 번째 결혼이 1933년까지 지속되었고 1934년 재혼한 부인과는 그의 부모도 살고 그의 여동생의 가족도 사는 공동주택에서 어렵게 살았다. 그의 전위적 예술 활동은 1930년을 전후하여 소비에트 정부로부터 탄압을 받기 시작했고 동료들과 함께 1931년 체포당했다. 1932년 반소비에트적이고 비합법적인 문학인 단체에 들었다는 이유로 쿠르스크로 유배당했다가 1932년 11월 레닌그라드로 돌아온다. 그 후 아동문학가로 활동했다. 1937년 다시 정치적 탄압을 받게 되는데 이유는 그가 쓴 시에서 한 인간이 집에서 나와 사라져 다시 돌아오지 않았다는 것을 언급했기 때문이었다. 한마디로 그의 작품은 당시 스탈린 시대의 부조리한 현실을 재현했기에 탄압당했다고 말할 수 있다. 그는 당시 일기에 썼다. "신이여, 한 가지 소원밖에 없습니다. 저를 파멸시켜 주세요, 저를 완전히 부셔주세요. 저를 지옥으로 데려가 주세요, 중간 어딘가 두지 말고. 제게서 희망을 완전히 빼앗고 저를 영원히 죽여 주세요"라고. 1941년 전쟁이 발발한 후에 그가 패배주의적인 프로파간다를 했다고 체포되어 정신병 진단을 받고 감옥의 정신병원에서, 많은 레닌그라드 사람이 굶어 죽었듯이 굶어 죽은 것으로 보인다. 배고픔과 죽음, 자유의 상실과 폭력의 위협, 심리적이고 육체적인 불구를 그린 그의 시와 산문, 드라마와 그림들은 친지의 도움으로 살아남아 1970년대 독일에서 그리고 1990년 전후하여 러시아에서 출판되기 시작하여 현재까지 많은 작품들이 영화로도 만들어지고 많은 연구들이 진행 중이다. 위 시는 음흉한 더러움과 정신 나간 즐거움의 정비례에 대해서 말하는데 그 비례상수는 콧수염을 가진 남자일 것이다.

64. 신성한 전쟁 - 바실리 레베데프-쿠마치(1898-1949)

이 시는 독일군이 소련을 침공한 바로 다음 날 이미 작사되어 며칠 후에 작곡되었고 전선으로 떠나는 병사들 앞에서 역에서 합창으로 부른 노래로 아직도 러시아인의 전쟁 기억의 한가운데 있는 시이다. 조국이 파멸의 위기를 맞았을 때 전선으로 향하는 젊은이들이 온 마음으로 다짐한 내용이었다. 당시의 위기의식은 '신성한 전쟁'이라는 말에서 진정하고 비장한 느낌을 받았던 것이 분명하다. 이런 시는 전장의 일상을 구체적으로 노래하던, 예를 들어 세르게이 스미르노프(1915-1976)의 「냄비」(진군하던 중 어느 날/난 냄비를 망가뜨렸지./뒤에서 달려오던 수레가/냄비를 온통 찌그러뜨렸고.//내 변함없는 그 친구 몹시 아파하면서/형편없는 쓰레기로 우그러져 버렸지./큰일이다 - 먹을 것도 끓일 수 없고/따뜻한 물도 끝장이라니.//내 친구 냄비, 아무짝에도/쓸데없이 돼버린 것 같았지만/그래도 난 안타까워 어찌어찌 고쳐보았지-/혹 무슨 소용이 될까 해서.// 우선 감자를 삶았거든 -/오, 감자가 삶아졌어./그 다음 근사하게 차를 끓였거든/바닥까지 말짱 마셨지!//고참 친구 느굿하게 담배 물고/결론으로 내린 말인즉/병사는 모든 것을 할 수 있노라고/냄비만 있으면!//1943, 칼리닌 전선)같은 시들과 함께 러시아인들이 조국의 전쟁을 어떻게 견뎌 갔나 하는 것을 짐작하게 한다.

레베데프-쿠마치는 1898년 모스크바에서 구두 제조공의 아들로 태어났고 1949년 모스크바에서 사망했다. 그는 트로츠키 밑에서 혁명군사출판부에서 활동하면서 모스크바 대학에서 수학하였고(1919-1921) 풍자시인으로서도 활동했으나 1935년 이후 정부에 의해 적극적으로 지원된 소련 집단 가요의 작가로서 유명하다.

65. 공격 직전 - 세묜 구드젠코(1922-1953)

참혹한 전쟁터에서 싸우는 병사의 심리를 사실적으로 그렸다. 시인은 모스크바 대학에 다니다가 전쟁터에 나갔다. 심한 부상으로 제대하여 나중에 저널리스트로 일했다. 전쟁의 참상을 사실주의적으로 그린 그의 시들은 1944년 첫 시집으로 출판되어 사람들의 주목을 받고 사랑을 받았다. 전쟁의 참상을 보여주는 이런 시들은 전후에는 승리의 축하 행렬 뒤로 침묵되기를 강요받았다. 레닌그라드 900일 봉쇄 동안 라디오 방송으로 시민들을 격려했던 여류 시인 올가 베르골츠(1910-1975)는 1945년에 쓴 시(「나에 대한 시」)에서 레닌그라드에서 죽어간 사람들을 잊으면 안 된다고, 그녀의 심장의 자유만이 유일한 자유인 이 땅에서 그녀의 가슴속에 레닌그라드의 숨 막히는 고통이라는 진창 속에 깊이 하나의 거대한 뿌리로 얽혀 있는 나무들, 그 꼭대기가 하늘에 닿을 만큼 높은 키로 얽혀 지나가는 사람에게 그늘을 주게 될 나무들처럼 그들이 비애와 행복감으로서 기억되고 있다고 전후의 문단 풍토를 겨냥해 말했었다. 이런 시들은 전쟁노래로 널리 알려진, 위에서 소개한 「신성한 전쟁」이나 이사코프스키(1900-1973)의 「카튜샤」(피어났네 사과꽃, 배꽃이/흘러가네 강 위에 물안개/카튜샤는 강변에 나왔네/높고도 가파른 강변//나와서 노래를 부르네/짙푸른 독수리 노래,/그녀

의 사랑, 편지 보낸 남자/그 사람에 대한 노래를//오, 너 노래, 처녀의 노래야/
밝은 해 따라 날아/머나먼 국경 병사에게/카튜샤의 안부 전해라//시골 처녀 잊
지 않도록/그녀의 노래 듣도록/조국땅을 지키도록/카튜샤는 사랑 지키고//피
어났네 사과꽃, 배꽃이/흘러가네 강 위에 물안개/카튜샤는 강변에 나왔네/높고
도 가파른 강변//1938) 같은, 전쟁 기간에 널리 알려져 독일 병사까지도 불
렀던 조국 방어와 애인의 정절을 결합시켜 사기를 북돋우려는 조국 방위
의 노래와는 확연히 구별되었다. 전시에 가장 사랑받았던 연애시는 콘스
탄틴 시모노프의 「나를 기다려 주오」(기다려주오 나 돌아가리니/간절히 기
다려주오……/빗줄기가 잿빛으로 슬픔을 내려도/기다려주오/눈보라가 휘몰아
쳐도/여름이 뜨거워도/사람들 모두 지난날 잊고/이미 기다리지 않더라도/기다
려주오, 먼 곳에서/편지 한 장 없더라도/함께 기다리던 모두가/지쳤더라도.//
기다려주오 나 돌아가리니/잊을 때가 되었노라/되풀이하는 사람들에게/동감
하지 말아주오./아이와 어머니까지/내 죽음을 믿더라도/친구들이 기다림에 지
쳐/불가에 모여앉아/나를 추억하며/독한 술을 마시더라도./기다려주오. 그들
과 함께/서둘러서 술잔을 나누지 마오.//기다려주오 나 돌아가리니/모든 죽음
에 거슬러서……/기다리지 않았던 이들은 그때/말하리니, "운이 좋았어"./그들
은 기다리지 않아 모를 거요/타는 불 속에서/그대의 기다림이/어떻게 나를 구
원했는지./내가 어떻게 살아남을 수 있었는지는/오직 우리 둘만이 알 수 있을
거요./이 세상 그 누구도 당신처럼/기다릴 수 있었던 사람은 없었으니.//1941)
였다. 이같이 전쟁의 실상과 그 속에서 진실한 자기를 만나게 된 것을 노래
한 시들은 스탈린이 죽은 뒤 1960년대부터 나오기 시작하는 전쟁시들, 예
를 들어 오쿠좌바(1924-1997)의 노래시나(전쟁아, 아 전쟁아, 너 무슨 짓을 한
거니?/이제 겨우 남자가 되는가 하는 우리 젊은이들/벌써 어깨에 총을 메고/삶
이 시작하는가 했더니 전쟁이 다가왔네/……전쟁을 믿지 마, 소년아 믿지 마/
전쟁은 슬프고 슬픈 거야/군화가 아픈 발을 조이듯 정말 슬픈 거야/준마도 아
무 힘이 없어, /너는 온통 드러나 있고/모든 총알은 너한테만 달려들어///)나 보

즈네센스키(1933-2010)의 「고야」(나는 - 고야./적은 민둥해진 들판을 날아와/나의 동공을 쪼아먹고 탄흔을 남겼다/나는 - 苦痛/나는 - 苦聲/전쟁의 목소리, 1941년 눈뻘 위를 딩구는/불타버린 도시의 잔해/나는 - 배고픔/나는 목구멍,/헐벗은 광장 위에 종처럼 고르렁고르렁 울리는/목매단 여인의 목구멍⋯⋯/나는 苦 야.//오, 분노는/포도처럼! 나는 불청객의 유해를/일제 사격으로 서쪽으로 날려보낸다!/하늘의 기억판에 단단한 별들을 박는다/ 모다귀들을 박는다//나는 고야.//1959)로 이어진다.

<시인>

66. 예전에는 종종 지상에서 - 바실리 주코프스키(1783-1852)

시인과 시혼의 관계에 대한 이야기이다. 과거에는 지상에서 시혼인 천상의 아름다운 여인과 만나는 기쁨을 느낄 수 있었다. 참의 세계, 진선미의 세계는 원래 현실에는 없는 피안의 것인데 예전에는 이 갈라져 터진 지상으로 그녀가 자주 내려와 주어 진정으로 삶의 충일을 느낄 수 있었다. 이 순간들에 모든 것은 생명의 빛을 지녔고 삶과 시는 하나였다. 그런데 현재에는 시혼이 오래전부터 찾아오지 않고 모습도 목소리도 흔적이 없다. 상실과 절망감 속에서 이제 지난날의 만남의 기억을 되살리고 찬란한 슬픔 속에 홀로 피운 사색의 꽃들을 시혼의 신성한 제단에 바치며 미래에 시혼이 돌아오리라는 꿈과 희망을 가진다. 이 시는 김지하의 「서편」을 떠올리게 한다(내 마음에/불길 꺼지고//밤낮!!!/흰 달이 뜬다//차가운 자리/노을마저 스러져//무서운 꿈마다/꽃 피어 난다//지난 날 회한도/이제는 즐거움//아파트 사이/봉숭아 한 잎에도/하늘 든다/님아/이젠 오소서//와/검은 삶에/붉은 살 돋우시라//나 지금/서편으로 가는데.//).

주코프스키는 데르좌빈에 이어 바튜슈코프와 함께 러시아 시를 발전시켜 푸슈킨을 낳게 하는 시인이다. 독일의 괴테, 실러, 영국 낭만주의 시인들의 시, 오디세이를 번역하였다. 이 번역들은 마치 러시아어로 창작한 것처럼 자연스러웠다. 외국의 작품들을 자기화하는 데 성공하였다고 볼 수 있다. 시(詩)작품에는 서구 낭만주의적 색채가 강하다. 멀리 떨어진 나라에 대한 동경, 꿈꾸기, 미지에 대한 사색, 사랑의 고통과 이별의 슬픔, 고독이 주요 테마이다. 그는 러시아의 한 지주와 터키 여자 사이의 혼외정사로 태어난 아들로서 양자로 입적되어 1797년부터 모스크바 대학에서 좋은 교육을 받았고 1802년에 이미 번역을 시작하였다. 1817년 니콜라이 1세의 부인이 된 프러시아 공주의 가정교사, 1825년 알렉산드르 2세의 가정교사가 된 후 친분 관계를 이용하여 푸슈킨, 12월 당원들 등 진보적인 사상을 가졌던 많은 문인들의 탄압을 완화해 주었다. 1839년 관직에서 물러나 독일로 가서 1841년 독일 화가의 딸과 결혼하였고 독일에서 1852년 눈이 멀어 사망하였다. 그는 여기 지금이 아니라, 과거와 미래에서의 피안이 진정으로 의미가 있다고 생각했다. 하늘나라, 다른 세계, 먼 곳에 참의 세계가 있다고. 지상에서는 이러한 진정한 의미 있는 세계가 시에 나타난다고 보았다. 현실과 꿈의 대치, 감정 중시, 비합리, 직관, 자연, 말의 한계, 상실한 아름다움에 대한 안타까움, 아름다운 이상적 세계에 대한 동경으로 가득 찬 그의 작품 세계를 푸슈킨은 '달콤함'으로 성격화하였다. 음악성, 모호성, 암시적 스타일 때문에 그는 상징주의자들에게 매우 사랑받는 시인이었다.

67. 나의 혼 - 콘스탄틴 바튜슈코프(1787-1855)

이 시의 중심 생각을 이루는 동사는 "나 기억하네"이다. 8행을 차지하며 4번 되풀이 되는 동사 "기억하네"의 대상은 명확한 모습으로 구체적으로 그려진 초원 처녀이다. 그녀는 푸른 두 눈으로 사랑스럽게 말하고 느슨하게 흘러내린 고수머리에 소박한 매무새를 한 현실보다 더 또렷하게 떠오르는 여자이다. 그녀에 대한 기억은 달콤하며 그 기억은 밤이나 낮이나 그와 함께 방랑한다. 이 초원 처녀는 현실에는 없으나 그에게 있어서 미의 이상향이고 시의 근원으로 그의 영혼을 지배하는 여인이다. 시인은 심장의 기억으로 그녀를 눈앞에 생생하게 보지만 그녀가 이별의 위안으로 주어진 여인이라는 슬픈 사실을 안다.

이성복의 시집 『남해 금산』의 序詩를 생각나게 하는 시이다(간이식당에서 저녁을 사 먹었습니다/늦고 헐한 저녁이 옵니다/낯선 바람이 부는 거리는 미끄럽습니다/사랑하는 사람이여, 당신이 맞은 편 골목에서/문득 나를 알아볼 때까지/나는 정처 없습니다//문득 나를 알아볼 때까지/나는 정처 없습니다/사방에서 새 소리 번쩍이며 흘러내리고/어두워가며 몸 뒤트는 풀밭,/당신을 부르는 내 목소리/키 큰 미루나무 사이로 잎잎이 춤춥니다.//).

볼로그다의 지주의 아들로 태어나 일찍이 어머니를 여의고 몸이 약했던 바튜슈코프는 페테르부르그에서 좋은 문과 교육을 받았다. 다양한 외국어를 습득하였고 관리, 서적 취급상으로 일했다. 번역가, 에세이스트, 서간문 작가이기도 하다. 이탈리아어, 프랑스어에 능통하였고 독일, 라틴, 그리스 문학을 번역하였다. 언어 개혁을 옹호하던 카람진에 동조했고 그 영향하에 있던 문학 그룹 아르자마스의 주도적 회원이었다. 시가 조국의 계몽에 기여하게 되리라고 믿으며 시를 썼고 후배 시인들에게 큰 영향을 끼쳤다. 그는 세상의 어리석음이 풍자나 이성으로 회복될 수 없고 인간은 오직 시혼과의 합일 속에서 진정한 행복을 얻을 수 있다고 여겼다. 그는 명확하고 단순하게, 듣기 좋게 표현해야 한다고 생각했으며 언어를 통한 계몽으로 사회적인 조건을 개선할 수 있어야 한다고 생각했는데 이의 전제조건은 감수성이었다. 시의 화자는 문관도 무관도 아니고 부자도 아니고 부를 추구하지도 않는다. 그는 명예와 탐욕, 궁정과 도시의 소음으로부터 벗어나 있다. 자연을 즐기고 소박한 오두막집, 소박한 가구, 소박한 음식, 좋은 술을 좋아하고 소박한 초원 처녀를 사랑하고 한가하게 시를 읽기를 즐긴다. 그런데 나폴레옹 전쟁 이후 위와 같은 삶과 행복에 대한 목가적 추구가 사라지게 되고 현실에서 불안을 느끼게 되며 건강도 나빠진다. 벨린스키는 이를 두고 그를 시대가 목 졸라 죽였다고 했다. 그는 자유롭고 조화로운 인간상의 이상을 간직하였으나 이상과 현실의 괴리를 인식하였고, 삶을 즐기는 에피쿠로스적인 감정과 비애의 감정이 교차하다가 점차 염세적인 절망의 색채가 짙어졌다. 푸슈킨은 그의 문체를 "조화로운 명확성"이라 성격화했다. 만델슈탐이 특히 좋아한 작가이다. 1822년 이후, 피해망상증에 오래 시달리다가 결국 정신이상 상태에서 죽는다. 시대보다 너무나 앞선 인간이기도 했고 영원한 이상주의자이기도 했다고 할 수 있다.

68. ······에게 - 알렉산드르 푸슈킨

주코프스키의 시에서 시인은 하늘에서 고요히 내려와 진선미의 기쁨을 주며 시를 쓰게 하는 여인이 다시 오기를 기다리며 제단을 마련하고 그녀가 다시 올 것을 믿으며 기다리겠다고 다짐하고, 바튜슈코프는 시혼인 자연스러운 매무새의 초원 처녀와 현실 속에서는 함께할 수 없어 슬퍼한다. 두 시에서 모두 시혼과 현재에 함께 하지 못하는 안타까움이 느껴지는데 푸슈킨의 시에서는 시혼을 현재에 만나게 되는 아름다운 순간이 생생하게 그려졌다. 이 시에 나오는 그녀는 그에게 시, 삶, 신성, 눈물, 사랑(이 다섯 개념은 푸슈킨에게 있어서 하나로 연결되어 있다)을 주는 존재이다. 언젠가 그녀가 스쳐지나간 후에 그녀를 가슴속에 품고 현실의 소란한 삶을 견디고 살아갔는데 현실의 비바람은 사나웠고, 그의 영혼 속도 온통 사납게 비바람 치게 되자 그는 결국 그녀를 잊고 깜깜하게 질식된 채 마비되어 죽은 듯 지냈다. 삶의 충일감 모두 잊은 채, 심장의 고동, 살아 있는 느낌 모두 잊은 채. 그러다가 어느 순간 예정되어 있는 자연의 이치처럼 그는 다시 그녀를 만난다. 다시 심장이 기쁨으로 아플 만큼 고동치고, 사랑하는 마음, 삶의 충일감, 기쁨과 슬픔의 눈물, 살아 있는 느낌 모두가 동시에 회생한다.

69. 메아리 - 알렉산드르 푸슈킨

세상의 모든 소리에 반향하여 메아리를 울리는 시인의 소리에는 정작 아무런 진정한 반향이 없는 것을 느끼는 고독한 심정이 나타나 있다.

70. <핀데몬티> 중에서 - 알렉산드르 푸슈킨

시인은 그가 추구하는 것이 권력이나 돈이나 명예가 아니라 마음 내키는 대로 구름처럼 이리저리 아래위로 떠다니며 자유롭게 오로지 자신을 위하여 자신만의 삶과 시를 스스로 만들어 나가는 것이라고, 이것이 진짜 행복이요, 권리라고 선언한다. 모든 시인들이 동감했고 영원히 동감할 시인상이다. 예술과 영감의 창조물을 받아들이는 것은 행복의 중요한 부분으로 그 대상은 자신의 작품을 포함한 모든 진정한 예술작품을 말하리라. 핀데몬티의 작품 중에서 따왔다고 내세우나 사실은 푸슈킨의 창작이다.

71. 수도사들과 수녀들이 - 알렉산드르 푸슈킨

세상의 모든 소리에 메아리처럼 대답을 보내지만 메아리처럼 허공에 흩어져 버리는 시인의 소리를 보고 시인은 영원히 고독하다는 것을 알고 오로지 자신을 위하여 자신만의 삶과 시를 스스로 만들어 나가는 것이 행복이라고 선언했었는데 자신의 이러한 태도가 함께 사는 사람들에 대한 경멸은 아닌지, 허영은 아닌지 점검하고 있다. 겸허, 인내, 사랑, 순수의 정신으로 시와 삶을 꾸려가겠다는 위대한 시인의 의지가 눈물겹도록 소중하다. 당시 푸슈킨의 어려운 처지를 생각해 볼 때 더욱 그러하다. 아내와 단테스와의 염문은 계속 그를 괴롭히고 궁정이나 문단에서 적들의 음모와 공격이 음흉했던 시절이다.

72. 기념비를 세우다 - 알렉산드르 푸슈킨

시인은 자신이 설정한 이상을 따르고 그것을 항상 실천하려고 노력하며 살다가 삶을 다하면 죽음 후에 영원히 기억되리라는 것을 믿었다. 이 세상에 단 하나의 시인이라도 산다면 그는 '나'를 칭송할 것이고 그들을 통하여 '나'는 영원히 사는 셈이 될 것이니 현재의 칭찬이나 비방에 휘둘리지 말고 말도 안 되는 모함에 신경 쓰지 않고 살고 죽겠다는 의지가 드러난다.

73. 시혼 - 예브게니 바라틴스키

자신의 시가 꾸밈없고 평온한 소박함을 지닌 고유함으로 하여 독자들에게 사랑받기를 원하는 시인의 마음이 드러난다. 시인은 독자들 역시 소박하고 꾸밈없는 말로 시를 칭찬해 주었으면 하는 바람을 가지고 비록 현재에 많은 사람들로부터 이해를 받지 못하더라도 언젠가 그를 이해할 사람이 있으리라고 믿었다(내 재능 빈약하고 내 목소리 크지 않으나/나 살고 있고 이 세상 누구에겐가/내 존재도 소중하리/먼 내 후손이 내 시 속에서/내 존재를 찾아 내리, 어찌 알겠는가?/내 영혼이 그의 영혼과 교류하며/나 내 시대에 친구를 찾아냈듯/후대에 나 독자를 찾아낼는지//1828).

74. 어제 오후 다섯 시경 - 니콜라이 네크라소프

네크라소프의 시혼은 학대받는 모든 사람과 혈연이었다. '사랑과 증오의 시인'이라고 불리는 그가 사랑한 사람은 학대받는 사람, 증오한 사람은 학대하는 사람이었다. 춤추듯이 신나게 휘두르는 잔혹한 채찍에 아프게 맞더라도 신음 소리 하나 내지 않는 농부 아낙에게서 학대받는 사람들의 자존심을 느낄 수 있다. 그 맞는 농부아낙이 그의 시혼의 피붙이 누이라고 네크라소프는 선언한다.

75. 나 다른 이들에게 유용한 지혜를 모르오 - 콘스탄틴 발몬트 (1867-1943)

시인은 자유를 추구하는 자신을 구름, 그러나 열정으로 가득 찬 구름이라 부르고 보통 사람들의 가치관과는 무관하게 시와 삶을 꾸려가겠다는 의지를 나타낸다. 이 시에서도 보듯이 발몬트는 소리의 울림을 절묘하게 사용하는 시인이었다. 그의 시에서는 개인주의 찬양, 기존 현실에 대한 거부와 분노, 자신이 선택한 삶의 찬미가 주된 테마로 나타난다. 그는 현실, 지상의 세계는 소란하고 안개처럼 지척을 구별할 수 없는 곳이라고 여기고 공중에 떠 있는 빛나는 성, 미의 궁전을 짓고 멀리서 창문을 통해 세상을 바라보며 내적 자유를 누리며 살아가고자 했다. 발몬트는 굼니시치 군(郡)에서 지주의 아들로 태어났고 모스크바 대학 법학부에서 공부했으나 마치지는 않았다. 1898년부터 시집들(「불타는 건물」, 「태양처럼 되자」 등)을 내기 시작한 러시아 상징주의 운동의 중심적인 인물이었다. 1902년부터 1915년까지는 대부분 외국에 있었고 10월 혁명에 반대했으며 1920년부터는 고독 속에 프랑스에서 살다가 파리 근교에서 고독하고 비참하게 정신병을 앓다가 죽었다. 입센 등 서유럽 문학을 번역했고 프로코피에프나 라흐마니노프와 친교를 맺으며 그들 음악의 가사를 만들기도 하였다. 이 시는 같은 망명시인이었던 블라디미르 나보코프(1899-1977)의 소네트 「시의 나라」(자 손잡고 길 떠나세! 매혹적인 별들 중에서/먹고 사는 걱정이 필요 없는 곳을 찾아보세/빵부터 진주까지 모든 것을 특별한 동전의/울림으로 살 수 있는 곳을//약한 사람이나 날개 없는 사람들은 들어올 수 없어/각운 값으로 저녁 한 상 잘 차려주는/소네트 한 수를 잘 지으면 집 한 채를 다 주는/시혼으로 둘러싸인 이 축복의 나라에는.//그곳에서 우리는 자유롭고 부유하리……/얼마나 멋진 낮들일까? 얼마나 자비로운 석양일까./안개 속에 예술의 샘들이 거품을 일으키겠지.//공정한 신들이 머무는 시의 나라,/그곳에서 밤에 달빛 어린 올리브나무를 바라보며/우리는 얼마나 지구에 대해 우울해 할 것인가!//1924)처럼 속세의 가치와는 무관하게 시의 나라에서 자유와 풍요를 누리고 싶은 시인의 바람을 나타낸다.

76. 저 높은 곳에, 눈 덮인 산정에 - 이반 부닌(1870-1953)

시인은 외롭게 산정에 서서 비수처럼 날카롭게 얼음에 시를 새기며 골짜기 밑 어중이떠중이 군중에게 영합하지 않아도 언젠가 그를 알아주는 한 사람이 있으리라고 생각한다. 유서 깊은 귀족 가문의 몰락한 후예인 지주(장교로 퇴역)의 아들로 보로네주에서 태어났다. 일찍부터 생업으로 문필업에 종사하며 유럽의 문학 작품들을 번역했고 19세기 말 20세기 초의 주요 작가, 시인들(톨스토이, 체호프, 솔로굽, 발몬트, 브류소프, 고리키 등)과 교류하며 시와 소설을 썼다. 1901년에 푸슈킨 상을 받았다. 그의 시의 특징은 19세기적인 전통을 그대로 잇고 있다는 데 있다. 1920년 크리미아를 거쳐 프랑스로 망명했고 1933년 러시아 작가로서는 최초로 노벨상을 받았다. 1953년 파리에서 죽었다. 1954년 복권되었다.

77. 바지 입은 구름 (서시) - 블라디미르 마야코프스키

자신을 '바지 입은 구름'이라고 선언하며 자신의 심장 조각을 피가 뚝뚝 떨어지도록 삶에 대고 긁고 비비며 기존의 물렁물렁하고 흐물흐물한 모든 매가리 없는 시들을 경멸하겠노라 온몸으로 절규하는 철심장의 외로운 시인. 자유자재로 온몸의 크기와 색깔을 바꾸면서 구름처럼 자유로이 시를 쓰고 사랑을 하려는 시인의 패기를 보여주는 동시에 그의 험난한 운명을 예고하는 부분이다.

78. 나 오늘 나를 비웃네 - 알렉산드르 베르틴스키

피에로의 비극적 마스크를 쓴 시인이 자신의 내면을 들여다보며 비참해하는 시이다. 분장을 하고 무대에 나가 노래하며 사람들을 웃기는 슬픈 표정의 피에로는 자기 모습에 아이러니를 느낀다. 어릿광대의 분장 속 맨얼굴에서 느껴지는 고독과 비애는 말 안 해도 감출 수 없이 전해지는 법이다. 당국의 감시하의 위태한 무대에서 노래했고 출연 금지를 당해야 했던 율리 김(1936-)의 노래 '난 어릿광대/난 익살꾼/나 무대로 나가는 거 돈 때문이 아니야/아 그냥,/웃기려고 나가/여기 광대 왔소! 웃어 보소, 멋져요!/아마도 정말/그래 내가 광대하면/슬픔 한 방울 줄겠지, 누군가에겐./그러니까/꼭 그만큼/세상에 늘어나겠지, 기쁨 하나가!//난 어릿광대/즐거운 광대!/광대 모자는 영원한 내 왕관/자 정말/내가 멋지지 않아?/여기 광대 왔소! 웃어 보소, 멋져요! 자, 어서/전쟁터를/합쳐서 공연 무대 하나로 해줘요/내가 나가게 한가운데로,/하면 여러분 애들처럼 웃겠지, 날 보곤!//난 어릿광대/난 익살꾼/난 어릿광대/즐거운 광대……(1970)' 에서도 관객들에게 웃음을 주는 어릿광대의 내면의 비애가 느껴진다.

79. 나는 시골의 마지막 시인 - 세르게이 예세닌

시인은 사라져 가는 시골의 모든 것 ― 나무 다리, 나무 시계, 촛불, 이삭, 귀리대, 푸른 하늘, 넓은 들판, 아침노을, 자작나무 ― 을 노래하는 마지막 시인이 자신이리라고 생각한다. '철의 손님', '검은 손', '낯선 손바닥'은 시인이 사랑하고 노래하는 시골을 죽이는 것들이고 그 또한 죽게 될 것을 예감한다. 그는 낯선 도시, 낯선 나라를 헤매다가 결국 시골의 어머니에게 편지를 보냈다. 그가 돌아갈 곳은 어머니가 길가에 나와 아들을 기다리는 고향 시골집뿐이었다. 그러나 그는 그 고향이 이미 아침에 일찍 일어나 꿈꾸던 일을 할 수 없는, 기도를 드리며 삶을 일구어 갈 수 없는 곳이라는 것을 안다. 돌아갈 데가 없는 그는 결국 자살하게 된다. 그의 「어머니에게 보내는 편지」(늙으신 어머니 아직 살아 계시나요?/저 또한 살아있습니다. 인사 드립니다. 안녕하신지요!/어머니 사시는 오두막집 위로/저녁의 그 말할 수 없는 빛이 흐르고 있겠지요//사람들이 제게 편지로 알려주데요/어머니가 근심을 감추시나 저 때문에 몹시 슬퍼하신다고/옛날부터 입어오신 그 낡은 누비저고리를 입으시고/자주 길가로 나오신다고//그리고 저녁의 푸른 어스름 속에/자주 똑같은 정경이 눈앞에 어른거리신다고/선술집 싸움에서 누군가가 제 심장 밑으로/식칼을 찌르는 것 같은 정경이.//걱정 마세요, 어머니! 안심하세요/그건 몹쓸 악몽일 뿐이에요/저 그렇게 몹쓸 주정뱅이는 아니지요/어머니를 뵙지 않고 죽을 만큼.//저 예전과 똑같이 맘씨 고운 사람이에요/그리고 제가 꿈꾸는 것은 오직 하나/어서 빨리 반란의 고통에서 벗어나/나지막한 우리 집으로 돌아가는 것이에요.//봄이 와서 우리집 하얀 마당이/가지들을 뻗을 때 저 돌아갈게요/어머니 이제는 팔 년 전처럼/동이 텄다고 저를 깨우시면 안 돼요/잃어버린 꿈을 일깨우지 마세요/이루지 못한 꿈을 흔들지 말아요/저 너무나 일찍이 삶에서/상실과 피곤을 알아버렸네요/제게 기도하라고 하지 마세요, 소용없어요!/더 이상 예전으로 돌아갈 수는 없어요./어머니만이 제게 도움이고 기쁨이에요/어머니만이 제게 말할 수 없는 빛이에요//그러니 근심을 잊으세요/저 때문에 그렇게 몹시 슬퍼하지 마세요/옛날부터 입어오신 그 낡은 누비저고리를 입고/그렇게 자주 길가로 나오지 마세요//1924)는 두드러지게 고향과 어머니를 동일시하는 우리 시인들의 정서에 매우 가깝다고 여겨진다. 예세닌의 시들은 1960년대 농촌 시인들, 예를 들어 룹초프(1936-1971) 같은 시인들에게 강한 영향을 미쳤다(고요한 내 고향!/버드나무, 강, 꾀꼬리……/여기 나 어렸을 적/내 어머니 묻히신 곳./- 여기 무덤이 어디지요, 혹 못 보셨나요?/저는 못 찾겠는데요 -/고요히 고장 사람들이 대답했다/- 그건 저쪽 강변이라오. -//……이 초가집들 하나하나,/저 구름 하나하나/막 떨어지려는 천둥, 이 모든 것들과/나는 그 뜨거운/바로 죽음 같은 혈연을 느낀다.//1964).

80. 별이 빛나고 천공이 떨린다 - 블라디미르 호다세비치(1886-1939)

시인은 밤하늘과 우주의 아름다움을 기뻐하며 예술의 환상 속에서 자유로운 영혼으로 시를 쓰며 살고 있다고 말하다가 갑자기 맨 마지막 연에서 그것을 허황된 부조리라고 부른다. 자신의 작품과 내면을 들여다보며 그것을 용감하게 의미가 없다고 선언하는 것이다. 왜일까? 엄격히 자기를 들여다보면서 항상 새로운, 진정한 창작을 꿈꾸었기 때문일 것이다.

호다세비치는 시, 산문, 비평, 번역 등 활발한 문단 활동으로 은세기의 중요한 문학인으로 꼽힌다. 모스크바에서 태어났다. 아버지는 몰락한 폴란드 귀족 출신으로 미술아카데미를 나와 화가로는 생활이 어려워서 사진사가 되어 레오 톨스토이의 사진도 찍었고 나중에 사진점을 냈고 어머니는 1858년 러시아정교로 개종한 유명한 유대인 작가의 딸이다. 모스크바에서 중고등학교를 다니며 시인 브류소프의 동생과 친하게 지냈다. 모스크바 대학의 법학부에 들어갔으나 1905년 역사문학부로 옮겼다. 1910년까지 다녔으나 마치지는 못했다. 1910년대 중반부터 모스크바 문학인들과 어울리고 창작활동을 시작하였다. 1910-11년 결핵을 앓아 이탈리아 베니스에 갔었고, 1916-17년 척추 결핵을 치료하느라 콕테벨의 볼로쉰에게로 갔었다. 아무 유파에도 가담하지는 않았으나 발레리 브류소프, 막심 고리키, 안드레이 벨르이, 블록, 만델슈탐과 친교를 맺었다. 그는 『자기의 러시아』(푸슈킨 작품집 여덟 권을 말함)를 가방에 넣고 1922년 베를린으로 망명하여 파리에서 중요한 러시아 비평가로 활동하다 파리에서 죽었다. 그는 돌아갈 수 있으리라 믿었으나 돌아갈 조국은 없었다. 나보코프에게 많은 도움을 주었고 데르좌빈을 재발굴한 공로가 크다. 그는 러시아 시민은 이제 아무도 시인-예언자의 말을 들으려 하지 않기에 러시아문학은 이제 죽었으니 망명문학이 이를 보존, 계승해야 된다고 믿었다. 러시아에서나 망명한 곳에서나 보이는 세계는 그를 가두는 낯설고 고요한 지옥, 그의 자유로운 영혼이 괴로워하는 곳이었다. 그는 현실을 들여다보고 그것을 사는 괴로움을 정직하게 노래하려고 했다. '나는 사람들을 사랑하고 자연을 사랑한다/하지만 산책하러 길에 나서고 싶지는 않다/나는 확신하므로, 사람들은 내 시를 이해하지 못할 것을'이라고 했듯이 이해받지 못하는 서러움을 느꼈지만 그는 시 속에서 항상 새로 태어나고 싶어 했다. 그래서 그는 자기 자신에게 엄격했던 시인으로 평가된다.

81. 지옥 맨 밑바닥에서 - 막시밀리안 볼로쉰(1877-1932)

조국을 자기 아이를 살해하는 어머니, 시인들을 죽음으로 몰고 가는 어머니로 보며 시인들의 운명이 험하다는 것을 알면서도 조국과 함께 삶과 죽음을 같이 하려는 시인의 의지를 보여준다. 시민전쟁 사이에 블록과 구밀료프의 죽음을 기억하며 썼다. 그는 1877년 키예프에서 법률가의 아들로 태어나 세바스토폴과 타간로그, 모스크바, 페오도시야에서 살았고 모스크바 대학에 1897년 입학했으나 학생운동에 연루되어 퇴학당하고 유럽 각국을 여행하고 소르본느에서 강의를 들었다. 어머니가 독일인이었고 하이네의 시를 일찍부터 번역했다. 1903년경부터 시인과 예술평론가, 화가로 활동하다가 당대 시인들, 뱌체슬라브 이바노프, 브류소프, 벨르이, 블록 등을 알게 된다. 1905년 피의 혁명을 가까이에서 체험하고 1906년 결혼하여 페테르부르그에서 살았으나 1907년 아내가 뱌체슬라프 이바노프와 가까워지게 되자 불행을 겪게 되고 흑해 연안 콕테벨로 이주한다. 결국 이혼하고 다른 여자와 재혼한다. 유럽 문화에 대해 깊은 지식을 가졌던 그는 러시아 미술과 문학에 여러모로 공헌하였다. 시민전쟁 때 중립을 유지했고 많은 문인들을 도왔다. 1932년 콕테벨에서 죽었다.

82. 나 오시안의 이야기를 들은 적도 없고 - 오십 만델슈탐

세계문화 전체와 교류하는 '부유한' 시인들은 그 세계문화 안에 자신의 진정한 벗과 조상을 가진 사람으로 주변의 지겨운 친척과 이웃을 경멸할 수 있는 자이다. 시인 자신이 모르는 선배 시인들의 유산을 물려받았듯이 그 자신도 후배 시인들에게 그런 유산을 물려주는 시인이 되리라고 생각한다. 그렇게 시 정신이 이어지는 것이리라.

83. 시 - 보리스 파스테르나크

시는 멋지게 울리는 후렴 같은 상투적인 것이 아니라 현실 속에, 그 괴로운 싸움터 속에서 일어나는 소리를 더듬거리듯 힘들여 찾아 담아내는 것이라는 다짐이다. 폭우가 되어 온 세상을 적시고 지붕 위를 흘러내려 빈 양동이 속으로 흘러드는 빗물처럼 시는 시로 표현되기 이전에 아직 비어 있던 구체적인 일상들에 의미를 채우게 된다는 말은 시가 비로소 사물에 의미를 주게 된다는, 사물을 완성한다는 뜻이라고 여겨진다.

84. 햄릿 - 보리스 파스테르나크

파멸을 부르는 진실을 말해야 하는 시인의 괴로움을 노래한다. 신께서 맡기신 자신의 역할을 이행하려고 하지만 지금 자신과는 어울리지 않는 연극이 진행 중이고 주위는 온통 위선으로 가득 찬 것을 보면서 진실을 알면서 사는 것의 어려움을 고백하고 온통 위선에 둘러싸인 궁정에서 햄릿이 살아야 할까 죽어야 할까를 고민하듯이 죽음의 잔을 마셔야 할까 말까 고민한다.

85. 유명해지는 것은 추해 - 보리스 파스테르나크

시인은 다짐한다, 세평(世評)에서 초연하게 자신의 고유한 개성으로부터 조금도 물러서지 말고 자신을 바쳐 시를 써야 한다고. 명예욕에 사로잡히게 되거나 유명해져서 혹시라도 나르시시즘을 갖게 되면 시인은 그것에 매여 부자유스럽게 되고 온 세상의 소리를 들을 수 없게 되니 시인으로서는 죽은 것과 같기에 무명 속으로 잠수하도록 하고 자신을 온통 바쳐서 삶을 완전히 포섭하는 작품을 쓰도록 해야 한다고. 시인의 생애는 빈 구석이 많게 될지 모르지만 상관없다고, 개성에서 물러서지 말고 자신만의 고유하고 완전한 작품을 쓰는 것이 시인의 임무이며 그것을 읽고 느끼고 판단하고 살아가는 것은 독자의 몫이지 시인이 판단해야 할 몫은 아니라고 선언하는 이 시는 푸슈킨의 「<핀데몬티> 중에서」를 생각나게 한다. 시인들이 이런 정신으로 애를 쓰면 쓸수록 이들이 낳은 시는 독자들에게 크게 울려 퍼질 것이다.

<자연>

86. 장엄한 북극의 빛을 보고 신의 위대함에 대해 밤에 명상하다
- 미하일 로모노소프(1711-1765)

시인은 장엄한 오로라를 보고 그 원인에 대해 이리저리 의문을 가지고 당시의 이런 저런 이론들을 생각해 보지만 결국 자연의 거대함과 인간의 왜소함에 대해 자각한다. 로모노소프는 유럽 문화 수입기(期)에 활동하고 러시아 학문 전반의 기초를 마련하느라 애를 쓴 선구자로서 러시아 시형식을 확립한 시인이다. 1700년경까지 러시아 시인들은 자기의 말을 찾지 못하고 있었다. 러시아는 몽고 지배하에서 유럽이 르네상스를 겪는 시기에 이를 함께 겪지 못했고 키예프 시대에 들어온 문어는 남부슬라브어에서 사용하던 고대슬라브어로 당시의 일상어와 괴리를 나타내었던 것이다. 표트르 대제가 서구 문물을 받아들이고 나서 유럽 시의 영향 아래 러시아 시는 자신의 길을 닦게 되는데 이는 로모노소프를 시작으로 한다. 그는 주로 자연에 대한 송시를 썼는데 이들은 철학적, 과학적 성격을 띠었고 결국 인간이 신과 자연 앞에 겸허해지는 모습을 그렸다. 로모노소프는 북부 러시아의 드바나 강에 있는 섬에서 태어났고 아버지는 작은 어선을 관리하였다. 20세에 고향을 떠나 모스크바의 슬라브-그리스-라틴 아카데미에 들어간다. 성적이 뛰어나 그는 독일로 광산 연구 장학금을 받고 떠나게 된다.

러시아에서와 마찬가지로 여기서도 그는 시학에 관심이 많았다. 1741년 돌아와 학술원에서 학문의 기반을 마련하는 데 힘썼고 1755년 모스크바 대학 창설에도 중요한 역할을 하였다.

87. 야생의 숲속에 즐거움이 있고 - 콘스탄틴 바튜슈코프

시인은 이제 방황하던 지난 날 젊은 시절의 괴로움을 털어놓고 사람의 손이 닿지 않은 자연 속에서 위로를 받으며 저만치 놓여 있는, 스스로 완전한 자연에 대해 찬탄한다. 자연 속에서 위안을 받고 생기를 회복하는 그는 자연을 찬미하고 싶으나 이를 찬미할 만한 적당한 말이 없어 답답하다. 시인은 무언의, 스스로 완전한 자연에 가까이 있어도 완전히 침묵할 수도 없는 것이 자연과 다른 인간 존재라는 점을 성찰하고 있다.

88. 포도송이 - 알렉산드르 푸슈킨

들판에 화려하게 피었다가 시들어 버린 봄의 장미는 무척 아름다웠다. 그러나 봄이 가볍게 떠나가듯 그렇게 젊음과 그 화려함도 떠나간다. 가을의 아름다움이란 무엇인가? 익은 시간, 익은 과일의 소중한 아름다움이다. 젊은 처녀의 터질 듯이 탱탱하고 투명한 손가락 같은 포도송이가 송이송이 달려 있는 넝쿨들이 뻗어 있는 풍요로운 계곡을 바라보며 시인은 익은 시간의 아름다움을 느낀다. 자연이 준 이 세상의 모든 것들의 소중함을 말하는 시이다. 수명을 가지는 모든 것들, 사물이나 인생이나 사랑이나 그 마지막까지 소중한 점에 눈 돌리게 한다. 화사한 시작이 아름답듯이 익은 의젓함도 생명감 넘치고 아름답다는 것을 깨닫게 한다.

89. 생각에 잠겨 교외를 거닐다가 - 알렉산드르 푸슈킨

푸슈킨은 자신이 죽어서 돌아가야 할 곳이 자연의 품이라는 것을 도시의 공동묘지와 시골의 무덤의 대비를 통하여 말하고 있다. 탐욕, 조잡함,

교활, 배반, 경쟁, 절도가 횡행하는 도시에서 살다가 죽어서도 도시에 묻히게 되리라는 생각에 지긋지긋한 우울을 느끼고 침을 뱉고, 자연 속에 평온히 묻힌 사람들, 조잡하지 않고 장식을 모르는 소박한 농부가 깊은 숨을 쉬며 쉬었다 가는 곳, 당당한 무덤과 그 위로 드리워진 늠름한 넓은 참나무를 보고 즐거움을 느끼는 마음을 노래한 시다. 그가 도시에서 인간들에게 치어서 미칠 것 같은 답답함을 느꼈을 때 자유를 느끼러 가고 싶은 곳은 자연 속이었다(……나 자유로이 놓아준다면/얼마나 활기차게/어두운 숲으로 달려갈 것인가!/열병에 걸린 듯 노래 부르고/괴상하고 멋진 공상에 빠져/나를 잊을 텐데//나 파도소리에 귀 기울이고/행복에 가득 차서/빈 하늘을 바라보리니/나 그 얼마나 힘차고 자유로울까/들판을 파헤치고/숲을 무너뜨리는 회오리처럼//1833).

90. 봄, 봄, 하늘은 얼마나 맑은가! - 예브게니 바라틴스키

생각하느라 지친 '생각의 시인'인 바라틴스키에게 자연이 모든 곳에 베푸는 봄의 향연 속에서 자연의 생명감이 그대로 마음속으로 전해온다. 그는 숲으로 나가 자연의 일부가 되어 이 세상의 고달픔을 잊고 생각하는 괴로움에서 절로 벗어나는 기쁨에서 꾀꼬리처럼 봄을 노래한다. '깨뜨려진 강은 승리의 등뼈 위에 자기가 들어 올린 얼음을 싣고 간다'라는 표현은 봄의 힘에 대한 의인화로써 매우 인상적이다.

91. 노랗게 익어 가는 들판이 물결칠 때 - 미하일 레르몬토프

권태롭고도 서러우며 지상에서는 이룰 수 없는 꿈 때문에 묘혈로 들어가고 싶었던 레르몬토프, 무덤 위 울창한 참나무가 속삭이기를 바라는 레르몬토프도 역시 자연만이 평온의 세계에 대해 이야기해 주며 지상에서 불안한 영혼을 달랠 수 있고 신의 존재를 믿게 한다고 생각하기도 했었다.

92. 낮과 밤 - 표도르 튜체프

튜체프에게 자연은 인간이 알 수 없는 크나큰 세계이다. 낮은 인간이 알 수 없는 나락 위에 씌운 금실로 짠 덮개, 인간은 그 위에서 사노라지만, 밤은 알 수 없는 나락 그 자체라는 인식을 보여준다. 인간은 마치 대양 위에 떠있는 뗏목 위에 집을 짓고 살아가며 집을 둘러싸고 있는 심연의 깊이를 모르는 사람처럼 실상 커다란 대양 위에 떠 있는, 이 대양의 힘에 흔들릴 뿐 아무 힘이 없는 무력한 존재라는 것, 인간이 낮에 만들며 살아가는 것들은 결국 아무 힘이 없고, 인간은 자신도 모르게 알 수 없는 자연이라는 무심한 세계에 내맡겨진 존재일 뿐이라는 생각이 드러난다. 튜체프에 따르면 인간은 낮의 지상에서 헛되게 몸짓하다가 다시 모든 것을 삼키고 창조하는 밤의 심연, 인간이 영원히 풀 수 없는 수수께끼 같은 혼돈의 세계 속으로 다시 들어간다. 이 시는 크나큰 자연 속에 내맡겨진 인간 존재의 미미함, 모순성, 그리고 낮의 현실의 안타까운 하찮음에 대한 사유이다.

93. 자연은 스핑크스 - 표도르 튜체프

자연은 인간이 아무리 연구해도 결국 다 알 수 없는 존재이다. 또 인간이 자연을 다 알았다고 생각하는 순간 자연은 더 큰 파멸을 준비한다. 그리스 신화에 나오는 스핑크스는 자기가 내는 수수께끼를 못 푸는 인간을 잡아먹었다. 오이디푸스는 스핑크스의 수수께끼를 푼 인물로서 자신의 지혜를 믿는 사람이었으나 자신의 생각에 집착하여 자기의 정체를 알아내려고 애를 쓰다가 결국 자기 어머니가 자기 아내인 것을 스스로 알아내게 되어 자신의 눈을 찌른다. 인간이 자연 앞에 겸허하지 못하고 까불 때 어떤 파멸이 올까? 러시아어에서 자연은 여성이다.

94. 가을 저녁 - 표도르 튜체프

여기서 숲은 인간과 저만치 떨어져서 스스로 피었다가 지고 또 피는 나무와 꽃이 있는 곳, 인간에게 자신을 돌아보게 하는 곳이다. 가을날 숲을 이루는 나무들 사이를 거닐며 시인은 생각에 잠긴다. 시인에게 가을의 나무는 죽음과 소멸 앞에 부드러운 시듦의 미소를 짓는 것 같다, 자연에 부드럽게 순종하는 겸허한, 죽음을 담담하게 받아들이는 미소를. 죽음을 예감하며 자신의 삶의 여정을 뒤돌아보며 죽음을 자연스럽게 묵묵히 받아들이며 짓는 이 미소는 신성하다 할 만큼 아름답다. 이때 시인은 나무가 죽음의 고통을 부끄러워한다고 여긴다. 시인이 말하는 이 미소, 죽는 것을 괴로워하는 것을 부끄러워하며 짓는 미소는 겸허하며 고요하며 아름다울 것이다. 이러한 미소를 지으며 죽음을 맞이할 수 있다면 좋겠다.

95. 왔다. 주위의 모든 것이 녹는다 - 아파나시 페트

얼음이 풀리는 봄의 아름다운 자연 앞에서 인간으로서 일순이나마 현실의 사소한 근심을 잊고 자유롭게 진정한 자기를 발견하고 영원한 진실의 아름다움을 엿보게 되어 시혼이 다시 찾아오는 것을 화자는 기뻐한다. 겨울이 긴 러시아의 많은 시인들에게 자연은 초록빛으로 주위를 물들이는, 나무가 피어나는 봄에 특히 가까이 느껴졌을 것이다.

96. 아직 이월의 대기는 차고 - 이반 부닌

이 시는 바튜슈코프, 바라틴스키, 튜체프, 페트 등 19세기 시인들의 자연시에서 자주 볼 수 있는 봄의 찬미로서 발코니에서 내다본 봄의 풍경이다.

97. 꽃들, 벌들, 풀들, 또 이삭들 - 이반 부닌

세상 나들이 끝내고 신을 마주할 때, 길 잃고 헤매던 세상살이 가운데 소중했던 시간은 꽃, 별, 풀, 이삭, 하늘, 태양과 함께한 시간이고 그 시간이 있어서 지상의 삶이 말할 수 없이 행복했다고 말하리라고 생각하며 그런 삶의 끝에 죽음이 오게 한 신의 자비로움에 감사한다.

98. 사람들을 사랑하고도 싶은데 힘이 없어 - 드미트리 메레주코프스키(1865-1941)

이 시에서 화자는 지상에서 아름답고 고요한 자연만을 좋아하는 자신 (바튜슈코프와 달리 그는 가까운 이들을 사랑하지 않는다), 밤의 어둠 속에서 뭔가를 발견하고 달콤한 기쁨의 눈물을 흘릴 수 있지만 소란스런 낮의 인간들과는 화해할 수 없고 아무도 사랑할 수 없다는 사실을 들여다보고 인간을 사랑할 수 없는 자기 자신에 대해 무서움을 느낀다. 메레주코프스키는 우크라이나 귀족 출신의 궁정 관료의 아들로 페테르부르그에서 태어나 페테르부르그 대학에서 역사학을 전공했다. 재학 시절부터 시를 쓰고 문학에 관심이 많았다. 1901년부터 아내인 시인 지나이다 기피우스와 함께 페테르부르그에서 문학 살롱을 주도하였다. 1920년 프랑스로 망명한 후에 파리에서 역시 문학인들의 살롱을 열었다. 부부는 프랑스 파리 근교에 묻혀 있다. 메레주코프스키로부터 20세기의 새로운 비평이 시작된다고 할 수 있다. 메레주코프스키는 시인으로서보다 비평가로서 역사적 의미가 크다. '순진한 대중에게 호소하여 얄팍한 비극과 알량한 교훈을 되풀이하는' 당시 문학에 경고하며 '예술의 진정한 윤리는 다른 사람을 감동시켜 교훈을 주는 체하는 데 있는 것이 아니라 예술가의 진리에 대한 사심 없는, 무엇에도 양보하지 않는 사랑에 있고, 그 두려움을 모르는 정직성에 있다'고 하며 상징주의의 기치가 되는 평론을 발표하였다(「현대 러시아문학의 몰락의 원인과 새로운 경향에 관하여」, 1892년). 실증주의적 사고에 비추어 여하한 불합리한 요소도 거부하는 당시 러시아문학을 그는 혐오했다. 문화와 원시의 대립적인 면에 주목하여 문화의 혜택을 의심하고 자연의 고요와 아름다움을 인간 세상의 소란스러움과 추함에 대립시키고 인간 감정의 카오스를 노래하는 러시아시인들을 높이 샀다. 서구적 소시민 근성을 싫어하고 그들의 금욕주의, 합리주의를 회의하며 서구문화 전체를 의심하고 그들의 관습의 무게, 관성을 싫어했다. 그래서 그는 도스토예프스키를 서구적 톨스토이에 대립하는 훌륭한 작가로 여겼다. 메레주코프스키의 소설이나 비평은 독일에서 많이 번역되었고 1920년대 젊은 지성에게 영향을 끼쳤는데 토마스 만에게도 강한 영향을 끼친 것으로 평가된다. 1987년부터 복권되었다. 시인으로서는 데카당적인 경향이 강해서 대부분의 시에서는 현실 부정, 인간 경멸, 자신만의 가치를 추구하는 수직적 상승, 자유와 비상에 대한 애정이 나타났고, 지상과의 화해의 기미는 보이지 않았다. 이 시는 그런 자신에 대한 회의를 나타내는 시이다.

99. 오, 끝없고 한없는 봄이여 - 알렉산드르 블록

봄과 함께 삶의 느낌이 살아나고 방안에서 스스로 논쟁하고 고민하던 것에서 벗어나 다시 꿈이 부풀어 오르게 되는 것은 블록에게도 마찬가지이다. 시인은 이제 귀신에 홀린 듯 우는 이 땅에 대해서 또 그 웃음의 비결에 대해서도 모두 생각해 보았고 고민해 보았다. 이제 그것들이 수치스러울 것 없다고 생각하며 삶으로 나온다. 러시아가 귀신에 홀려 있다는 이미지는 푸슈킨의 시 「귀신들」(1830)에서부터 이어오는 것으로 이는 백석의 「마을은 맨천 구신이 돼서」에서처럼 보이지 않는 조국의 길에서 헤매는 불안한 사람들의 심정을 형상화한 것이다. 자, 이제 삶은 일깨우는 봄바람처럼 정체를 알 수 없는 힘으로 시인에게 결투를 신청하듯 다가오지만 그는 맞설 것이다. 성공도 실패도 다 좋다. 증오, 저주, 사랑, 고통, 파멸의 삶이여, 다가오라, 그는 다짐한다, 이 땅에서 삶을 마주하여 끝없는 꿈을 꾸며 삶과 싸워나갈 것이라고, 최후의 결투까지.

100. 황금의 숲이 - 세르게이 예세닌

자신이 마지막 농촌 시인이라고 생각한 세르게이 예세닌은 이제 자신의 종말을 예견하는지 그동안 그를 존재하게 해주었던 자연에게 감사한다. 아직 청춘이지만 시인은 이제 자신도 자연의 일부가 되어 지나간 모든 것, 지나가는 모든 것에 대하여 애석해하지 않으려고 한다. 시간은 모든 것을 썩게 하는 것이고 그 썩게 되는 것들은 저마다 자기의 말을 다 마치고 자연의 순환 속으로 들어가듯이 시인도 잠시 들렀던 이 세상을 떠나 자연의 순환 속으로 들어가려 하나 그가 떨구는 말은 서럽다고 표현하니 의연하고 무심하게 말을 마치는 숲과 나무와 달리 그는 사라져가는 것들을 가슴 아파하는 모양이다.

찾아보기

2권: 20세기 러시아 노래시 연구 — 부자유와 자유의 노래

3권: 유럽문학 속 푸슈킨 연구 — 삶과 역사를 보는 지혜

4권: 푸슈킨과 오페라 ─ 온 세상에 울려 퍼지는 시혼

러시아 시 연구

오, 나의 운명 러시아

초판 1쇄 | 2016년 12월 2일
　　2쇄 | 2017년 7월 31일

지은이 | 최선
편　집 | 이재필
디자인 | 임나탈리야
브랜드 | 우물이 있는 집

펴낸이 | 강완구
펴낸곳 | 써네스트

출판등록 | 2005년 7월 13일 제 2017-000025호
주　소 | 서울시 양천구 오목로 136, 302호
전　화 | 02-332-9384　　　**팩　스** | 0303-0006-9384
이메일 | sunestbooks@yahoo.co.kr
ISBN 979-11-86430-36-1 (93800)　　　값은 표지에 표시되어 있습니다.

정성을 다해 만들었습니다만, 간혹 잘못된 책이 있습니다. 연락주시면 바꾸어 드리겠습니다.

이 도서의 국립중앙도서관 출판사도서목록(CIP)은 서지정보유통지원시스템 홈페이지 (http://seoji.nl.go.kr)와 국가자료공동목록시스템 (http://www.nl.go.kr/kolisnet)에서 이용하실 수 있습니다. (CIP제어번호 : CIP2016028542)